Patricia Schröder

BLIND WALK

cbj

Dieses Buch ist auch als E-Book erhältlich.

FSC www.fsc.org MIX Papier aus verantwortungsvollen Quellen FSC® C014496

Verlagsgruppe Random House FSC® N001967

1. Auflage
Deutsche Erstausgabe Oktober 2016

Text: Patricia Schröder

Umschlaggestaltung: basic-book-design, Karl Müller-Bussdorf,
unter Verwendung des Originalumschlags © Coppenrath/Sandra Taufer
Umschlagbilder: happykanppy/shutterstock.com und
Thampapon/shutterstock.com
Lektorat: Maren Jessen
kk · Herstellung: LW
Satz: Sabine Conrad, Rosbach
Druck und Bindung: GGP Media GmbH, Pößneck
ISBN: 978-3-570-40330-3
Printed in Germany

www.cbj-verlag.de

»Es war nicht okay, dass ich meine Mutter angelogen habe. Und über Jesper und mein blindes Vertrauen zu ihm brauchen wir gar nicht erst zu reden.

Inzwischen weiß ich, dass ich nicht nur ihn vollkommen falsch eingeschätzt habe.

Dieser ganze bescheuerte Event ist ein einziger riesengroßer Fehler gewesen.

Wie es aussieht, wird wahrscheinlich niemand mehr lebend aus der Sache herauskommen.

Halte mich für verrückt, vielleicht bin ich es auch ... aber, Sten, obwohl ich all das inzwischen weiß, würde ich es jederzeit wieder so machen.«

TEIL EINS

Dienstag, 14. Januar, Stadtklinikum Süd

Es ist kurz nach elf, als er die Innere betritt. Visite. Der Flur ist wie ausgestorben, das Schwesternzimmer ebenfalls. Niemand wird ihn stören. Zielstrebig öffnet er die dritte Schublade von unten, nimmt den Schlüssel an sich und schließt den Medikamentenschrank auf.

Im selben Moment vibriert das Handy in seiner Kitteltasche. Verdammt! Dass die nicht mal fünf Minuten ohne ihn zurechtkommen!

Mit fahrigen Fingern zieht er es hervor, wirft einen Blick aufs Display, schüttelt den Kopf, zögert und drückt schließlich die Verbindungstaste. »Ja, bitte …?« Er stutzt. »Was, du? Herrgott noch mal, hab ich dir nicht gesagt, dass du mich während meiner Dienstzeiten nicht mehr anrufen sollst?«

Mit der anderen Hand schiebt er die Medikamentenschachteln hin und her.

»Nein, es geht Rebecca nicht gut und es wird ihr auch nicht … Wie bitte, was hast du? … Ein Unfall? Und wo? … Aha, aha …«

Er findet, was er sucht, nimmt drei Ampullen heraus, stellt die alte Ordnung wieder her und schließt den Schrank.

»Also gut, ich veranlasse das. Ausnahmsweise.« Seine Stimme wird eindringlicher. »Aber beim nächsten Mal alarmierst du bit-

te den Notarzt. Hast du mich verstanden? Und zwar unverzüglich! Sonst sehe ich nämlich keine Chance mehr für Rebecca …« Er schüttelt den Kopf. »Nein, nicht die geringste. Auch mir sind Grenzen gesetzt. Selbst du, der sich im Grunde alles leisten könnte … Herrgott noch mal, du bist doch lange genug an diesem Klinikum gewesen, um zu wissen …« Er bricht ab, lauscht. Legt den Kopf in den Nacken. Schließt die Augen. Stöhnt. »Nein, verdammt noch mal, es gibt keinen anderen Weg! … Gut … ja, ja, ja … Ja, versprochen. Unter der Voraussetzung, dass du mich da raushältst. Sollte mein Name nämlich mit diesen … ähm, Unfällen in Verbindung gebracht werden, wird niemand Rebecca helfen können. Hast du das kapiert? Ab sofort existiere ich nicht mehr für dich.«

Seine letzten Worte sind nur noch ein Zischen.

Er kappt die Verbindung, lässt das Handy zu Boden fallen und tritt zweimal kräftig mit der Kante seines Absatzes darauf.

Ein gutes halbes Jahr später

Donnerstag, 7. August, Glockenstraße 76

»Lida, du bringst mich noch in Teufels Küche.«

Aufgebracht läuft Jesper in seinem kleinen Flur auf und ab. Er bleibt stehen und schaut mich an. Ich lächele und er sieht wieder weg. Läuft weiter. Gestikuliert mit fliegenden Händen.

Ich mag es, wenn er so ist. Wenn seine dunklen Augen noch dunkler werden und sein Kieferknochen markant hervortritt.

Jesper ist zwanzig und ich bin siebzehn. Wir kennen uns seit einem halben Jahr. Meine Mutter weiß nichts von dieser Beziehung. Ich glaube, sie denkt noch immer, ich hätte mit Jungs nichts am Hut.

»Keiner von denen ist unter achtzehn«, sagt Jesper. »Und eine Woche ohne einander werden wir ja wohl überstehen.«

»Darum geht es doch gar nicht«, erwidere ich.

Er hält inne und mustert mich mit hochgezogenen Brauen. »Sondern?«

Jesper hat nicht nur wunderschöne Augen, sondern vor allem wunderschöne Brauen. Dicht und dunkel und leicht geschwungen.

Optisch sind wir das genaue Gegenteil voneinander.

Jesper braunäugig und dunkelhaarig, ich blond und blauäugig. Aber ich finde, dass meine helle Haut und sein olivfarbener Teint ganz toll zusammenpassen.

»*Sondern*?«, wiederholt Jesper nachdrücklich.

»Nicht nur du hast Lust auf diesen Event, sondern ich auch«, gebe ich zurück. »Und ohne dich kann ich da nicht hin.«

Ich lehne ihm gegenüber im Türrahmen. Wir sehen uns an, und wie immer, wenn wir uns so ansehen, bekommen wir Lust aufeinander.

»Küss mich«, sage ich leise.

»Nein, Lida, wir müssen reden.«

»*Du* willst reden«, sage ich. »Ich will mit dir schlafen. Und zwar jetzt.«

Jespers Kiefermuskeln entspannen sich und ein Lächeln huscht über sein Gesicht. »Hör zu, Lida ... Die Geschichte ist nicht ganz ungefährlich. Ich müsste die Verantwortung für dich übernehmen.«

»Ja, das müsstest du ...«, sage ich ebenfalls lächelnd. »Ob du willst oder nicht.«

Wir machen einen Schritt aufeinander zu. Ich ziehe mir mein T-Shirt über den Kopf und zehn Sekunden später liegen wir im Zimmer nebenan auf dem Teppich.

Ich mag es, wenn Jesper sich aufregt, noch mehr aber mag ich es, wenn er mich küsst. Seine Zunge ist warm und sanft und seine Küsse sind tief und voller Zärtlichkeit.

»Du musst hierbleiben, Lida«, flüstert er, als wir selig erschöpft auseinanderrollen. »Bitte.«

Es ist ein Bitte, das wehtut, aber ich lasse mir nichts anmerken. Es muss einen Grund geben, warum er mich nicht dabeihaben will, einen, der nichts mit meinem Alter zu tun hat. Das Argument, von wegen das Ganze sei gefährlich, halte ich jedenfalls für vorgeschoben. Okay, dieser Event ist ein Abenteuer mit einem gewissen Nervenkitzel, nicht weniger, aber auch nicht mehr. Jesper weiß, dass ich nicht zimperlich bin. Besagte Verantwortung müsste er – wenn überhaupt – also nur formell tragen.

»Es gibt leider keinen Ausweg«, sage ich.

Jesper stützt sich auf und angelt nach der Zigarettenschachtel, die auf dem Beistelltisch liegt.

»Wie meinst du das?«

»Ich habe meiner Mutter gesagt, dass ich mit Marlen und ein paar Mädels aus meiner alten Klasse zelten gehe, und Marlen hat ihren Eltern das Gleiche erzählt.«

Jesper pfriemelt mit den Lippen eine Zigarette aus der Packung und zündet sie an. »Aha, und?«, erwidert er und bläst den Rauch zur Zimmerdecke.

»In Wahrheit zeltet Marlen natürlich mit Leo«, sage ich, während ich mit den Fingern sein Schlüsselbein nachzeichne. »Und ich mit dir.«

»Nein, Lida.«

»Warum nicht?«

»Das habe ich dir doch eben erklärt.«

»Ich hab's aber nicht verstanden.«

Jesper seufzt und zieht an seiner Zigarette.

Ich mag es nicht, wenn er raucht, aber ich nehme es hin. Für mich überwiegt das Besondere an Jesper. Außerdem hat schließlich jeder so seine Eigenarten. Meine ist, dass ich eine *hartnäckige Nervensäge* bin. Sagt Jesper. Marlen findet, dass ich mich gut durchsetzen kann. Und darum beneidet sie mich.

»Ich mag dich sehr, Lida«, sagt Jesper jetzt. Er beugt sich über mich und streicht mir eine meiner störrischen Locken aus der Stirn. »Aber diese eine Woche hätte ich gern für mich. Wieso verstehst du das nicht?«

»Wahrscheinlich, weil ich noch nicht volljährig bin«, entgegne ich. »Bei unter Achtzehnjährigen ist das Gehirn nämlich noch nicht vollständig ausgebildet.«

»Ich glaube, das ist es ohnehin erst ab fünfundzwanzig.«

»Klar, Doc«, sage ich und küsse ihn weich auf den Mund.

Jesper studiert Medizin. Im Herbst beginnt für ihn das dritte Semester. Später will er Internist oder Chirurg werden. Na, mal sehen, bisher hat er nämlich nur an Leichen herumgeschnippelt.

Jesper drückt die Zigarette aus und küsst mich zurück.

»Du schmeckst widerlich«, sage ich.

»Hmhm«, macht er, lässt seine Lippen über meine Wange wandern, saugt an meinem Ohrläppchen und meinem Hals, küsst meine Brüste und meinen Bauch und alles andere, sodass ich innerhalb von Sekunden von den Haarwurzeln bis zu den Zehennägeln in Flammen stehe.

»Und wer hat jetzt gewonnen?«, frage ich hinterher.

»Du«, sagt Jesper leise an meinem Ohr. »Wie immer.«

Samstag, 16. August, Besucherparkplatz am Rippetalstaudamm

Es regnet in Strömen. Der Boden ist matschig und in den Fahrspuren haben sich tiefe Pfützen gebildet.

»Willst du immer noch mit?«, fragt Jesper grinsend.

»Idiot«, sage ich und knuffe ihn in den Bauch.

Wir tragen Wanderschuhe und wasserdichte Outdoorklamotten. Unsere Rucksäcke enthalten neben dem Erlaubten nur das absolut Notwendige und auch sie sind durch eine spezielle Transporthülle vor Nässe geschützt.

»Die Nacht heute wird bestimmt ungemütlich«, prophezeit Jesper.

Ein Regentropfen perlt von seinem Kapuzenschirm herab und landet auf seiner Nasenspitze. Ich küsse ihn weg und sage: »Du weißt doch gar nicht, wohin sie uns bringen.« Jesper und ich sind die Ersten am Treffpunkt. Vielleicht werden die anderen aber auch woanders aufgesammelt. »Wenn wir zum Beispiel in Richtung Franken fahren, haben wir Glück. Die Wetterstation in Weiden hat einen sonnigen Tag angekündigt. Und eine sternenklare Nacht«, füge ich vielsagend hinzu.

»Weiden liegt in der Oberpfalz«, erwidert Jesper.

»Das ist doch das Gleiche.«

»Ist es nicht.«

»Okay. Und worin besteht der Unterschied?«

»Das musst du die Leute fragen, die dort leben«, sagt Jesper.

»Du meinst, mit denen ist es so ähnlich wie zwischen Kölnern und Düsseldorfern ... oder zwischen Schalke und Borussia?«

»Mhm.« Jesper nickt. »Oder Bayern München und dem Nürnberger FC.«

»Ach, der ist doch keine Gefahr für die«, sage ich lachend.

Jesper lacht ebenfalls.

Das Lustige ist, dass wir beide eigentlich keine Fußballfans sind und trotzdem über alles genau Bescheid wissen.

»Aber *du* bist eine Gefahr für *mich*«, sagt Jesper leise.

»Was?« Irritiert sehe ich ihn an. Ich bin nicht sicher, ob ich ihn richtig verstanden habe.

Er macht einen Schritt von mir weg. Seine Brauen schieben sich über der Nasenwurzel zusammen und seine Lippen werden schmal. Sein Gesichtsausdruck ist finster, beinahe beängstigend.

»Jetzt hör schon auf mit dem Scheiß«, sage ich und gehe wieder auf ihn zu.

Jesper kreuzt die Arme vor der Brust und wendet sich ab.

»Ich meine das ganz ernst, Lida. Du kennst mich doch überhaupt nicht richtig.«

»Jesper«, sage ich, »wir sind seit einem halben Jahr zusammen, und abgesehen davon, dass du rauchst, ist mir bisher noch nichts Gruseliges an dir aufgefallen.«

»Du triffst mich dreimal in der Woche.«

»Ja ... und?«

»Was ist mit den übrigen vier Tagen? Und den unzähligen Stunden, in denen wir uns nicht sehen?«

»Was soll denn da sein?«, entgegne ich und versuche es mit einem Scherz. »Vielleicht gehst du heimlich auf Schalke, feuerst Bengalos ab und prügelst dich mit dem Feind.«

»Ja, klar.« Jesper schüttelt den Kopf. Dann richtet er ruckartig seinen Blick auf mich und sagt ziemlich harsch: »Ich möchte nicht, dass du dich wie eine Klette an mich hängst, okay?«

Ich bin so baff, dass mir der Atem stockt, und einen Moment lang weiß ich nicht, wie ich reagieren soll. Keine Ahnung, was plötzlich mit Jesper los ist, so habe ich ihn jedenfalls noch nie erlebt. Eines aber ist mir klar: Wenn ich ihm hier und jetzt eine Szene mache, schickt er mich vielleicht tatsächlich wieder nach Hause.

»Ich bin nicht der Feind«, sage ich sanft. »Okay?«

Wieder schüttelt er den Kopf, diesmal wesentlich ungeduldiger. »Versprichst du es mir?«

»Wenn du mir erklärst, was genau du darunter verstehst«, erwidere ich zögernd.

Jesper ist mein erster richtiger Freund. Ich kann also nicht auf die gesammelte Erfahrung mehrerer Beziehungen zurückblicken, was bei ihm sehr wohl der Fall ist. Jesper hatte vor mir schon zwei längere Geschichten. Die letzte ist vor knapp anderthalb Jahren zu Ende gegangen. Er hat nicht viel über das Mädchen erzählt; ich weiß nur, dass sie sich von ihm getrennt hat und dass er ziemlich daran zu knabbern hatte. – Was für ihn spricht, finde ich. Zwischen ihr und mir gab es monatelang nur Flirts. Sagt Jesper. Ich sage One-Night-Stands. Aber das stört mich nicht. Im Gegenteil. Seine Erfahrung und seine Zärtlichkeit haben mir das erste Mal wirklich leicht gemacht. Ich liebe Jesper und ich mag den Sex mit ihm. Bin ich deswegen schon eine Klette?

»Wir sind das einzige Pärchen«, sagt er.

»Woher willst du das wissen?«

»Ich habe uns angemeldet ... schon vergessen?«

Natürlich nicht! Das Ganze lief über das Internet.

»Ich habe angegeben, dass du meine Cousine bist.«

Was? »Wieso?«

»Ich hatte den Eindruck, dass die es nicht gerne sehen, wenn Teilnehmer liiert sind.«

»So 'n Quatsch!« Ich tippe mir an die Stirn. »Mit welcher Begründung?«

Jesper zuckt mit den Schultern. »Wahrscheinlich wegen der Homogenität. Pärchen bringen nur Unruhe in eine Gruppe, in der jeder auf jeden angewiesen ist.«

»Pärchen können auch stabilisierend wirken«, halte ich dagegen.

Jesper nickt. »Ja, wenn sie selber keine Probleme haben.«

»Haben wir nicht«, sage ich.

Wieder dieser ernste, finstere Blick. »Bist du sicher?«

Tja, bis gerade eben war ich es noch.

Ich schaue zur Seite und beiße mir auf die Unterlippe. Wenn ich weiter insistiere, würde es wahrscheinlich nicht einmal eine Minute dauern, und wir hätten unseren ersten handfesten Streit.

Darauf habe ich keine Lust. Nicht ausgerechnet hier und jetzt und erst recht nicht so kurz vor einer Unternehmung, bei der Jesper mich eigentlich gar nicht dabeihaben will.

Ich drehe mich von ihm weg und sehe die Landstraße hinunter, die nach etwa dreihundert Metern in einer Kurve hinter einem Wald verschwindet. Rechts davon ziehen sich Getreidefelder und Pferdekoppeln einen Hang empor und dahinter hellt sich der Himmel auf.

***

Der dunkelblaue VW-Multivan nähert sich aus der anderen Richtung. Langsam und auf der linken Seite blinkend rollt er heran, lässt einen Pkw passieren, biegt in die Parkplatzzufahrt ein und stoppt.

»Sind sie das?«, frage ich.

Jesper antwortet nicht, sondern geht geradewegs auf den Bus zu. Die Beifahrertür wird geöffnet, ein circa vierzigjähriger athletischer Typ mit kurz gehaltenem Vollbart springt heraus und läuft ihm entgegen. Die beiden wechseln ein paar Worte, die ich auf die Entfernung nicht verstehen kann, dann wenden sie sich mir zu.

»Na, komm schon!«, ruft Jesper.

Plötzlich ist mir doch ein wenig mulmig zumute. Die Leute im Bus könnten Freaks sein, und dann diese merkwürdige Äußerung von Jesper eben, ich wäre eine Gefahr für ihn ... Ach, verdammt, wenn ich jetzt einen Rückzieher mache, werde ich mir das wahrscheinlich nie verzeihen. Entschlossen wische ich mein Unbehagen beiseite, straffe die Schultern und setze mich mit festen Schritten in Bewegung.

»Das ist Lida Donelly«, sagt Jesper. »Meine Cousine.«

Der Typ mit dem Vollbart nickt. Er hat schmale dunkle Augen und eine ungewöhnlich breite Unterlippe. Aus seinem Jackenkragen quillt ein dunkler Brustpelz hervor und auch seine Hände sind ungewöhnlich stark behaart.

»Wie alt bist du?« Seine Stimme klingt seltsam metallisch und passt überhaupt nicht zu ihm. Irgendwie so, als ob er einen künstlichen Kehlkopf hätte.

»Siebzehn«, sage ich.

»Also minderjährig.« Der Typ kneift die Augen zusammen und mustert mich forschend. »Dann brauchst du eine Einverständniserklärung der Erziehungsberechtigten.«

»Kein Problem«, sagt Jesper. »Ich übernehme die Verantwortung für sie. Das habe ich doch bereits bei der Anmeldung angegeben.«

»Hm.« Der Typ kräuselt seine breite Unterlippe. »Du bist zwanzig, richtig?«

»Jap.«

»Und das Mädchen ist wirklich deine Cousine?«, bohrt er weiter.

»Klar doch«, sagt Jesper. »Ihre Eltern sind beruflich im Ausland unterwegs. Deshalb wohnt sie zurzeit bei mir.«

Ich habe Mühe, mir meine Überraschung nicht anmerken zu lassen. Woher dieser plötzliche Sinneswandel? Beziehungsstress hin oder her, aber dieses Verhalten kann ich Jesper unmöglich durchgehen lassen. Sobald sich die Gelegenheit ergibt, werde ich mit ihm darüber reden müssen.

»Also gut«, sagt der Typ. »Mit euch ist die Gruppe vollzählig.«

»Wie viele sind wir denn überhaupt?«, erkundigt sich Jesper.

»Das erfahrt ihr am Ausgangspunkt«, entgegnet der Typ.

»Okay … Und wie ist dein Name?«, fragt Jesper weiter.

»Der tut nichts zur Sache.«

»Mag sein. Ich wüsste ihn trotzdem gern.«

Der Typ brummt etwas Unverständliches. Schließlich sagt er: »Stucke.«

»Und der Vorname?«

»Stucke sollte genügen. Ich bin sowieso nur Begleiter. Alles, was für den Blind Walk relevant ist, bekommt ihr …«

Jesper macht eine resignierte Geste. »Schon kapiert … am Ausgangspunkt.«

Stucke grinst, richtig sympathisch macht ihn das jedoch nicht.

Ein merkwürdiger Typ, denke ich. Äußerst merkwürdig sogar. Erneut keimen Zweifel in mir auf, ob das alles hier wirklich mit rechten Dingen zugeht. Aussehen und Verhalten der Begleiter könnten allerdings auch zum Programm gehören, schließlich ist dieser Event so ziemlich das Gegenteil von einer Kaffeefahrt.

»Apropos blind«, sagt Stucke jetzt, zieht zwei schwarze Augenmasken aus seiner Jackentasche und lässt sie vor Jespers Gesicht hin und her pendeln. Mir fällt sofort die große goldene Angeberuhr an seinem Handgelenk ins Auge. »Würdest du das bitte deiner kleinen Cousine auf die Nase binden?«

Stucke lacht über seinen eigenen Witz.

»Was, jetzt schon?«, fragt Jesper verwundert.

»Wann sonst?«, erwidert Stucke. »Wenn wir im Wagen sind, kann ich nicht mehr kontrollieren, ob die Dinger auch richtig sitzen.«

»Findest du das nicht ein bisschen übertrieben?«, gibt Jesper zurück. »Wir würden uns doch nur selbst den Spaß verderben, wenn wir versuchten, die Strecke zu verfolgen.«

»Entweder ihr akzeptiert die Regeln oder ihr vergesst das Ganze«, brummt Stucke. »Keiner zwingt euch mitzufahren.«

Jesper zögert, und einen winzigen Moment lang wünsche ich mir tatsächlich, dass er sich dazu durchringt hierzubleiben, auch wenn dann die hundertachtzig Euro futsch wären, die wir jeder für dieses kleine Abenteuer hinlegen mussten. Aber Jesper wäre nicht Jesper, wenn er sich von ein paar dummen Sprüchen ins Bockshorn jagen ließe.

»Natürlich fahren wir mit«, sagt er, schnappt sich eine der beiden Augenmasken und legt sie mir um.

Es ist anders als Blindekuhspielen. Vollkommen anders. Damals brauchte ich nur den Kopf ein wenig in den Nacken zu legen und schon konnte ich unter dem Tuch hervorlinsen und die Beine und Füße meiner Mitspieler erkennen. Jetzt ist es so, als würde ich gegen eine schwarze Wand gucken, auf die das Flimmern meiner Netzhaut projiziert wird. Ich spüre Jespers Finger an meinem Hinterkopf und kurz darauf einen flüchtigen Luftzug in meinem Gesicht, dann fühle ich mich plötzlich losgelöst aus meiner Umgebung und empfinde nicht einmal mehr den Boden unter meinen

Füßen als Sicherheit, sodass ich beinahe froh bin, als ich Stuckes harsche metallische Stimme wieder vernehme.

»Alles klar«, sagt er und umfasst meinen Oberarm. »Wir gehen jetzt zum Wagen rüber. Das sind ungefähr zwanzig Schritte.«

Er zieht mich mit sich, und ich stolpere, vollauf damit beschäftigt, nicht umzuknicken, neben ihm her.

»Stopp!«, ruft Stucke. Er wartet, bis ich mich ausbalanciert habe, und packt mich dann unter den Achseln. »So, und jetzt einsteigen. Die Sitzbank befindet sich gleich links von dir.«

Ich hebe den rechten Fuß an.

»Gut so«, sagt Stucke. »Kopf einziehen!«

Das muss er mir nicht sagen, es passiert ganz automatisch, und kaum habe ich meinen Fuß aufgesetzt, drückt er mich auch schon schwungvoll nach oben. Reflexartig strecke ich meine linke Hand aus, ertaste raues Polster und lasse mich darauffallen.

»Durchrutschen!«

Ich mache, was Stucke sagt, und rücke auf der Bank weiter, bis ich gegen einen anderen Körper stoße.

»Oh, hallo … sorry«, stammele ich. »Ich bin Lida.«

»Es wird hier nicht gequatscht, klar?«, blafft Stucke mich an.

Ich zucke zusammen.

Neben mir ertönt ein Poltern und einen Atemzug später sinkt jemand an meine Seite. Kurz darauf fällt die Wagentür zu.

Ich greife nach rechts und ertaste den Stoff von Jespers

Outdoorjacke. Er legt die Hand auf meine und ich verflechte meine Finger mit seinen.

Sie sind rau und fremd.

Erschrocken ziehe ich meine Hand weg.

»Jesper?«, keuche ich, aber niemand antwortet.

Panik schießt in mir hoch. Ich will mir die Augenmaske herunterreißen, doch die rauen Hände halten mich davon ab. Jemand schnallt mich an.

»Ganz ruhig, Mädchen«, sagt Stucke neben mir.

»Wo ist er?«, brülle ich los. »Wo ist Jesper?« Meine Stimme hallt schrill von den Blechwänden des Wagens wider.

Stucke lacht.

»Krieg dich mal wieder ein! Wie willst du denn die Woche da draußen überstehen, wenn du jetzt schon die Nerven verlierst!«

Der Motor springt an und der Kleinbus setzt sich in Bewegung. Ich höre das Knirschen des Schotters unter den Reifen, der Fahrer beschleunigt und ich werde in den Sitz gedrückt. Es geht in dieselbe Richtung zurück, aus der der Van gekommen ist.

Ich ziehe die Schultern ein und versuche, mich so klein wie möglich zu machen, denn ich mag weder Stucke noch den Fremden links von mir berühren.

***

Zunächst fahren wir eine ganze Weile in gleichförmiger Geschwindigkeit geradeaus. Ein einziges Mal nur bremst der Fahrer den Bus ab, lenkt ihn nach links und gibt dann sofort wieder Gas. Der Typ rechts hinter mir räuspert sich in regelmäßigen Abständen, ansonsten vernehme ich nur Atemgeräusche.

Die Luft im Wagen ist warm und feucht. Es riecht nach Imprägnierspray und Erde, dominiert von einer ziemlich ekligen Mischung aus Rasierwasser und Schweiß. Ich atme möglichst flach, damit sich dieses unangenehme Aroma nicht in meiner Nase festsetzen kann.

Ich schwitze und meine Ohren fangen an zu jucken, doch ich wage es nicht, den Reißverschluss meiner Jacke zu öffnen, und verfluche Jesper dafür, dass er mir die Kapuze nicht vom Kopf gezogen hat, bevor er mir die Augenmaske umband.

Nach einer gefühlten Ewigkeit verringert der Fahrer das Tempo. Plötzlich geht es nur noch stockend voran. Ein lautes Hupen unmittelbar neben mir lässt mich zusammenschrecken. Jemand außerhalb des Busses schreit etwas. Weitere gedämpfte Stimmen ertönen. Eine Ortschaft, durchzuckt es mich, und wieder einmal bin ich kurz davor, mir die Augenmaske zu entfernen. Der Anblick anderer Menschen würde mich beruhigen, vor allem aber könnte ich mich davon überzeugen, dass Jesper auch wirklich eingestiegen ist. Doch ich will nicht, dass Stucke mich noch einmal anfasst. Oder mich einfach an der nächsten Ecke raussetzt. Also reiße ich mich zusammen und bete, dass wir bald am Ziel sind.

Vom ständigen Stoppen und wieder Anfahren wird mir übel, aber nachdem wir zweimal rechts abgebogen sind, gibt der Fahrer Gas, und es geht endlich wieder zügig weiter.

Das laute gleichförmige Motorengeräusch lullt mich ein. Gähnend schließe ich unter der Binde die Augen und versuche, nicht mehr darüber nachzudenken, was ich mache, wenn sich herausstellt, dass Jesper auf dem Parkplatz am Rippetalstaudamm zurückgeblieben ist und ich mutterseelenallein mit einer Horde Psychos in der Pampa gelandet bin.

Samstag, 16. August, Stadtklinikum Süd

Das Aufschlaggeräusch ist immer da. In jeder Zelle meines Körpers.

Ich höre auch das Lachen. Neben mir. Hinter mir.

Und lautes Gegröle und das Gelalle von Jan.

Es hat mich genervt.

Aber das eigentliche Problem war nicht Jan, sondern die Kurve.

Ich sehe den Baum im Licht der Scheinwerfer, dahinter der stockschwarze Himmel. Der Baum rast auf mich zu.

Ich wünsche mir, dass es endlich aufhört.

Dass auch meine Mutter endlich zu reden aufhört.

Und mich nicht ständig anfasst.

Ich bin siebzehn. Fast volljährig.

Und ich möchte meine Ruhe.

Aber sie lassen mich nicht.

Manchmal denke ich, ich schlafe, aber das tue ich nicht.

Sie kommen, schicken meine Mutter weg, stellen sich um mich herum und reden.

Reden. Reden. Reden.

Ich verstehe nicht, was sie sagen. Ich weiß nur, dass es mit mir zu tun hat. Und dem Unfall.

Manchmal erscheint ein Engel mit großen blauen Augen. Beugt sich über mich und lächelt.

Immer wenn er da ist, verschwinden die Geräusche. Verblassen die Erinnerungen. Finde ich ein wenig Ruhe.

Ich möchte nicht, dass der Engel wieder weggeht. Also stehe ich auf und folge ihm.

Zu dem Mann hinter der Stellwand, der stumm vor sich hin starrt.

Zu der Frau, die leise stöhnt.

Aus dem Zimmer.

Den Gang entlang.

In ein anderes Zimmer.

Es ist kleiner. Übersichtlicher. Voller Schränke und Monitore und Anzeigegeräte.

Es gibt auch einen Tisch dort und zwei Stühle. Schreibkram. Und einen Kaffeeautomaten.

Der Engel trinkt keinen Kaffee, sondern Tee aus einer Thermoskanne, die er aus seiner Tasche holt.

Der Engel ist auch kein Er, sondern eine Sie.

Auf dem Namensschildchen am grünen Kittel steht *Ramona Lenk*. Ihre Augen sind wirklich sehr blau, so wie das Meer rund um Sardinien, wenn die Sonne allmählich in Richtung Horizont sinkt. Das blonde Haar reicht ihr bis knapp unters Kinn. Sie trägt es stufig geschnitten und hält es mit einer kleinen Silberspange aus der Stirn.

Ich schätze Ramona auf ungefähr fünfundzwanzig. Natürlich ist sie zu alt für mich, und ohnehin hat sie bestimmt einen Freund, so hübsch, wie sie ist.

Ich stehe hinter ihr und sehe ihr über die Schulter, schaue

zu, wie sie an ihrem Tee nippt und irgendwelche Zahlen und Kürzel, die für mich wie Hieroglyphen aussehen, in eine Tabelle einträgt.

Leise seufzend legt sie die Tabelle in eine Patientenkarte, klappt diese zu und schiebt sie zur Seite. Links oben in der Ecke steht: *Sten Milders 23.09.1996*

Mein Name. Mein Geburtsdatum.

Im Gang ertönen Schritte und Ramona hebt den Kopf.

Ein Mann kommt herein. Ebenfalls in Grün. Auf seinem Schild steht *G. Jakubeit*. Er trägt einen Mundschutz, den er nun abnimmt. Seine Haare sind sehr kurz und seine Lippen geschwungen. Er streicht sich mit den Fingern über den Nasenrücken und die Augenbrauen.

»Wie geht es dem Jungen?«

Ramona zuckt mit den Schultern. »Seine Werte sind stabil, aber die OP-Naht heilt schlecht.«

Dr. Jakubeit nimmt meine Karte, klappt sie auf und begutachtet die Tabelle. »Okay«, sagt er schließlich, »ich werde mir das morgen noch einmal etwas genauer ansehen. Sicherheitshalber geben wir ein Antibiotikum.«

»Amoxicillin?«, fragt Ramona.

Jakubeit nickt. »500 Milligramm.«

»Jetzt gleich?«

Wieder ein Nicken. »Morgen bestimmen wir die genaue Dosis und verabreichen es dann über die Pumpe.«

»Gut.« Ramona nimmt ihm die Karte aus der Hand und trägt etwas ein. Sie erhebt sich und tritt so schnell zurück, dass ich nicht mehr ausweichen kann und wir einen Moment lang ineinanderstehen.

Für mich ist es ein gutes Gefühl, aber sie scheint verwirrt und plötzlich nicht mehr zu wissen, was sie tun wollte.

Langsam bewege ich mich aus ihrem Körper heraus.

Der Doc betrachtet sie stirnrunzelnd. »Ist Ihnen nicht gut?«

»Doch, doch.« Ramona winkt ab. Lächelt. »Mir war nur ein wenig schwindelig.«

Jakubeit lächelt ebenfalls. »Ja, diese Schichtwechsel machen mir auch immer zu schaffen.«

Ramona nickt. Sie öffnet den Medikamentenschrank, nimmt eine Ampulle aus einer Schachtel und zieht den Inhalt in einer Spritze auf.

Ich folge ihr auf den Gang hinaus, in das große Zimmer zurück bis zu meinem Bett.

Mein Gesicht ist bleich und reglos, die Augen sind nahezu geschlossen, um den Kopf trage ich einen Verband.

Eine Maschine beatmet meine Lunge. Sie macht ein seltsam pumpendes Geräusch, das mir komischerweise erst jetzt auffällt.

»Hallo, Sten«, sagt Ramona leise. »Ich bin's noch mal. Wir sind ein wenig besorgt wegen deiner Naht und deshalb bekommst du jetzt etwas zur Prophylaxe.«

Sie öffnet den Venenkatheter an meinem rechten Handgelenk und spritzt das Antibiotikum hinein.

»Schlaf gut«, flüstert sie und streicht über meinen Arm. »Wenn du Glück hast, holen wir dich morgen ein wenig aus dem Koma, damit du nicht vergisst, dass es Tag und Nacht gibt.«

Leider ist dann deine Schicht zu Ende, und du wirst nicht

mehr hier sein, denke ich, während mein Blick auf der feinen Falte in ihrem schmalen Nacken ruht.

Seitdem mit Katja Schluss ist, hat mich kein Mädchen mehr so sehr berührt.

Ramona richtet sich auf, wirft einen Blick auf die Monitore neben meinem Bett und huscht davon.

Ich gehe zum Fenster hinüber und schaue über die Stadt und den angrenzenden Wald. Der Himmel ist dunkelblau, über den Berggipfeln in der Ferne liegt noch ein Hauch Sonnenuntergangsrot. Hier und da funkeln ein paar Sterne.

Ich lehne mich in den Fenstersturz und werfe einen Blick auf mein Bett.

Ich verspüre nicht die geringste Lust, wieder in meinen Körper zurückzuschlüpfen.

Samstag, 16. August, Ausgangspunkt

Es ist Nacht, als man mir die Augenmaske abnimmt. Ich sitze noch immer in diesem verdammten Kleinbus auf demselben Sitz. Mir tun Hintern, Rücken und Füße weh. Mein Gaumen ist trocken und klebrig und meine Lippen spannen. Vor allem aber muss ich pinkeln.

»Na, komm hoch, Mädchen, aussteigen.«

Stucke zerrt an meinem Arm.

Ich erhebe mich, kann allerdings kaum stehen auf diesen Füßen, die während der unzähligen Stunden, die wir unterwegs waren, etliche Male eingeschlafen sind und sich mittlerweile nur noch durch Unförmigkeit und Schmerz definieren.

»Mach schon!«

Stucke versetzt mir einen Stoß und ich stolpere nach draußen, verliere das Gleichgewicht und falle auf Knie und Hände.

Der Boden ist rau und uneben, eine Mischung aus trockenharter Erde, borstigen Grasbüscheln und kieselgroßen Steinsplittern, die sich mir in die Haut bohren.

»Scheiße!«, fluche ich leise, schüttele die rechte Hand aus und bemühe mich, nicht allzu sehr herumzustöhnen.

Jemand packt mich an der Jacke und zieht mich zur Seite. Nur einen Augenblick später stolpert der Nächste aus dem Bus. Es muss der sein, der links neben mir gesessen hat: ein bulliger Typ mit halblangen dunkelblonden Haaren und Dreitagebart. Seine blauen Augen mustern mich neugierig.

»Hallo«, sage ich, nachdem ich mich aufgerappelt habe. »Ich bin Lida.«

»Das sagtest du schon«, brummt er und massiert sich den Nacken.

»Tut mir leid«, raunt der, der mich zur Seite gezerrt hat, an meinem Ohr, und ich jauchze beinahe auf. – Jesper! Oh mein Gott, alles ist gut. Jesper ist nicht zurückgeblieben!

Ich drehe mich zu ihm um. »Wo warst du?«

»Auf dem Beifahrersitz. Stucke wollte unbedingt nach hinten.«

Wir stehen auf einer Lichtung, eingerahmt von Büschen und Bäumen. Hinter uns bricht ein Felsen aus dem Boden hervor. Die Luft ist angenehm lau und klar, der halbe Mond steht hoch am mit Sternen übersäten Himmel und erhellt Jespers Gesicht. Er sieht müde aus, aber er lächelt.

Nacheinander taumeln drei Mädchen und ein weiterer Typ aus dem Wagen. An der Seitenwand lehnt noch einer, der ungefähr so alt ist wie Stucke, und raucht. Wahrscheinlich der Fahrer, denn ansonsten kann ich im Inneren des Busses niemanden mehr ausmachen.

»Ich muss mal«, wispere ich Jesper zu. »Ganz dringend.«

»Dito«, meint der Typ mit dem Dreitagebart.

»Ja, ja«, höhnt Stucke und macht eine weit ausholende Geste, »schlagt euch nur alle in die Büsche.«

»Dein Ernst?«, fragt ein Dunkelhaariger mit Brille.

Stucke lacht und der Fahrer schnipst seine Zigarette weg. Im Flug glimmt sie auf und landet circa drei Meter von ihm entfernt auf dem Boden. Ein Mädchen tritt sie aus. Sie hat ein schmales blasses Gesicht und schulterlange kastanienrote Locken.

»Ihr könnt euch natürlich auch alle in die Hosen pinkeln«, johlt Stucke und schlägt sich auf die Schenkel.

»Tja, das nenne ich doch mal eine professionelle Einführung«, sagt eins der beiden anderen Mädchen, und ehe ich sie mir etwas genauer anschauen kann, ist sie bereits zwischen den Sträuchern abgetaucht.

»Für hundertachtzig kann man auch nicht mehr erwarten«, meint Stucke trocken und wedelt mit beiden Händen in Richtung Wald. »Na los! Worauf wartet ihr noch?«

Jesper zupft mich an der Jacke. »Komm.«

Ich folge ihm um den Felsen herum und unter einem tief hängenden Ast hindurch ins Unterholz.

»Es tut mir leid«, sagt er noch einmal, zieht mich in seine Arme und haucht mir einen Kuss auf die Schläfe. »Aber ich konnte ja nicht ahnen, dass sie uns trennen.«

»Warum behauptest du auch, ich sei deine Cousine!«, werfe ich ihm vor.

»Weil die dich sonst nicht mitgenommen hätten.«

»Das hätte dir doch nur recht sein können«, erwidere ich und mache mich von ihm los. »Dann hättest du jetzt ein Problem weniger.«

»Lida!«

»Ja, verdammt, es ist doch so!«, fauche ich. »Du hast es

schließlich selber gesagt. Dass du diese Zeit lieber für dich allein hättest und ...«

»Was willst du eigentlich?«, unterbricht er mich. »Ich habe dich angemeldet. Ich wäre sogar bereit gewesen, deinen Anteil zu übernehmen ...«

»Heute Morgen hast du gesagt, dass ich eine Gefahr für dich sei, und kaum sitzen wir im Bus, höre und spüre ich dich nicht mehr. Was soll ich denn da ...?«

»Lida ... Lida ...« Jesper fasst mich an den Schultern. »Das war doch nur Spaß.«

»Spaß?« Ich glaub's nicht!

»Ich hab doch gesagt, es tut mir leid.«

»Jesper, so einfach ist das nicht. Du kannst nicht ...«

»Und du solltest nicht immer alles so ernst nehmen«, fällt er mir abermals ins Wort.

Er schiebt sich die Regenhose bis zu den Oberschenkeln runter und öffnet den Reißverschluss seiner Jeans. Dann wendet er sich ab und pinkelt neben einem Baum ins Moos.

»Musstest du nicht auch?«, brummt er.

»Meister im Ausweichen, he?«, brumme ich zurück, lasse mich dann aber ein paar Schritte weiter in einer Mulde nieder und erleichtere mich ebenfalls.

»Hör zu, Lida«, sagt Jesper, nachdem wir unsere Klamotten gerichtet haben und ich wieder zu ihm getreten bin. »Nicht du bist das Problem ...«

»So habe ich das auch gar nicht verstanden, son...«

»Herrgott noch mal, musst du immer dazwischenquatschen?«

»Tust du doch auch.«

Jesper legt seinen Kopf in den Nacken und stöhnt in den Himmel. »Genau das habe ich befürchtet.«

»Was?«

»Dass es nicht gut für uns ist, wenn wir zu lange aufeinanderhocken.«

Ich starre ihn an. »Das ist jetzt nicht dein Ernst!«

»Doch, Lida, allerdings. Verstehst du, ich habe keine Lust auf den Stress und all diese Komplikationen, die zwangsläufig auftreten, wenn man ...« Jesper bricht ab. Er scheint nach den richtigen Worten zu suchen. Worte, die nicht allzu verletzend sind, aber dennoch deutlich genug, um mir begreiflich zu machen, was er will.

Oder *nicht* will.

Und während er mich ansieht und sein Gehirn nach einer Erklärung durchforstet, wird mir klar, dass er sich schon immer etwas völlig anderes unter unserer Beziehung vorgestellt hat als ich, und auf einmal wird mir innerlich ganz kalt.

»Du liebst mich gar nicht richtig«, höre ich mich krächzen.

Jesper schüttelt den Kopf. »Was heißt denn hier richtig?«

»Du weißt genau, was ich meine«, presse ich hervor. Meine Augen brennen, und der Boden unter meinen Füßen scheint zu schwanken, aber ich bin fest entschlossen, weder zu heulen noch den Halt zu verlieren.

»Lida ...« Jesper streckt seine Hand nach mir aus, doch ich weiche zurück.

»Sag nicht immer Lida.«

»So heißt du nun mal.«

»Du ... Du ... Ach, verdammt!«

Ein Chaos an Gefühlen rauscht durch mich hindurch und am liebsten würde ich davonrennen. Aber wohin? Es ist Nacht, und ich befinde mich in einer Gegend, in der ich mich nicht auskenne. Ich weiß ja nicht einmal, wie weit die nächste Ortschaft entfernt ist und ob es hier womöglich Wölfe gibt. Nicht umsonst sind wir eine Gruppe von Leuten. Nur wenn wir miteinander klarkommen und uns gegenseitig helfen, können wir aus dieser Wildnis in die Zivilisation zurückfinden.

Kein Handy – das war eine der Bedingungen, die man akzeptieren musste, um an diesem Event teilnehmen zu können. Okay, Stucke hat unsere Rucksäcke nicht durchsucht – zumindest wüsste ich nicht, wann er das getan haben sollte –, trotzdem gehe ich davon aus, dass sich alle an die Vorgaben gehalten haben. Ich zumindest habe mein Handy nicht dabei und auch nicht mehr als anderthalb Liter Mineralwasser und ein paar Nüsse und Kekse als persönlichen Proviant. Zwei, drei Tage könnte ich damit überleben. – Was aber, wenn ich gleich zu Beginn in die falsche Richtung laufe? Weder habe ich einen Kompass in der Tasche noch kenne ich mich mit dem Sternenhimmel aus, ich könnte mich tagsüber allenfalls am Sonnenstand orientieren.

»Süße …« Jesper berührt mich an der Schulter. »Zieh jetzt bitte kein Drama ab, okay?«

»Keine Sorge, das erspar ich mir«, zische ich, schlage seine Hand weg und stapfe zum Felsen zurück.

* * *

Der Kleinbus ist weg und unsere Rucksäcke liegen auf einem Haufen. Die übrigen fünf Leute aus der Gruppe stehen im Kreis drum herum und wirken allesamt ein wenig ratlos.

»Da seid ihr ja endlich!«, knurrt der Typ mit dem Dreitagebart. »Wir dachten schon, ihr habt euch abgesetzt.«

»Ja, klar«, sagt Jesper. »Ohne unser Gepäck.«

»Weiß man's?«, gibt der Typ zurück. »Freaks und Verrückte gibt es überall.«

»Ich hab doch gleich gesagt, die sind 'n Paar«, meldet sich eins der Mädchen zu Wort. Sie ist groß und sehr schlank, hat kurze weißblonde Haare, graue Katzenaugen und einen sinnlich geschwungenen Mund. »Die hatten wahrscheinlich Druck.«

»Ach, du hast ja keine Ahnung«, erwidert Jesper. »Lida ist meine Cousine. Ihr war schlecht von der Fahrt. Außerdem ...«

»Uns allen ist schlecht von der Fahrt«, unterbricht ihn der Typ mit dem Bart.

»Mir nicht, falls es dich interessiert«, entgegnet Jesper barsch. »So, und jetzt wüsste ich gerne eure Namen«, setzt er hinzu, ehe der Typ etwas erwidern kann.

»Ich heiße Natascha«, sagt das Mädchen mit den Katzenaugen.

Die Rothaarige schaut kurz zu ihr hin. »Ich bin Isabel.«

»Thore.« Der Dreitagebart.

»Birk.« Der Dunkelhaarige mit Brille.

»Joy.« Eine Kräftige mit blauen Augen, Sommersprossen und dickem hellbraunem, zu einem Zopf geflochtenem Haar. Die, die eben als Erste im Gebüsch verschwunden ist.

Grillen zirpen und in der Ferne schreit ein Käuzchen.

»Mein Name ist Jesper«, stellt Jesper sich vor.

»Mich kennt ihr inzwischen ja bereits«, setze ich hinzu.

Isabel nickt und Thore mustert mich mit zusammengekniffenen Augen. »Du bist noch keine achtzehn, stimmt's?«

»Lida ist schon okay«, verteidigt Jesper mich. »Sie hat so etwas bloß noch nie mitgemacht.«

»Nicht umsonst sind diese Blind Tours erst ab achtzehn«, sagt Thore.

»Das sind sie nur wegen der Haftung«, klärt Joy ihn auf.

Thore wirft ihr einen finsteren Blick zu. »Eben. Ich habe jedenfalls keine Lust, die Verantwortung für eine Minderjährige zu übernehmen.«

Ich schnappe geräuschvoll nach Luft, entschlossen, mir diese Unverschämtheit nicht gefallen zu lassen, doch Jesper kommt mir zuvor.

»Das brauchst du auch nicht«, sagt er. »Ich habe für sie unterschrieben.«

Natascha grinst. »Klar, für die süße kleine Cousine tut man so etwas ja gern.«

Ihr katzengrauer Blick ruht auf Jesper und ein verführerisches Lächeln umspielt ihre Mundwinkel.

Ich fälle selten schnell ein negatives Urteil über jemanden, doch bei Natascha ist mir bereits jetzt klar, dass ich sie nicht leiden kann.

»Jemand muss die Gruppe schließlich anführen«, sagt Thore.

Ein spöttischer Zug legt sich auf Jespers Gesicht. »Ach, und das bist du?«

»Was dagegen?«

»Allerdings.« Thore lässt seinen Blick langsam in die Runde gleiten. »Sonst noch jemand?«

Birk und Isabel zucken die Achseln. Niemand sagt etwas.

Ich weiß, ich müsste Jesper zur Seite springen, aber unsere Auseinandersetzung von eben steckt mir noch in den Knochen. Abgesehen davon, habe ich keine Lust, mich weiter Thores und Nataschas Spott auszusetzen.

»Lasst uns das morgen entscheiden«, schlägt Joy vor. »Ich finde, wir sollten uns jetzt erst mal eine Runde aufs Ohr hauen.«

Birk scheint ihre Meinung zu teilen, denn er macht sofort einen Schritt auf den Gepäckstapel zu und zieht einen dunkelbraunen Rucksack mit Reflektorstreifen heraus.

»Okay«, sagte Thore. »Wer sammelt Holz?«

Natascha sieht ihn an. »Wozu?«

Anstatt ihr zu antworten, schüttelt Thore nur den Kopf und greift ebenfalls nach einem Rucksack. Er ist dunkelblau und eindeutig der größte von allen.

»Für ein Feuer, oder?«, fragt Isabel. »Das kann ich gerne machen«, setzt sie eifrig hinzu.

Thore winkt ab. »Aber nicht allein.«

»Ich komme mit«, bietet Joy sich an. Sie nickt Isabel zu und die beiden verschwinden in der Dunkelheit.

»Hat jemand einen Spaten dabei?«, fragt Thore.

Natascha fixiert Jesper und tippt sich an die Stirn. Ohne Zweifel wird sie morgen für ihn stimmen.

»Einen *Klapp*-Spaten«, betont Thore.

Allgemeines Kopfschütteln.

»Stand ja nicht auf der Liste«, meint Birk, der inzwischen eine Isomatte, einen Schlafsack und ein Paket Knäckebrot ausgepackt hat. Er rollt die Matte aus und setzt sich.

Thore öffnet den Mund, sagt dann aber doch nichts, sondern zieht einen zweiten Rucksack aus dem Stapel und lässt sich auf die Knie runter. Dann löst er die Schnappverschlüsse der Vorderklappe und schnürt den Rucksack auf.

»He, was soll denn das?«, faucht Natascha und versucht, ihm den Rucksack wegzunehmen. »Du kannst doch nicht einfach in fremder Leute Sachen rumwühlen.«

»Reg dich ab, das ist Allgemeingut«, erwidert Thore und deutet auf ein rundes Label, das auf der Klappe angebracht ist. Rot-blau mit den Initialen IA. Individual Adventures.

»Ach, der ist vom Veranstalter«, sagt Birk und kriecht auf allen vieren zu Thore hinüber. »Los, zeig mal, was drin ist.«

»Was glaubst du wohl, was ich vorhabe, Schlaumeier?« Thore greift in den Rucksack und zieht nacheinander ein Seil, eine Taschenlampe, eine Wanderkarte, einen Kompass, ein Handy, ein Schweizer Messer, ein Päckchen Streichhölzer – und einen Klappspaten hervor.

Natascha schnappt sich das Handy, drückt auf den Tasten herum und zieht eine Grimasse.

»Wow! Drei Euro Guthaben! Außerdem ist der Akku gerade mal ein Viertel voll. Höchstens.«

»Dann schalt das Ding besser gleich wieder aus«, knurrt Thore.

»Er hat recht«, sagt Birk. »Dieses Handy ist unsere einzige Verbindung zur Außenwelt. Wir sollten es uns für den Notfall aufsparen.«

»Zur Außenwelt.« Natascha schüttelt lachend den Kopf. »Junge, Junge, mehr *außen,* als wir hier sind, kann man doch gar nicht sein.« Sie schaltet das Handy aus und legt es zu den übrigen Dingen, die Thore vor seinen Füßen auf dem Boden aufgereiht hat. »Wer soll denn diesen Rucksack für die Allgemeinheit eigentlich schleppen?«

»Das entscheiden wir morgen«, sagt Jesper.

In Nataschas grauen Augen blitzt es herausfordernd. »Oh, du schließt dich also Joy an.«

»Ich halte ihren Vorschlag für klug«, gibt Jesper ungerührt zurück. »Ansonsten bin ich immer für Aufgabenteilung«, fügt er mit einem Seitenblick auf Thore hinzu.

»Jeder, wie er mag«, erwidert der, richtet sich zu seiner vollen Länge auf und klappt den Spaten auseinander. Mit seinen schweren Stiefeln schiebt er ein paar Zweige beiseite und rammt die Spitze des Spatens in den Boden.

Schweigend sehen Jesper, Natascha, Birk und ich dabei zu, wie er mit wenigen gezielten Stichen ein circa fünfzig Zentimeter großes kreisrundes Loch aushebt, das in der Mitte ungefähr zwanzig Zentimeter tief ist und zum oberen Rand hin flach ansteigend ausläuft.

»Astreine Feuerstelle«, stellt Birk anerkennend fest.

»Kannst dir getrost ein Ei drauf braten«, meint Thore trocken.

Birk ruckelt an seiner Brille und sieht ihn irritiert an.

»Jetzt sag bloß nicht, du hast keine Pfanne dabei«, presst Natascha hervor und bricht lauthals in Gelächter aus.

»Stand ja nicht auf der Liste«, meint Thore und klappt den Spaten zusammen.

Über Jespers Gesicht huscht ein Grinsen und auch ich kann nur mühsam ein Schmunzeln unterdrücken.

Diese Art von Humor hätte ich Thore gar nicht zugetraut. Offenbar ist er weniger grobschlächtig, als es zunächst den Anschein hatte. Sympathisch finde ich ihn zwar noch immer nicht, aber sein Sinn fürs Praktische, sein guter Überblick und die Ruhe, die er ausstrahlt, beeindrucken mich. Außerdem hat er durchaus Sensibilität gezeigt, als er Isabel nicht allein zum Holzsammeln loslaufen ließ. Ich habe das Gefühl, dass Thore Menschen gut einschätzen und man sich im Ernstfall auf ihn verlassen kann, und deshalb beschließe ich, morgen ihm meine Stimme zu geben und nicht Jesper.

Hinter mir ertönt ein Rascheln. Sofort hebt Thore den Blick über Jesper und mich hinweg und stößt ein zufriedenes Grunzen aus.

Ich drehe mich um und bemerke Joy und Isabel, die mit den Armen voller Äste und Zweige zwischen den Bäumen hervortreten.

Auf Thores Geheiß lassen sie alles neben dem Loch fallen, und ohne dass ihn jemand dazu auffordert, beginnt Birk damit, das Holz darin aufzuschichten. Joy und Jesper gehen ihm zur Hand, während Natascha die übrigen Sachen begutachtet.

»Eine Wanderkarte ...«, murmelt sie. »Wozu brauchen wir eine Wanderkarte, wenn wir sowieso nicht wissen, wo wir sind?«

»Weil wir es anhand der Karte vielleicht herausfinden und uns dann daran orientieren können«, erwidert Jesper.

Natascha reckt ihren Daumen in die Höhe und lächelt. »Du bist mein Mann.«

Ich registriere Thores hochgezogene Augenbraue und sein kaum merkliches Kopfschütteln. Und während er den Kompass und das Schweizer Messer genauer betrachtet, hocke ich mich auf meinen Rucksack und sehe Birk, Joy und Jesper zu, wie sie mit geschickten Handgriffen Äste und Zweige zu einem Kegel aufschichten.

Als sie fertig sind, wirft Thore Birk die Streichhölzer zu. Jesper klaubt ein wenig trockenes Laub zusammen, steckt es zwischen die Zweige und Birk zündet es an.

Unterdessen sammelt Joy faustgroße Steine vom Boden auf und legt sie um die Feuerstelle herum.

Helle orangegelbe Flammen lodern auf, Zweige knacken und im Nu brennt der ganze Holzkegel.

»Hmmm, ich liebe Feuer«, sagt Isabel. Sie stellt sich direkt an den Steinkreis und streckt ihre Hände aus. Die Flammen spiegeln sich in ihren Augen.

»Pass auf deine Jacke auf!«, mahnt Thore und Isabel tritt erschrocken einen Schritt zurück.

»Ist in dem Veranstalterrucksack auch was zu essen?«, erkundigt sich Birk.

»Nee«, sagt Thore. »Du musst dich schon an dein Knäckebrot halten.«

»Oder an das Ei, für das du keine Pfanne dabeihast«, kichert Natascha. Sie sieht Thore Beifall heischend an, doch der verzieht keine Miene.

»Das Knäckebrot reicht aber nicht für die ganze Woche«, sagt Birk.

»Falls es dich beruhigt, meine Kekse auch nicht«, erwidert Thore.

»Nein, das beruhigt mich überhaupt nicht.« Birk schaut von einem zum anderen. »Hat einer von euch mehr als nur eine Schachtel von irgendwas dabei?«

»Ja, 'n Sechserpack Eier vom Biobauern«, sagt Natascha.

»Das ist nicht witzig«, blaffe ich sie an.

»Vielleicht bist du einfach noch zu jung, um das zu verstehen, kleine Cousine«, entgegnet sie und mustert mich abschätzig. »Was ich dich übrigens fragen wollte ...« Sie macht eine bedeutungsvolle Pause und heftet ihre Augen auf Jesper. »Leihst du mir deinen hübschen Cousin heute Nacht mal aus?«

Fand ich Natascha bisher einfach nur ätzend, kocht nun die blanke Wut in mir hoch. Und obwohl ich mir inzwischen nicht einmal mehr sicher sein kann, dass Jesper sie abweisen würde, sage ich harsch: »Das musst du ihn schon selber fragen.«

»Danke für den Tipp, das werde ich«, gibt sie mit träger Stimme zurück.

»Du kannst auch gerne zu mir in den Schlafsack schlüpfen«, sagt Thore.

»Ts.« Nataschas Blick fliegt zu ihm. »Was bildest du dir ein!«

»Nichts«, erwidert er schulterzuckend. »Ich dachte nur, es wäre deine Art, dich nützlich zu machen.«

Joy, die links neben mir steht, drückt mir ihren Ellenbogen in die Seite, und ich habe Mühe, nicht laut aufzustöhnen. – Danke, Thore, du hast mir aus der Seele gesprochen!

»Ich finde diesen Ton nicht okay«, sagt Birk. Seine Augen wandern unstet hin und her und fixieren schließlich die ungeöffnete Knäckebrotpackung in seinen Händen. »Ich meine, wir müssen doch jetzt ein paar Tage miteinander auskommen, und deshalb sollten wir versuchen ...«

»Müssen wir nicht«, unterbricht Thore ihn. »Es genügt vollkommen, wenn wir einander einschätzen können.« Er nickt mir zu. »Lida, fühlst du dich in der Lage, einen Kompass zu lesen?«

»Keine Ahnung ... Na ja, ich denke schon.«

»Gut.« Thore macht einen Schritt auf mich zu und reicht ihn mir. »Wer hat schon mal ein Kaninchen gefangen und mit einem Messer getötet?«, richtet er sich nun wieder an alle.

Schweigen.

»Hm. Dann fällt diese Aufgabe wohl mir zu«, sagt er und steckt das Schweizer Messer in seine Jackentasche.

»Ich hab mal ...«, setzt Joy an. »Also, ich hab mal dabei zugesehen. Ich weiß, wie man eine Falle baut.«

»Wunderbar.« Thore schenkt ihr ein Lächeln und plötzlich sieht er beinahe nett aus. »Dann werden wir beide für unser Abendessen sorgen.«

»Ich esse kein Fleisch«, meldet sich Isabel zu Wort. »Ich sammele Beeren und Pilze.«

»Für alle oder nur für dich?«, fragt Natascha bissig.

»Du könntest ihr helfen«, schlägt Jesper vor.

»Lieber nicht«, meint Thore. »Ich bin nicht sicher, ob sie die essbaren von den ungenießbaren unterscheiden kann.«

»Aber Isabel traust du das zu, ja?«, faucht Natascha.

»Sie ist Vegetarierin«, gibt Thore zurück, »und sie hat sich angeboten. Ich habe keinen Grund anzunehmen, dass sie sich nicht auskennt. Dich hingegen scheint die Partnersuche in Clubs und Fitnessstudios mittlerweile zu langweilen.«

»Was hat denn das eine mit dem anderen zu tun?«, fährt Natascha ihn an.

»Eine ganze Menge«, erwidert Thore. »An deiner Stelle würde ich es mir allerdings nicht antun, mich das vor den anderen hier erläutern zu lassen. Nur so viel: Du bist die Schwachstelle in dieser Gruppe und deshalb wirst du vorerst keine Aufgabe in Eigenverantwortung übernehmen.«

»Jetzt spiel dich mal nicht auf«, blafft Natascha. »Noch haben wir nicht gewählt.«

»Ich vertraue Thore«, sagt Jesper.

Und damit ist die Sache klar.

Sonntag, 17. August, Stadtklinikum Süd

Ich wurde verlegt. Mein Bett und die Pumpgeräte stehen jetzt in einem kleineren Zimmer am Ende des Ganges. Der Engel und eine andere Schwester haben mir eine Jeans und das grüne Converse-T-Shirt angezogen, das Katja so mag.

Ich will nicht an sie denken.

Das Fenster hier liegt nach Westen raus, daher kann ich nicht sehen, wie die Sonne aufgeht, nur dass der Himmel allmählich heller wird. Ich habe die ganze Nacht auf derselben Stelle gestanden und hinausgestarrt und mir Gedanken gemacht.

Über Katja. Meine Familie. Mich.

Bis zu dem Unfall ist mein Leben eigentlich ganz okay gewesen. Das mit Katja war scheiße, aber das spielt jetzt keine Rolle mehr.

Jan ist tot. Dennis ist tot. Christian ist tot. Sie sind alle noch an der Unglücksstelle gestorben.

Ich bin der Einzige, der überlebt hat.

Das weiß ich, obwohl es mir keiner gesagt hat. Meine Eltern haben auf den grauen Plastikstühlen neben meinem Bett gesessen und sich darüber unterhalten. Sie haben wohl gedacht, dass ich es nicht mitbekomme.

Ma hat geweint, und Pa hat gesagt, dass sie glücklich sein können, weil es mich nicht auch erwischt hat, und dass ich bestimmt wieder ganz gesund werde.

Ich spüre die Ungerechtigkeit, die sich wie ein bösartiges Geschwür in meine Nervenzellen frisst und meine Gedanken zu beherrschen beginnt.

Es ist wie eine Strafe.

Ich sollte sie annehmen.

Oder ebenfalls sterben.

Vielleicht habe ich eine Wahl und kann es beeinflussen, indem ich nicht in meinen Körper zurückkehre.

»Mach's gut, Sten«, sage ich leise, während ich an meinem Bett vorbeigehe. »Ich glaube nicht, dass wir uns wiedersehen.«

Ich husche auf den Gang hinaus und werfe einen Blick in das Schwesternzimmer. Ramona und eine ältere Kollegin mit rot gefärbtem Bob sitzen dort und machen Witze über den besten Freund des Mannes.

»Von wegen lange Nasen …«, kichert die Kollegin. »Angeblich ist das ja nicht entscheidend, aber bei dem Kerl von vorletzter Nacht habe ich mich eindeutig vergriffen.«

»Die Nase vom Doc ist eigentlich ganz niedlich«, erwidert Ramona grinsend.

»Vergiss es«, winkt die Kollegin ab. »Der ist glücklich verheiratet.«

Ramona zuckt mit den Schultern. »Man wird sich ja wohl noch was vorstellen dürfen.« Sie seufzt und plötzlich sieht sie traurig aus.

Ich gehe zu ihr und streiche ihr sanft über die Wange.

Sie stutzt. Berührt die Stelle, die ich gerade berührt habe. Schüttelt den Kopf.

»Was ist?«, fragt die Kollegin.

Susanne Hirschholz steht auf dem Schild an ihrem Kittel.

»Ach nix.« Ramona lächelt.

»Tschüs«, sage ich leise. »Und danke.«

Dann bin ich weg, schlendere den Flur entlang bis zur Glastür und berühre sie mit den Fingerkuppen. Sie ist weder kühl noch hart, und ich denke schon, ich kann einfach hindurchgehen, so wie durch menschliche Körper, doch zu meiner Überraschung stellt sie ein Hindernis für mich dar.

Es gibt keine Klinke, sondern nur einen feststehenden Knauf. Und einen Knopf an der Wand neben der Tür. Klar, dies ist die Intensivstation. Da kann nicht einfach jeder rein- und rausspazieren, wie es ihm gefällt.

In der Erwartung, dass ein Summer ertönt, lege ich meinen Finger auf den Knopf. Er fühlt sich ganz normal an, aber ich kriege es einfach nicht hin, ihn zu drücken.

Dieser verdammte Knopf bewegt sich nicht einen Scheißmillimeter.

Fluchend presse ich meine Stirn gegen die Scheibe und spähe so weit wie möglich nach rechts und links die Gänge hinunter. Eine Schwester in Weiß taucht auf, läuft vorbei und hält auf die Aufzüge zu. Ansonsten passiert nichts.

Ich drehe mich um.

Aus dem Überwachungsraum höre ich Ramona sprechen. Sie unterhält sich mit jemandem. Ein Mann mit auffallend sonorer Stimme.

Die Neugierde treibt mich zurück.

Ramona steht mitten im Raum und sieht mich an. Falsch, sie sieht durch mich hindurch. Sie wirkt nachdenklich. Verunsichert.

Ich verharre auf der Schwelle.

Bitte, mein Engel, komm heraus und öffne mir die Tür.

»Allein bei uns auf der Dialyse liegen drei Patienten, die dringend eine neue Niere benötigen«, sagt der Mann mit der dunklen Stimme.

Er sitzt auf einem Stuhl neben einem Metalltisch, auf dem allerlei medizinisches Gerät liegt. Zurückgelehnt, die Selbstgefälligkeit ins Gesicht geschnitzt. Ein Arzt, groß und kräftig, braune gewellte Haare, ausgesprochen gut aussehend. Sein Kittel ist allerdings nicht grün, sondern blau, und er trägt kein Namensschild. Ich schätze ihn auf Ende vierzig.

»Ich weiß«, erwidert Ramona. »Wir reden jeden Tag darüber. Aber wir können schließlich auch keine ...«

Der Doc lässt sie nicht ausreden. »Es gibt noch immer zu wenig Menschen, die einen Spenderausweis haben.«

Ramona senkt schuldbewusst den Kopf. Ihr Finger fährt an der Tischkante hin und her.

»Ich verstehe das«, sagt sie schließlich. »Wer mag schon über seinen eigenen Tod nachdenken? Außerdem ... man fühlt sich so hilflos. Und ausgeliefert. Vielleicht wird zu schnell entschieden ...«

»Das ist doch Unsinn!« Der Arzt steht auf, verschränkt die Arme vor der Brust und bedenkt Ramona mit einem Blick, als wäre sie für das Übel der Welt verantwortlich. »Solange der Hirntod nicht festgestellt worden ist, wird niemandem ein Organ entnommen.«

»Aber das Herz«, wendet sie beinahe schüchtern ein, »das schlägt doch noch. Für viele Menschen bedeutet Herzschlag Leben. Die Vorstellung, dass sie noch warm sind und Blut durch ihre Adern fließt, während man sie ausweidet ...«

»Ausweidet!«, fällt der Doc ihr erneut ins Wort. Er lacht bitter auf. »Fehlt nur noch, dass Sie als Intensivschwester ... als jemand, der anderen ein Vorbild sein sollte, weil er weiß, wie sehr und wie lange manche Menschen leiden ...«

Ramona erwidert trotzig seinen Blick, und diesmal ist sie es, die ihn unterbricht. »Ich lasse meine Eltern darüber entscheiden. Es kommt ja ohnehin selten genug vor, dass das Gehirn vor dem Herzen seine Funktion einstellt.«

»Sie sagen es«, pflichtet der Arzt ihr bei.

Und damit wendet er sich ab, geht mit langen, energischen Schritten an mir vorbei und steuert die Glastür an.

Kurz darauf ertönt der Summer.

Hin- und hergerissen zwischen Mitgefühl und Bewunderung starre ich Ramona an und reagiere fast zu spät. Dann spurte ich los und schlüpfe durch die Tür, die unmittelbar hinter mir ins Schloss fällt.

Wenig später trete ich durch einen Nebeneingang ins Freie.

Vor mir liegt der Klinikpark und dahinter das Milberger Moor.

Sonntag, 17. August, Ausgangspunkt

Ein Geräusch lässt mich hochfahren. Ein Knacken. Dann ein Rascheln. Schritte.

Mein Herz rast los und von einer Sekunde auf die andere bin ich hellwach. Ich sehe mich um. Lausche. Doch da ist nichts. Nur Vogelgezwitscher und das Summen von Insekten. Wahrscheinlich ein Tier!, schießt es mir durch den Kopf. Ein Dachs. Ein Eichhörnchen. Oder ein Reh.

Ich atme tief durch und sehe auf Jespers schlafendes Gesicht hinab, das gut einen halben Meter neben mir auf einem kleinen Kissen ruht. Trotz allem, was zwischen uns vorgefallen ist, stiehlt sich ein Lächeln auf meine Lippen. Jesper kann einfach nicht flach liegen. Daheim in seinem Bett in der Glockenstraße türmt er sich immer drei Kissen übereinander. Dieses winzige Ikea-Ding da unter seinem Kopf muss die reinste Qual für ihn sein. – Tja, geschieht ihm ganz recht!

Das Feuer ist erloschen und im Steinkreis bloß noch ein kleiner Haufen verkohlter Äste und etwas Asche übrig.

Niemand rührt sich. Nur Isabel ist schon wach. Vollkommen reglos sitzt sie auf ihrem Schlafsack, hält die Knie umschlungen und starrt vor sich hin.

»Hast du das auch gehört?«, frage ich.

Keine Reaktion.

»Isabel?«

Nichts.

Als wäre ich nicht da. Als wäre die ganze Welt um sie herum nicht da. Erst jetzt fällt mir auf, dass sie ihre Regenjacke noch trägt und die Outdoorstiefel ebenfalls.

»Hast du gar nicht geschlafen?«, frage ich besorgt, ziehe den Reißverschluss meines Schlafsacks auf und husche auf Strümpfen zu ihr hinüber. »Isabel?« Ich setze mich neben sie und lege ihr nach einem kurzen Zögern meinen Arm um die Schultern. »Was ist los mit dir?«

»Das Feuer«, murmelt sie. »Es ist aus.«

»Hmm«, sage ich. »Das liegt in der Natur der Sache, oder nicht? Ich meine, dass so ein Feuer irgendwann mal ausgeht.«

Ich erwarte, dass sie mich anstupst und kichert, loslacht oder irgendetwas in der Art. Aber sie verzieht keine Miene.

»Ich hätte Holz nachlegen müssen. Dann wäre das nicht passiert.«

»Das macht doch nichts«, sage ich.

»Doch, das tut es«, erwidert Isabel. Sie rattert es herunter wie ein Sprechautomat. »Ich habe die Verantwortung. Es ist kalt, und wir brauchen dieses Feuer, um Kaffee zu kochen und …«

»Ich glaube nicht, dass jemand Kaffee dabeihat«, unterbreche ich sie.

»Doch, ich«, widerspricht sie abermals. »Löslichen Kaffee. In meinem Rucksack.«

»Und es ist auch nicht kalt«, setze ich unbeirrt hinzu und deute in die Runde. »Sieh dir die anderen an, wie friedlich sie schlafen. Wir haben Mitte August, Isabel. Es ist Sommer und es ist warm. Ich habe jedenfalls nicht gefroren«, versichere ich ihr.

»Das täuscht«, sagt Isabel tonlos. »Sie sind tot. Alle.«

»Was?« Erschrocken nehme ich meinen Arm von ihrer Schulter und versuche, ihr in die Augen zu sehen, doch sie hält ihren Blick reglos auf die Feuerstelle gerichtet. »Was redest du denn da?«

Mit einem Mal löst sie sich aus ihrer Erstarrung und macht eine unwillige Geste. »Ich habe ihn gesehen.«

»Wen?«

»Den Mann.«

»Welchen Mann?« Ich fasse sie unters Kinn und zwinge sie, mich anzusehen. »Isabel, wen meinst du?«

Ihre Pupillen, eben noch so groß, dass sie beinahe die gesamte Iris ausfüllten, ziehen sich blitzartig zusammen. Und dann kreischt sie plötzlich los. Hoch und schrill, in einem nicht enden wollenden Ton wie eine Sirene.

Mit einem Schlag sind alle wach. Fünf Augenpaare blicken uns aus schlaftrunkenen Gesichtern an.

»Lida, was ist los?«

Jesper schießt in die Höhe, doch Thore ist noch vor ihm auf den Beinen. Er zieht eine Flasche Evian aus seinem Rucksack, schraubt den Verschluss ab und gießt Isabel einen Schwall Wasser ins Gesicht.

Augenblicklich hört sie auf zu schreien.

»Bist du verrückt!«, fahre ich Thore an.

»Nein«, sagt er, schließt die Flasche und steckt sie in seinen Rucksack zurück.

Isabel springt auf. Sie schüttelt sich und japst und keucht, protestiert aber nicht.

»Sie hat geglaubt, dass ihr alle tot seid. Außerdem bildet sie sich ein, einen Mann gesehen zu haben«, erkläre ich. »Und als ich sie aufgefordert habe, mir zu sagen, was für ein Mann das gewesen sei, hat sie angefangen zu schreien.«

»Und du?«, fragt Joy. »Was glaubst du?«

»Keine Ahnung ... Also, natürlich seid ihr nicht tot. Und gesehen habe ich auch niemanden. Aber ich habe ein Rascheln und ein lautes Knacken gehört. Zuerst war ich ziemlich erschrocken, doch dann habe ich mir gedacht, dass es irgendein Tier gewesen sein muss. Na ja, und Isabel ... Ich fürchte, sie hat überhaupt nicht geschlafen.«

»Ach, und ich soll also die Schwachstelle in dieser Gruppe sein, ja?«, faucht Natascha. Sie zerrt eine Tüte Cracker aus ihrem Rucksack hervor und fängt mit zorniger Geste an zu essen.

Thore beachtet sie nicht, sondern blickt nachdenklich vor sich hin.

»Vielleicht hat sie ja doch geschlafen«, wirft Jesper ein. »Und einfach nur schlecht geträumt.«

»Und wieso hat sie dann noch ihre Klamotten an?«, erwidere ich. »Die Jacke und ihre Stiefel?«

»Manche Leute schlafen so«, sagt Birk. Er rekelt sich und tastet nach dem Brillenetui, das neben seiner Isomatte im Gras liegt. »Ich habe einen Vetter in Karlsruhe ...«

»Einen Vetter?« Natascha lacht. »Was ist das denn?«

»Ich glaube, ein Neffe«, meint Jesper.

»Nee, ein Cousin«, sagt Joy.

Natascha lacht noch immer. »Und ich hätte gewettet, dass es eine ansteckende Krankheit ist.«

Birk pflanzt sich seine Brille auf die Nase, rappelt sich hoch und beginnt, seinen Schlafsack zusammenzurollen. »Es reicht mir langsam«, knurrt er. »Ich habe keine Lust, mir dauernd dumme Sprüche von euch anzuhören.«

»Aha, und was machst du jetzt?«, spottet Natascha. »Nach Hause gehen und dich an Mamas Busen ausheulen?«

»Halt endlich die Klappe«, sagt Thore. »Sonst …«

Natascha reckt ihm herausfordernd ihr Kinn entgegen. »Sonst *was*?«

Thore antwortet nicht, sondern sieht sie nur an. Grimmig und durchdringend, bis sie den Blick abwendet und sich wortlos einen weiteren Cracker in den Mund schiebt.

»Ihr braucht nicht zu streiten«, sagt Isabel unvermittelt und wie auf Kommando richten sich sämtliche Augenpaare auf sie. »Mit mir ist alles okay«, versichert sie uns. »Ich gehe mich jetzt waschen und danach können wir meinetwegen sofort los.« Eifrig macht sie sich an ihren Sachen zu schaffen, zieht ihre Jacke aus und holt einen Kulturbeutel und ein Handtuch aus ihrem Rucksack.

»Das Badezimmer ist gleich da vorn«, sagt Natascha und deutet auf eine Tanne. »Zweite Tür links.«

Thores Augen werden schmal. Er öffnet den Mund, um etwas zu erwidern, doch Joy kommt ihm zuvor. »Es gibt einen kleinen See in der Nähe. Isabel und ich haben ihn gestern Abend beim Holzsammeln entdeckt.«

»Genau den meine ich.« Isabel lächelt Joy dankbar an. »Kommst du mit?«

»Es ist zu weit, Isa«, erwidert Joy mit sanfter Stimme. »Der See liegt unterhalb des Nadelwaldes«, fügt sie an uns alle gerichtet hinzu. »Ob er nur einige hundert Meter oder eher ein bis zwei Kilometer von hier entfernt ist, war in der Dunkelheit nicht auszumachen.«

Thore grunzt unwillig. Er greift sich die Wanderkarte und faltet sie auseinander. Birk, der sein Zeug mittlerweile zusammengepackt hat, schaut ihm über die Schulter. »Keine Beschriftungen«, murmelt er.

»Das wäre auch zu schön gewesen«, meint Thore, während er seinen Finger über die Karte gleiten lässt. »Das gesamte Gebiet besteht aus Hügeln, Wäldern, Seen und Sumpflandschaften. Hier und da scheint es Felsformationen zu geben, aber die liegen über die ganze Gegend verstreut und außerdem ziemlich weit auseinander. Ansonsten sind weder Wege noch irgendwelche markanten Stellen eingezeichnet.«

»Die Karte ist also für 'n Arsch«, fasst Jesper zusammen.

Thore schüttelt den Kopf. »Nicht unbedingt. Wenn wir bestimmen können, ob es sich bei unserem See um ein einzelnes Gewässer handelt oder ob er zu einer Gruppe weiterer Seen gehört ... und was sich in seiner unmittelbaren Umgebung befindet, wären wir ein ganzes Stück weiter. Mit Hilfe des Kompasses ...«

»Ja, wenn«, fällt Birk ihm ins Wort. »Und selbst dann wissen wir nicht, welche Richtung wir einschlagen müssen. Auf der ganzen Karte befindet sich kein einziger Hinweis auf eine Ortschaft.« Genervt wendet er sich ab und schultert seinen Rucksack. »Für mich gibt es nur eine Möglichkeit, dieses Gebiet so schnell wie möglich zu verlassen.«

»Und die wäre?«, fragt Jesper.

»Wir gehen denselben Weg zurück, den auch der Bus genommen hat.«

Joy nickt zustimmend, während Isabel unruhig hin und her zu laufen beginnt. Den Kulturbeutel hat sie sich unter die Achsel geklemmt, und das Handtuch hält sie so fest umklammert, als wollte sie es erwürgen.

Thore bedenkt sie mit einem Seitenblick und seufzt leise, dann wendet er sich wieder Birk zu und mustert ihn mit geschürzten Lippen. Schließlich nickt auch er.

»Hat denn überhaupt einer von euch gesehen, in welche Richtung der Bus gefahren ist?«, frage ich. »Wir haben uns doch alle gleich in die Büsche geschlagen.«

»Ich denke, in diese«, sagt Joy und deutet auf eine Art Schneise, die sich hinter uns zwischen den Bäumen auftut. »Die sind zwar ohne Licht von hier weg, aber so ein Bus kann ja nicht einfach kreuz und quer durch den Wald kurven.«

»Ohne Licht?«, gebe ich erstaunt zurück. »Woher weißt du das? Du bist gestern doch als Erste abgetaucht.«

Joy zuckt die Achseln. »Stimmt. Aber ich bin auch als Erste zurückgekommen. Und da war der Bus bereits weg …«

»Sie haben den Motor nicht angemacht«, sinniert Birk und zieht damit sofort wieder Nataschas Häme auf sich.

»Schnellmerker«, sagt sie. »Das hätten wir ja wohl alle gehört.«

Doch diesmal lässt Birk sich von ihrer bissigen Bemerkung nicht beeindrucken, sondern stellt sich mitten in die

Schneise. »Der Weg hier ist abschüssig, und Licht brauchten sie nicht, weil der Himmel sternenklar war.«

»Ehrlich gesagt, habe ich mich gestern schon darüber gewundert, dass sie uns nicht in einem Geländewagen hierherkutschiert haben«, sagt Jesper.

»Vielleicht ist genau das der Clou«, entgegnet Natascha.

Jesper runzelt die Stirn. »Wie meinst du das?«

»Na, dass die Lösung erschreckend einfach ist!«

Verständnislos sehen wir sie an. Nur Thore pflichtet ihr zum ersten Mal bei.

»Wenn du recht hast, wird das hier ein ziemlich kurzer Spaß«, brummt er. »Einer, der kaum fünfzig Euro wert ist. Und ich fürchte leider, dass du mit deiner Vermutung richtigliegst.«

So langsam begreife ich.

»Willst du damit sagen, dass das da …«, beginne ich und zeige auf die Schneise, »unser einziger Weg in die Zivilisation ist?«

»Zumindest der kürzeste, um eine Bundesstraße zu erreichen«, bestätigt Thore.

Jesper zieht geräuschvoll Luft in die Nase. »Also, ich habe keine Lust, unser Abenteuer schon heute zu beenden.«

»Tja, wir können natürlich auch ein paar Tage hier umherirren und irgendwann einen Notruf übers Handy absetzen«, schlägt Joy vor.

»Sofern wir Empfang haben«, gibt Thore zu bedenken.

Unschlüssig sehen wir einander an.

Nach einer Weile meldet sich Birk zu Wort. »Interessiert sich irgendwer für meine Meinung?«

»Aber sicher«, sagt Thore.

Außer Natascha nicken ihm alle zu. Sogar Isabel, die sich inzwischen in einer Felskuhle niedergelassen hat und ihren Oberkörper stoisch hin und her bewegt.

»Angenommen, wir würden bis spätestens zum frühen Abend eine Landstraße erreichen«, sagt Birk und macht eine bedeutungsvolle Pause, in der er Natascha nicht aus den Augen lässt.

»Ja, was dann?«, fragt sie ungeduldig.

»Wir könnten einen Wagen anhalten und uns bei dem Fahrer erkundigen, wie weit es bis zum nächsten Ort ist und in welcher Richtung er liegt. Auf diese Weise würden wir uns einen Anhaltspunkt verschaffen, der Grundlage für unser weiteres Vorgehen sein könnte.«

»Keine schlechte Idee«, sagt Jesper.

»Wer ist dafür?«, fragt Thore.

Alle außer Natascha heben die Hand.

Sonntag, 17. August, Milberger Moor

Ich tauche zwischen zwei Birken ins Sumpfgebiet ein. Ein lieblich-moosiger Duft umfängt mich und erste Sonnenstrahlen tasten sich zaghaft durch die Zweige.

Ich gehe einen schmalen gewundenen Pfad entlang durch ein weiß-gelbes Blütenmeer und lausche den unzähligen Vogelstimmen, deren Trällern, Singen und Pfeifen ich allerdings nicht zuordnen kann.

Pflanzen und Tiere haben mich bisher nie besonders interessiert. Die Ausflüge, die wir früher mit der Familie unternommen haben, waren meistens ziemlich langweilig und die endlosen Vorträge meines Vaters über Baumarten oder Tierrassen habe ich als total nervig empfunden. Klar kann ich eine Birke von einer Kiefer oder einen Laubfrosch von einem Fischotter unterscheiden, aber dieses Wissen hat mir weder in der Grundschule noch später auf dem Gymnasium brauchbare Zensuren eingebracht. Und inzwischen ist das alles für mich ohnehin nicht mehr wichtig.

Der Notendurchschnitt meines aktuellen Zeugnisses ist zwar gar nicht so schlecht. Durchaus möglich, dass ich im nächsten Frühjahr ein einigermaßen passables Abi hinlegen könnte … Aber wozu?

Jan, Dennis und Christian sind vollkommen sinnlos gestorben.

Durch meine Schuld.

Ihr Tod dient niemandem.

Ich denke an Ramona und das Gespräch mit dem fremden Arzt. Auch wir besitzen keinen Organspendeausweis, denn auch für uns ist Sterben kein Thema gewesen. Wozu sich also Gedanken darum machen, ob dein Herz, deine Nieren, deine Leber oder die Hornhaut deiner Augen irgendwann einmal einem anderen Menschen nützen oder sogar das Leben retten könnten?

Inzwischen sehe ich das anders.

Inzwischen wünschte ich, ich hätte diese verdammte Karte von der Krankenkasse, die Ma mir vor ungefähr einem Jahr kommentarlos auf den Schreibtisch gelegt hat, ausgefüllt und in meine Geldbörse gesteckt.

Hätten meine Eltern damals doch nur mit mir darüber geredet! Wenn sie eine Diskussion angefangen hätten, hätte ich mir bestimmt Gedanken darüber gemacht. Jetzt weiß ich nicht mal, wie sie selbst dazu stehen, und kann nur hoffen, dass sie meine Organe freigeben, wenn ich gestorben bin.

Das wäre ein Trost für mich. Und es wäre auch ein Stück Wiedergutmachung. Gerechtigkeit.

Ich umrunde einen Tümpel und laufe zwischen blühenden Gräsern hindurch auf ein dichtes Waldstück zu und frage mich, ob ich wohl etwas davon mitbekommen würde – vom Sterben – und wie weit ich mich überhaupt vom Krankenhaus entfernen kann. Irgendeine Verbindung zwischen meinem Körper und mir muss es doch geben.

Ich stelle sie mir wie eine lange, durchsichtige Nabelschnur vor, die irgendwann reißt, wenn der Körper nicht mehr lebensfähig ist.

Früher habe ich an so etwas nicht geglaubt. An Gott. Das jüngste Gericht oder Wiedergeburt. Es war mir auch egal.

Aber jetzt erlebe ich etwas anderes.

Jetzt laufe ich ohne meinen Körper durch das Milberger Moor.

Keine Ahnung, wie das funktionieren soll.

Vielleicht bin ja längst tot. Vielleicht ist dies gar nicht das Milberger Moor und vielleicht sind hier irgendwo auch Jan, Dennis und Christian.

Sonntag, 17. August, auf dem Rückweg im Wald

Den Rucksack, den die Organisation uns zur Verfügung gestellt hat, haben wir an der Feuerstelle zurückgelassen und die Sachen, die sich darin befanden, untereinander aufgeteilt. Natascha hat das Handy an sich genommen und Thore die Karte und den Klappspaten eingesteckt. Birk wählte das Seil, Joy bekam nun doch das Messer, Jesper die Taschenlampe und ich den Kompass.

Für Isabel blieben nur die Streichhölzer, die sie mit einem zufriedenen Nicken in der Vordertasche ihres Rucksacks verstaute.

Die Schneise führt uns in südöstlicher Richtung durch eine sanft abfallende Hügellandschaft. Birk und Thore laufen vorneweg. Natascha hat anfangs noch versucht, sich an Jesper zu hängen. Nachdem er jedoch nur einsilbig auf ihre Andeutungen reagierte, hat sie sich schließlich getrollt, ist an Joy und Isabel vorbeigezogen und hinter Birk und Thore gelandet.

»Eine ungerade Personenanzahl ist nie gut«, sagt Jesper.

»Ohne mich wäre es anders«, entgegne ich.

Jesper schiebt seinen Arm unter meinen Rucksack und drückt mich kurz an sich. »Jetzt hör schon auf damit. Außerdem liegt es ja nicht nur daran, dass niemand etwas mit Natascha zu tun haben will.«

»Selbst du nicht«, sage ich.

Jesper zieht seinen Arm zurück. »Was soll denn das schon wieder heißen?«, erwidert er gereizt.

»Das soll heißen, dass sie sehr hübsch ist und sich sofort mit dir in die Büsche schlagen würde. Eigentlich wartet sie nur auf ein Zeichen von dir.«

»Sie ist eine unsoziale Zicke.«

»Und deshalb würdest du sie niemals anrühren ...«

»Nein.«

Okay. »Also nicht etwa, weil du mit mir zusammen bist. Das allein wäre kein Grund für dich, stimmt's?«, frage ich und das Herz klopft mir bis zum Hals.

»Hör zu, Lida ...«

Ich hole tief Luft, um die in meinem Bauch aufkeimende Wut wegzuatmen. Ich will nicht streiten, aber ich will auch nicht ständig wie ein kleines Kind behandelt werden.

»Fang nicht wieder so an«, knurre ich. »Ich kann dieses *Hör zu, Lida* nicht mehr hören.«

»Wir mussen aber darüber reden«, sagt Jesper.

»Worüber?«

»Über dich und mich.«

»Oh, ein Kerl, der über Beziehungsprobleme reden will!«, spotte ich, was mir eine Sekunde später bereits leidtut.

»Ich habe keine Beziehungsprobleme«, sagt Jesper kühl. »Ich habe nicht mal eine Beziehung.«

Mühsam unterdrücke ich ein Keuchen. Seit unserem Gespräch letzte Nacht bin ich ja auf einiges gefasst, aber damit habe ich nicht gerechnet. Ein Schlag ins Gesicht hätte nicht übler sein können.

»Und wie nennst du das, was wir miteinander haben?«, frage ich und versuche vergeblich, meine Stimme nicht allzu zittrig klingen zu lassen.

»Wir sehen uns dreimal die Woche für ein paar Stunden und haben Spaß miteinander«, erwidert Jesper, ohne mich dabei anzusehen. »Ich hab dich gern, Lida, du tust mir gut ... und meinetwegen muss sich an all dem auch nichts ändern ...«

Ach ja? »Aber?«

Jesper zuckt die Achseln.

»ABER?«

»Du bist nicht die Einzige«, sagt er, nachdem er eine Weile herumgedruckst hat. »Du bist es nie gewesen.«

Mir bleibt die Luft weg. So unvermittelt, dass ich ein paar unendlich lange Sekunden das Gefühl habe, ersticken zu müssen. In mir tobt das Chaos. Herzschmerz, Verwirrung und Empörung wechseln einander in rasendem Tempo ab, doch genauso schnell gewinnen Enttäuschung und Wut die Oberhand. Wut auf Jesper, aber auch darüber, dass ich die ganze Zeit so blind gewesen bin.

»Du bist ein gottverdammtes Arschloch!«, presse ich hervor, während ich neben ihm herlaufe, als wäre nichts geschehen. Dabei würde ich am liebsten auf Jesper einprügeln. »Du hast mich und meine Gefühle überhaupt nicht ernst genommen.«

»Ich habe dir nie etwas versprochen«, verteidigt er sich. »Wir haben keine Pläne gemacht, nicht einmal für einen

Urlaub, geschweige denn für so etwas wie eine gemeinsame Zukunft.«

Nein, denke ich voller Bitterkeit. Und du hast mir auch nie gesagt, dass du mich liebst. Aber damit bist du noch lange nicht aus dem Schneider. »Du hättest mir wenigstens zu verstehen geben können, dass du keine feste Beziehung willst«, werfe ich ihm vor. »Das wäre fair gewesen. Aber du hast wohl befürchtet, dass ich dir den Spaß verderben könnte und dieses Spiel nicht mitspiele.«

Jesper schweigt. Nur seine Kiefermuskeln arbeiten unaufhörlich. Diesmal jedoch lässt mich dieses äußere Anzeichen seiner Erregtheit völlig kalt. Denn diesmal wird es keinen rauschhaften Sex geben, der alle Unstimmigkeiten zwischen uns fortwischt, als wären sie nichts weiter als ein lästiger Mückenschwarm.

Es ist aus zwischen Jesper und mir.

Vorbei.

Es wird keinen Sex mehr geben. Nie wieder.

Ich wundere mich, dass mich dieser Entschluss nicht einmal traurig stimmt. Im Gegenteil: Ich schäme mich dafür, dass ich mir so lange etwas vorgemacht habe, und dieses Gefühl ist fast noch quälender als die Aussicht, mein Leben in Zukunft ohne Jesper verbringen zu müssen.

»Es tut mir leid, Lida.«

»Ja, mir auch. Dass ich so blöd gewesen bin.«

Und dass ich darauf bestanden habe, diesen Blind Walk mitzumachen. Jetzt bin ich dazu verdammt, noch mindestens sechs Tage in seiner Nähe zu verbringen.

Scheiße! Scheiße! Scheiße!

»Du könntest aussteigen«, schlägt Jesper vor, als hätte er meine Gedanken erraten. »Sobald wir eine Bundesstraße erreichen …«

»Ich soll nach Hause trampen und zu einem Wildfremden ins Auto steigen?«, unterbreche ich ihn.

»Nicht nach Hause … zum nächsten Bahnhof. Ich bezahle das Ticket.«

»Du hast Geld dabei?«, stoße ich aus. »Das ist doch gar nicht erlaubt.«

Jesper kneift mich unsanft in den Arm. »Nicht so laut.«

»Ts!« Kopfschüttelnd sehe ich ihn an und rücke demonstrativ ein Stück von ihm ab.

»Glaubst du etwa, die anderen haben nichts Verbotenes eingepackt?«, zischt er.

Ja, das dachte ich.

»Was ist denn das für ein Event, wenn sich keiner an die Bedingungen hält?«

»Stucke und sein Kumpel hätten uns durchsuchen können«, sagt Jesper. »Haben sie aber nicht.«

Wahrscheinlich hat er recht, und jeder hier hat heimlich etwas eingepackt, das nicht auf der Liste stand. Jeder außer Birk … und mir. Na ja, zumindest glaube ich, dass er ein ehrlicher Kerl ist.

»Was ist los?«, bricht Jesper in meine Überlegungen ein. »Bist du dir nicht sicher, ob du mein Angebot annehmen willst?«

Ich schüttele den Kopf.

»Es käme darauf an, wie weit der nächste Bahnhof entfernt liegt.«

»Auf jeden Fall solltest du nur zu einer Frau ins Auto steigen.«

»Vielen Dank für den Tipp. Darauf wäre ich von allein nie gekommen.«

»Lida, das ist nicht witzig.«

»Nein, ganz und gar nicht«, knurre ich und registriere, dass Jesper die Lippen zusammenpresst und an seiner Unterlippe zu kauen beginnt. Offensichtlich hat ihn das schlechte Gewissen gepackt. Recht so! Und damit es auch weiterhin schön an ihm nagt, setze ich gleich noch eins drauf: »Schließlich hast du die Verantwortung für mich übernommen.«

»Herrgott, es wird schon nichts passieren!«, herrscht er mich an, laut genug, um Joy aufmerksam zu machen.

Sie bleibt stehen, dreht sich um und mustert uns mit hochgezogenen Brauen.

»Streit?«

»Nee, nee«, wiegele ich ab und werfe Jesper einen kurzen Seitenblick zu. Unser Privatkram geht nun wirklich niemanden etwas an. »Wir machen uns bloß Gedanken darüber, ob das hier der richtige Weg ist.«

»Tja, da haben wir was gemeinsam«, meint Joy. »Es könnte nämlich auch alles ganz anders sein, als Birk und Thore vermuten.«

»Nämlich?«, fragt Jesper.

»Na, vielleicht spekulieren die Veranstalter ja darauf, dass wir hier entlanggehen, weil wir glauben, so schon bald auf eine Straße oder vielleicht sogar auf eine Ortschaft zu stoßen.«

»Wir haben abgestimmt«, entgegne ich. »Du warst dafür.«

»Ihr doch auch«, gibt Joy kopfschüttelnd zurück. »Und mittlerweile zweifelt ihr ebenfalls.«

Es entspricht zwar nicht ganz den Tatsachen, allerdings muss ich eingestehen, dass Joy recht haben könnte.

»Ich habe nicht geträumt!«, schreit Isabel plötzlich los.

Thore, Birk und Natascha bleiben ruckartig stehen.

»Ihr werdet alle sterben! ALLE!«, kreischt Isabel.

Sie wirbelt herum und kommt geradewegs auf mich zu. Tritt so dicht an mich heran, dass ich ihren Atem im Gesicht spüre. Ihr Blick ist glasig.

»Nur du nicht«, flüstert sie. So leise, dass es nicht einmal Jesper verstehen kann.

Weil ich die Einzige bin, die sich noch heute auf den Heimweg macht?, schießt es mir durch den Kopf, und fast bin ich bereit, Jespers Vorschlag anzunehmen.

Doch dann besinne ich mich. Niemand kann so etwas voraussehen. Isabel hat gewaltig einen an der Klatsche. Das ist alles. Bestimmt hat sie einfach nur die Panik, und es gibt nicht den geringsten Grund anzunehmen, dass das, was ihr krankes Gehirn ausbrütet, irgendwas mit der Realität zu tun hat. Ich habe jedenfalls nicht vor, mich davon anstecken zu lassen.

Nur einen Atemzug später belehrt mich ein Aufschrei eines Besseren.

Er kommt von Thore. Ausgerechnet von ihm, den ich für besonders nervenstark gehalten habe und von dem ich annahm, dass er schon ausreichend Erfahrung mit Events dieser Art gesammelt hat.

»Was ist los?«, ruft Jesper.

Die Angst in seiner Stimme überträgt sich sofort auf mich.

Mein Blick fliegt zuerst zu ihm und dann zu Thore, der zusammen mit Birk ein Stück weitergegangen ist und dessen Arm nach unten zeigt.

Natascha, Joy und ich sind wie paralysiert. Isabel starrt mich noch immer an. Nur Jesper bewegt sich. Er läuft an Natascha vorbei und lässt seinen Blick Thores ausgestrecktem Arm folgen.

Birk ist kalkweiß und auch Jesper weicht die Farbe aus dem Gesicht. Er hebt die Hand und bedeutet uns zurückzubleiben.

Mein Herz poltert los. »Was ist denn da?«

Keine Antwort.

»Kann sich mal jemand um Isabel kümmern!«, brüllt Thore stattdessen.

Natascha schüttelt den Kopf. »Wieso?«

»Ein Abgrund«, ruft Jesper. »Es geht hier nicht weiter.«

Ich sehe ihn an und versuche, in seinem Gesicht zu lesen. Blankes Entsetzen springt mir daraus entgegen.

»Ein Abgrund«, ruft er noch einmal. »Aber keine Spur von dem Bus.«

Was hat das zu bedeuten?

Thores flackernder Blick wandert von mir zu Joy. »Halt Isabel fest! Sie darf auf keinen Fall an den Schlund treten.«

»An den *was*?«, murmele ich und setze mich reflexartig in Bewegung.

»Bleib da«, formt Jesper mit den Lippen.

Ich schüttele den Kopf.

Und dann ist Natascha plötzlich schneller neben ihm als ich. Gemeinsam starren wir in den Schlund, wie Thore den Abgrund genannt hat, und in der Tat macht er diesem Begriff alle Ehre.

Direkt vor unseren Füßen reißt der Waldboden sein Maul auf. Zähne aus hellgrauem Felsen umrahmen den schätzungsweise fünfzig Meter langen, fünf Meter breiten und zwanzig Meter tiefen Spalt. Abgebrochene Baumstümpfe, niedriges Gestrüpp und eine Schicht aus welkem braunem Laub bilden den Rachen. Und er hat auch etwas verschluckt. Am Rand des Felsens hängt ein in sich verdrehter Körper an einem Baumstumpf. Der obere Teil liegt auf dem Bauch, während die Knie uns zugewandt sind. Das Gesicht ist nicht zu sehen, trotzdem erkenne ich sofort, wer das ist.

»Scheiße«, haucht Natascha. Sie klammert sich an Jespers Arm und drückt ihre Stirn gegen seine Schulter. »Scheiße. Scheiße. Scheiße.«

»Um den tut es mir nicht leid«, sagt Birk.

Fassungslos starre ich ihn an. Mein Magen rebelliert. Ich werfe mich nach vorn und fange an zu würgen. Doch außer ein bisschen Galle bringe ich nichts hervor. Kein Wunder, schließlich habe ich in den letzten vierundzwanzig Stunden nur ein paar Kekse zu mir genommen.

»Lida, der Schlund, pass auf!«, warnt Jesper, schiebt Natascha zur Seite, umfasst meine Arme und zieht mich zurück.

Ein gutes Wort, finde ich. Sehr passend. Ein Schlund, der Stucke gefressen hat.

Ich mochte ihn auch nicht. Aber den Tod hätte ich ihm

deshalb noch lange nicht gewünscht. Es schockiert mich, dass ausgerechnet Birk so etwas denkt. – Und ausspricht!

»Was ist hier passiert?«, murmelt Natascha.

»Das wüsste ich auch gern«, wispert Jesper.

Thore sagt nichts. Sein Blick gleitet über die gegenüberliegende Seite des Abgrunds, aber dort scheint der Wald nur noch dichter und undurchdringlicher zu sein. Kopfschüttelnd läuft er an der Kante entlang, biegt Zweige beiseite und kratzt mit den Sohlen seiner Stiefel über den Boden. Er spricht nicht, aber ich weiß genau, was ihm durch den Kopf geht.

Was ist mit Stucke passiert?

Wo ist der Fahrer?

Und wohin, zum Teufel, ist der Bus verschwunden?

»Würdet ihr uns bitte endlich mal sagen, was es dort zu sehen gibt!«, ruft Joy verärgert herüber. Sie hat ihre Arme um Isabel geschlungen und offensichtlich alle Mühe, sie festzuhalten.

»Lass sie los!«, ruft Thore zurück. »Wir können es ja sowieso nicht verheimlichen«, fügt er mit einem entschuldigenden Schulterzucken etwas leiser an Jesper, Natascha und mich gewandt hinzu.

»Aber eben hast du noch gesagt ...«

Weiter kommt Joy nicht, denn in diesem Moment tritt Isabel ihr rücklings mit der Hacke gegen das Schienbein.

Joy stöhnt auf und Isabel reißt sich los. Als würde sie Anlauf für einen Weitsprung nehmen, stürzt sie auf uns zu.

»Bist du verrückt geworden! Nicht so schnell!«, brülle ich ihr entgegen. Doch anstatt ihr Tempo zu verringern, dreht

Isabel jetzt noch mehr auf. Jesper, Thore und ich sehen uns an. Offenbar denken wir alle drei das Gleiche. Was für ein Irrsinn! Will die sich umbringen?

Natascha und Birk springen zur Seite, wahrscheinlich aus Angst, Isabel könnte sie mit in die Tiefe des Schlunds hinunterreißen. Nur Thore stellt sich ihr entschlossen in den Weg. Mit sicherem Griff packt er Isabel an den Oberarmen.

»Vorsicht!«, zischt er. »Hier geht es steil bergab.«

»Das weiß ich!«, faucht sie. »Und jetzt lass mich gefälligst los!«

Thore schüttelt den Kopf. »Erst, wenn du dich beruhigt hast.«

Joy reibt sich fluchend über das Schienbein. »Verdammt noch mal, was geht hier eigentlich ab?«

»Da unten liegt Stucke«, sage ich. »Einer der beiden Typen aus dem Bus.«

Joys Augen weiten sich. »Ist er tot?«

Jesper, Natascha und ich nicken beklommen.

»Abgestürzt?«, fragt Joy.

Jesper schüttelt den Kopf. »Eher nicht. Sonst hätte sein Kollege doch Hilfe geholt. Er hätte uns alarmiert oder die Organisation angerufen.«

»Seh ich genauso«, sagt Natascha.

Ihre Miene ist unergründlich, so als läge eine Maske über ihrem Gesicht, und der Blick aus ihren grauen Katzenaugen klebt geradezu an Jespers Lippen.

Ich spüre, was in ihr vorgeht. Dass sie Jesper bezirzt, wo sie geht und steht, und ich ihr dabei völlig egal bin, ist das eine, dass sie es sogar jetzt noch tut, in dieser Situation, ist für mich vollkommen unbegreiflich.

Joy berührt mich sanft an der Schulter. »Alles in Ordnung mit dir?«

Ich wische mir mit dem Handrücken über den Mund und nicke. »Ja, geht schon.«

»Okay, und was machen wir jetzt?«, fragt sie in die Runde.

»110«, schlägt Natascha vor.

»Gute Idee«, meint Birk grinsend.

Sofort schauen alle zu ihm hin. Es hat wohl keiner damit gerechnet, dass er zu diesem Thema überhaupt noch etwas beitragen würde.

»Was gibt es da zu grinsen?«, knurrt Natascha ihn an.

»Na ja«, meint Birk und dreht sich zu ihr um. »Wenn du den genauen Standort angeben kannst, wird sicher bald jemand hier sein.«

»Arschloch!«

Jesper hebt beschwichtigend die Hand. »He, he, he.«

»Ach, das Milchgesicht hat doch nur auf eine Gelegenheit gewartet, es mir zurückzugeben«, regt Natascha sich auf. »Ihr seht ja, wie der sich gerade einen drauf runterholt.«

»Nee«, erwidert Joy kühl. »Seh ich nicht.«

»Wir könnten uns orten lassen«, sage ich und meide den Blick in Nataschas Augen.

»Mhm.« Thore sieht mich zustimmend an. Er hat Isabel mittlerweile losgelassen, woraufhin sie auf einen umgestürzten Baumstamm gesunken ist und nun mit angespanntem Gesichtsausdruck unseren Äußerungen folgt.

Natascha lässt ihren Rucksack von den Schultern gleiten und holt das Handy hervor.

»Genau das habe ich gemeint.«

»Klar«, sagt Joy.

Thore mustert uns eindringlich. Jeden Einzelnen.

»Wir sollten versuchen, nicht zu streiten, sondern allen Meinungen und Vorschlägen mit Respekt zu begegnen«, sagt er schließlich.

Gestern hast du dich doch selber noch über Birk lustig gemacht, denke ich, nicke aber trotzdem. So wie alle anderen.

»Kein Empfang«, verkündet Natascha und hält Jesper das Handy unter die Nase.

Er wirft einen kurzen Blick auf das Display. »Wundert mich nicht.«

Thore brummt etwas Unverständliches.

»Okay, und was machen wir jetzt?«, fragt Joy noch einmal. »Es könnte doch sein, dass der andere Typ den Bus hier irgendwo versteckt hat und uns auflauert.«

»Um was zu tun?«, fragt Natascha scharf. »Uns alle nacheinander in den Schlund hinunterzustoßen?«

»Woher soll ich das denn wissen?«, blafft Joy zurück.

»Natascha hat recht«, sagt Thore. »Er kann uns nicht alle auf einen Schlag überwältigen und …«

»Du denkst also auch, dass er es war!«, fährt Joy dazwischen. »Dass es der Fahrer war, der seinen Kumpel umgebracht hat?« Sie hält ihren flackernden Blick auf Thore gerichtet.

»Ich glaube gar nichts«, gibt der zurück. »Auf jeden Fall

hilft es uns nicht, wenn wir jetzt einer nach dem anderen durchdrehen.«

»Aber irgendetwas müssen wir doch tun!«, schreit Joy.

»Alle tot«, sagt Isabel tonlos.

»Jetzt hör endlich auf mit dem Scheiß!«, fährt Joy sie an. »Oder ich scheuer dir eine.«

»Das wirst du nicht tun«, sagt Thore. »Besser, du atmest erst mal tief durch.«

Einige Sekunden lang liefern die beiden sich ein Blickgefecht, bis Joy schließlich die Schultern senkt und sich neben Isabel auf den Baumstamm sinken lässt. Ein Schwall Luft entweicht geräuschvoll ihren Lippen, dann fängt sie leise an zu weinen.

»Es ist überhaupt nicht schlimm«, raunt Isabel ihr zu. »Vertrau mir. Ich bin ganz sicher, du wirst sehr, sehr glücklich sein.«

Jesper tastet nach meiner Hand und drückt sie sanft, doch ich ziehe sie sofort wieder weg. Okay, ich fühle mich schrecklich und könnte durchaus ein bisschen Trost gebrauchen. Aber nicht nur wegen dieses Scheißevents oder weil ausgerechnet die besonnene Joy gerade so ausgeflippt ist, sondern auch seinetwegen.

Isabel ist mir nicht geheuer, und je länger ich sie anschaue, desto unkontrollierter wütet die Angst in mir. Eigentlich glaube ich nicht daran, dass Leute in die Zukunft sehen können, doch Stuckes in sich verdrehter Leichnam und der auf so unerklärliche Weise verschwundene Bus lassen plötzlich alles möglich erscheinen.

»Meinetwegen macht, was ihr wollt, ich gehe jedenfalls

zurück«, sagt Birk. »Weiter hier rumzuhängen, bringt nämlich gar nichts.«

»Ganz deiner Meinung«, stimmt Jesper ihm zu. »Wir müssen weiter, bis wir ein Netz finden.«

Thore deutet auf das Handy, das Natascha noch immer in der Hand hält. »Das würde bedeuten, dass es eingeschaltet bleiben muss, und damit riskieren wir, dass der Akku leerläuft, ehe wir jemanden anrufen und uns orten lassen können.«

Beklommen sehen wir einander an.

Natascha nagt an ihrer Unterlippe und Thores Atem ist plötzlich unnatürlich laut. Joy schluchzt auf, Jesper knetet seinen Nasenrücken und Isabel lächelt vor sich hin.

Ich reiße meinen Blick von ihr los und unterdrücke ein Stöhnen. Die Anspannung in mir ist so stark, dass ich das Gefühl habe, mich ein zweites Mal übergeben zu müssen.

»Mann, ihr seid echt nervig«, knurrt Birk und stapft an uns vorbei in die Schneise zurück.

Joy zieht Isabel vom Baumstamm hoch. Die beiden folgen ihm stolpernd.

Natascha schaltet das Handy aus und steckt es in ihren Rucksack. Dann setzen auch wir uns in Bewegung. Rechts Thore, dann Natascha. Jesper und ich auf der linken Seite. Niemand legt Wert darauf, das Schlusslicht zu bilden.

Wieder nimmt Jesper meine Hand und diesmal lasse ich ihn gewähren. Meine Wut auf ihn verblasst hinter meiner Angst vor dem, was hier vorgeht. Ich will nicht, dass es so ist, aber Jespers Wärme beruhigt mich ein wenig. Sogar Natascha neben mir gibt mir ein Gefühl von Sicherheit.

Trotzdem bleibt dieses unangenehme Prickeln im Rücken, das meine Nackenmuskeln anspannt und mich in jeden Winkel des Waldes lauschen lässt.

Jemand belauert uns. Das spüre ich. Und er könnte jeden Augenblick angreifen.

Sonntag, 17. August, Stadtklinikum Süd

Claudia Milders beugt sich nach vorn. Aufmerksam betrachtet sie das bleiche Gesicht ihres Sohnes. Nach kurzem Zögern streicht sie sanft über seine Hand, die reglos auf der weißen Klinikdecke liegt.

»Sten?«, flüstert sie. »Sten …?«

Sie achtet auf jede Regung. Hofft auf ein Zucken der Lider, obwohl sie weiß, dass es nichts zu bedeuten hätte. Schwester Susanne und der Oberarzt Dr. Brandes, sie beide haben es ihr und ihrem Mann erklärt. Sten liegt im Koma. Ein Zucken, eine Bewegung, ein Schmatzen – all das sind ganz normale Reflexe und nicht unbedingt Anzeichen dafür, dass er, vielleicht, zu Bewusstsein kommt.

Obwohl sie weiß, dass es nur zu seinem Besten ist, dass sein Körper sich so erholen wird und seine Verletzungen auf diese Weise gut ausheilen können, ist dieser künstlich herbeigeführte Zustand nur schwer zu ertragen.

Claudia Milders lehnt sich wieder zurück, wirft einen Blick auf ihre Armbanduhr und seufzt leise. Gleich halb fünf. Wieder geht ein Tag vorbei, an dem sich nichts Entscheidendes verändert hat. Auch das ist normal, sagen die Ärzte. Aber auch das ist kaum zu ertragen.

Geduld war nie Claudia Milders' Stärke.

Sie kann schlecht einfach so dasitzen, nichts tun und stundenlang nur warten. Das macht sie verrückt.

Genau wie Sten. Bis zu dem schrecklichen Unfall vor zwei Wochen ist auch er ständig in Bewegung gewesen. Kein sportlicher, aber ein sehr aktiver Junge. Und nun zwingt ihm ein Medikament diese künstliche Bewusstlosigkeit auf.

Schritte nähern sich. Das typische Geräusch von Gummisohlen auf Krankenhaus-PVC, eine Art klebriges Quietschen. Dann ein leises Räuspern.

»Frau Milders?«

Es ist die brünette Schwester mit dem herzförmigen Gesicht. Auch sie ist attraktiv, aber nicht so hübsch wie ihre blonde Kollegin. Ramona. Ein wenig erinnert sie dieses junge Ding an Katja, Stens erste feste Freundin. Ein paar Monate sind die beiden zusammen gewesen, bevor Katja sich plötzlich, von einem Tag auf den anderen, trennte und damit Stens Leben wieder auf Anfang stellte. So ähnlich, als hätte man an einem Computer die Reset-Taste gedrückt.

»Ihr Mann wartet im Büro von Doktor Brandes auf Sie«, sagt die Schwester.

»Mein Mann?« Claudia Milders schüttelt den Kopf. »Aber warum ...?«

Die Schwester unterbricht sie mit einem Lächeln. »Kommen Sie bitte?«

»Ja, natürlich.«

Sie erhebt sich, wirft noch einen letzten Blick auf ihren Sohn und folgt der Schwester auf den Gang hinaus.

Das Ärzte-Büro befindet sich außerhalb der Schleuse.

Claudia Milders kann die Schutzkleidung ablegen, ihre Schuhe anziehen und ihre Handtasche mitnehmen.

Die Schwester bleibt zurück und öffnet ihr die Zwischentür über einen Summer.

Es sind nur ein paar Schritte bis zum Büro und mit jedem steigt Claudia Milders' Nervosität. Doch sie zögert nicht anzuklopfen, unmittelbar auf den Ja-bitte-Ruf zu öffnen und den hellen und trotz der funktionalen Einrichtung recht behaglich wirkenden Raum zu betreten.

»Claudia«, sagt Ronald Milders.

Er macht Anstalten, sich zu erheben, aber Philipp Brandes bedeutet ihm, Platz zu behalten.

Der Oberarzt der Intensivstation ist ein kräftiger Mittvierziger mit vollem dunklem Haar und ernstem Blick aus hellbraunen Augen. Er lächelt Stens Mutter zur Begrüßung kurz an und weist dann auf den zweiten freien Stuhl vor seinem Schreibtisch.

»Bitte setzen Sie sich doch.«

Außer Dr. Brandes sind noch zwei weitere Ärzte im Raum, ein Umstand, der Claudia Milders augenblicklich in Alarmbereitschaft versetzt. Instinktiv wendet sie sich der jungen Ärztin zu, die hinter Philipp Brandes an der Fensterbank lehnt und weniger angespannt wirkt als ihre Kollegen.

»Hallo, Frau Milders«, sagt sie freundlich. »Ich glaube, wir kennen uns noch nicht. Mein Name ist Katharina Scheppmann.«

»Was ist mit meinem Sohn?«, fragt Claudia Milders ohne Umschweife. »Gibt es ... Komplikationen?«

»Ja, in der Tat, die gibt es«, bestätigt Philipp Brandes.

Sie spürt, wie ihre Knie nachgeben. »Und inwiefern?«

Ronald Milders greift nach ihrer Hand und drückt sie sanft. »Jetzt setz dich doch bitte erst einmal hin.«

»Du weißt also schon Bescheid?«, gibt sie zurück, während sie sich langsam auf die Stuhlkante sinken lässt.

Ronald Milders nickt zögernd. »Doktor Brandes hat mir gerade gesagt, dass Stens Operationsnarbe nicht so recht heilen will.«

Seine Frau atmet geräuschvoll ein. »Und was bedeutet das?« Wieder richtet sie ihren Blick in die weit auseinanderstehenden dunkelblauen Augen Katharina Scheppmanns. Die Ärztin hat ein schmales Gesicht, das durch die kinnlangen blonden Locken apart betont wird.

»Zunächst einmal nichts, worüber man sich ernsthaft Sorgen machen müsste«, entgegnet an ihrer Stelle Philipp Brandes' Kollege, der trotz seines grauen Kurzhaarschnitts und der unzähligen Fältchen in den Augenwinkeln ausgesprochen jugendlich wirkt. »Dennoch: Um einer Sepsis vorzubeugen, verabreichen wir Sten ein Antibiotikum.«

Claudia Milders schüttelt irritiert den Kopf. »Aber es muss doch einen Grund geben, weshalb die Wunde nicht heilt.«

»Oh, sie heilt durchaus«, erwidert Philipp Brandes und macht eine relativierende Geste. »Nur eben nicht so schnell, wie es ... nun ja, normal wäre. Natürlich überprüfen wir täglich seine Blutwerte ...«

»Würden Sie mir und meinem Mann bitte sagen, welche Erklärung Sie dafür haben?«, unterbricht Claudia Milders ihn.

Philipp Brandes hebt beschwichtigend die Hand.

»Liebe Frau ... ähm, Milders, wenn Sie gestatten, ich war gerade im Begriff, es Ihnen zu erläutern.«

»Entschuldigung.« Stens Mutter rutscht ein Stück auf ihrem Stuhl zurück, strafft die Schultern und sieht den Oberarzt ungeduldig an.

»Vielleicht sollten wir das Ganze ein wenig abkürzen«, schlägt Dr. Brandes' Kollege vor.

Claudia Milders kneift die Augen zusammen und versucht, den Namen auf seinem Schild zu entziffern.

Jakudeit ... nein, Jakubeit. *Dr. Georg Jakubeit.*

»Ja, bitte«, sagt sie. »Das käme mir sehr entgegen.«

Ronald Milders nickt und Philipp Brandes räuspert sich.

»Wir haben das Narkotikum heute etwas geringer dosiert, um Sten wieder an den natürlichen Tag- und Nacht-Rhythmus zu gewöhnen«, beginnt der Oberarzt. »Nachdem er allerdings keine entsprechenden Reaktionen gezeigt hat ...«

Ein unangenehmer Druck breitet sich auf Claudia Milders' Brust aus. Sie muss sich sehr beherrschen, Dr. Brandes nicht erneut ins Wort zu fallen. Wie kann Ronald nur so ruhig dasitzen?, denkt sie, während sie sich auf die Ausführungen des Arztes zu konzentrieren versucht.

»... haben wir seine Gehirnströme gemessen und keinen Unterschied feststellen können.«

»Ihr Sohn scheint sich gegen das Aufwachen zu wehren«, fährt Katharina Scheppmann fort, ehe Claudia Milders etwas erwidern kann.

»Das ist unsere gemeinsame Überzeugung«, ergänzt Jakubeit. »Weder für das schleppende Ausheilen der OP-Wunde noch für das Verbleiben im Tiefenkoma gibt es eine organische Ursache. Wenn es nach uns ginge, könnten wir Sten nun behutsam aufwecken und in zwei oder drei Tagen auf eine normale Station verlegen.«

Claudia Milders atmet erleichtert auf. »Es liegt also an ihm? An Sten?«

Katharina Scheppmann nickt. »Davon gehen wir aus. Und das macht es leider ein wenig kompliziert.«

»Inwiefern? Ich meine, ist es nicht vollkommen normal, dass er sich nach einem solch traumatischen Erlebnis noch ein wenig zurückzieht?« Claudia Milders' Blick gleitet von einem Arzt zum anderen. Zumindest ihr scheint dies eine plausible Erklärung zu sein. »Das Entscheidende ist doch, dass er sich körperlich in einer den Umständen entsprechend guten Verfassung befindet.«

»Das sehen wir anders«, entgegnet Philipp Brandes und Claudia Milders zuckt unter der Kompromisslosigkeit in seiner Stimme unwillkürlich zusammen. »Wir befürchten, dass Ihr Sohn ... oder besser gesagt, seine Psyche, sich bereits auf diesen Zustand eingerichtet hat und gar nicht mehr ins Tagesbewusstsein zurückkehren will, damit er sich nicht mit dem Unfall und seinen Folgen auseinandersetzen muss.«

»Aber das ist doch Unsinn!«, stößt Claudia Milders hervor. »Sten ist ein bodenständiger Junge, der sich schon immer sehr gut an die Gegebenheiten anpassen konnte. Und was diesen Unfall betrifft: Unser Sohn hatte nichts getrunken. Ihn trifft also überhaupt keine Schuld. Außerdem weiß er noch nichts von den Folgen ... also, dass die anderen ... seine Freunde ... sein bester Freund ...« Sie gerät ins Stocken und bricht schließlich ganz ab.

»Dann haben Sie beide sich also in Stens Gegenwart nicht darüber unterhalten?«, fragt Katharina Scheppmann.

Claudia Milders öffnet den Mund, um etwas zu erwidern, aber ihr Mann kommt ihr zuvor. »Doch, das haben wir durchaus«, antwortet er. »Halten Sie es für möglich, dass er etwas davon mitbekommen hat? Also, meine Frau und ich ... wir haben bei Sten keine außergewöhnlichen Reaktionen oder, wie Sie es nennen, Reflexe bemerkt.«

»Das muss nichts bedeuten«, gibt Katharina Scheppmann zurück. Sie drückt sich von der Fensterbank ab und läuft nun bedachtsam gestikulierend vor ihrem Kollegen auf und ab. »Tatsache ist: Niemand kann genau sagen, wie viel ein Komapatient von dem, was um ihn herum geschieht, wahrnimmt. Bitte, verstehen Sie mich nicht falsch: Damit will ich Ihnen keine Vorwürfe machen. Letztendlich liegt das Versäumnis bei uns, weil wir Sie nicht entsprechend aufgeklärt haben.«

»Das Problem besteht darin, dass wir nicht wissen, ob und was Sten von Ihren Gesprächen mitbekommen hat und wie er es verwertet«, fährt Dr. Brandes fort. »Denn leider können wir nicht mit ihm sprechen und somit sein Trauma auch nicht psychologisch begleiten.«

»Das heißt, Sie können nichts tun ... außer warten?«, fragt Claudia Milders mit zitternder Stimme.

»Nur zu warten, dass sich etwas verändert, wäre uns zu wenig«, entgegnet Georg Jakubeit. »Wir müssen versuchen, Sten zu erreichen. Und das wiederum können Sie sehr viel besser als wir.«

Montag, 18. August, Feuerstelle

Ich sitze auf meinem Schlafsack, ungefähr einen halben Meter von Jesper entfernt, und starre in die Glut.

Nachdem wir gestern am späten Nachmittag zu unserer Lagerstätte zurückgekehrt waren, haben wir lange darüber diskutiert, ob wir ein Feuer machen sollen oder nicht. Isabel, Joy und Birk sind dafür gewesen, Thore, Natascha, Jesper und ich waren dagegen.

Doch nach Einbruch der Dunkelheit änderte Natascha ihre Meinung. Thore schickte sie und Jesper zum Holzsammeln los, und obwohl Jesper gegen das Feuer gestimmt hatte, widersprach er nicht.

Sie nahmen die Taschenlampe mit und eine Zeit lang konnte man den Lichtstrahl zwischen den Bäumen tanzen sehen. Hin und wieder knackte es unter ihren Schritten und anfangs waren auch ihre Stimmen noch zu hören. Doch die wurden sehr schnell leiser und schließlich verstummten sie ganz. Stille breitete sich über den Wald und das Lager.

Thore, Joy, Birk und Isabel waren nichts mehr als dunkle Schemen mit fahlgrauen konturlosen Gesichtern. Niemand sagte etwas, aber ich spürte, dass alle ihren Blick auf mich gerichtet hielten.

»Glaubt ihr, dass ihnen etwas passiert ist?«

Es war Joy, die das fragte.

»Nein«, sagte Thore.

»Wie kannst du dir da so sicher sein?«, gab sie sofort zurück.

»Das hätte man doch gehört«, sagte Birk.

Seine Stimme klang seltsam gleichgültig. Er sprach ohne jede Betonung.

»Er holt uns einzeln«, flüsterte Isabel. »Einen nach dem anderen.«

Keine Frage: Alle vernahmen ihre Worte, aber niemand reagierte darauf. Es war wie eine stumme Absprache, die wir untereinander getroffen hatten.

»Im Übrigen höre ich was«, sagte Thore.

Er hatte recht. Ich hörte es auch: ein unterdrücktes Stöhnen.

Schmerz schoss in meine Brust, gefolgt von flammendem Zorn.

Wie konnte Jesper mir das antun!

Plötzlich hasste ich mich dafür, dass mich vor wenigen Stunden noch die Wärme seiner Hand getröstet hatte. Die Hand, die jetzt Nataschas Haut liebkoste. Während wir darauf warteten, dass sie mit Feuerholz kamen.

»Er ist nicht dein Cousin, stimmt's?«, sagte Joy.

Ich schüttelte den Kopf, obwohl mir klar war, dass sie das wahrscheinlich gar nicht sehen konnte.

»Nein.«

»Es tut mir leid ... ich hätte das nicht fragen sollen.«

Joys dunkle Stimme war voller Mitgefühl.

»Schon gut«, erwiderte ich. »Eigentlich hätte ich schon viel früher merken müssen, dass er ein Arschloch ist.«

»Jesper ist nicht gruppentauglich«, sagte Thore. »Man kann sich nicht auf ihn verlassen. Dasselbe gilt für Natascha.«

»Dann haben sich ja zwei gefunden«, kam es ungerührt von Birk.

»Ich hätte besser dich mit ihr gehen lassen sollen«, gab Thore zurück.

Dort, wo Birk saß, knisterte es. Wahrscheinlich machte er sich wieder an seiner Knäckebrottüte zu schaffen. »Mach dir keine Vorwürfe, ich hätte sowieso nicht auf dich gehört.«

»Obwohl du auch für das Feuer warst?«, knurrte Joy.

Es war spürbar, dass sie ihn nicht mochte, und ich verstand sie sehr gut. Ich mochte Birk auch nicht. Nicht mehr. Hatte er mir anfangs noch leidgetan, weil Natascha sich ständig über ihn lustig machte, fand ich ihn inzwischen fast ein bisschen unheimlich. Stuckes Tod hatte ihn völlig kalt gelassen. Keine Ahnung, was in Birk vorging, möglicherweise war er ebenso ein Psycho wie Isabel, bloß auf eine andere Art.

»Thore ist nicht unser Anführer«, sagte er jetzt zu Joy. »Er spielt sich nur auf.«

Thore schnaubte leise, im nächsten Moment ertönte hinter dem Felsen ein Knacken und ein Lichtkegel fiel auf die Feuerstelle.

Ich spürte, wie mein Herz klopfte. Hastig umschlang ich meine Knie und legte die Stirn darauf. Bloß Natascha nicht ansehen. Nicht den Triumpf in ihrem Blick ertragen müssen: Sieh her, Cousinchen, ich wollte ihn und ich habe ihn bekommen.

Holz polterte zu Boden, und ich sah Nataschas hellblaue Walkingschuhe, die um den Steinkreis herumliefen.

Sechs Hände schichteten Äste und Zweige auf und eine legte sich in meinen Nacken.

»Alles in Ordnung?«, raunte Jesper.

»Lass mich los!«, zischte ich.

»Was ist denn mit dir?«

»Das weißt du ganz genau.«

»Keinen Schimmer, was du meinst«, erwiderte er.

Ich hob den Kopf und funkelte ihn an. »Scheinheiliger Idiot!«

Jesper stutzte, dann unterdrückte er ein Lachen. »Ach, du denkst …«

Ich schlug seine Hand weg. »Und ich bin nicht die Einzige.«

»Sie hat es darauf angelegt«, sagte Jesper leise, mehr zu sich selbst. »Und es ist auch nicht viel mehr als ein Kuss gewesen.«

»Wie auch immer«, brummte ich. »Lass mich einfach in Ruhe.«

Jesper hockte sich neben mich auf seine Sachen, kramte eine Schachtel Kekse aus seinem Rucksack und ließ sie herumgehen. Joy nickte ihm dankbar zu und teilte auch ihre Cracker mit uns. Birk bediente sich von allem und hütete seine dämliche Knäckebrotpackung wie seinen Augapfel.

Ich spürte geradezu körperlich, wie ich anfing, ihn zu hassen. Es war falsch und ich wollte das auch nicht, aber ich konnte nichts dagegen tun. Ich verabscheute Birk plötzlich sogar mehr als Natascha.

»Ich schlage vor, dass wir in zwei Schichten schlafen«, sagte Thore, und als niemand widersprach, fuhr er fort: »Zuerst wachen Birk, Joy, Isabel und ich.« Über die Flammen hinweg sah er Jesper an. »Ich wecke dich dann um drei. Einverstanden?«

Jesper zog eine Zigarette aus seiner Jackentasche und beugte sich über das Feuer, um sie anzustecken. »Ich wäre lieber in der ersten Schicht. Wenn ich erst mal penne, bin ich nicht mehr so leicht wach zu kriegen.«

Thore war sofort einverstanden.

Inzwischen liegt Jesper neben mir und schläft. Natascha kramt in ihrem Rucksack. Hin und wieder schaut sie zu uns herüber, und ich habe mich jetzt dazu durchgerungen, ihren Blick zu erwidern.

Keine Frage, Natascha ist ein Biest, aber ich bin nicht ihr böse, sondern Jesper. Ich war es gestern und ich bin es noch immer.

Die beiden haben richtig rumgemacht, da kann er mir sonst was erzählen. Ich glaube ihm kein Wort mehr. Thore hat absolut recht. Jesper ist nicht gruppentauglich. Er ist nicht mal beziehungsfähig. Einfach nur ein netter Kerl zu sein, reicht eben nicht aus.

* * *

Um neun Uhr brechen wir auf. Wir haben entschieden, konsequent nach Süden zu gehen und nur dann die Richtung zu wechseln, wenn die Wildnis uns dazu zwingt oder irgendetwas auf eine Straße oder eine Ortschaft hinweist.

»Sobald wir diesen See, den Joy und Isabel vorgestern Abend sehen konnten, hinter uns gelassen haben, geht es allmählich bergauf«, sagt Thore, nachdem er die Wanderkarte in eins der vielen Seitenfächer seines Rucksacks verstaut hat. »Und dort haben wir auch wieder die Chance auf ein Netz.«

Joy legt ihren Arm um Isabel, die heute Morgen besonders in sich gekehrt wirkt, und seufzt leise. »Hoffentlich.«

»Es sei denn, das Handy ist manipuliert«, entgegnet Birk.

Wir sehen uns an.

Nachdem wir Stucke tot aufgefunden haben, schließt offenbar keiner mehr irgendwas aus.

Jesper tippt auf den Kompass in meiner Hand.

»Genauso könnte es sich auch mit dem Ding verhalten.«

»Das braucht uns nicht zu kratzen«, gibt Thore zurück. »Mir zumindest ist es ziemlich egal, ob Süden tatsächlich Süden oder in Wahrheit Norden ist. Hauptsache, wir gehen immer in dieselbe Richtung.«

»Süden *ist* Süden«, sagt Joy und deutet auf den kleinen hellen Fleck, der hinter der dünnen, geschlossenen Wolkendecke hervorscheint. »Aber vielleicht lässt die Organisation die Sonne ja neuerdings im Westen aufgehen«, fügt sie sarkastisch hinzu.

»Es ist doch überhaupt nicht sicher, dass die Organisation dahintersteckt«, erwidert Natascha.

»Aber sehr wahrscheinlich«, befindet Jesper.

»Wieso denn?«, gibt Natascha kopfschüttelnd zurück.

»Vielleicht hat der Fahrer Stucke umgebracht und das alles hier geht auf sein Konto.«

»Was meinst du damit?«, fragt Thore. Er kneift die Augen zusammen und mustert Natascha misstrauisch.

»Womit?«

»Na, mit *das alles hier.*«

»Ich verstehe nicht«, erwidert Natascha irritiert.

»Ehrlich gesagt, ich auch nicht«, knurrt Thore. »Ich habe bloß den Eindruck, dass du mehr weißt als wir anderen.«

»Wie kommst du denn darauf?«, blafft sie ihn an.

»Na, dann will ich dem Gehirn in deinem hübschen Köpfchen mal ein bisschen auf die Sprünge helfen.« Thore macht ein paar Schritte auf sie zu, bis er ihr fast auf die Füße tritt. Für einen Augenblick sieht es so aus, als wollte Natascha zurückweichen. Aber dann bleibt sie doch wie in den Boden verankert stehen und erwidert trotzig seinen herausfordernden Blick.

»Einer der beiden Männer, die uns hierhergefahren haben, ist tot, der andere mitsamt dem Bus verschwunden. Das sind die Fakten«, sagt Thore. »Die Nacht ist vollkommen ruhig gewesen. Es deutet nicht das Geringste darauf hin, dass wir verfolgt oder beobachtet werden, geschweige denn dass uns jemand umbringen will. Der Kompass funktioniert offensichtlich einwandfrei, und dass wir keinen Handy-Empfang haben, würde ich nicht unbedingt als ungewöhnlich erachten. Was also meinst du mit *das alles hier*?«

»Ach, lass mich doch in Ruhe«, faucht Natascha. Die Haut auf ihrem Nasenrücken kräuselt sich und ihre grauen Augen funkeln vor Zorn. »Wenn man hier nichts mehr äußern kann, ohne dass jedes Wort gleich auf die Goldwaage gelegt wird, sage ich ab sofort gar nichts mehr.«

»Keine schlechte Idee«, brummt Thore und wendet sich ab.

»Also, ich gehe jetzt«, vermeldet Birk und stapft einfach los, ohne irgendeine Reaktion abzuwarten. Mit weit ausholenden Schritten umrundet er den Felsen und taucht kurz darauf zwischen den Bäumen ab.

»Idiot«, sagt Jesper.

Isabel kichert leise.

»Schluss jetzt!«, mahnt Joy. »Diese ewigen Streitereien und dummen Bemerkungen führen doch zu nichts. Uns bleibt ohnehin nichts anderes übrig, als einander zu vertrauen.«

»Joy hat recht«, springe ich ihr bei.

»So, findest du?«

Thore durchbohrt mich mit seinem Blick, und mit einem Mal sind die Sympathien, die ich für ihn hatte, wie weggeblasen. Ganz offensichtlich behandelt er nur jene mit Respekt, die auf seiner Seite stehen. Und sobald man sich ihm widersetzt, macht man ihn sich automatisch zum Feind.

»Genauso gut könntest du auch Isabel verdächtigen«, sage ich. »Immerhin scheint sie bereits zu wissen, dass kaum einer von uns diesen Spaziergang überleben wird.«

»Ach.« Thore macht eine verächtliche Geste und setzt sich dann ebenfalls in Bewegung.

Joy greift nach Isabels Hand und zieht sie mit sich.

Natascha, Jesper und ich folgen ihnen schweigend.

***

Es gibt keinen richtigen Pfad im Wald, und das Blätterdach ist so dicht, dass man den Sonnenfleck hinter den Wolken nicht mehr sehen kann. Ich halte den Kompass in der Hand und dirigiere Thore, der über umgestürzte Baumstämme steigt und Zweige zur Seite biegt, konsequent in südliche Richtung.

Nach gut fünf Minuten holen wir Birk ein, der ein unglaubliches Tempo vorlegt und die Führung offenbar nicht wieder abgeben will. Ich bleibe weiterhin dicht hinter Joy und Isabel und erteile unbeirrt meine Befehle.

»Jetzt rechts!«

»Nein, weiter links!«

»Verdammt noch mal, versuch doch bitte, wenigstens für eine Weile einfach geradeaus zu laufen!«

Die Stunden vergehen und schon bald ist die Mittagszeit überschritten. Es weht kein Lüftchen und vom dicht mit welkem Laub bedeckten Waldboden steigt eine feuchte Hitze auf. Ich schwitze und mein Magen fühlt sich wie zugeschnürt an. Außerdem habe ich Durst. Wie gern würde ich eine Rast einlegen, etwas trinken und ein Bad nehmen. Doch der See, der vor einiger Zeit noch ein wenig unterhalb der Anhöhe lag, ist wie vom Erdboden verschluckt. Und dieser verdammte Wald scheint einfach kein Ende zu nehmen.

Montag, 18. August, unterwegs

Isabel gibt als Erste auf. Ohne Ankündigung lässt sie sich auf einen Baumstamm sinken, nimmt den Rucksack ab und holt ihre Trinkflasche heraus. Sie ist nicht einmal mehr ein Viertel voll.

»Stopp!«, ruft Joy.

Thore fährt herum. Sein Blick fällt zuerst auf mich, dann auf Isabel.

»Sie braucht eine Pause«, sagt Joy.

»Wir brauchen alle eine Pause«, entgegnet Thore. »Aber nicht hier.«

»Wieso nicht?«, frage ich. Ein Ort scheint mir so gut wie der andere zu sein.

»Weil es klug wäre, so lange zu laufen, bis wir auf einen markanten Punkt treffen.« Während Birk einfach weitermarschiert, als hätte er nichts gehört, zieht Thore die Karte hervor und betrachtet sie mit gerunzelter Stirn. »Wenn die Himmelsrichtungen nicht falsch angegeben sind, müssten wir bald …«

»Vergiss die Karte, die hilft uns nicht weiter«, sagt Jesper. »Wir haben den See verpasst und bergauf ist es bisher auch nicht gegangen.« Frustration breitet sich in seinem Gesicht aus. »Im Grunde haben wir nicht einen einzigen Anhaltspunkt. Wir können nur laufen, die Richtung halten und hoffen.«

»Tja, dann ist es ja auch scheißegal, wo wir rasten«, meint Natascha und lässt ihren Rucksack ebenfalls von den Schultern gleiten.

Isabel hat ihre Wasserflasche inzwischen angesetzt und trinkt in langen, gierigen Zügen.

»Hey, nicht alles auf einmal«, mahnt Joy. »Solange wir keinen Bach finden, müssen wir uns unser Wasser gut einteilen, okay?«

»Wir sind sowieso tot«, sagt Isabel, dreht die Flasche um und lässt das Wasser herauslaufen. Es versickert sofort im Boden.

»Hör endlich auf damit!«, fährt Natascha sie an. »Ich bin noch lange nicht tot. Und ich habe auch nicht vor zu sterben. Falls dich das überhaupt interessiert.«

»Mit mir hat das gar nichts zu tun«, erwidert Isabel. Ihr Blick rückt in die Ferne. »Es ist einfach so.«

»Unsinn«, sagt Joy. Sie nimmt ihr die Flasche aus der Hand und rettet so die letzten Tropfen. »Nichts ist einfach so«, fährt sie fort, während sie den Verschluss zudreht und die Flasche in Isabels Rucksack zurücksteckt. »Alles hat seinen Grund. Oder hast du noch nie von der Gesetzmäßigkeit zwischen Ursache und Wirkung gehört?«

Isabel verdreht die Augen. Und dann, urplötzlich, von einer Sekunde auf die andere, kippt ihr Oberkörper nach hinten. Sie rutscht vom Baumstamm und landet mit einem dumpfen Aufschlag zwischen trockenen Zweigen und Blättern auf dem Waldboden. Ihre Lider sind halb geschlossen und die Iris ist vollständig darunter verschwunden, sodass man nur noch das Weiße erkennen kann. Isabel zuckt am ganzen Körper, ihre kastanienroten Locken verheddern sich in den Zweigen und aus ihrem rechten Mundwinkel quillt feiner weißer Schaum.

»Scheiße!«, brüllt Natascha. »Von wegen, die kennt sich aus! Die blöde Kuh hat irgendwas Giftiges gefressen.«

»Außer Crackern und Keksen hat Isabel gar nichts gegessen«, sagt Jesper und umrundet den Baumstamm. »Das da ist ein epileptischer Anfall.«

Thore flucht leise. Er dreht sich um und schaut Birk hinterher, der natürlich mal wieder längst über alle Berge ist.

»Wisst ihr was?«, knurrt Joy. »Das ist mir mittlerweile auch egal.«

Bestürzt sehe ich sie an.

»Keine Sorge, du musst dich nicht allein um sie kümmern«, sagt Jesper. Er hockt sich neben Isabel, streicht ihr mit dem Handrücken über Stirn und Wangen und tastet nach dem Puls an ihrem Hals. »Ich studiere Medizin. Drittes Semester, bin also noch ein Greenhorn, fühle mich aber genauso für sie verantwortlich wie du.«

»Ich meine doch nicht sie, sondern Birk«, erwidert Joy, während sie in Isabels Rucksack kramt und schließlich ein Paket Papiertaschentücher hervorholt. Sie reißt es auf, zieht ein Tuch heraus und wischt Isabel den Schaum vom Mund. »Hast du eine Ahnung, wie lange es dauert, bis so ein Anfall vorbei ist?«

»Normalerweise nur ein paar Minuten«, entgegnet Jesper.

»Danach wird Isabel allerdings noch eine Weile brauchen, bis sie wieder auf dem Damm ist und weitergehen kann.«

»Wie lange?«, fragt Thore.

»Schwer zu sagen.« Jesper zuckt mit den Schultern. »Vielleicht eine halbe Stunde.«

»Mann! Mann! Mann!« Natascha schlägt sich mit der Hand gegen die Stirn. »Wie kann man nur bei einem solchen Abenteuer mitmachen, wenn man nicht ganz gesund in der Birne ist!«

Joy wirft ihr einen bedeutsamen Blick zu. »Wer ist das schon?«

Ich knie mich neben sie und Jesper und helfe ihnen, Isabels Haare aus den Zweigen zu befreien.

Plötzlich durchreißt ein ohrenbetäubender Schrei die Atmosphäre. Vögel flattern auf und irgendwo im Dickicht neben uns ertönt ein Knacken.

Montag, 18. August, Milberger Moor

Ich laufe, ohne müde zu werden. Begleitet vom Zwitschern der Vögel und umsurrt von unzähligen Insekten, streife ich durch den Sumpf. Ich wate durch Tümpel, überspringe ohne große Mühe einen breiten, gurgelnden Bach und erreiche schließlich einen Wald. Einen richtigen Wald. Mit Laub- und Nadelbäumen, moosigem Boden und erdigem Duft.

Anders als Wände und Türen sind diese Bäume kein Hindernis für mich. Es fühlt sich merkwürdig an, durch sie hindurchzugehen. Richtig fies wird es allerdings erst, wenn ich in ihrem Stamm stehen bleibe. Niemandem, der sterben will, rate ich, das zu tun. Wurzeln, die bis tief ins Erdreich ragen und sich mit Wasser und Nährstoffen vollpumpen. Ein Stamm, der Stürmen trotzt, und eine Krone, die sich danach sehnt, den Himmel zu berühren.

Das ist nichts für jemanden wie mich, der schuld am Tod seiner besten Kumpels ist und gar nicht wissen will, wie sich Leben anfühlt.

Ich laufe weiter. Laufe und laufe.

Die erste Nacht ist vorbei, die nächste steht schon bald bevor.

Solange ich laufe und die Bäume umrunde, ist alles gut.

Dann höre ich keine Stimmen. Kein Weinen, kein Flehen und auch keine Musik.

Green Day. Nickelback. Linkin Park.

Mum scheint meinen iPod gefunden zu haben. Wahrscheinlich denkt sie, dass sie mich so zurückholen kann.

Was sie nicht weiß: *In my Remains* lief gerade, als es passierte. Das krachende Bersten riss nicht nur den Wagen, sondern auch den Song in Stücke.

»Now in my remains
Our promises that never came
Set the silence free
To wash away the worst of me«

Jans Schrei trifft mich bis tief ins Mark.

Ich bleibe stehen und schließe einen Moment lang die Augen.

Dann renne ich los.

Ich renne, ohne um mich zu schauen. Es interessiert mich nicht, ob es hell ist oder dunkel, ob ich durch den Wald rase oder eine Lichtung überquere und ob es bergauf geht oder einen Hang hinunter.

Es ist mir egal, wohin ich renne und was mit mir passieren wird.

Ich denke nur noch an Jan.

Montag, 18. August, im Wald

Joy und ich fahren herum. Natascha runzelt die Stirn, während Jesper und Thore wie angewachsen dastehen und lauschen.

»Verdammt, was war das?«, wispert Jesper.

Sämtliche Farbe ist aus seinem Gesicht gewichen. Mit großen Augen sieht er zuerst Natascha, dann mich an.

»Keine Ahnung«, murmelt Thore. Er dreht sich langsam um sich selbst und lässt seinen Blick angestrengt über Büsche und Bäume gleiten.

Mein Herz klopft zum Zerspringen. So schnell und heftig, dass ich kaum noch atmen kann, geschweige denn einen Ton herausbringe. Zitternd richte ich mich auf.

»Es kam aus der Richtung, in die Birk gelaufen ist«, meint Natascha beinahe gleichmütig.

»Genauer gesagt, wo auch *wir* jetzt wären, wenn Isabel keinen Anfall bekommen hätte«, präzisiert Thore.

Natascha grinst. »Dann sollten wir ihr wohl dankbar sein.«

Thore mustert sie durchdringend. Seine Mundwinkel zucken. Keiner sagt etwas. Ein paar bedrückend lange Sekunden, in denen Thore und Natascha sich ein stummes Blickgefecht liefern, herrscht betretenes Schweigen. Schließlich senkt Natascha den Kopf.

»Und was ist mit dem Knacken?«, wispert Joy, die Isabels Oberkörper mittlerweile auf ihren Schoß gehoben hat und nun beschützend ihre Arme um sie legt.

»Ach, das war wahrscheinlich nur ein Tier, das sich genauso erschreckt hat wie wir«, wiegelt Jesper ab. Wenig überzeugt sieht er von einem zum anderen. »Interessiert sich denn niemand dafür, was mit Birk passiert ist?«

»Es war seine Stimme«, höre ich mich krächzen. »Hundertprozentig.«

»Natürlich war es Birk«, gibt Jesper ungeduldig zurück. »Die Frage ist doch: Was machen wir jetzt?«

»Du kannst ja nachschauen«, schlägt Thore vor.

Von der Souveränität, die er gestern noch ausstrahlte, ist nicht mehr viel zu spüren. Im Gegenteil: Er wirkt äußerst gereizt und angespannt. Anscheinend liegen auch seine Nerven blank.

»Würde ich wirklich gerne tun«, erwidert Jesper. »Aber ganz bestimmt nicht allein.«

»Ich komme mit«, sage ich.

»Nein, Lida.« Jesper schüttelt entschieden den Kopf. »Das ist viel zu gefährlich.«

»Ist es nicht«, widerspreche ich und atme einmal tief durch, um meinen Herzschlag und das Zittern unter Kontrolle zu bringen. »Wenn wir zu zweit sind und einem von uns etwas zustößt, bleibt immer noch einer, der die anderen holen kann.«

»Welche anderen?«, fragt Thore scharf und richtet seinen

Blick auf Natascha, die mit verschränkten Armen und unbeteiligter Miene neben ihm steht und offenbar nur darauf wartet, dass wir die anstehenden Dinge regeln, damit es endlich weitergehen kann.

Isabel stöhnt leise.

Sofort richten alle die Augen auf sie.

»Ich glaube, sie kommt wieder zu sich«, sagt Joy.

Isabels Körper hat aufgehört zu zucken. Ihre Lider flattern und ihre hellbraune Iris kommt langsam wieder zum Vorschein.

»Hey«, sagt Joy und streicht ihr flüchtig über die Wange. »Alles klar bei dir?«

Die Antwort ist ein weiteres Stöhnen. Aber Isabel sieht uns an. Immerhin. Ihr Blick gleitet von Joy zu mir und wieder zurück zu Joy. Die zieht einen letzten kleinen Zweig aus den roten Locken, dann hilft Jesper ihr, Isabel aufzurichten.

»Kannst du laufen?«, fragt Jesper.

»Weiß nicht.« Isabels Stimme klingt schrecklich dünn.

»Wohl eher nicht«, brummt Thore.

Wieder sieht er angespannt in die Richtung, aus der Birks Schrei gekommen ist.

Die Stille ist unheimlich. Nicht einmal ein Vogelzwitschern ist zu hören. Nur eine nervige Fliege surrt um uns herum und setzt sich schließlich auf Isabels Mund.

Joy scheucht sie weg, und ich ertappe mich bei dem Gedanken, wie viele Fliegen inzwischen wohl auf Stuckes Leichnam herumkrabbeln mögen. Ein Schauer rast über meinen Rücken. Isabel ist nicht tot, mache ich mir klar. Sie hatte nur einen Anfall. Und sie wird auch nicht sterben.

Allerdings kann sie sich kaum auf den Beinen halten und deshalb lassen Joy und Jesper sie vorsichtig auf den Baumstamm runter. Danach stellen sich beide hinter sie, damit sie nicht noch einmal umkippt.

»Irgendwas ist mit Birk«, sagt Joy zu ihr. »Er hat fürchterlich geschrien.«

Isabel nickt.

»Wir müssen so schnell wie möglich nach ihm sehen«, fährt Joy fort. »Wahrscheinlich braucht er Hilfe.«

»Ja.« Wieder nickt Isabel.

»Wir wollen uns nur ungern trennen«, sagt Joy. »Verstehst du? Das ist zu gefährlich.«

»Ich kann aber nicht laufen«, gibt Isabel mit schwacher Stimme zurück. »Ich brauche noch ein paar Minuten. Bitte.« Sie hebt den Blick und schaut mich an. »Es tut mir leid.«

»Wie konnte das passieren?«, fragt Jesper. »Ich meine, wieso hast du ausgerechnet jetzt einen Anfall bekommen? Nimmst du keine Medikamente?«

»Ich habe sie vergessen«, sagt Isabel. Sie seufzt leise. »Zu Hause.«

»Na toll!« Natascha verdreht die Augen. Sie lässt die Arme sinken und beginnt, unruhig hin und her zu laufen. »Ist dir eigentlich klar, dass wir nur deinetwegen hier festsitzen?«

»Halt die Klappe!«, blafft Thore.

»Du willst mir den Mund verbieten?« Natascha baut sich vor ihm auf und blitzt ihn drohend an. »Das kannst du vergessen.«

»Sicher?« Thores Blick verdunkelt sich. Plötzlich schnellt seine Hand vor. Er packt Natascha im Nacken und zieht sie so dicht zu sich heran, dass ihre Nasenspitzen sich berühren.

»Lass mich los«, knurrt sie. »Sofort.«

Doch Thore packt nur umso fester zu. »Du wirst dich noch wundern.«

»Ich warne dich ...«, zischt Natascha. »Wenn du mir auch nur ein Haar krümmst ...«

Thore verzieht den Mund zu einem breiten Grinsen. »Mach dir mal keine Hoffnungen, du bist nämlich überhaupt nicht mein Typ.«

»Tsah!«, faucht Natascha. Sie will ihm ins Gesicht spucken, doch ebenso schnell, wie Thore sie eben zu sich herangezogen hat, stößt er sie jetzt wieder von sich weg, sodass die Rotze vor ihm auf dem Boden landet.

»Arschloch!«, fährt Natascha ihn an.

»Du wiederholst dich«, gibt Thore noch immer grinsend zurück. »Auch wenn du damit nicht nur mich meinst.«

Jesper legt den Kopf in den Nacken und stößt geräuschvoll einen Schwall Luft aus. »Das ist mir jetzt echt too much, Leute«, sagt er, zieht ein Feuerzeug aus seiner Jackentasche und zündet sich eine Zigarette an.

»Deine Qualmerei geht mir übrigens auch auf die Nerven«, brummt Thore.

Jesper zuckt die Achseln. »Nicht mein Problem.«

»Irgendeine Schwäche hat doch jeder«, sagt Natascha. »Und Jesper offenbar die eine oder andere mehr.«

»Woher willst du das denn wissen?«, platzt es aus mir heraus. Dabei fühle ich mich nun wirklich nicht mehr zuständig für ihn.

»Woher wohl?« Natascha lächelt mich provozierend an, dann lässt sie ihre grauen Augen sehnsüchtig auf Jesper ruhen, aber er beachtet sie nicht, sondern tritt hinter Isabel hervor und stellt sich neben mich.

»Wieso hast du ein Feuerzeug?«, fragt Thore.

»Vielleicht, weil ich rauche.« Jesper zieht an seiner Zigarette und bläst den Rauch knapp über Thores Kopf hinweg.

Feuerzeuge sind genauso verboten wie Geld, Handys, Tablets, MP3-Player, Streichhölzer, Messer und andere Hilfsmittel.

Thore ignoriert Jespers überlegene Geste. »Wir gehen jetzt weiter«, bestimmt er. »Wer hat das Seil?«

»Birk«, sagt Isabel, die sich inzwischen erhoben hat. Sie ist noch ein wenig blass um die Nase, doch ihr Blick wirkt fest und klar. – So klar wie seit dem Abend unserer Ankunft am Ausgangspunkt nicht mehr.

Joy streift ihr den Rucksack über die Schultern und zieht die Riemen stramm. »Wieso fragst du nach dem Seil?«, will sie wissen.

»Weil ich das Gefühl habe, dass wir es brauchen können«, antwortet Thore und wedelt Jesper mit der Karte vor der Nase herum. »Glaub meinetwegen, was du willst, aber ich denke, ich weiß, wo wir sind … und was mit Birk passiert ist.«

***

Thore läuft viel zu schnell voraus.

Jesper, Joy, Natascha und ich könnten seine Geschwindigkeit halten, Isabel jedoch nicht. Bei jedem dritten Schritt, den sie macht, schwankt sie bedrohlich hin und her. Joy und ich flankieren sie, ständig bereit, sie aufzufangen, falls sie ins Torkeln gerät oder stürzt.

Natascha und Jesper gehen vor uns her, und sie hängt ihm so dicht auf der Pelle, dass sich alle paar Meter ihre Schultern berühren. Manchmal wirkt es, als wären ihre Bewegungen aufeinander abgestimmt, fast so, als würden sie sich schon ewig kennen. Aber das ist natürlich absurd.

»Sie ist eine dumme Fotze«, raunt Joy mir zu.

»Ja, das ist sie«, sagt Isabel und kichert leise. »Es geschieht ihr ganz recht.«

»Was?«, frage ich.

»Dass sie bald tot ist.«

Joy und ich sehen uns an. Offensichtlich hat sie das Gleiche gehofft wie ich, nämlich dass Isabels dunkle Fantasien nur Vorboten ihres epileptischen Anfalls waren. Aber das ist wohl ein Irrtum gewesen.

»Hör auf damit«, sage ich mürbe. »Das ist doch alles Unsinn.«

»Ist es nicht«, erwidert Isabel leise, aber bestimmt.

Noch immer herrscht Totenstille. Es scheint fast so, als wollte der Wald uns damit auf das nächste furchtbare Ereignis vorbereiten.

Bitte, flehe ich innerlich. Lass Birk noch am Leben sein!

Doch mit jedem Schritt in dieser schrecklichen Stille schwindet meine Hoffnung.

Die Abstände zwischen den Bäumen werden kleiner. Das Strauchwerk verdichtet sich mehr und mehr, und auch der

Untergrund ist mittlerweile von einem kniehohen Bodendecker überzogen, dessen kleine Stacheln durch meine Hose dringen und mir in die Haut piken.

Thore findet einen starken entrindeten Ast, mit dem er fluchend auf das Gestrüpp einschlägt und uns auf diese Weise notdürftig den Weg frei macht.

»Birk ist nicht hier«, murmelt Joy. »Wenn er hier entlanggegangen wäre, würden wir das doch sehen.«

Sie hat recht. Birk hätte Spuren hinterlassen. Und die hätten Thore ins Auge fallen müssen.

Ich werfe einen Blick auf den Kompass. Noch immer laufen wir exakt nach Süden.

»Thore!«, rufe ich.

Er fährt herum und blitzt mich beinahe zornig an. »Was ist?«

»So finden wir Birk nicht.«

»Wir sollten ihn rufen«, schlägt Joy vor.

Natascha zieht eine Grimasse. »Ich habe Hunger«, sagt sie. »Und Durst. Außerdem würde ich sonst was für ein Bad in einem See geben.«

Joy nickt. »Aber deshalb können wir Birk ja nicht einfach seinem Schicksal überlassen.«

»Wieso nicht?«, gibt Natascha achselzuckend zurück. »Er hat es doch selbst gewählt.« Ihr katzengrauer Blick wandert von Joy über Isabel zu mir und bleibt schließlich auf Jesper haften. »Ich bin jedenfalls nicht für ihn verantwortlich.«

»Kein Problem«, erwidert Thore. Er stützt sich auf seinem Ast ab und streicht sich eine Haarsträhne aus der Stirn. Unter seinen Augen liegen dunkle Schatten. »Auch dir steht das Recht zu, über dein Schicksal zu bestimmen. Wenn du also generell auf unsere Hilfe verzichten möchtest, brauchst du es nur zu sagen.«

»Ts.« Natascha schüttelt den Kopf. »Der kapiert's einfach nicht.«

Wieder schenkt sie Jesper ein Lächeln, dann reißt sie Thore den Ast unter dem Arm weg und stapft weiter.

»Und was jetzt?«, frage ich.

»Keine Sorge«, brummt Joy. »Die kommt schon wieder.«

»Ich glaube, ich habe die kräftigste Stimme von uns«, sagt Jesper. »Ich rufe ihn.«

»Nein, wir machen es zusammen«, widerspricht Thore. »Auf drei.«

»Okay.« Alle nicken. Auch Isabel.

Thore zählt: »Eins, zwei … drei.«

»BIIIHIRK!«, brüllen wir aus vollem Hals.

»Eins, zwei, drei.«

»BIIIHIRK!«

Nach dem dritten Mal hebt Thore die Hand.

Stumm lauschen wir in den Wald hinein, doch es kommt keine Antwort. Zu hören ist nur das Schlagen von Nataschas Ast und ihr Fluchen. Diese Laute übertönen alles andere.

»Verdammt, es reicht mir jetzt«, zischt Thore.

Er dreht sich um und setzt Natascha in langen Sprüngen hinterher. Sein Zorn liegt wie ein Vibrieren in der Luft. Selbst als Thore gar nicht mehr zu sehen ist, spüre ich ihn noch.

Kurz darauf verstummt das Schlagen. Und das Fluchen ebenfalls.

Die Stille zerrt an meinen Nerven.

»Scheiße, er bringt sie um!«, stoße ich aus und dann renne ich los.

»Warte, Lida!« Jesper ist mit wenigen Sätzen neben mir und hält mich am Arm zurück. »Ich glaube, ich habe Birk gehört.«

Ich wirbele herum und starre ihn an.

»Thore wird Natascha nichts tun«, wispert er. »Außer dass er ihr vielleicht eine scheuert.« Dann deutet er nach links. »Horch mal ...«

Ich schließe die Augen, um mich besser konzentrieren zu können. Und tatsächlich, jetzt höre ich es auch: ein leises, verzweifeltes Rufen. »Hilfe! Ich bin hier ... Hallo?«

Im nächsten Moment brechen Thore und Natascha vor uns durch die Sträucher. Beide mit hochrotem wutverzerrtem Gesicht. In der einen Hand hält Thore den Ast, in der anderen Nataschas Arm, und zwar so fest, dass seine Fingerknöchel weiß hervortreten.

»Lass mich gefälligst los, du Bastard!«, zischt Natascha.

Sie hat die Finger ihrer freien Hand fest in Thores Unterarm gekrallt und tritt nach allen Seiten um sich. Als sie Jesper und mich bemerkt, zerrt sie noch umso heftiger und versucht mit aller Gewalt, sich aus Thores Umklammerung zu befreien.

»Dieses verfluchte Dreckschwein hat mich geküsst!«

»Thore?« Jesper lacht bitter auf. »Das möchte ich jetzt lieber nicht glauben.«

Die beiden Jungs tauschen einen Blick, unter dem mir kalt wird.

Keine Ahnung, was da gerade abläuft, und ich will es auch gar nicht wissen.

Abrupt drehe ich mich um und renne zu Joy und Isabel zurück, die bereits ungeduldig auf uns warten.

»Birk muss irgendwo da vorn sein.« Joy deutet in dieselbe Richtung, in die auch Jesper eben gewiesen hat. »Wir haben ihn rufen gehört.«

»Ja, wir auch.« Unschlüssig blicke ich hinter mich.

Jesper ist mir gefolgt und kurz nach ihm tauchen auch Thore und Natascha auf. Ihre Gesichter sind noch immer glutrot, aber wenigstens hat Thore Natascha inzwischen losgelassen.

»Wo?«, fragt er an Joy gewandt.

»Da.« Sie und Jesper strecken gleichzeitig ihre Finger aus.

Ich hebe ebenfalls einen Ast vom Boden auf. Er ist nicht so stabil wie der von Thore, aber ich fühle mich einfach sicherer, wenn ich etwas in der Hand habe.

Dann laufen wir los.

Montag, 18. August, am Zaun

Als ich gegen den Zaun knalle, wird mir klar, dass ich das Milberger Moor längst verlassen haben muss. Das verfluchte Mistding ist aus dunkelgrünem Maschendraht. So schnell, wie ich gerannt bin, und wegen all der Büsche und Bäume um mich herum habe ich ihn glatt übersehen.

»Scheiße«, fluche ich, weiche ein paar Schritte zurück und versuche zu ermessen, wie groß das Gebiet ist, das dieser Zaun umspannt. Doch wohin ich auch schaue, es scheint endlos zu sein, also ist es wohl egal, für welche Richtung ich mich entscheide.

Jan. Dennis. Christian. Seid ihr hier ... irgendwo?

Habe ich Jans Schrei wirklich gehört? Oder ist es nur die Erinnerung an die Nacht des Unfalls gewesen, die in mir spukt wie ein Geist, der sein Gesicht nicht zeigen will und mich einfach nicht zur Ruhe kommen lässt?

Hat Jan überhaupt geschrien, als der Baum durch die Windschutzscheibe krachte? Ich weiß es nicht mehr, und wenn ich ehrlich bin, will ich mich auch gar nicht erinnern.

Das Rennen hat gutgetan. Es hat mir das Gefühl gegeben, etwas hinter mir lassen zu können. Aber jetzt stehe ich vor diesem blöden Zaun und es geht nicht weiter.

Ich versuche, den Sinn zu begreifen.

Dies hier, der Boden, auf dem ich stehe, und der Wald, der sich direkt hinter dem Zaun einen steilen Hang hinaufzieht, ist ganz real, scheint also weder Himmel noch Hölle zu sein. Und während mein Körper schwer verletzt im Stadtklinikum liegt und Musik hört, rennt der Rest von mir durch die Weltgeschichte. – Wenn das nicht abgefahren ist!

Ich bin weder tot noch lebendig, sondern befinde mich irgendwo dazwischen. Und dieser verdammte Zaun hier vor meiner Nase könnte so etwas wie eine Zäsur sein.

Stopp, Sten!, scheint er zu rufen. Komm mal wieder zur Besinnung.

Denk noch einmal über alles nach.

Und dann entscheide dich aufs Neue. – Diesmal vielleicht sogar endgültig.

Diese Vorstellung versetzt mir einen Stich.

Wenn es so wäre, könnte ich jetzt zurückgehen, in meinen Körper, in mein altes Leben – und zu Katja. Vielleicht würde sie Jan vergessen und wir könnten noch mal von vorn anfangen.

Es scheint so leicht zu sein.

Aber ich weiß, das ist es nicht.

Denn *ich* werde Jan ganz sicher nicht vergessen.

»Du hast dich längst entschieden, Sten«, rede ich mir zu, während ich meine Hände ausstrecke und über die dunkelgrünen Drahtmaschen gleiten lasse.

Ich bin nicht imstande, den Zaun einzudrücken oder die Maschen zu verbiegen, aber ich kann meine Finger darin verhaken.

Mühelos hangele ich mich hinauf und springe auf die andere Seite.

Der Wald ist dunkel und still.

Totenstill.

Montag, 18. August, im Wald

Die Vogelstimmen kehren zurück. Zaghaft und verhalten zuerst, doch schon bald zwitschert und tiriliert es in den Baumkronen, als wäre nie etwas gewesen.

Das Buschwerk in diesem Waldabschnitt ist so dicht, dass wir uns nicht einmal mehr zu zweit nebeneinander, sondern nur noch hintereinander fortbewegen können. Während Thore uns mit seinem Ast weiter den Weg frei drischt, halte ich meinen Knüppel fest umklammert, bereit, jederzeit zuzuschlagen, falls jemand aus dem Unterholz hervorbrechen und uns angreifen sollte.

Das fröhliche Gezwitscher der Vögel müsste mich eigentlich beruhigen, aber es passt weder zur Situation noch zu meiner wachsenden inneren Anspannung. Joy, Jesper und Isabel gehen hinter mir, und der Umstand, dass die drei sich damit außerhalb meines Sichtfelds befinden, macht mich nervös. Ich würde mich besser fühlen, wenn ich alles unter Kontrolle hätte. Die Vorstellung, allein am Ende der Schlange zu laufen, behagt mir allerdings noch weniger. Um nicht durchzudrehen, konzentriere ich mich auf Nataschas Rucksack vor mir, der den gleichen hellblauen Farbton hat wie ihre Trekkingschuhe, und lausche angestrengt auf jeden Laut, der möglicherweise nicht von einem Tier stammt.

Es ist idiotisch zu glauben, dass hier jemand umherstreift, uns heimlich beobachtet und womöglich irgendwo auflauert. Der Wald ist viel zu wild und undurchdringlich. Keine Chance, sich fortzubewegen, ohne Spuren zu hinterlassen. Das zumindest versuche ich mir einzureden. – Es sei denn, man kennt sich hier sehr gut aus.

Dieser Gedanke jagt wie ein Pfeil durch meine Brust, um sich gleich darauf wie eine eiskalte Hand in meinen Nacken zu legen. Verdammt, genau so ist es. – Nur so kann es sein! Es wäre die Erklärung für alles, selbst für das spurlose Verschwinden des VW-Busses.

Stuckes Mörder muss dieses riesige Gebiet so vertraut sein wie die eigene Wohnung.

Ruckartig bleibe ich stehen und drehe mich um.

»Was ist los?«, fragt Joy, die unmittelbar hinter mir geht und fast in mich hineinläuft.

»He, Leute, ich seh was!«, brüllt Thore.

»Birk?« Joy reckt sich, um über mich und Natascha hinweg Blickkontakt mit ihm aufnehmen zu können. »Hast du Birk gefunden?«

»Nein, aber man kann erkennen, welchen Weg er genommen hat«, erwidert Thore.

Joy stupst mich ungeduldig an. »Lauf weiter!«

Ich nicke und setze mich wieder in Bewegung. Zuerst müssen wir Birk finden, danach können wir immer noch reden.

Innerhalb weniger Augenblicke haben wir uns um Thore

versammelt, der auf einer circa drei Quadratmeter großen, mit Laub und vertrockneten Farnen bedeckten und ungewöhnlich sonnigen Fläche steht und mit seinen Armen in entgegengesetzte Richtungen weist.

»Von dort ist er gekommen und da muss er weitergelaufen sein.«

»Ich glaub's ja nicht!«, stößt Natascha aus. »Ein richtiger Pfad!«

»Stimmt«, sagt Jesper. »Hier hätte jeder ...« Er stockt, sieht uns an und ein Leuchten breitet sich über seinem Gesicht aus. »Mensch, ist euch eigentlich klar, was das bedeutet?«

»Mhm.« Auch Joys Miene hellt sich auf. »Zivilisation.«

»Falsch«, kommt es scharf von Thore und zerstört damit all unsere aufkeimenden Hoffnungen. »Hier geht niemand spazieren oder so. Das ist ein Wildpfad.«

»Was macht dich da so sicher?«, gibt Natascha unwillig zurück. »Hier könnte ebenso gut auch ein Mensch entlanggelaufen sein.«

»Richtig ... Birk«, bestätigt Thore, doch Natascha winkt ab.

»Nein, nein, ich glaube ...«

»Ja, du hast recht. Nicht nur er«, fällt Thore ihr ins Wort. »Diesen Pfad nutzt das Wild ... und offenbar noch jemand. Seht ihr ...?« Er umfasst einen jungen Baumstamm, der weder Zweige noch Blätter hat. An seiner Spitze ist eine dünne Schnur befestigt, die bis auf den Boden reicht und in einer Schlaufe endet. Gut dreißig Zentimeter darüber wurde ein kleines Stück Holz in die Schnur eingeknotet.

Joy pfeift durch die Zähne. »Eine Springfalle!«

»Genau.« Thore grunzt. »Für Hasen, Eichhörnchen, Dachse und andere Kleintiere.«

»Hmm ...« Jesper greift nach der Schlinge, betrachtet sie von allen Seiten und zerrt schließlich daran, um ihre Funktionsfähigkeit zu prüfen. »Die lässt sich aber nicht besonders gut zusammenziehen.« Joy wirft einen kurzen Blick darauf. »Vielleicht ist sie schon etwas älter.«

»Möglich«, meint Thore und deutet auf den Boden. »Schaut hier.«

Ich lasse meinen Blick seinem Finger folgen und bemerke zarte hellgrüne Blätterspitzen, die zwischen dem welken Laub und dem vertrockneten Farn hervorlugen.

»Die Fläche um die Falle herum wird in regelmäßigen Abständen frei geschlagen«, stelle ich fest.

»Stimmt«, sagt Thore und schenkt mir ein Lächeln. »Das letzte Mal wahrscheinlich vor ein, zwei Wochen.«

Ich lag also richtig mit meiner Vermutung. »Könnte sein, dass uns jemand beobachtet!«

»Ja ... vielleicht«, erwidert Thore. »Bisher gibt es allerdings keine eindeutigen Anhaltspunkte dafür. Sicher ist nur, dass jemand dieses kleine überschaubare Areal schon länger von Buschwerk frei hält.« Er scharrt mit seinen Stiefelspitzen Laub zur Seite, bis er gegen einen Widerstand stößt. »Möglicherweise hat hier vor einigen Jahren mal ein Baum gestanden und alles, was von ihm übrig geblieben ist, sind seine Triebe«, erläutert er weiter, während er sich bückt und mit den Fingerkuppen über den glatten Schnitt eines handtellergroßen, knapp einen Zentimeter aus dem Boden ragenden jungen Baumstumpfs fährt.

»Okay, und was sagt uns das?«, fragt Natascha.

»Weiß der Himmel«, brummt Thore.

»Na ja, zumindest hat jemand einen der Ableger stehen gelassen und für den Bau der Springfalle benutzt«, resümiere ich.

»Was übrigens in Deutschland verboten ist«, sagt Isabel, woraufhin sich augenblicklich alle ihr zuwenden.

»Ja, Mann, das ist nun mal so!«, ereifert sie sich. »Diese Fallen sind pure Tierquälerei. Manchmal hängen die armen Kreaturen tagelang mit der Pfote oder sogar mit ihrem Kopf in der Schlinge und verrecken elendiglich, bevor sie gefunden werden. Und wenn man wirklich Erfolg haben will, reicht eine einzige Falle gar nicht aus. Dann muss man schon eine ganze Reihe davon aufstellen.«

Thore mustert sie mit einer hochgezogenen Braue, und auch ich staune, wie gut Isabel über Wildfang Bescheid weiß. Etwas anderes beeindruckt mich jedoch noch viel mehr, nämlich ihr Talent, sich so sehr im Hintergrund zu halten, dass man sie zeitweise glatt vergisst –, um sich dann, von einer Sekunde auf die andere, mit einer ganz besonderen Äußerung wieder in den Mittelpunkt zu rücken.

»Solche Fallen haben sowieso nur einen Sinn, wenn man über längere Zeit am selben Ort bleibt«, sagt Thore. »Genau das ist aber nicht unser Plan. Außerdem wollte ich euch noch etwas anderes zeigen.« Er zieht die Wanderkarte hervor, faltet sie auseinander und tippt auf eine Stelle im unteren Drittel.

Alle außer Isabel beugen sich darüber.

»Diese Linie ist mir schon am ersten Abend aufgefallen«,

fährt Thore fort. »Ich hielt sie für einen Bach ... trotz dieser Unterbrechung und obwohl sie einen ungewöhnlich geraden Verlauf hat.«

Jesper schürzt nachdenklich die Lippen. »Du meinst, der Bach ist in Wahrheit dieser Wildpfad hier? Und die Unterbrechung ...«

»... ist nachträglich in die Karte eingezeichnet worden«, ergänzt Thore.

Ich schüttele den Kopf. »Wie das?«

»Keine Ahnung. Ich nehme an, mit Tipp-Ex oder Deckweiß. Jedenfalls kann man es fühlen.«

Thore zieht seine Hand zurück, damit ich meinen Finger über die Stelle gleiten lasse.

»Er hat recht«, sage ich. »Man spürt eine kleine Erhebung.«

»Na ja«, gibt Thore zurück. »Wir können uns jetzt zwar anhand der Karte orientieren und gezielt einen See oder den Gipfel eines Hügels ansteuern beziehungsweise ein Sumpfgebiet oder eine Schlucht umgehen ...«

»Immerhin«, brummt Natascha.

»Wir wissen allerdings noch immer nicht, wo wir sind, geschweige denn in welcher Richtung sich die nächste Ortschaft befindet«, setzt Thore ein Phon lauter hinzu.

»Mich interessiert im Moment sowieso viel mehr, wo Birk ist«, mischt Joy sich ein.

»Und ich habe Hunger«, setzt Natascha beinahe trotzig hinzu. »Wir sollten uns allmählich mal über unser Abendessen Gedanken machen.«

»Okay.« Isabel baut sich vor Joy auf, streckt ihr die Hand

entgegen und wedelt fordernd mit den Fingern. »Gib mir bitte mal das Messer.«

»Nanu?«, spottet Natascha. »Willst du etwa einen Pilz erlegen?«

Isabel reagiert mit keiner Miene, sondern zerrt Joy zur Seite und beginnt mit fiebrigen Fingern, die Fächer ihres Rucksacks abzutasten.

»Ich wette, sie hat eher an eine wilde Himbeere gedacht«, sage ich und sehe Natascha herausfordernd an, doch die beherrscht die Kunst des Nichtbeachtens ebenso gut wie Isabel.

Wenn ich bisher noch keine Vorstellung davon hatte, wie es sich anfühlt, in einem Vakuum zu schweben, dann weiß ich es jetzt.

»Schon gut, ich geb's dir ja«, knurrt Joy. Sie zieht das Messer aus einem schmalen Fach hervor, das sich in einer Naht zwischen Seitenwand und Boden befindet, und reicht es Isabel zögernd.

»Moment!« Jesper tritt dazwischen. Energisch umfasst er Joys Handgelenk und zieht ihren Arm zur Seite. Sein Blick bohrt sich in Isabels Augen. »Und wer garantiert uns, dass du nicht selber dafür sorgst, dass deine irren Todesvisionen wahr werden?«

»Sag mal, spinnst du!«, fahre ich ihn an. »Isabel wird uns wohl kaum einen nach dem anderen abstechen ...« Entsetzt über die Gewalt meiner eigenen Worte breche ich ab und füge dann etwas leiser hinzu: »... können.«

Ganz kurz nur fliegt Jespers Blick zu mir. Es ist nicht mehr als eine Sekunde, reicht aber aus, mir einen weiteren

Schrecken bis tief ins Herz zu jagen. Einen solchen Argwohn habe ich in seinem Gesicht noch nie gesehen.

Klar, das Klima in der Gruppe ist von Anfang an ziemlich gereizt gewesen. Seit wir Stuckes Leiche gefunden haben, ist die Stimmung jedoch total gekippt. Seither frisst sich die Hysterie wie ein Geschwür in unsere Gehirne, springt von einem zum Nächsten, und wird uns - wenn wir nicht aufpassen - so fest in Besitz nehmen, dass wir sie am Ende womöglich nicht mehr in den Griff bekommen.

Ich schaue in die Runde. Von Jesper zu Joy, von Thore zu Natascha und schließlich zu Isabel. Niemand sagt etwas, man hört nur unsere Atemgeräusche. Die Atmosphäre ist zum Reißen gespannt.

Plötzlich lacht Isabel auf. Ihre Hand schnellt vor, und sie ergattert das Messer in einer Geschwindigkeit, die ihr wohl keiner zugetraut hätte.

Natascha stößt einen kurzen Schrei aus und selbst Thore gibt ein leises Stöhnen von sich.

Isabel schüttelt den Kopf. »Ihr seid echt bescheuert«, murmelt sie.

Ein Grinsen umspielt ihre Mundwinkel. Abrupt dreht sie sich um, schnappt sich die Schnur der Springfalle, trennt sie mit einem gezielten Schnitt vom Stamm ab und schneidet sie anschließend in mehrere kurze unbrauchbare Stücke.

»Ich töte keine Tiere. Das hab ich euch doch gesagt«, erklärt sie und gibt Joy das Messer zurück. »Und erst recht keine Menschen. Würde mir niemals einfallen«, fügt sie seltsam tonlos hinzu.

»Und was hat es dann mit diesen Visionen auf sich?«, fragt Jesper, während Joy das Messer wegsteckt und ich erleichtert aufatme.

Isabel sieht ihn verständnislos an. »Was meinst du?«

»Na ja, sie passen irgendwie nicht zu deiner … ähm … Einstellung«, erkläre ich und wundere mich, dass Jesper und ich trotz unseres Beziehungsstresses noch immer an einem Strang ziehen. – Als würde einer die Gedanken des anderen erraten. Diese Vorstellung versetzt mir einen Stich. Ich möchte mich ihm nicht mehr so nah fühlen, auch wenn es mich zugegebenermaßen beruhigt, ihn neben mir zu wissen.

»Ich habe keine Kontrolle über sie«, sagt Isabel. »Sie kommen und gehen …«

»Wie deine epileptischen Anfälle«, fährt Natascha dazwischen.

»Gegen Visionen gibt es keine Tabletten«, erwidert Isabel gelassen.

Natascha schüttelt den Kopf. »Klar doch«, brummt sie. »Fragen Sie Ihren Arzt oder Apotheker … oder besser noch: Ihren Psychiater.«

Sie wirft Jesper einen vielsagenden Blick zu und verdreht dann theatralisch die Augen.

»Genug, Leute!«, kommt es von Joy, ehe Isabel auf Nataschas Provokation reagieren kann. »Wir sollten uns endlich um Birk kümmern. Statt ihn zu suchen und ihm zu helfen, stehen wir hier rum und verdächtigen uns gegenseitig.«

Joy spricht mir aus der Seele. Und plötzlich ist mir schlecht. Mit zitternden Fingern ziehe ich den Kompass hervor.

»Der Pfad führt nicht nach Süden, sondern nach Südwesten.«

Ich weiß, dass das keine Rolle spielt, aber ich sage es trotzdem.

»Ist doch völlig egal«, knurrt Joy und stapft los.

»Birk?«, ruft sie. »Biiihirk!«

Thore, der sich zuletzt ungewöhnlich ruhig verhalten hat, will sich gerade in Bewegung setzen, da bleibt Joy schon wieder stehen. Sie legt den Finger an die Lippen und bedeutet uns, still zu sein.

Auch ich lausche angestrengt in den Wald. »Hast du was gehört?«

Joy schüttelt den Kopf. »Ich hab's mir wohl nur eingebildet.«

Sie läuft weiter, und Thore schiebt sich mit schnellen, energischen Schritten an Natascha, Jesper und mir vorbei, um ihr zu folgen.

»Vielen Dank auch!«, brüllt Natascha ihm nach. Sie beschleunigt ebenfalls, drängt mich unsanft zur Seite und fasst Jesper bei der Hand. Wie selbstverständlich schließt er seine Finger um ihre und mir stockt für einen Augenblick der Atem.

»'tschuldigung.« Verständnis heuchelnd sieht Natascha mich an. »Das könnte diesem Arschloch so passen, dass ich allein ganz hinten gehe.«

»Schon okay«, gebe ich zurück. »Du kannst ihn haben. Ich schenk ihn dir.«

Jespers Lider zucken und seine Augen werden schmal.

Rasch wende ich mich ab. Ich weiß, dass diese Bemerkung

deplatziert war, und ärgere mich darüber, wie wenig ich mich unter Kontrolle habe, aber ich begreife einfach nicht, dass Jesper sich immer wieder derart von Natascha vereinnahmen lässt.

»Darum geht es doch jetzt gar nicht!«, keift sie mich an. »Ich hab einfach keinen Bock mehr auf diese elende Scheiße hier!«

»Denkst du etwa ich?«, murmele ich. »Oder sonst irgendwer?«

Isabel zum Beispiel, die nun das Schlusslicht bildet.

Ich warte kurz, bis sie mich eingeholt hat, dann hake ich mich bei ihr unter, was sie seltsam teilnahmslos geschehen lässt.

»Was hast du gesagt?«, brüllt Natascha. »Sprich gefälligst lauter, wenn du mit mir redest.«

Ich registriere, wie Thore stumm den Kopf schüttelt, und seufze leise. Nataschas Ausbrüche zehren auch an meinen Nerven. Daheim mache ich einen großen Bogen um Leute wie sie, hier muss ich mich gezwungenermaßen mit ihr auseinandersetzen. Und ich sehe ein, dass es nichts bringt, sie links liegen zu lassen. Natascha gehört nun einmal nicht zu den Menschen, die es akzeptieren, wenn man sie übersieht.

Mittlerweile stehen die Bäume zu unserer Linken etwas weniger nah beieinander und die Nachmittagssonne unterteilt den Pfad in schattige und lichtdurchflutete Abschnitte. Rechts von uns wachsen kniehohe, leuchtend gelbe und violette Wildblumen, zwischen denen zahllose Hummeln, Bienen und andere Insekten umherschwirren. Eine Bremse setzt sich auf meine Brust. Als ich sie verscheuche, fällt mir etwas Glitzerndes am Wegesrand ins Auge.

»Moment!«, rufe ich, lasse Isabel los und bücke mich. »Ich glaube, hier ist was.«

Ich schiebe ein längliches Blatt zur Seite und halte kurz darauf eine schwarze Brille in der Hand.

»Verdammt, wenn das nicht die von Birk ist!«, stößt Jesper hervor.

»Klar ist sie das«, brummt Natascha. »Ich kenne jedenfalls sonst keinen, der so bescheuert ist und sich ein dermaßen hässliches Teil ins Gesicht pflanzt.«

Ich betrachte die Brille etwas genauer. Sie ist völlig intakt, nur eines der Gläser ist ein wenig beschlagen. Ich wische es an meinem T-Shirt ab, hebe die Brille vor meine Augen und stelle überrascht fest, dass ich sowohl die Blätter hoch oben in den Baumkronen als auch die Reißverschlusszähnchen an Jespers Jacke direkt vor mir ganz klar erkennen kann.

»Ich glaub, das Ding ist ein Fake.«

»Was?« Thore wedelt ungeduldig mit den Fingern. »Zeig mal her!«

»Schätzungsweise null Dioptrien«, sage ich und gebe ihm die Brille.

Er schaut kurz hindurch und reicht sie danach an Joy weiter.

»Lida hat recht«, bestätigt er. »Fensterglas.«

»Mann, wie krass ist das denn!«, blökt Natascha und schlägt sich an den Kopf.

Ich sehe von ihr zu Jesper und dann zu Joy, und plötzlich fällt mir auf, dass Isabel nicht mehr bei uns ist.

»Das gibt's doch nicht!«, stoße ich aus. »Hat einer von euch gemerkt, dass Isabel weitergelaufen ist?«

»Lass sie doch«, brummt Natascha. »Ich muss diese Irre nicht ständig um mich haben. Mich interessiert viel mehr, wieso unser süßer kleiner Nerd eine Brille trägt, obwohl seine Augen offenbar völlig in Ordnung sind.«

»Mag ja sein, dass Isabel dir egal ist«, fahre ich Natascha an. »Mir aber nicht.«

»Dann solltest du dich darauf beschränken, dir die Vorwürfe zu machen«, gibt sie kühl zurück. »Ich zumindest fühle mich nicht dazu berufen, irgendjemandes Kindermädchen zu spielen.«

»Gut«, blitzt Joy sie an. »Dann brauchen wir uns ja auch nicht um dich zu kümmern ... Ich meine, für den Fall, dass *du* einfach so verschwinden solltest.«

»Jetzt regt euch wieder ab«, fährt Thore dazwischen und deutet auf das Gestrüpp am Wegesrand. »Isabel hat sich nur mal eben hinter einen Strauch gehockt.«

»Und wenn Birk uns die ganze Zeit zum Narren gehalten hat«, höre ich Jesper murmeln, »und in Wahrheit ...«

Joy lacht auf.

»Was? Etwa er derjenige ist, der Stucke in den Schlund gestoßen hat und anschließend den VW-Bus mitsamt seinem Fahrer verschwinden ließ?« Sie schüttelt den Kopf. »Das ist absolut lächerlich.«

Thore nickt. »Ich finde, wir sollten vorerst bei der Version mit dem Fremden, der hier seine Fallen aufgestellt hat, bleiben. Zumindest, solange wir keine anderen Hinweise haben.«

»Finde ich auch«, sage ich, froh darüber, dass es mal einer ausspricht.

In diesem Moment ertönt hinter mir ein Rascheln. Natascha und ich fahren herum und einen Atemzug später löst Isabel sich aus dem Schatten der Bäume und tritt zu uns auf den Weg zurück.

»Glas kann man zum Schneiden benutzen«, sagt sie und deutet auf Birks Brille, die inzwischen auf Jespers Nase gelandet ist.

»Chapeau, Süße. Du bist gar nicht so blöd, wie ich dachte.« Ein anerkennendes Lächeln huscht über Nataschas Gesicht. »Der kleine Birk zieht mit einer dicken Brille auf der Nase in die weite Welt hinaus, um uns vorzugaukeln, er sei ein naiver, Knäckebrot knabbernder Nerd, der den Großteil seines Lebens am PC verbringt. Dabei ist diese dusselige Brille in Wahrheit nichts anderes als eine getarnte Waffe.« Natascha verschränkt die Arme vor ihrer Brust, wirft den Kopf in den Nacken und lacht laut auf.

»Das ist doch jetzt völlig egal«, sage ich, von einer plötzlichen Unruhe ergriffen. »Jemand hat Birk überfallen, und dabei hat er seine Brille verloren ... oder absichtlich fallen lassen, um eine Spur zu legen. Wir sollten ihn jetzt endlich suchen ... und auf alles gefasst sein.«

***

Thore stapft, den Stiel seines Spatens mit beiden Händen fest umklammert, voraus. Niemand wagt es noch, weiter zu diskutieren. Nicht einmal Natascha. Joy zieht ihr Messer hervor, wartet, bis Isabel sich in Bewegung gesetzt hat, und schließt sich den beiden an. Natascha, Jesper und ich folgen.

Meine ganze Aufmerksamkeit gilt dem Gestrüpp zu beiden Seiten. Wieder lausche ich auf jedes Geräusch, und wieder bin ich wild entschlossen, mit meinem Knüppel auf jeden einzudreschen, der sich uns in den Weg stellt.

Thore gibt das Tempo vor und wir arbeiten uns Schritt für Schritt den Pfad entlang in ein dunkles Waldstück hinein. Hier stehen die Bäume dicht beieinander. Hochgewachsene Tannen und ausladende Laubkronen schlucken einen Teil des Sonnenlichts. Dort, wo einzelne Strahlen auf den Boden treffen, überwuchern dornige Brombeerranken den Pfad.

Ihre schwarzroten Früchte glänzen verführerisch, und mit einem Schlag wird mir bewusst, wie hungrig ich bin. Trotzdem würde ich jetzt keine einzige Beere hinunterkriegen. Ich fühle mich elend, mein Magen schmerzt und mein Körper sehnt sich nach einer Dusche.

Absurde Gefühle sind das und absurde Gedanken, die sich in meinem Kopf festsetzen, aber sie halten die Furcht in Schach und lassen meine Beine tun, was sie tun müssen: Schritt für Schritt weiterlaufen, Knie anheben, über das Gestrüpp steigen, versuchen, nicht hängen zu bleiben und Jesper nicht auf die Füße zu treten.

Er geht viel zu dicht neben mir.

Ich weiß, er will mich beschützen, und dafür bin ich ihm sogar irgendwie dankbar. Gleichzeitig nervt es mich. Wenn wir all das hinter uns gebracht haben, wenn wir lebend und heil nach Hause zurückgekehrt sind, wird er ohnehin nicht mehr für mich da sein.

Der Blick in die Zukunft und die Erinnerung an daheim schnüren mir das Herz zusammen. Ich hätte Mam nicht belügen dürfen … und ich hätte auch Jesper nicht bedrängen sollen, mich mitzunehmen.

Montag, 18. August, auf Privatgrund

Das Haus ist mit einer seiner beiden Schmalseiten direkt an die steil aufragende Felswand gebaut – eine Art Bungalow mit winzigen Fenstern, die mehr als eine Körperlänge vom Boden entfernt eingebaut sind, sodass ich nicht hineinsehen kann. An der anderen Schmalseite schließt sich eine circa zwei Meter hohe Mauer an, die nach hundertdreiundzwanzig Schritten, einem rechten Winkel und weiteren sechsundachtzig Schritten ebenfalls in der Felswand endet.

In die Mauer ist ein zweiflügeliges Stahltor eingelassen. Daneben hängt ein Briefkasten windschief an einer einzigen losen rostigen Schraube. Ein Namensschild kann ich nicht entdecken und es gibt weder eine Gegensprechanlage noch eine Klingel.

Das Grundstück erinnert mich an eine Bastion. Der ehemals weiße Rauputz ist nun grau und bröckelig und von dunklen Schmutzadern und grünen und blauen Flechten überzogen. Efeuranken haben sich ins Mauerwerk gefressen. Das Haus wirkt verlassen, und trotzdem bin ich überzeugt, dass der Schrei von diesem Anwesen gekommen sein muss.

Durch die schweren, tief herabhängenden Äste der Tannen, die nicht nur außerhalb des Grundstücks, sondern auch im Hof innerhalb der Mauern stehen, dringt nur wenig Licht, und noch immer ist es totenstill.

Vom Waldboden steigt ein feucht-würziger, leicht modriger Geruch auf und setzt sich hinter meiner Stirn fest.

Ich laufe die Mauer und die beiden Außenseiten des Hauses dreimal ab, lege mein Ohr an den feuchten Putz und lausche in die Stille.

Nichts.

Ich sehe zurück in Richtung Zaun, der von hier aus jedoch nicht mehr zu erkennen ist, und wende mich dann der Felswand zu. Mein Blick gleitet über Steinspalten und Vorsprünge, morsches Gehölz und kräftige Baumwurzeln, die die Felswand wie die Finger eines Riesen umklammern.

Ich war nie eine Leuchte in Sport. Für Handball, Volleyball oder Basketball habe ich mich einfach nicht begeistern können und Leichtathletik, Zirkeltraining oder Geräteturnen waren erst recht nicht mein Ding.

Keine Ahnung, ob ich imstande bin, diese Felswand zu bezwingen. Die Aussicht, auf halbem Weg den Halt zu verlieren und herabzustürzen, schreckt mich jedoch nicht. Knochen, Muskeln und Nerven habe ich auf der Intensivstation des Stadtklinikums zurückgelassen. Die Medikamentenpumpe jagt milliliterweise Betäubungsmittel durch meine Adern. Es würde mich sehr wundern, wenn ich Schmerzen verspüre. Und sollte es doch so sein, wäre es mir auch egal.

Der Schrei lässt mich nicht los. Er ist Teil meines Seins geworden, und die Vorstellung, dass sich die Seelen meiner verunglückten Freunde innerhalb dieses toten Gemäuers befinden, wird zur fixen Idee.

Ich muss es herausfinden.

Gewissheit haben.

Zur Ruhe kommen.

Ein Gefühl tiefer Sehnsucht treibt mich über den moosigen Boden, durch die struppigen Ranken und den kniehohen Wildwuchs. Und ehe ich mich versehe, stehe ich vor der Felswand.

Höher als die Fassade eines mehrstöckigen Hauses und nahezu ebenso steil erhebt sie sich unmittelbar vor mir in den tiefblauen Himmel. Dort oben wogen die Äste von Fichten, Birken und Erlen im Sonnenlicht. Flirrend helle Reflexe huschen über den dunklen Stein. Sie verfangen sich in den zarten Trieben einiger Sträucher, die in dieser unwirtlichen Umgebung ums Überleben kämpfen, oder werden von den Schatten tiefer Felsspalten verschluckt.

Ich greife nach einer vorstehenden Wurzel, setze den rechten Fuß auf einen Vorsprung und suche mit der linken Hand an einer Steinspitze Halt. Langsam, Schritt für Schritt, und aufmerksam nach abgebrochenen Stümpfen, fest verwurzelten Zweigen oder Ritzen tastend, arbeite ich mich nach oben. Es ist ein seltsames Gefühl, denn alles, was ich umfasse, spüre ich nur vage. Als wäre es nichts weiter als ein Lufthauch, der sich verdichtet, oder bloß die Idee eines Felsvorsprungs, der unter der Berührung meiner Finger Realität zu werden beginnt. Kein Zweig verbiegt sich oder gibt im Geringsten unter meinem Gewicht nach und auch den Untergrund unter meinen Sohlen nehme ich nur als sanften Druck wahr.

Einen Moment lang bin ich versucht herauszufinden, was passieren würde, wenn ich meinen Griff lockerte und mich in die Tiefe fallen ließe. Aber dann sehe ich, dass ich mit nur zwei weiteren Kletterzügen ein zwar recht schmales, aber circa fünfzig Zentimeter langes Miniplateau erreichen kann, und schon ist dieser Reiz wieder verflogen. Aus einem breiten Felsspalt daneben ragt ein armdicker Stumpf hervor, an dem ich mich mühelos heraufziehe. Ich richte mich auf und drehe mich langsam um.

Das Plateau liegt in gut zehn Metern Höhe und erlaubt mir einen erstklassigen Blick auf die Bungalow-Bastion.

Zwischen den Tannen lässt sich noch ein schmaler Weg aus abgerundeten Steinplatten erahnen, der am Flügeltor in der Mauer beginnend einen sanften Bogen schlägt und auf das Haupthaus zuführt. Ansonsten ist der gesamte Innenhof von Beerensträuchern und Gräsern überwuchert. An das rechteckige Haupthaus schließt sich ein weiteres Gebäude an, das in etwa Höhe und Größe einer Garage hat und ebenfalls bis an die Felswand herangebaut ist. Eine Zufahrt entdecke ich allerdings nicht. Möglicherweise hat es einmal eine Art Kiesweg gegeben, der inzwischen dem Wildwuchs zum Opfer gefallen ist.

Ich umklammere den Stumpf mit beiden Händen und beuge mich noch ein wenig weiter vor, in der Hoffnung, eventuell einen Blick auf die Vorderfront des Wohnhauses werfen zu können, aber das Einzige, was ich erkenne, ist der obere Ausläufer eines dunkelgrünen Efeus, der sich bis auf die blassroten Schindeln des flachen Zeltdachs hinaufrankt. Wie viele Fenster es dort gibt und wie groß diese sind, ist nicht auszumachen.

Nichts deutet darauf hin, dass in den vergangenen Monaten, vielleicht sogar Jahren, irgendjemand hier gewesen ist, und doch ...

»Stoooap!«

Der Ruf zerschneidet die Stille.

Ich zucke zusammen und richte den Blick reflexartig nach oben, von wo die Männerstimme zu mir heruntergeschallt ist.

Birken- und Erlenblätter tanzen gleichmütig im Wind.

Hoch am Himmel zieht ein Bussard seine lautlosen Kreise.

Ein Sonnenstrahl trifft mich ins Auge.

Alles ist ruhig.

Aber ich weiß, dass ich mich nicht getäuscht habe.

Ich lasse den Stumpf los, greife in eine Steinritze oberhalb meines Kopfes und ziehe mich weiter an der Felswand hinauf. Mittlerweile habe ich etwas Übung, die letzten Meter fallen mir sogar überraschend leicht. Fast so, als hätte ich mein Leben lang nichts anderes getan.

Vor mir liegt ein lichtes Waldstück, das mit jungen Bäumen, Wildblumen und Farnen bewachsen ist. Hastig rappele ich mich auf und laufe weiter in die Richtung, aus der mir der Wind entgegenweht.

Von dort muss die Stimme gekommen sein. Die Stimme ... und wahrscheinlich auch der Schrei.

Ich renne. Spüre die Berührung der Farnblätter und Blütenstängel kaum. Höre auf zu denken.

Und plötzlich stehe ich vor einer Schlucht.

Montag, 18. August, im Wald

»Ich hab ihn!«, ruft Thore, nachdem er abrupt stehen geblieben ist und den Blick unmittelbar vor sich zu Boden gerichtet hält. Das »Stopp!«, das er ein paar Sekunden zuvor gebrüllt hat, vibriert noch immer in meinem Schädel. Meine Hände zittern so sehr, dass ich den Knüppel kaum mehr halten kann. Unter dem Rucksack ist mein Rücken nass geschwitzt. Ein feuchtes Rinnsal läuft über meine Stirn und verfängt sich in meinen Wimpern. Ich bin völlig am Ende.

»Wir haben Birk gefunden.« Die anfängliche Erleichterung in Thores Stimme bekommt einen seltsamen Unterton. »Er lebt ... aber ...«

»Aber *was*?«, hauche ich.

Ich bin bereits im Begriff, zu ihm zu stürzen, da dreht Thore sich um, hebt abwehrend die Hand und bedeutet uns, keinen Schritt weiter zu machen. Sein Gesicht ist blass und seine Miene angespannt. »Wir brauchen das Seil.«

»Das hat dieser Vollidiot doch selbst!«, giftet Natascha sofort los, woraufhin Jesper ihr einen Stoß gegen den Oberarm versetzt.

»Halt endlich mal die Klappe, ja!«, knurrt er. »Deine Kommentare sind nämlich nicht gerade hilfreich.«

Ich weiß, wir haben andere Sorgen, trotzdem kann ich mir ein Grinsen nicht verkneifen.

Joy drängt sich an Isabel vorbei, die mitten auf dem Pfad zur Salzsäule erstarrt ist. »Was ist mit Birk?«, will sie wissen.

»Er ist in eine Grube gefallen«, erwidert Thore.

»In eine Grube?«

Ich werfe Jesper einen kurzen Blick zu und schiebe mich dann ebenfalls an Isabel vorbei.

»Seid vorsichtig!«, mahnt Thore. »Der Boden gibt nach und der Rand ist ziemlich bröckelig.«

»Wie tief?«, fragt Joy.

»Nicht sehr«, brummt er. »Höchstens anderthalb Meter.«

Joy schüttelt kaum merklich den Kopf. »Ich verstehe nicht«, sagt sie. »Wo ist das Problem?«

Das frage ich mich auch. Wir stehen auf einer Lichtung. Es ist keine natürlich gewachsene, sondern ebenso wie die Stelle, an der wir die Springfalle gefunden haben, eine von Menschenhand geschaffene.

Bereits auf den ersten flüchtigen Blick entdecke ich vier glatt geschlagene, knöchelhohe Stümpfe, aus denen frische junge Triebe sprießen. Auf einer circa fünfzehn Quadratmeter großen Fläche wachsen ausschließlich Farne, Gräser und Wildblumen und überall liegen dürre vertrocknete Zweige und welkes Laub herum. Doch der Pfad dazwischen ist klar zu erkennen.

Thore legt den Spaten ins Gras und streckt uns seine Hände entgegen. »Kommt her und seht es euch an. Aber vorsichtig.« Um seine Mundwinkel zuckt es und seine Pupillen ziehen sich zusammen. Alles in mir steht auf Habtacht.

Auch Joy zögert.

Ich muss sie nicht anschauen, um zu wissen, was in ihr vorgeht.

Können wir Thore wirklich trauen?

Lassen wir uns von ihm führen, weil er uns kompetent und trotz seiner Robustheit fürsorglich erscheint? Weil wir das Gefühl haben, dass er jeden von uns zu nehmen weiß, Situationen gut einschätzen kann und selbst dann noch den Überblick haben wird, wenn der Letzte von uns bereits den Kopf verloren hat?

Oder führt in Wahrheit *er* uns, weil dies zu seinem Plan gehört? Weil er sich in dieser Wildnis bestens auskennt und ein ganz bestimmtes Ziel verfolgt?

Thore behauptet, dass Birk lebt. Aber können wir ihm glauben? Bisher hat Birk nicht einen Pieps von sich gegeben. Wenn die Grube tatsächlich nur anderthalb Meter tief ist, warum ist er dann nicht aufgestanden und hat weiter lauthals um Hilfe gerufen – oder einfach versucht herauszuklettern?

Werden Joy und ich womöglich als Nächste in dieser Grube landen?

Mein Bauch sagt mir, dass es Unsinn ist, und mein Verstand, dass es viel zu riskant wäre. Und trotzdem kreisen meine Gedanken plötzlich nur noch um eine Frage:

Ist es nicht doch möglich, dass jemand sich in der Nacht von Samstag auf Sonntag davongeschlichen hat, ohne dass es Isabel aufgefallen ist? Dass dieser Jemand Thore war und dass *er* Stucke getötet und den Bus irgendwo versteckt hat?

»Worauf wartet ihr denn noch?«, fragt er jetzt ein wenig

gereizt. »Wir können Birk schließlich nicht ewig da unten schmoren lassen. Es sei denn, ihr seid scharf auf eine Portion Dörrfleisch«, fügt er mit dem für ihn so typischen Grunzen hinzu.

Ich bedenke Joy mit einem unschlüssigen Schulterzucken und setze mich in Bewegung.

»Lida, warte!«, ruft Jesper hinter mir.

Thore stutzt. Er sieht über mich hinweg und fixiert Jesper. Zorn spiegelt sich in seiner Miene wider – und weicht kurz darauf einem breiten sarkastischen Grinsen.

»Oh, ihr misstraut mir!«

Thore mustert uns stumm. Das Grinsen verschwindet.

»Tja, wenn das so ist«, murmelt er, lässt die Hände sinken und geht langsam auf die Knie hinunter.

»Was hast du denn jetzt schon wieder vor?«, blafft Natascha.

»Na, was wohl?«, brummt Thore, während er sich auf den Bauch legt und seine Arme vorsichtig über den Grubenrand streckt.

Ich starre auf seinen Rücken und auf seinen Hinterkopf und mit einem Mal fühle ich mich schrecklich. Schlecht und gemein.

Der Spaten liegt knapp zwei Schrittlängen von mir entfernt. Es wäre ein Leichtes, danach zu greifen und Thore das Ding über den Schädel zu ziehen!

Eindrucksvoller könnte er uns kaum demonstrieren, dass er uns vertraut. Jedem von uns. Und dass wir aufeinander angewiesen sind. Und zwar auf Gedeih und Verderb.

»Tut mir leid«, wispere ich.

»Quatsch nicht kariert«, entgegnet Thore ebenso leise. »Sieh endlich in die Grube! Und dann tu, was zu tun ist.«

»Okay.« Ich nicke.

Behutsam setze ich einen Fuß vor den anderen. Mit jedem Schritt rollen neue Schweißtropfen über meine Stirn. Ich möchte sie wegwischen, aber ich spüre instinktiv, dass jede unnötige Bewegung Gefahr bedeutet. Der Boden unter meinen Füßen ist weich, und zwar verdammt weich. Es fühlt sich an, als liefe ich über ein schlaff gefülltes Luftkissen. Als ein Zweig knackend unter meiner Sohle zerbricht, zucke ich heftig zusammen. Im selben Moment gibt der Grund unter mir nach und ich sause in die Tiefe.

Ein Aufschrei erstickt in meiner Kehle. Erdklumpen, Blumen und Laub rieseln neben mir herab. Ich versuche, nach irgendetwas zu greifen, und höre Thore fluchen und Jesper meinen Namen rufen. Mein Hintern knallt auf etwas Hartes und ein brennender Schmerz rast meinen Rücken hinauf.

Für ein paar Sekunden wird mir schwarz vor Augen. Stöhnend ringe ich nach Atem, und dann begreife ich allmählich, dass ich nicht sehr tief gefallen, dafür allerdings recht unglücklich auf einem Felsen aufgekommen bin.

Meine Füße baumeln ins Leere und unmittelbar unter mir sitzt Birk auf einer Schicht grauer verwelkter Blätter. Sein rechtes Bein ist in einem Loch verschwunden, das linke presst er gegen einen schmalen Vorsprung, und mit seinen beiden Händen klammert er sich an einer dünnen Baumwurzel fest, die seitlich aus der Erde ragt. Die dunklen Haare kleben ihm klatschnass am Kopf und sein Gesicht glänzt vor Schweiß und Anstrengung. Aus wässrigen, rotgeäderten Augen starrt er mich panisch an.

Dieses Bild flirrt durch meinen Kopf, aber es dauert eine Weile, bis der Schmerz in meinem Rücken erträglich geworden ist und ich in der Lage bin, den Sinn dessen, was geschehen ist, zu erfassen.

Thore hat uns nicht alles gesagt. Diese Grube ist an ihrer untersten Stelle nämlich weitaus tiefer als einen Meter fünfzig. Sie scheint aus mehreren Ebenen zu bestehen, die offenbar so angelegt sind, dass sie nicht alle gleichzeitig, sondern erst nach und nach einbrechen. Derjenige, der sie gegraben hat, muss etliche Tage, vielleicht sogar Wochen, damit zugebracht haben.

»Alles okay?«, fragt Thore.

Ich nicke. Natürlich ist gar nichts in Ordnung, aber immerhin sitze ich einigermaßen sicher auf diesem Felsstein. Birk dagegen ist bereits mit einem Bein durch seine Ebene gebrochen und droht nun, auf die nächste hinunterzustürzen - von der wir weder wissen, wie tief sie liegt, noch, wie sie beschaffen ist. Vielleicht wartet dort unten eine harte Felsplatte auf ihn, oder - was weitaus schlimmer wäre - ein zerklüfteter Schlund aus scharfkantigen Felsspitzen und abgebrochenen Baumstümpfen!

Ich verstehe jetzt jedenfalls sehr gut, warum er keinen Ton mehr von sich gibt. Birk braucht seine ganze Kraft, um seinen Oberschenkel abzustützen und sich an der Baumwurzel festzukrallen.

»Kommst du an ihn heran?«, wispert Thore.

Ich schüttele den Kopf. »Wie denn?«

Sobald ich mich vorbeuge, laufe ich Gefahr, von meinem sicheren Sitz herunterzurutschen, mit der Folge, dass wir höchstwahrscheinlich alle beide durch die nächste Ebene brechen.

»Ich halte dich.«

Thore spricht leise, aber eindringlich. Und erst in dieser Sekunde wird mir bewusst, wie nah seine Stimme an meinem Ohr ist. Trotzdem wage ich es nicht, meinen Kopf in seine Richtung zu drehen. Stattdessen fange ich an zu zittern.

»Ich verspreche es«, raunt er jetzt und im nächsten Moment spüre ich einen festen Zug im Nacken. »Merkst du das?«

Ich schlucke und zittere am ganzen Leib.

»Lida, bitte ... Reiß dich zusammen!«

Ich versuche, tiefer zu atmen und mich zu beruhigen. Aber es klappt nicht. Mein Körper gehorcht mir nicht und meine Augen sind wie hypnotisiert auf Birks angstverzerrtes Gesicht gerichtet.

»Joy und ich halten dich am Rucksack fest. Wir liegen beide auf dem Bauch. Jesper und Natascha sitzen auf unseren Rücken. Sie sichern uns, und sie werden uns helfen, dich und Birk da rauszuziehen ... Hörst du, Lida, wir können es schaffen.«

Thores Worte dringen zu mir vor, allerdings fällt es mir schwer, ihre Bedeutung zu erfassen. Mein Gehirn fühlt sich wie aufgeweicht an. Aber dann sehe ich Thores Hand – die, mit der er mich nicht am Rucksack hält und die sich nun langsam über den bröckeligen Grubenrand hinweg in mein

Gesichtsfeld schiebt –, und allmählich bekomme ich eine Vorstellung von dem, was ihm vorschwebt.

»Versuch es! Lida, bitte!«

»Ja.« Es ist nur ein Hauch, der über meine Lippen kommt.

»Vertrau mir ... Vertraue uns!«

Thores Stimme füllt meinen Kopf. Ich reiße mich von Birks panischem Blick los und konzentriere mich auf seine Hände, die sich um die dünne Wurzel krallen. Ich registriere das Blut, das an seinem Unterarm entlangrinnt, und seine ineinander verschränkten Finger, innen dunkelrot und außen kalkweiß, die nun langsam auseinanderrutschen. Kein Zweifel: Birk ist am Ende seiner Kraft. Nicht mehr lange und er wird vor meinen Augen in die Tiefe stürzen.

Das darf nicht passieren!

Ein Ruck geht durch meinen Körper. Von jetzt auf gleich höre ich auf zu zittern.

Die Baumwurzel und Birks Hände sind nur wenige Zentimeter von mir entfernt. Ich könnte sie mit meinem Fuß berühren ...

Ohne zu überlegen, beuge ich mich vor, strecke meine Arme aus und taste mit den Fingern nach Birks rechtem Handgelenk. Seine Haut fühlt sich genauso warm und feucht an wie meine, aber natürlich ist er viel schwerer als ich. Eigentlich ist das Ganze schon jetzt zum Scheitern verurteilt. Ich werde Birk nicht halten, geschweige denn hochziehen können, doch eine andere Möglichkeit als dieser eine verzweifelte Versuch bleibt uns nicht.

»Nimm meine Hand«, krächze ich.

Birk sieht mich nur an. Ich kann seinen Blick kaum

ertragen und muss mich regelrecht zwingen, ihn zu erwidern.

»Los, mach schon!«, fordere ich ihn auf. »Press deinen Oberschenkel gegen die Grubenwand und drück dich hoch. Ich ziehe dich ... und Thore wird uns helfen ... Aber ohne dein Zutun schaffen wir es nicht.«

Quälende Sekunden verstreichen, dann endlich löst Birk seine rechte Hand von der Wurzel. Mit einem leisen Stöhnen hebt er sich mir einige Zentimeter entgegen. Ich spüre seine Finger, die meinen Daumenballen umklammern, und fasse entschlossen mit der anderen Hand zu. Für einen Moment habe ich ihn sicher und zum Glück macht Birk jetzt alles richtig. Er lässt die Wurzel los und greift mit seiner linken Hand nach meinem anderen Arm. Mit zusammengebissenen Zähnen und begleitet von einem Knurren, das tief aus seinem Inneren zu kommen scheint, drückt er sich noch ein Stück weiter hoch. Gleichzeitig ziehe ich an ihm, so fest ich kann. Doch plötzlich rutsche ich nach vorn. Ich gleite von meinem sicheren Steinsitz herunter – und dann geht alles ganz schnell.

Mein Fall wird sofort abgebremst. Die Riemen meines Rucksacks straffen sich und schneiden brennend in meine Achseln. Ich schreie auf, aber ich lasse Birk nicht los, sondern kralle ihm meine Fingernägel nur noch fester ins Fleisch. Um seinen Sturz abzufangen, rammt er seine Schuhspitzen in die Grubenwand. Unterdessen zerren Thore und Joy mich mit vereinten Kräften auf den Felsstein zurück. Zweige, Laub und Erdklumpen rieseln neben uns herab und ich denke nur noch: Gleich ist es vorbei. Gleich lasse ich ihn los.

Gleich ist Birk tot. Doch wie durch ein Wunder bekommt Thore seinen Arm zu fassen.

»Lass los!«, zischt er, und ich begreife instinktiv, dass er mich damit meint.

Augenblicklich löse ich meinen Griff und Thore zieht Birk mit beiden Händen an mir vorbei über den Grubenrand.

Als mir klar wird, dass Joy mich nun allein halten muss, fange ich aufs Neue an zu zittern. Hinter mir höre ich Naschas und Jespers aufgeregte Rufe. Dann werde ich ebenfalls nach oben gerissen und einen Atemzug später finde ich mich in Jespers Armen wieder. Nebeneinander fallen wir zwischen Farnbüscheln zu Boden. Jesper drückt mich an sich, übersät mein Haar und mein Gesicht mit Küssen und hört gar nicht mehr auf, dem lieben Gott zu danken und meinen Namen zu flüstern.

Ich bin zu erschöpft, um irgendetwas zu tun, zu sagen oder zu denken, mir fehlt sogar die Kraft, Erleichterung zu empfinden. Und so liege ich eine Weile stumm da, bis ich Jespers Wärme und seinen Geruch nicht mehr ertrage und mich von ihm löse. Ich rolle mich herum und setze mich langsam auf.

Birk liegt lang ausgestreckt und mit geschlossenen Augen neben uns. Sein Brustkorb bewegt sich so heftig auf und nieder, als hätte er gerade einen Marathonlauf absolviert.

Natascha hockt ein Stück abseits. Sie hält ihre Knie fest umschlungen und starrt vor sich hin. Thore steht. Er hat den Klappspaten ergriffen und schlägt mit der Schaufelrückseite in monotonem Rhythmus auf seine weit geöffnete Handfläche ein. Sein Blick ist starr auf die Grube gerichtet.

Joy ist ebenfalls aufgestanden, und nachdem sie uns nacheinander gemustert hat, ist sie die Erste, die Dampf ablässt.

»Scheiße! Scheiße! Scheiße!« Wie angestochen rennt sie auf und ab und schleudert ihre Fäuste in die Luft. »Du verdammtes Arschloch!«, brüllt sie in den Wald. »Warum tust du uns das an? Findest du nicht, wir haben eine Erklärung verdient? Komm endlich raus und zeig dich, du feige Ratte!«

Thore dreht sich zu ihr um. Einen Moment lang wirkt er unentschlossen, doch dann lässt er den Spaten fallen, macht einen Schritt auf sie zu und zieht sie in seine Arme.

»Schsch. Schsch.«

»Lass mich los!«, kreischt Joy.

Sie windet sich hin und her und versucht, ihn abzuschütteln.

Doch Thore ist stark. Seine Oberarme haben den anderthalbfachen Umfang von Jespers, die markant geformten Bizepse zeichnen sich deutlich unter seiner gebräunten Haut ab. Dass seine Hände groß und kräftig sind wie Bärenpranken, fällt mir erst jetzt auf, als ich sie auf Joys Rücken liegen sehe, und schlagartig wird mir bewusst, dass Birk und ich letztendlich wohl ihm allein unsere Unversehrtheit und vielleicht sogar unser Leben verdanken.

»Beruhige dich«, raunt Thore jetzt, seine Wange eng an Joys Kopf geschmiegt. »Birk und Lida sind nicht ernsthaft verletzt. Beide haben nur ein paar Schrammen abgekriegt. Es ist alles gut.«

»Gut?«, tobt Joy. »Ich glaube, du kapierst da was nicht.

Wenn wir nicht endlich etwas unternehmen, wird dieser Typ uns noch alle umbringen!«

»Das tut er sowieso«, murmelt Natascha.

»Blödsinn!« Thore wirft ihr einen vernichtenden Blick zu. »Es wäre wirklich schön, wenn du wenigstens ein einziges Mal nachdenken würdest, bevor du deinen Mund aufmachst.«

Natascha zieht die Knie noch dichter an ihren Körper.

»Fick dich«, gibt sie leise zurück.

Ich bin sicher, dass Thore die Bemerkung nicht entgangen ist, doch anders als sonst reagiert er darauf nicht einmal mit einem Lidzucken.

»Dieser Pfad ist ein Wildpfad«, erklärt er stattdessen, während er Joy langsam aus seiner Umarmung entlässt. »Die Springfalle, die wir vorhin gefunden haben, ist ganz sicher nicht aufgestellt worden, um einen Menschen darin zu fangen, und diese verflixte Grube hier war natürlich ebenso wenig dazu gedacht ...«

»Und wieso haben Stucke und sein verschissener Drecksfahrer uns dann ausgerechnet in diesem Gebiet ausgesetzt?«, fährt Joy dazwischen und fängt wieder an, unruhig auf und ab zu laufen.

»Zufall«, erwidert Thore. »Sie konnten nicht wissen, welchen Weg wir einschlagen ... Vielleicht waren sie selbst völlig ahnungslos.«

»Und wenn hier alles voller Fallen ist?«, wendet Jesper ein. »Das ganze Gebiet?«

Thore schüttelt den Kopf. »Unwahrscheinlich«, brummt er. »Die Springfalle war nicht zu übersehen und die Grube eigentlich auch nicht. Ich vermute, dass sie bereits im letzten Jahr angelegt worden ist.« Mit einer ausholenden Geste umspannt Thore das gesamte Areal rund um das Loch. »Man hat sie mit Laub und Zweigen abgedeckt, die dann den Winter über verwelkt und abgesackt sind. Inzwischen ist diese Stelle so auffällig, dass wahrscheinlich nicht einmal mehr eine Wildsau dort hineingelaufen und eingebrochen wäre.«

Ruckartig schnellt Birk hoch. Er rappelt sich auf die Füße und blitzt Thore zornig an.

»Sag doch gleich, dass du mich für blöd hältst!«

Sein Brustkorb pumpt noch immer wie ein Blasebalg.

»Tu ich eigentlich nicht«, erwidert Thore achselzuckend. »Erklär's uns einfach.«

»Ts ... also ...« Birks Blick gleitet von einem zum anderen. Offenbar hat er Probleme, die richtigen Worte zu finden. Schließlich dreht er sich einmal um sich selbst und deutet auf die Stümpfe, die auch mir bereits aufgefallen sind. »Man sieht doch, dass hier jemand Bäume abgeschlagen hat. Vielleicht für Brennholz oder so ... Ja, und den Rest ... also, die dünnen Zweige und diese ganzen Blätter, die er nicht brauchte ... die hat er halt liegen gelassen.«

Natascha bedenkt ihn mit einem spöttischen Lächeln. »Aha ... und du bist dann einfach fröhlich hineingelatscht.«

»Was du immer so redest!«, fährt Birk sie an. »Ich hab durchaus gecheckt, dass der Boden hier ziemlich weich ist, und ich wollte auch noch zurück«, verteidigt er sich. »Aber da war es schon zu spät.«

»Ich glaube übrigens nicht, dass du sehr viel mehr abbekommen hättest, wenn du bis ganz unten durchgefallen wärst«, sagt Thore lapidar.

Überrascht sehe ich ihn an.

»Dort, wo Birk mit seinem Bein durchgebrochen ist, kann man bis auf den Grund schauen«, fügt er sofort hinzu, als er meinen Blick bemerkt. »Ich habe dort unten weder Zweige noch Laub oder Felsen ausmachen können, sondern lediglich Erde – und zwar nicht mehr als einen weiteren Meter von der Zwischenebene entfernt. Birk und du ...«, Thore richtet seinen Zeigefinger auf mich, »ihr hättet insgesamt also nicht mehr als zweieinhalb Meter in die Tiefe stürzen können. Am Ende wäre der Schreck wahrscheinlich größer gewesen als eure Blessuren.«

Joy hält abrupt in ihrer Bewegung inne und Natascha starrt Thore ungläubig an.

»Heißt das, der Idiot hat sich die ganze Zeit völlig umsonst an dieser dusseligen Wurzel festgeklammert?«

Mit aufgeblähten Backen schaut sie zwischen uns hin und her, dann lässt sie sich zurückfallen und wälzt sich lauthals lachend zwischen den Farnbüscheln hin und her.

»Du blöde, eingebildete Scheißkuh!«, bricht es aus Birk hervor. Er wirft sich über Natascha und drischt wie ein Irrer mit den Fäusten auf sie ein.

»He! He! He!«, ruft Thore. Er packt Birk mit der einen Hand am Hosenbund und mit der anderen am Halsausschnitt seines T-Shirts und hebt ihn von Natascha herunter, als würde er nicht viel mehr wiegen als eine Styroporpuppe. »Es hilft niemandem, wenn wir jetzt durchdrehen und uns gegenseitig fertigmachen. Klar?« Er hält den zappelnden

Birk so lange einen halben Meter über dem Boden in der Luft, bis dieser ihm mit einem gepressten »Ja« antwortet. Dann lässt Thore ihn neben sich auf die Füße hinunter, streicht ihm das T-Shirt glatt und tätschelt freundschaftlich seine Schulter.

»Gut«, sagt Joy mit einem finsteren Kopfschütteln. »Und wie geht es jetzt weiter?«

»Ganz einfach. Wir umrunden die Grube und folgen dem Pfad«, erwidert Jesper.

»Hmm.« Thore nickt. »Möglicherweise gelangen wir so zu einer Futterkrippe oder in die Nähe eines Hochstands oder, wenn wir ganz viel Glück haben, sogar zu einer Jagdhütte.«

»Ich habe Hunger«, kommt es von Natascha. Die Farnsträucher rascheln. Dazwischen lugen nur ihre Knie hervor. »Und ich brauche ein Pflaster. Dieser blöde Wichser hat mir nämlich die Lippe aufgeschlagen.«

»Ein Pflaster auf dem Mund bringt überhaupt nichts«, entgegnet Joy. »Es hält dort nämlich nicht.«

»Och, in ihrem Fall wäre es eigentlich eine gute Lösung«, meint Thore feixend. »Es müsste allerdings ein ziemlich großes Pflaster sein. Und wenn *ich* es ihr aufklebe, würde es auch halten.« Er zwinkert in die Runde. »Worauf ihr euch verlassen könnt!«

»Jetzt hör schon auf damit!«, ermahnt Joy ihn, dabei kann sie sich selber kaum ein Grinsen verkneifen. »Gerade hast du noch gesagt, dass wir uns nicht gegenseitig fertigmachen sollen.«

»Ja und?« Thore setzt eine Unschuldsmiene auf. »Man

wird ja wohl noch einen konstruktiven Vorschlag machen dürfen!«

Ich registriere das übermütige Blitzen in seinen blauen Augen und spüre, wie sich meine Muskeln entspannen. Seine trockenen Kommentare verfehlen auch bei mir nicht ihre Wirkung und ein bisschen schäme ich mich dafür. Zugegeben: Natascha ist nicht gerade meine Lieblingsreisebegleitung. Deshalb finde ich es aber noch lange nicht in Ordnung, dass Thores Frotzeleien fast ausschließlich auf ihre Kosten gehen. Ich glaube nämlich nicht, dass er sie tatsächlich so wenig leiden kann. Klar, Natascha nervt ihn. So wie uns alle. Vor allem jedoch scheint er sich von ihr provoziert zu fühlen. Mag sein, dass es nicht sein Ziel ist, sie fertigzumachen, aber er versucht eindeutig, sie niederzuringen.

»Du bist schon ein toller Typ«, sagt Natascha, während sie sich aus den Farnen erhebt. »Kannst einer Frau die Lippen mit einem Pflaster verschließen. – Wow!« Ein spöttischer Zug umspielt ihre Mundwinkel, als sie sich auf Thore zubewegt und mit koketter Geste in seinen Bizeps zwickt. »Wenn ich nicht vor wenigen Minuten selbst miterlebt hätte, wie effektiv du deine Grundausstattung einzusetzen vermagst, würde ich sie glatt für eine Attrappe halten.«

Thore entgegnet nichts, sondern guckt sie nur an. Und Natascha steht da, mit vorgeschobenem Kinn, und erwidert trotzig seinen Blick, offensichtlich fest entschlossen, lieber zu verhungern als nachzugeben.

»Okay, eins zu null für Natascha«, sagt Joy ein wenig gereizt und reckt lustlos ihren Daumen in die Luft. »Können wir dann jetzt endlich zur Tagesordnung übergehen?«

Jesper murmelt etwas, das sich wie eine Bestätigung anhört, hebt sich auf die Füße und klopft ein paar welke Blätter von seiner Hose.

»Ich schau mal nach Isabel.«

»Wieso? Was ist denn mit ihr?«, frage ich erschrocken, weil mir ihr Fehlen gar nicht aufgefallen ist.

Jesper lässt den Zeigefinger neben seiner Schläfe durch die Luft kreisen. »Sie hatte einen Anfall.«

»Schon wieder?«

»Sie hat keine Tabletten dabei«, erinnert Natascha mich, während sie weiterhin beharrlich ihr Blickgefecht mit Thore austrägt.

»Ich könnte dir deine Lippen auch mit meinen verschließen, wenn dir das lieber ist«, sagt der.

»Ach!«

Natascha macht eine abfällige Handbewegung. Sie wendet sich ab, und ich sehe, wie eine zarte Röte über ihre Wangen zieht, während Thore zufrieden in sich hineinlächelt.

Ich folge Jesper ein paar Schritte den Pfad zurück, bis er stehen bleibt und mit gerunzelter Stirn auf eine moosige Fläche zwischen den Wildblumen weist.

»Sie ist weg.«

»Isabel?« Ich schüttele den Kopf. »Das ist jetzt nicht dein Ernst!«

»Ich bin mir ganz sicher …« Irritiert schaut Jesper zu den anderen hinüber, dann wieder zur Moosstelle und schließlich dorthin, wo der Wald noch richtig dicht ist. »Isabel muss hier irgendwo zusammengeklappt sein.«

»Du hast es also gar nicht genau gesehen?«

»Scheiße, nein, Lida, nicht genau«, blafft er mich an. »Zufälligerweise waren wir nämlich alle damit beschäftigt, Birk und dir den Hals zu retten. Es war reiner Zufall, dass ich noch einmal in diese Richtung geguckt habe. Und ich habe es den anderen auch gleich gesagt, aber wir hatten natürlich erst einmal Wichtigeres zu tun als ...«

»Und wenn es gar kein Anfall war?«, unterbreche ich ihn. »Wenn Isabel gestolpert und gestürzt ist?«

»Auch dann müsste sie hier irgendwo liegen«, entgegnet Jesper und macht eine ausholende Geste.

»Oder bloß so getan hat, als ob es ein Anfall wäre?«

Jesper starrt mich an.

Sein Blick ist müde und frustriert. Tiefe Schatten liegen unter seinen Augen. Er scheint ebenso am Ende zu sein wie ich.

»Jedenfalls ist sie jetzt verschwunden«, sagt er matt.

»Bin ich nicht.«

Einen Moment lang glaube ich, dass mir mein erschöpftes Gehirn einen Streich spielt, doch dann sehe ich, dass Jesper die Stimme ebenfalls vernommen hat, denn er zuckt zusammen und wirft den Kopf herum.

Und da steht sie, wie eine Fee, die lautlos aus dem Wald geschwebt ist: Isabel!

Sie trägt Birks Brille und hebt leise kichernd den Saum ihres T-Shirts an. »Hab ich euch erschreckt?«

»Allerdings«, knurrt Jesper und fügt ein zorniges »Wo bist du denn gewesen?« hinzu.

»Ach, ich hätte euch ja sowieso nicht helfen können«, erwidert Isabel gleichmütig.

»Und da hast du dir gedacht, ich vertreib mir mal ein bisschen die Zeit mit einem epileptischen Anfall, oder wie?«, fährt Jesper sie an.

Er überspannt den Bogen ein wenig, aber ich weiß, dass er im Grunde nur erleichtert ist, und Isabel nimmt ihm seine überzogene Reaktion auch nicht übel.

»Quatsch«, widerspricht sie. »Ich habe mich nur ein paar Minuten ausgeruht. Aber dann dachte ich mir, dass ihr vielleicht Hunger habt, und bin ein Stück zurückgelaufen, um Brombeeren zu sammeln.« Lächelnd kommt sie auf uns zu und präsentiert uns die Schätze in ihrem T-Shirt. »Ein paar Pilze habe ich auch gefunden. Die müssten allerdings gebraten werden, weil die meisten davon roh nicht genießbar sind.«

»Nicht genießbar oder giftig?«, vergewissert sich Jesper.

»Beides«, sagt Isabel und lächelt noch süßer. »Du weißt doch, dass ich dringend ein paar Leichen brauche.«

Ihre braunen Augen leuchten und ihre Wangen sehen frisch und rosig aus. Im Unterschied zu uns anderen sind ihr die Strapazen der letzten achtundvierzig Stunden überhaupt nicht anzumerken. Nicht einmal ihre Haare sehen strähnig aus.

»Ich bin übrigens sehr froh, dass ihr kein totes Tier in der Grube gefunden habt«, fährt sie fort. »Habt ihr doch nicht, oder?«, vergewissert sie sich nach einem kurzen Zögern und ihr Lächeln verschwindet.

»Nein«, sage ich. »Und Birk ist auch in Ordnung.«

Isabel nickt. »So wie du.«

Ich nicke ebenfalls und werfe einen Blick auf die dicken

schwarzblauen Beeren in ihrem T-Shirt. Am liebsten würde ich hineingreifen und mir gleich eine ganze Handvoll davon auf einmal in den Mund stopfen.

»Nimm dir ruhig«, sagt Isabel und jetzt klingt sie beinahe mütterlich. »Die reichen dicke für uns alle.«

Dienstag, 19. August, Lagerplatz im Wald

Wir liegen kreisförmig um das heruntergebrannte und nur noch sanft glimmende Lagerfeuer herum. Rechts neben mir schläft Joy auf dem Bauch, das Gesicht in ihrer Armbeuge verborgen, und auf der linken Seite Jesper. Ich habe ihm den Rücken zugewandt, aber ich registriere seine unruhigen Bewegungen und weiß, dass er noch wach ist. Irgendwann demnächst wird Thore ihn ablösen.

Der Himmel über uns ist samtschwarz und sternenklar, und obwohl Mitternacht längst überschritten und unser Abendessen schon ein paar Stunden her ist, hängt der Duft von gebratenen Pilzen noch immer in der Luft.

Die Brombeeren haben wir gleich an der Grube gegessen. Wir standen um Isabel herum und griffen in ihr T-Shirt, das durch das Gewicht der Früchte bereits ziemlich ausgeleiert und von ihrem Saft ganz fleckig geworden war. Doch Isabel machte das nichts aus. Sie schien einfach nur glücklich zu sein, dass sie unseren Hunger stillen konnte. Selber aß sie nichts. Sie meinte, sie hätte sich beim Pflücken schon genügend Beeren genehmigt und sei nun rundum satt und zufrieden.

Und diese Zufriedenheit übertrug sich auf uns alle. Es

war eine beinahe magische Situation. Das nahe Beieinanderstehen und das gemeinsame Essen der Früchte aus Isabels T-Shirt ließ aus uns sieben Individuen endlich eine Gruppe werden. Fast noch mehr als Birks dramatische Rettung machte es uns bewusst, wie sehr wir einander brauchten.

Natascha überließ Isabel ein hauchdünnes Tank-Top, in das sie die Pilze einband und das sie anschließend an ihrem Rucksack befestigte.

Wir bahnten uns einen Weg um die Fallgrube herum, schlugen uns durch schattiges Unterholz und fanden nach einigen Hundert Metern wieder auf den Wildpfad zurück, der uns in südwestlicher Richtung weiterführte. Wir entdeckten zwei weitere Springfallen, die ebenfalls nicht mehr funktionstüchtig waren, trotzdem gaben wir die Zuversicht nicht auf, dass dieser Pfad uns irgendwann zu einem Menschen bringen musste. Dass dieser sowohl unser Freund als auch unser Feind sein konnte, darüber waren – *und sind* – wir uns natürlich nur allzu bewusst.

Thore, der nach wie vor voranlief, hatte den Spaten so in eine Seitenschlaufe seines Rucksacks geschoben, dass er ihn jederzeit blitzschnell hervorziehen konnte. Wir anderen waren mit Knüppeln ausgestattet, die wir inzwischen allerdings eher als Wanderstöcke benutzten. Nur Isabel weigerte sich weiterhin als Einzige, eine Waffe zu tragen.

Während ich stets ein Auge auf den Kompass hatte, hielt Thore hin und wieder die Gruppe an, um auf die Karte zu sehen. Er glaubte, eine kleine Felsgruppe, die sich im Osten hinter einer sumpfigen Wiese auftat, zuordnen zu können, und versicherte uns, dass wir »wahrscheinlich schon bald« einen kleinen See erreichen müssten.

Wir liefen bis in die Dämmerung hinein, aber wir fanden nur einen Bach, an dem wir uns ein wenig abkühlen und unsere Wasservorräte auffüllen konnten.

»Das hat keinen Zweck«, befand Jesper schließlich, als wir auf eine schmale lichte Ebene gelangten, die den Blick auf eine dicht bewaldete Senke freigab. »Ich schlage vor, wir übernachten hier.«

Er traf damit auf breite Zustimmung. Meine Beine schmerzten und die Haut auf meinen Armen glühte von der Sonne, während ich meine Füße mittlerweile kaum noch spürte. Die Aussicht, mich ausruhen und ein wenig erholen zu können, war unendlich verlockend, und den anderen ging es wohl ähnlich. Nur Thore wäre gern weitergegangen. Noch einmal starrte er mit zusammengezogenen Brauen auf die Wanderkarte, drehte sie mal in die eine und mal in die andere Richtung und beharrte darauf, dass der See quasi gleich um die Ecke lag.

»Ich brauche heute keinen See mehr«, sagte Joy. »Im Dunkeln in einem unbekannten Gewässer zu schwimmen, ist viel zu gefährlich, und einen Fisch werden wir jetzt wahrscheinlich auch nicht mehr fangen. Wenn es diesen See wirklich gibt, wird er morgen auch noch da sein.«

Sie warf Thore ein kurzes Lächeln zu, woraufhin er die Karte mit einem Grunzen wieder wegpackte und sich dem Willen der Gruppe beugte.

Wir sammelten Holz und entfachten ein Lagerfeuer. Zu unserer großen Überraschung und unter Thores und Jespers anerkennenden Pfiffen zauberte Birk tatsächlich eine Pfanne hervor, in der Isabel dann die Pilze briet.

Das Feuer knisterte, das Züngeln der Flammen spiegelte sich in unseren Augen. Still futterten wir vor uns hin, reichten Knäckebrot-, Cracker- und Kekspackungen herum und teilten alles, was unsere Vorräte hergaben.

Birk war der Erste, der zu reden anfing. Er sagte, dass er es leid gewesen sei, sich Nataschas Beleidigungen und die ewigen Streitereien und Diskussionen anzuhören. Deshalb sei er einfach vorausgelaufen. Damit wir ihn finden könnten, habe er seine Brille ins Gras gelegt. Als ich ihm sagte, dass ich sie nur durch Zufall entdeckt hätte, erwiderte er, ihm sei mittlerweile selber klar geworden, dass das Spurenlegen wohl anders funktioniere. Er sei total dankbar, dass wir ihn gefunden hätten, und könne kaum fassen, dass ich sogar mein Leben für ihn aufs Spiel gesetzt hätte.

Daraufhin herrschte eine ganze Zeit lang Schweigen.

Irgendwann ergriff Birk abermals das Wort. Er fragte uns, ob wir gemerkt hätten, dass seine Brille ein Fake sei, und erzählte, dass er sich das Ding nur deshalb angeschafft habe, weil er es cool fand. Inzwischen trug er sie nicht mehr, sondern hatte sie, nachdem Isabel sie ihm zurückgegeben hatte, sehr behutsam in ein Etui gelegt und in seinem Rucksack verstaut.

Natascha musterte ihn eine Weile aufmerksam und meinte dann:

»Stimmt, die Brille macht dich irgendwie interessanter. Mein Typ bist du allerdings trotzdem nicht.«

»Das beruht wohl auf Gegenseitigkeit«, gab Birk entspannt zur Antwort. »Schlage vor, wir akzeptieren es einfach.«

»Einverstanden.« Natascha schob sich einen Butterkeks in den Mund und warf mir die Schachtel in den Schoß. Dann streckte sie ihre Arme nach oben aus, blickte in den Sternenhimmel und lächelte beinahe selig. »Ach, Leute. Eigentlich ist so ein Blind Walk doch auch ganz schön.«

»Klar«, brummte Joy. »Wenn man davon absieht, dass es einen Toten gegeben hat …«

»Theoretisch kann das auch ein Unfall gewesen sein«, wandte Natascha sofort ein.

»Hmm.« Joy wiegte ihren Kopf hin und her, » … und wir uns bisher nicht gerade blendend verstanden haben.«

»Das ändert sich ja gerade«, meinte Isabel zuversichtlich, und dann begann sie, von ihrer Schwester zu erzählen.

***

Ich will gerade die Augen schließen, da beugt sich ein Schatten über mich.

»Lida?« Jesper berührt mich sanft an der Schulter. »Schläfst du?«

»Fast«, wispere ich. »Was ist denn?«

»Nichts … also nichts Besonderes …« Er zögert. »Na ja, eigentlich schon.«

Ich drehe mich auf den Rücken und sehe ihn an. »Ich will jetzt nicht diskutieren«, sage ich. »Okay? Wir würden bloß die anderen wecken«, füge ich hinzu. »Außerdem bin ich müde.«

Und sowieso ist dies hier nicht nur der falsche Ort, sondern auch ein unpassender Zeitpunkt, um Beziehungsprobleme zu besprechen. Abgesehen davon, bin ich mir nicht einmal sicher, ob ich überhaupt noch darüber reden will.

»Ich weiß, dass es vorbei ist«, sage ich, um das Ganze abzukürzen.

Jesper schluckt. Er wendet den Blick ab und nickt noch einmal.

»Es ist wegen Rebecca«, meint er schließlich, nachdem er eine Weile in die Glut geschaut hat.

»Isabels Schwester?«, frage ich verwundert.

»Mhm. Ich habe das Gefühl, sie hat uns nicht alles erzählt.«

»Das ist ihr gutes Recht«, gebe ich zurück.

Jesper schüttelt unwillig den Kopf. »So meine ich das nicht.«

»Ja, ich weiß schon«, entgegne ich ein wenig ungeduldig. »Irgendwie ist es seltsam, dass sie überhaupt von Rebecca angefangen hat. Aber vielleicht wollte sie uns damit einfach bloß signalisieren, dass sie uns vertraut. Isabel scheint ja sehr an ihrer kranken Schwester zu hängen.«

»Eben«, sagt Jesper. »Es hörte sich an, als würden sie immer alles zusammen machen.«

»Die beiden sind ja auch nur ein Jahr auseinander«, erwidere ich. »Ist doch toll, wenn sie sich so gut verstehen. Wahrscheinlich ist dieser Blind Walk die erste Unternehmung, die Isabel ohne sie macht«, überlege ich weiter. »Es wundert mich also nicht, dass sie das Bedürfnis hat, über sie zu reden. Bestimmt gibt es Isabel das Gefühl, Rebecca ganz nah bei sich zu haben. Vielleicht spricht sie in Gedanken sogar mit ihr.«

Jesper zieht eine Grimasse. »Das ist gruselig.«

»Du hast keine Geschwister«, sage ich. »Du kannst dich in so etwas nicht richtig hineinfühlen.«

»Aber du?«, erwidert er und betrachtet mich stirnrunzelnd.

»Okay, ich habe auch keine Geschwister«, lenke ich ein, »aber ich bin ein Mädchen und ...«

»... hast daher feinere Antennen für solche Dinge?«

»Ja, hab ich.«

Eine leise Wut steigt in mir auf. Ich wollte nicht diskutieren und jetzt tue ich es doch. Weil Jesper meine Bedürfnisse nicht respektiert und mir dieses Gespräch aufgezwungen hat. Dabei bin ich hundemüde und brauche dringend ein paar Stunden Schlaf.

»Wie spät ist es überhaupt?«, frage ich und bemühe mich, nicht allzu harsch zu klingen. Dass ich so lange wach gelegen habe, ist schließlich nicht ihm, sondern in erster Linie meiner inneren Unruhe und den kreisenden Gedanken in meinem Kopf geschuldet.

Jesper zieht den Ärmel seiner Fleecejacke zurück und sieht auf seine Armbanduhr. »Zwanzig nach eins.«

»Gut«, sage ich. »Dann lass uns morgen weiterreden, ja?«

Ich bin bereits im Begriff, mich wieder auf die Seite zu drehen, als Jesper nach einer meiner Haarsträhnen greift und sie sanft durch seine Finger gleiten lässt.

»Lida?«

»Hmm?«

Er zögert eine Sekunde, dann sagt er leise: »Ich liebe dich.«

»*Was?*«

Ich starre ihn an, sehe in sein vertrautes Gesicht und bin unschlüssig, ob ich lachen oder weinen soll.

»Mir ist schon klar, dass das jetzt vielleicht ein bisschen plötzlich kommt …«

»Allerdings!«

»Aber es ist so.« Jesper macht einen tiefen Atemzug. »Ich begreife es ja selber kaum. Aber als du vorhin in diese Grube gerutscht bist und mir klar wurde, dass du sterben könntest … und ich dich womöglich nie mehr im Arm halten, mit dir reden und lachen würde …« Noch einmal zieht er geräuschvoll Luft in seine Lunge. »Lida, was ich gestern gesagt habe, tut mir total leid. Es stimmt einfach nicht.«

»Du willst dich nicht binden, nicht nur mit einer vögeln, *das* hast du gesagt«, rufe ich ihm ins Gedächtnis. »Und das soll sich quasi über Nacht geändert haben?«

»Ich habe mir wohl etwas vorgemacht«, erwidert er achselzuckend.

»Wohl?«

Jesper antwortet nicht, sondern sieht mich nur an. Unsere Blicke verhaken sich.

»Ich will nicht, dass es vorbei ist«, sagt er und zieht sachte, aber bestimmt an meiner Haarsträhne. »Und du willst es auch nicht.«

»Sei dir da mal lieber nicht so sicher«, entgegne ich.

»Dann wünsche ich es mir eben.«

Typisch Jesper! Als wenn das so einfach wäre.

Ich öffne den Mund zum Protest, da neigt er sich mir entgegen und küsst mich. Seine Haut ist stoppelig und riecht nach einer Mischung aus Schweiß und Schmutz. Und sein Kuss schmeckt anders als sonst. Nicht nach Tabak, aber auch nicht gut.

»Was ist los, Lida?« Jesper löst seine Lippen von meinen und schaut mich halb verunsichert, halb trotzig an. »Möchtest du, dass ich mich zuerst rasiere und mir die Zähne putze?«

»Ich möchte gar nichts«, sage ich leise. »Außer schlafen.«

***

Am nächsten Morgen ist der Himmel bewölkt und die Luft hängt warm und schwer über der Ebene. Ich öffne meinen Schlafsack und setze mich auf.

Jesper schläft noch. Über seiner Nasenwurzel hat sich eine kleine Steilfalte gebildet und um seine geschlossenen Augen liegt ein gequälter Zug.

Ich reiße mich von seinem Anblick los und schaue mich nach den anderen um.

Thore hat seine Sachen bereits zusammengepackt, und Natascha ist gerade dabei, sich ihrer Hose zu entledigen.

»Der See ist tatsächlich nur ungefähr hundert Meter entfernt«, sagt Thore mit einem Anflug von Triumph in der Stimme, ehe ich mich nach Joy, Isabel und Birk erkundigen kann. Er deutet auf das Waldstück, das im Osten an unseren Lagerplatz grenzt. »Joy und Isabel sind vor ein paar Minuten schwimmen gegangen. Natascha und du seid die Nächsten. Jesper, Birk und ich gehen zum Schluss.«

»Aha«, sage ich und fange Nataschas Lächeln ein.

»Die Nacht war ruhig«, fährt Thore fort. »Ihr Mädels und Birk habt geschlafen wie die Murmeltiere. Außer Grillenzirpen und hin und wieder dem Schrei eines Käuzchens war nichts zu hören. Ich halte es mittlerweile für ziemlich ausgeschlossen, dass uns jemand beobachtet oder verfolgt.«

Das würde ich ebenfalls gerne glauben.

»Und wo ist Birk?«, frage ich.

»Hat sich den Spaten geschnappt.«

Ich runzele die Stirn. »Um was damit zu tun?«

»Privatgeschäftliches«, erwidert Natascha an Thores Stelle.

Sie lässt ihre Hose auf den Boden fallen und kramt ein Handtuch hervor.

»Vielleicht will dieser Typ ... dieser Fallensteller oder wer auch immer ... uns ja nur in Sicherheit wiegen, bevor er das nächste Mal zuschlägt«, stelle ich zur Diskussion.

Thore presst die Lippen aufeinander. »Ja, vielleicht.« Er scheint einen Moment über diese Möglichkeit nachzudenken, dann sagt er: »Zu dumm, dass wir nicht herausgefunden haben, was genau Stucke zugestoßen ist.«

»Das hatten wir doch alles schon!«, fährt Natascha dazwischen. »Wir drehen uns im Kreis mit unseren Überlegungen.«

»Was noch lange kein Grund ist, unvorsichtig zu sein«, halte ich dagegen.

»Oder hysterisch«, zickt Natascha mich an. »Wir sind jetzt so ziemlich genau zwei Tage in dieser Wildnis unterwegs, und es deutet nichts, aber auch gar nichts darauf hin, dass uns irgendjemand an den Kragen will. Wie oft ist beispielsweise Isabel allein durch den Wald gestreift, he?«

»Keine Ahnung«, erwidere ich. »Zwei- oder dreimal.«

»Und? Ist ihr etwas zugestoßen?«

»Nein, aber ...«

Natascha lässt mich nicht ausreden. »Die Grube, in die Birk gestürzt ist, war tückisch, aber letztendlich nichts weiter als ein albernes Erdloch!«

»Trotzdem könnte Lida richtigliegen«, sagt Thore. »Und deshalb: Alles auf Anfang. Ab sofort geht nie wieder jemand allein irgendwohin ...«

»Außer zum Scheißen, oder wie?«, unterbricht Natascha ihn scharf.

»Wenn Birk in zwei Minuten nicht zurück ist, werde ich nach ihm schauen.« Thore deutet auf Jesper und nimmt mich dabei ins Visier. »Würdest du ihn bitte wecken, damit ich es auch ihm sagen kann?«

»Wieso ich?«

»Weil er dein Freund ist.«

»Ist er nicht«, widerspreche ich, streife mir meinen Pulli über den Kopf und öffne den Reißverschluss meiner Jeans.

»Lida, jetzt sei bitte nicht albern. Man muss schon blind sein, um nicht zu sehen, wie sehr er an dir hängt.«

»Leider«, erwidert Natascha mit einem Seitenblick auf Thore, was dieser ungerührt an sich abperlen lässt.

»Also gut«, sagt er nur. »Dann kümmere ich mich darum, dass Jesper aufsteht und Birk heil von seinem Geschäft zurückkehrt, und hoffe derweil, dass ihr beiden euch nicht gegenseitig ertränkt.«

»Pfff«, macht Natascha. Sie wirft sich ihr Handtuch über die Schulter und wendet sich an mich: »Wenn du so weit wärst …«

»Zehn Sekunden«, sage ich. So lange brauche ich, um mich bis auf Top und Boxershorts auszuziehen und mir ebenfalls ein Handtuch zu schnappen.

***

Auf halber Strecke zum See kommen Joy und Isabel uns mit tropfnassen Haaren und leuchtenden Augen entgegen.

»Das Wasser ist wunderbar!«, schwärmt Joy. »Ich hätte noch ewig weiterschwimmen können.«

»Total erfrischend«, pflichtet Isabel ihr bei. »Und wilde Himbeeren gibt es hier auch. Joy und ich werden uns welche zum Frühstück pflücken.«

»Super«, freue ich mich. »Sobald ich zurück bin, helfe ich euch.«

Während die beiden plappernd zum Lagerplatz zurücklaufen, stapfen Natascha und ich weiter die Schneise entlang, die Thore offenbar bereits heute früh in die Brennnesseln geschlagen hat. Der See liegt still und dunkel zwischen den Bäumen.

»Meinetwegen soll er doch denken, dass ich dich nicht mag«, sagt Natascha.

»Wie bitte?«, erwidere ich überrascht, beschließe dann aber, auf ihre indirekte Sympathiebekundung nicht einzugehen, und füge hinzu: »Ich glaube, das denkt nicht nur Thore.«

Natascha winkt ab. »Auch egal. In ein paar Tagen ist unser kleines Abenteuer vorbei und wir werden uns wahrscheinlich nie wiedersehen.«

»Was spricht dagegen, bis dahin nett zueinander zu sein?«

Natascha schüttelt unwillig den Kopf. »Falls du auf Birk anspielst ...«

»Nicht nur«, antworte ich ehrlich. »Du machst es uns allen nicht leicht.«

»Ich mache es nie jemandem leicht«, erwidert sie schnippisch. »Warum auch? Am Ende wird man doch sowieso nur ausgenutzt. Schau dir Isabel an: macht auf Mami und pflückt Beeren und Pilze für uns.«

»Isabel ist auf ihre Art ebenfalls schwierig«, entgegne ich. »Aber wenigstens tut sie etwas für die Gruppe.«

In Nataschas grauen Augen blitzt es ironisch auf.

»Wie süß!«

Ich weiche ihrem Blick aus und schlucke den aufsteigenden Zorn hinunter. Gestern Abend noch bin ich davon überzeugt gewesen, dass auch sie ihre Sichtweise geändert und ihr Verhalten insbesondere gegenüber Birk und Isabel überdacht hat, doch offensichtlich habe ich mich getäuscht. Sicherlich ist niemand ohne Grund so, wie er ist, und das gilt natürlich auch für Natascha. Bestimmt täte es ihr gut, wenn sie ein wenig mehr von sich preisgeben würde, anstatt immer nur auf Angriff aus zu sein und bei jeder Gelegenheit die Kratzbürste herauszukehren. Ob es allerdings ausgerechnet meine Aufgabe ist, ihr das nahezubringen, bezweifele ich.

Als wir den See erreichen, sehen wir, dass Thore auch hier

ganze Arbeit geleistet hat. Direkt am ebenfalls von Brennnesseln überwucherten Ufer ist eine circa anderthalb mal zwei Meter große Fläche mit morschen, herabgefallenen Ästen ausgelegt, von der aus man einigermaßen bequem ins Wasser gelangen kann.

Natascha zieht sich komplett aus und wirft ihre Sachen zusammen mit dem Handtuch auf einen Haufen.

Verstohlen mustere ich ihre langen, makellosen Beine, die schmalen Hüften und ihren festen runden Po und beschließe, mein Top und die Boxershorts lieber anzulassen.

Während ich meine Schuhe abstreife, tritt Natascha an die Kante und springt – ohne die Wassertemperatur zu prüfen – mit einem eleganten Köpfer in den See.

»Hast du etwa Angst, ich könnte dir was abgucken?«, ruft sie lachend, nachdem sie in gut fünf Metern Entfernung die Oberfläche durchbrochen und sich zu mir umgedreht hat.

»Quatsch«, sage ich. »Ich möchte bloß nicht nackt sein … falls ich plötzlich vor irgendetwas weglaufen muss …«

»Tja, dann habe ich wohl Pech gehabt«, erwidert Natascha. Sie legt ihren Kopf in den Nacken, schlägt behäbig mit den Beinen und gleitet rückwärts durchs Wasser. »Na, komm schon!«, fordert sie mich auf. »Trau dich endlich! Es ist wirklich herrlich!«

»Ich begreife nicht, dass du einfach so hineingesprungen bist«, rufe ich zurück, während ich langsam in die Hocke hinuntergehe und meine Finger eintauche. »Weniger wegen der Temperatur, sondern weil man überhaupt nicht sehen kann, wie tief es hier ist.«

»Ein gewisses Risiko gehört nun mal zum Leben«, entgegnet Natascha grinsend, bevor sie sich abwendet und in langen Zügen auf den See hinauskrault.

»Das sagt die Richtige«, murmele ich und befeuchte Arme, Gesicht und Oberschenkel. Dann fasse ich mir ein Herz, hebe die Hände über meinen Kopf und setze nun ebenfalls zu einem Köpfer an, der garantiert nicht annähernd so anmutig wie Nataschas sein wird, aber immerhin flach genug ausfällt, um mich einen knappen Meter unter der Oberfläche zu halten.

Obwohl das Wasser nicht so kalt ist, wie ich befürchtet habe, stockt mir für einen Moment der Atem. Nach ein paar Schwimmzügen habe ich mich jedoch an die Temperatur gewöhnt. Ich tauche mein Gesicht abermals in den See und versuche, den Grund auszumachen, doch ich sehe nur die grauen Schemen einiger Algen, die wie stumme reglose Gestalten aus der Dunkelheit zu mir emporragen.

Ruckartig reiße ich den Kopf wieder hoch und schätze die Entfernung bis zum Ufer ab. Ich weiß, dass es albern ist, aber ich mag es nicht, wenn Algen oder Fische meine Beine berühren. Dazu noch die Vorstellung, dass der Boden etliche Meter tief unter mir liegt, und schon streckt eine irrationale Angst ihre Finger nach mir aus.

Ich zwinge mich zu einem ruhigen Atemzug und schwimme langsam zurück.

»Hey! Lida!«, brüllt Natascha hinter mir. »Willst du etwa schon wieder raus?«

»Nein, aber ...«

Ich breche ab. Natascha ist viel zu weit weg, um mich

verstehen zu können. Abgesehen davon, fällt mir keine vernünftige Erklärung dafür ein, weshalb ich mich in Ufernähe herumdrücke. Und so drehe ich mich wieder zu Natascha um und gebe mir alle Mühe, möglichst unbeschwert zu wirken.

Doch Natascha lässt sich nichts vormachen.

»Hast du Tiefenangst?«

Ich schüttele den Kopf, aber ich erkenne an ihrer Miene, dass sie mir nicht glaubt.

»Ging mir früher auch so«, ruft sie lachend. »Aber das kann man überwinden ... Na, komm schon! Hier draußen ist das Wasser viel klarer. Außerdem bin ich schließlich auch noch da.«

Und ich sollte dir wohl vertrauen, denke ich bei mir. Tatsächlich wäre dies eine Möglichkeit, Natascha zu zeigen, dass wir alle einander brauchen und es keinen Sinn hat, sich gegenseitig zu verspotten oder gar anzufeinden.

»Alles klar«, rufe ich. »Dann kann mir ja nichts passieren.« Ich verdränge den Gedanken an die dunklen schleimigen Algen und die Tiefe unter mir und schwimme los.

Kühle, warme und eiskalte Stellen wechseln einander ab. Mir ist klar, dass das zur Natur eines wilden Gewässers gehört, trotzdem ist es mir nicht geheuer. In einem Punkt hat Natascha allerdings recht: Je weiter ich mich vom Ufer entferne, desto mehr verlieren sich die trübenden Partikel. Inzwischen schimmert das Wasser in einem dunklen Türkisgrün, meine Hände und Arme zeichnen sich deutlich unter der Oberfläche ab, und ich erkenne sogar mein Top, das sich vor meiner Brust bauscht.

»Na, zu viel versprochen?«

Natascha lächelt breit. Ihre grauen Augen leuchten in ihrem gebräunten Gesicht wie helle Kristalle, und dieser Effekt wird durch die Tropfen, die in ihren Wimpern hängen, noch verstärkt. In diesem Moment kann ich gar nicht anders, als sie einfach wunderschön zu finden.

»Ja, es ist toll«, sage ich und lächele ebenfalls.

»Warum willst du dich nicht mit Jesper versöhnen?«, fragt sie unvermittelt.

Ich fühle mich überrumpelt und starre sie ein paar Sekunden lang verdattert an.

»Jetzt guck nicht so!« Natascha lacht laut heraus. »Es ist genau so, wie Thore eben gesagt hat: Jesper ist verrückt nach dir.«

»Na ja«, erwidere ich ausweichend. »Das ist wohl ein bisschen übertrieben.« Ohnehin würde mir das nicht reichen, um eine Beziehung langfristig aufrechtzuerhalten. »Und du findest Thore mittlerweile interessanter, stimmt's?«, trete ich die Flucht nach vorn an.

»Auch das ist übertrieben«, gibt Natascha zurück. Sie lächelt nun nicht mehr. »Thore ist ein grober Klotz. Es macht mir Spaß, ihn zu reizen. Mag sein, dass es im Moment noch den Anschein hat, als wäre er mir überlegen, aber ich prophezeie dir: Es dauert höchstens noch zwei Tage und er hechelt mir wie ein Hund hinterher.«

»Hm«, sage ich.

Für solche Spielchen habe ich noch weniger übrig als dafür, eine reine Sex-Beziehung zu führen.

»Jesper dagegen ist einfach nur heiß«, setzt Natascha hinzu. Sie sieht mir direkt in die Augen und fährt sich langsam mit der Zunge über die Lippen. »Wenn ich jemanden will, dann ihn.«

Dann nimm ihn dir doch, liegt es mir auf der Zunge zu sagen, aber ich bringe kein Wort heraus. Es verletzt mich, dass sie so mit mir redet. Ich verstehe einfach nicht, wie sie das tun kann.

Natascha weiß ganz genau, wie unbehaglich ich mich in diesem See fühle. Für so etwas besitzt sie offenbar ein ausgesprochen feines Gespür. Sie hat mir Kameradschaftlichkeit vorgegaukelt und mich vom Ufer weggelockt, und das offenbar nur, um mich hier und jetzt fertigzumachen.

»Geküsst hat er mich schon«, sagt sie und ein süffisantes Grinsen umspielt ihre Mundwinkel.

Fick dich!, denke ich. Dabei bin ich vor allem zornig auf mich selbst, weil ich es zulasse, dass mich die Geschichte mit Jesper noch immer viel zu sehr mitnimmt.

»Aber mehr wollte er nicht. Leider«, setzt Natascha mit einem leisen Seufzen hinzu. »Er ist einfach zu sehr damit beschäftigt, dich zurückzugewinnen. Es wäre viel leichter für mich, ihn rumzukriegen, wenn er sich deiner sicher sein könnte. Für einen kleinen geilen Seitensprung ist nämlich jeder Typ zu haben.«

»Ts!«, mache ich. »Du bist so … so …«

»Na, was?«, neckt sie. »Sag schon! *Was* bin ich?«

Doch ich habe nicht vor, mich provozieren zu lassen. Anstatt ihr zu antworten und ihr meine Meinung zu sagen, die sie ohnehin nicht interessiert, werfe ich Natascha nur einen vernichtenden Blick zu. Dann wende ich mich ab und kraule mit schnellen, wütenden Schlägen weiter auf den See hinaus.

Es dauert eine Weile, bis ich mich abreagiert habe, und als mir bewusst wird, was ich hier gerade tue, halte ich abrupt in der Bewegung inne und wirbele herum.

Das Ufer ist nun mindestens hundert Meter entfernt und von Natascha fehlt jede Spur. Ich überlege noch, ob sie tatsächlich so schnell zurückgeschwommen und in den Wald verschwunden sein kann, da durchstößt sie mit einem Mal ein ganzes Stück von mir entfernt die Wasseroberfläche, schüttelt ihre weißblonden Haare aus und schaut zu mir herüber.

»Was soll der Scheiß, Lida?«, brüllt sie. »Wir sind schon viel zu lange weggeblieben. Die Jungs machen sich garantiert Sorgen.«

Ja, ja, und du bist natürlich das Unschuldslamm. Aber was rege ich mich auf? Egal, was ich tue oder wie viel Mühe ich mir gebe, gegen Natascha werde ich sowieso nicht ankommen. Das passt schlicht nicht in ihr Konzept.

Ich atme einmal tief durch, stoße meine Arme nach vorn und schwimme zügig auf sie zu. Kurz bevor ich sie erreiche, lacht sie plötzlich auf und taucht wieder ab.

Kuh!, denke ich, ändere kurzerhand die Richtung und halte nun gezielt auf die Badestelle zu. Wenn Natascha glaubt, dass sie mich weiter foppen kann, hat sie sich getäuscht. Ich will von ihren gemeinen Spielchen nichts mehr wissen und werde mich darum bemühen, ihr künftig aus dem Weg zu gehen. Jetzt allerdings muss ich es erst mal schaffen, aus diesem verdammten See rauszukommen.

Mein Zorn auf Natascha vermischt sich zunehmend mit Angst, und die verstärkt sich noch, als mich plötzlich etwas an der Wade berührt. Ich schreie unterdrückt auf, ziehe hastig mein Bein an und schwimme so schnell wie möglich weiter. Eine Alge, rede ich mir ein. Das kann nur eine Alge gewesen sein. Oder ein neugieriger, aber völlig harmloser Fisch.

Hektisch sehe ich mich um.

Natascha ist noch immer nicht wieder aufgetaucht. Inzwischen dürfte eine knappe Minute vergangen sein, und ich wundere mich, dass sie so lange die Luft anhalten kann. Verdammt noch mal, womöglich ist sie eine von diesen verrückten Apnoetaucherinnen und befindet sich gerade genau unter mir. – Oh mein Gott, bei dieser Vorstellung wird mir innerlich ganz kalt.

Mein Herz fängt an zu rasen und meine Schwimmzüge werden immer fahriger. Beim Fortbewegen boxe ich nach unten und trete gleichzeitig rückwärts aus, um mir Natascha vom Leib zu halten. Ich schlucke massenhaft Wasser und komme kaum noch voran. Und dann umfasst tatsächlich etwas meinen linken Fuß. Es fühlt sich nicht wie eine Hand an und auch nicht wie eine Alge, in die ich mich verheddert habe, sondern wie die Schlinge eines Seils.

Entsetzen packt mich. Ich reiße mein Bein nach oben und versuche, meinen Fuß zu befreien, doch mit jeder Bewegung zurrt sich die Schlinge enger zusammen.

»Hilfe!«, brülle ich, werfe die Arme in die Luft und fange wie wild an zu paddeln.

Die Antwort ist ein Lachen. Nataschas Lachen.

Und plötzlich bemerke ich sie. Sie steht am Ufer. Nicht mehr als zwanzig, vielleicht dreißig Meter von mir entfernt.

»Hilf mir!«, schreie ich. »Bitte! Natascha, Hiiilfeee!«

Ihr Lachen verstummt und ihr Gesicht verzieht sich zu einem boshaften Grinsen.

Ich starre sie an, Bruchteile von Sekunden nur, in denen sich mein Herz zu einem eiskalten Klumpen zusammenballt. Im nächsten Moment spüre ich einen Ruck an meinem Fußgelenk. Die Schlinge ist nun so stramm, dass sie mir in die Haut schneidet und mich unbarmherzig Stück für Stück nach unten zieht.

Natascha wird mir nicht helfen, das ist mir nun klar. Ich wehre mich verbissen, strampele mit ganzer Kraft gegen das Zerren an. Aber ich bin nicht stark genug.

Mein letzter Schrei ist nur noch ein Gurgeln.

Kurz bevor die Oberfläche des Sees über mir zusammenschlägt, sehe ich, wie Natascha sich abwendet und zwischen den Bäumen verschwindet.

Panik rast durch meinen Körper. Ich presse die Lippen fest aufeinander, damit bloß kein Wasser durch meinen Mund in meine Lunge dringen kann, und rudere wie verrückt mit beiden Armen. Ich will – ich muss! – an die Oberfläche zurück. Aber die Schlinge um meinen Fuß zerrt mit aller Macht, zieht mich tiefer und immer tiefer in die Dunkelheit des Sees hinab.

Ich registriere die trüben Lichtreflexe über mir und die Luftblasen, die aus meiner Nase aufsteigen, und für einen Moment fühle ich mich leicht, nahezu schwerelos. Es wäre so einfach, dem Druck des Wassers nachzugeben …

Doch schon im nächsten Augenblick wird mir klar, dass ich das meiner Mutter und Jesper und auch den anderen nicht antun darf.

Wilde Entschlossenheit durchflutet mich wie eine Welle und lässt mich alle Angst vergessen. Ich gebe dem Zerren der Schlinge nach, und während ich weiter nach unten drifte, rolle ich mich blitzschnell ein. Mit beiden Händen umklammere ich mein linkes Knie und taste mich hastig an meiner Wade entlang, bis ich das Seil zu fassen kriege.

Es ist stramm, so verdammt stramm! So fest ich auch drücke, meine Finger wollen einfach nicht darunterpassen.

Hilfe, schreit alles in mir. HILFE!

Der Druck in meiner Brust wird unerträglich, und meine Lungen brennen, als hätte jemand ein Feuer darin entfacht.

Ich muss atmen ... muss ... muss ... MUSS!

Mit einem Mal lässt der Zug des Seils jählings nach und eine Gestalt löst sich aus der Finsternis. Schwarz und gesichtslos, mit langen Fingern, die meine Hände und meinen Fuß umfassen.

Das kann nicht sein, durchzuckt es mich. Das ist unmöglich real. Einbildung. Traum. Sauerstoffmangel im Gehirn. Aber nur einen Augenblick später spüre ich bereits den festen Griff, der sich oberhalb der Schlinge um meinen Knöchel schließt.

Nein!, schreit alles in mir. NEIN! NEIN! NEIN!

Ich bäume mich auf.

Kämpfe. Trete. Schreie.

Ich will nicht, dass er mich kriegt. Um keinen Preis der Welt.

Und plötzlich bin ich frei.

Pfeilschnell schieße ich nach oben und durch die Wasseroberfläche.

Irgendwie erreiche ich das Ufer und ziehe mich mit letzter Kraft hinauf. Ich zittere am ganzen Körper, aber ich bin so erschöpft, dass ich nichts mehr spüre. Weder die nassen Sachen auf meiner Haut noch die raue Rinde der Äste unter mir.

Ich spüre nicht einmal mehr, dass ich atme, sondern breche zusammen, als wäre ich tot.

Dienstag, 19. August, Stadtklinikum Süd

Er lässt die Patientenkarte von Sten Milders sinken und reibt sich nachdenklich über die Stirn. Der Anruf seines ehemaligen Kollegen liegt ein gutes halbes Jahr zurück, trotzdem erinnert er sich an jedes einzelne Wort. Er weiß sogar noch, dass es ebenfalls an einem Dienstag stattgefunden hat.

Seitdem hat er nie wieder etwas von ihm gehört. Keine Fragen nach seiner Tochter. Keine unlauteren Angebote. Nur hin und wieder ein Unfall.

Unfälle, wie sie tagtäglich passieren. Nichts Besonderes.

Dass einige der Opfer Spuren eines Narkotikums im Blut hatten und zudem ausnehmend gut versorgt waren, ist bisher nur ihm aufgefallen.

Sten Milders gehörte nicht dazu.

Als der Junge vor vierzehn Tagen eingeliefert wurde, war sein Zustand außerordentlich kritisch. Um Komplikationen zu vermeiden, war es unerlässlich, ihn in ein künstliches Koma zu versetzen. Inzwischen ist der körperliche Heilungsprozess gut vorangeschritten. Bis auf diesen kleinen, zu vernachlässigenden Riss in der Milz sind sämtliche Organe unversehrt. Auch auf das zuletzt verabreichte Antibiotikum hat er gut angesprochen, die drohende Sepsis konnte aufgehalten werden.

Leider reagiert Sten Milders weder auf die Stimmen noch die Berührungen seiner Eltern oder auf seine Lieblingsmusik, die sie ihm in regelmäßigen Abständen über ein Headset vorspielen.

Für ihn gibt es keinen Zweifel: Der Junge will nicht aufwachen.

Und er hat längst dafür gesorgt, dass dieser seine Meinung nicht ändert. Gar nicht ändern kann.

Mit einem zufriedenen Lächeln schiebt er die Karte an ihren Platz ins Hängeregister zurück und schließt die Lade.

Ein Blick auf die Uhr.

Es ist kurz vor zehn. Das Ehepaar Joachim und Vanessa Kremer muss jeden Augenblick hier sein. Er Inhaber einer Hotelkette, sie Fitnesstrainerin.

Er ist sich sicher, dass sie sich nicht verspäten werden.

Und dass sie jeden Preis zahlen.

Ihre Tochter, die neunzehnjährige Leonie Kremer, braucht dringend eine neue Lunge.

TEIL ZWEI

Dienstag, 19. August, über der Schlucht

Keine Ahnung, wie lange ich einfach so dagestanden und gelauscht habe. Irgendwie ist mir das Gefühl für die Zeit verloren gegangen. Mal ist es hell, die Sonne scheint und die Vögel zwitschern. Dann wieder spannt sich der Himmel dunkel über mir. Sterne funkeln hinter Wolkenschleiern. Käuzchen schreien. Grillen zirpen.

Ich weiß, dass es Tag und Nacht gibt. Früher war ich aktiv, wenn es draußen hell war. Dann bin ich zur Schule gegangen, habe gelernt, gedaddelt und mich mit Dennis, Jan und Christian getroffen.

Oder mit Katja.

Nachts habe ich geschlafen.

Allein.

Oder mit Katja.

Ich erinnere mich noch sehr gut an ihren süßen, warmen Duft. An ihre Küsse und daran, wie zart sich ihre Haut anfühlte. All das scheint mir unendlich lange her zu sein.

Inzwischen bin ich mir sicher, dass ich keinen von ihnen wiedersehen werde. Weder im Diesseits noch im Jenseits.

Es gibt kein Paradies und auch keine Hölle, sondern für jeden den Ort, den er sich verdient hat.

Dort, wo ich jetzt bin, kann niemand sonst hin. Was ich sehe, höre, erlebe, ist der Spiegel meines Inneren.

Ich habe es verdient, allein zu sein.

Und ich habe es auch verdient, Jans Schreie zu hören.

Mich in Katja zu verlieben, ist ein Fehler gewesen. Ich habe gewusst, was ich ihm damit antue, und trotzdem habe ich mir nichts so sehr gewünscht, als dass sie sich endgültig für mich entscheiden würde.

Der Unfall hat alle Möglichkeiten zerstört und jede Entscheidung ad absurdum geführt.

Ich frage mich, wie sie damit fertig wird.

Ob sie überhaupt damit fertig wird.

Wenn ich könnte, würde ich das Ganze rückgängig machen.

Für sie.

Die Schlucht, vor der ich stehe und in die ich nun wohl schon seit Stunden hinunterstarre, zeigt mir, dass ich an einem Punkt angekommen bin, an dem es nicht mehr weitergeht.

Selbst die Schreie sind verstummt.

Ich breite die Arme aus und lasse mich fallen.

Dienstag, 19. August, am See

Die Stimmen dringen wie aus weiter Ferne zu mir vor. Es sind mehrere, alle reden durcheinander und sie klingen ziemlich aufgeregt. Ich liege auf dem Rücken. Der Himmel über mir ist wolkenverhangen. Vögel kreisen und Baumkronen wiegen sich sanft im Wind.

Die Stimmen werden lauter und klarer, und plötzlich weiß ich, es sind vier, und ich weiß auch, zu wem sie gehören: Jesper, Thore, Joy und Natascha.

Ich erinnere mich, dass ich fast ertrunken wäre, dass Natascha mir dabei zugeschaut und gegrinst hat und dass es mir irgendwie gelungen ist, mich aus der Schlinge zu befreien und ans Ufer zu schwimmen. Unmittelbar danach muss ich ohnmächtig geworden sein.

»Jesper«, murmele ich und rappele mich auf. »Hier bin ich … hier …«

Zwischen den Bäumen und am Seeufer ist niemand zu sehen und bis zum Lagerplatz sind es gut hundert Meter. Trotzdem verstehe ich jedes einzelne Wort.

»Wie konntest du sie bloß zurücklassen!«, höre ich Jesper brüllen. »Wir hatten doch ausgemacht, dass wir ab sofort nie mehr allein irgendwo hingehen.«

»Außer zum Scheißen«, entgegnet Natascha trocken.

Die Worte verklingen und einen Moment lang herrscht Stille. Schließlich sagt Thore: »Noch ein Mal und ich binde dich höchstpersönlich an einen Baum. Und dort darfst du dann die Nacht verbringen. Ohne uns, versteht sich.«

»Das entscheidest nicht du«, gibt Joy zurück. »Jesper und ich werden jetzt erst mal Lida holen.«

»Das könnt ihr vergessen«, erwidert Natascha barsch. »Sie ist viel zu weit rausgeschwommen. Die hört euch eh nicht. Oder glaubst du etwa, ich hätte es nicht versucht?«

»Keine Ahnung«, blafft Joy. »Besonders laut kannst du jedenfalls nicht nach ihr gerufen haben, sonst hätten wir es ja wohl mitbeko…«

»Ach, meinetwegen denkt doch, was ihr wollt!«, fährt Natascha dazwischen. »*Ich* gehe jetzt frühstücken.«

»Gar nichts hast du versucht!«, brülle ich, während ich den schmalen Pfad zwischen den Brennnesseln in Richtung Lagerplatz entlanglaufe.

Die Wut pulsiert wie ein schwelendes Feuer in mir. Nataschas Verhalten ist absolut niederträchtig. Damit hat sie eindeutig eine Grenze überschritten. Das werde ich ihr sagen und das müssen auch die anderen wissen.

Auf halber Strecke kommen mir Jesper, Thore und Joy entgegen. Als sie mich erblicken, bleiben sie abrupt stehen.

Jesper starrt mich schweigend an. Eine Mischung aus Zorn und Verzweiflung flackert in seinem Blick.

»Verdammt!«, knurrt er. »Verdammt! Verdammt! Verdammt!«

»Regt euch ab, ich bin okay«, stoße ich hervor und deute über meine Schulter zurück. »Aber dort unten im See ist jemand. Er hat mich mit einem Seil unter Wasser gezerrt.« Aufgebracht schaue ich zwischen Jesper, Joy und Thore hin und her. »Und ich glaube … nein, ich bin davon überzeugt, dass Natascha es gewusst hat.«

Joy kneift die Augen zusammen und Thore schüttelt den Kopf. Jesper sagt überhaupt nichts.

»Mir ist klar, dass das eine schwere Anschuldigung ist«, stammele ich. »Und ich weiß auch, dass wir gerade erst beschlossen haben, uns nicht ständig gegenseitig zu misstrauen, aber inzwischen hat sich alles geändert.«

Wieder schüttelt Thore nur den Kopf.

»Ich spüre förmlich, was in euch vorgeht, aber ich verbiete es euch«, sagt er gepresst. »Wir dürfen so etwas nicht einmal denken.«

»Ich behaupte ja gar nicht, dass Natascha mich umbringen wollte«, stelle ich hastig klar, »aber sie könnte eine Komplizin sein.«

Thore spießt mich geradezu auf mit seinem Blick. Angespannt mahlen seine Kiefer aufeinander.

»Nein«, sagt er schließlich und schüttelt abermals den Kopf. »Ich bin sicher, dass es eine ganz einfache, plausible Erklärung dafür gibt.«

Er schiebt Jesper zur Seite und geht mit versteinerter Miene an mir vorbei. Jesper nagt an seiner Unterlippe. Seine Augen sind noch immer auf mich gerichtet, doch irgendwie kommt es mir so vor, als blickte er durch mich hindurch.

Okay, ich habe ihn letzte Nacht zurückgewiesen. Aber das ist noch lange kein Grund, mich jetzt zu behandeln, als hätte ich ein Verbrechen begangen. Ich! Und nicht Natascha.

»Ich verstehe ja, dass es schwer zu glauben ist!«, rufe ich ihnen hinterher, nachdem auch Jesper und Joy an mir vorbeigestapft sind und Thore zum Ufer folgen. »Ich hoffe, ihr findet dieses verdammte Seil. Aber seid vorsichtig ... Hörst du, Jesper? Bitte, sei vorsichtig!«

Keine Reaktion. Er dreht sich nicht einmal um.

Ich bin versucht, ihm nachzulaufen und ihn davon abzuhalten, in den See zu springen und nach dem Tau und diesem unheimlichen Typen zu tauchen. Aber dann tue ich es doch nicht.

»Warum hast du mich nicht in den Arm genommen, Jesper?«, flüstere ich.

Ich wünschte, er hätte es getan und mich wenigstens für eine Sekunde an sich gedrückt. Ja, das wünschte ich wirklich.

Zitternd vor Wut und Enttäuschung wende ich mich ab und gehe zum Lagerplatz zurück.

* * *

Als ich aus dem Unterholz heraustrete, steht Natascha hinter Birk. Er hockt im Schneidersitz auf seiner Isomatte und kratzt sich mit Joys Messer den Dreck unter den Fingernägeln weg.

»Jetzt mach schon!«, fordert Natascha ihn auf. »Benetze deinen göttlichen Leib mit Wasser! Oder willst du als Einziger weiter vor dich hin stinken?«

Birk rührt sich nicht, sondern beschäftigt sich stoisch weiter mit seinen Nägeln.

»Verdammt, du hast geschissen!«, faucht Natascha und stößt ihm ihr Knie in den Rücken, woraufhin Birks Oberkörper ruckartig nach vorn schlägt und er mit dem Messer abrutscht. »Und jetzt möchte ich, dass du deinen *verschissenen* Arsch in den See bewegst. Kapiert?«

Obwohl er sich am Finger verletzt hat, reagiert Birk noch immer nicht, aber wenigstens lässt er jetzt das Messer sinken.

Natascha verpasst ihm eine Kopfnuss. »Ob du das kapiert hast, Stinker?«

Langsam legt Birk das Messer neben sich ins Gras. Er leckt sich das Blut vom Finger und zieht ein Papiertaschentuch aus seiner Hosentasche hervor. Natascha hebt die Faust und holt zu einem weiteren Schlag aus.

»Hör auf damit!«, brülle ich und renne auf die beiden zu. »Du weißt genau, wie gefährlich es ist, im See zu schwimmen. Oder willst du Birk etwa auch loswerden?«

Ich erwarte, dass sie aufschreckt, aber Natascha verzieht keine Miene. Sie schaut mich nicht einmal an – und auch Birk beachtet mich nicht.

Mein Blick fällt auf Isabel, die am Waldrand entlangspaziert und Himbeeren pflückt. Sie hat dem Lagerplatz den Rücken zugewandt, kriegt also nicht mit, was sich hier gerade abspielt.

Mich trennen nur noch wenige Schritte von Natascha und Birk, und ich bin fest entschlossen, Natascha wegzustoßen und eine Prügelei mit ihr in Kauf zu nehmen. Da sehe ich, wie Birks Finger sich um den Messergriff schließen.

»Neiiin!«, schreie ich. »Tu das nicht!«

Er springt auf und wirbelt herum. Sein Arm schnellt vor und in der nächsten Sekunde rammt er Natascha das Messer in die rechte Schulter.

Ihre Augen weiten sich. Fassungslos starrt sie ihn an. Wie in Zeitlupe taumelt sie zurück. Ihre Hand tastet nach dem Messer, das sich in diesem Moment aus ihrer Schulter löst und zu Boden fällt.

Geistesgegenwärtig setze ich meinen Fuß darauf.

»Bist du wahnsinnig!«, kreische ich.

Natascha presst ihre Hand auf die Wunde und brüllt wie am Spieß.

Ich bücke mich nach dem Messer, aber ich schaffe es nicht, es zu ergreifen. Meine Finger zittern einfach zu sehr. Also stelle ich meinen Fuß wieder drauf und hoffe, dass Thore, Jesper und Joy das Geschrei hören und in wenigen Augenblicken hier auftauchen.

»Was ist los?«, ruft Isabel vom Waldrand herüber.

»Birk hat Natascha mit dem Messer verletzt!«, brülle ich.

Isabel steht da wie paralysiert.

»Jetzt komm schon her! Wir müssen uns die Wunde ansehen!«

Natascha ist mittlerweile auf die Knie gesunken. Wimmernd presst sie sich die Hand auf ihre Schulter. Blut sickert zwischen ihren Fingern hervor. Der Ärmel ihres zitronengelben T-Shirts färbt sich allmählich rot.

Birk ist ein paar Schritte zurückgewichen.

»Es tut mir leid«, stammelt er. »D-das wollte ich nicht.« Sein schmales Gesicht ist leichenblass.

»Du bist so ein Idiot!«, stoße ich hervor.

Isabel rührt sich noch immer nicht, und ich habe Angst, das Messer freizugeben. Birk wird es sicher kein weiteres Mal benutzen, aber Natascha traue ich alles zu. – Obwohl sie verletzt ist und offensichtlich höllische Schmerzen leidet.

Panisch fliegt mein Blick zum Wald hinüber, dorthin, wo Thore den Weg zum See frei geschlagen hat. Noch ist niemand zu sehen, aber ich vernehme aufgeregte Stimmen. In ein paar Sekunden, versuche ich mich zu beruhigen, werden Jesper, Joy und Thore hier sein und uns zu Hilfe kommen.

»Drück ein frisches T-Shirt auf die Wunde!«, rufe ich Natascha zu, doch sie tut noch immer so, als würde sie mich nicht hören.

Wahrscheinlich der Schock.

»Birk«, versuche ich es in meiner Verzweiflung bei ihm. »Kannst du Natascha bitte ein sauberes T-Shirt auf die Schulter pressen?«

»Es hört bestimmt gleich auf«, murmelt er. »Ganz bestimmt.« Sein Blick flackert. Hilflos schlenkert er mit den Armen. »Du hättest mich nicht schlagen dürfen ... Wenn du mich nicht geschlagen hättest, wäre das nicht passiert. Ich habe noch nie jemandem was getan. So was mache ich nicht.«

»Ist ja schon gut!«, blaffe ich. »Jetzt reiß dich mal zusammen!«

Und dann geht plötzlich alles ganz schnell.

Wie ein wilder Bär bricht Thore aus dem Wald hervor und kommt auf uns zugestürzt.

»Was ist passiert?«, will er wissen, im selben Moment sackt Natascha zur Seite weg und sinkt mit der verletzten Schulter voran zu Boden. Sie verzieht das Gesicht und stöhnt gequält auf.

Thore ist sofort neben ihr. Behutsam dreht er sie auf den Rücken, reißt den Ärmel ihres T-Shirts auf und nimmt die Wunde in Augenschein.

Natascha scheint ohnmächtig geworden zu sein. Ihre Iris ist unter ihren Oberlidern verschwunden und das Weiß der Augäpfel blitzt nun als schmaler Streifen zwischen den Wimpern hindurch.

»Was ist passiert?«, fragt Thore noch einmal.

»Natascha hat Birk drangsaliert und da ist er mit dem Messer auf sie los«, stoße ich hervor.

»Ich wollte das nicht«, wiederholt Birk tonlos.

»Heißt das, du hast auf sie eingestochen?«, fährt Thore ihn an.

»Bist du taub?«, brülle ich. »Das hab ich doch gerade gesagt!«

Thore wendet sich von Birk ab und lässt seinen Blick suchend durchs Gras gleiten. Plötzlich greift er nach dem Messer und nimmt es an sich. Ich kann meinen Fuß gerade noch rechtzeitig wegziehen.

»Wir müssen Natascha einen Druckverband anlegen«, sagt er. »Ich glaube nicht, dass sie ernsthaft verletzt ist, aber die Wunde blutet wie Sau.«

Thore richtet seinen Zeigefinger auf Birk. »Du rührst

dich nicht von der Stelle.« Er angelt nach seinem Rucksack und stopft das Messer hinein. Anschließend zerrt er eine Boxershorts und ein Tuch daraus hervor und erkundigt sich nach Isabel.

Ich sehe zum Waldrand hinüber. »Keine Ahnung. Eben war sie noch da.«

»Sie wollte Himbeeren sammeln«, ergänzt Birk. »Für's Frühstück.«

»Okay.« Thore nickt. »Nicht okay«, knurrt er dann. »Gar nichts ist okay. Könntest du sie bitte holen!«, kommandiert er Birk. »Ich möchte nicht, dass sie allein in der Gegend herumlatscht. Damit muss jetzt ein für alle Mal Schluss sein.«

»Gut.« Birk stapft los. Er ist noch immer wachsbleich um die Nase und seine Bewegungen sind langsam und wirken ziemlich unkoordiniert.

Ich überlege kurz, ob ich ihn begleiten soll, verwerfe diesen Gedanken aber sofort wieder und beschließe, die Gelegenheit zu nutzen, um noch einmal mit Thore über Nataschas irrsinniges Verhalten und den Vorfall am See zu reden.

»Hör mal …«, beginne ich, während ich mich langsam in die Hocke hinunterlasse, damit ich ihm besser in die Augen sehen kann. »Ich glaube wirklich, dass sie nicht ganz echt ist. Du hättest mal sehen sollen, wie sie Birk geschlagen hat. Kein Wunder, dass er mit dem Messer auf sie losgegangen ist. Es tut mir leid, dass ich es nicht verhindert habe, aber es ging so schnell, dass ich überhaupt nicht reagieren konnte.«

Thore grummelt etwas Unverständliches.

Noch immer guckt er mich nicht an, sondern richtet seine ganze Aufmerksamkeit auf Natascha, die mit halb geschlossenen Lidern zwischen uns liegt und wieder zu wimmern begonnen hat.

Ihre Zähne schlagen laut klappernd aufeinander.

»Ich weiß, dir ist kalt«, wispert Thore und streicht ihr sanft über die Wange. »Gleich bekommst du eine Decke. Versprochen. Aber zuerst muss ich dich verarzten.«

»Sag mal, hörst du mir überhaupt zu?«, zische ich.

Anstatt mir zu antworten, faltet Thore nun die Boxershorts zu einem kleinen quadratischen Päckchen und platziert dieses vorsichtig auf Nataschas blutender Wunde. Das Tuch legt er zu einem Dreieck und rollt es dann zu einem schmalen Band zusammen, das er um ihre Schulter und den Oberarm wickelt und anschließend fest verknotet. Alles geht ihm schnell und geschickt von der Hand, als hätte er sein Leben lang nichts anderes gemacht.

»Bist du Arzt?«, frage ich.

Thore macht eine abwehrende Geste.

»Sanitäter?«

Er schüttelt den Kopf.

Ich begreife einfach nicht, warum er so dermaßen sauer auf mich ist, dass er nicht mal mehr mit mir spricht.

»Warum glaubst du mir nicht?«, frage ich leise, fast flehend.

Er sieht mich kurz an.

Tiefe dunkle Schatten ziehen sich bis über seine Jochbeine hinunter und seine Lippen wirken verkrampft. Am meisten aber erstaunt und erschreckt mich der Schmerz, den seine Mimik widerspiegelt.

»Du hast Natascha gern«, platzt es aus mir heraus. Natürlich! Das ist es! Das ist die Erklärung für sein abweisendes Verhalten. »Und deshalb kannst du den Gedanken nicht ertragen, dass sie womöglich mit einem Mörder unter einer Decke steckt.«

»Hoffen wir das Beste«, gibt Thore kaum hörbar zurück. Eigentlich sagt er es mehr zu sich selbst. »Die Wunde darf sich nicht entzünden, und es wäre gut, wenn wir etwas gegen die Schmerzen hätten.«

»Verdammt noch mal, sei doch nicht so stur und rede endlich mit mir!«, fahre ich ihn an und komme ihm dabei so nah, dass er meinen stoßenden Atem spüren muss, doch Thore zuckt nicht mal zusammen.

Wut schäumt in mir hoch. Ich bin kurz davor, ihm eine zu scheuern. Aber das würde alles nur noch schlimmer machen. »*Ich* kann nichts dafür, dass Natascha so ein Biest ist!«, fauche ich. »Also lass deinen Frust gefälligst nicht an mir aus. Die Kuh hat mich absaufen lassen. Sie hat nicht einmal Anstalten gemacht, mir zu helfen.«

Keine Reaktion. Es ist, als wären Thore und Natascha allein auf der Welt.

»Ich nehme dich jetzt hoch und ziehe dich zu deiner Matte rüber«, flüstert er ihr zu. »Hörst du, Natascha? Ich würde dir das gern ersparen, denn es wird wehtun, aber es muss leider sein.«

»Weißt du was? Du kannst mich mal«, knurre ich, springe auf und sehe in Richtung See.

Wo, zum Teufel, bleiben die beiden anderen bloß so lange?

»Ich will nicht, dass Jesper in dieses Gewässer geht«, sage

ich eindringlich und mustere Thores trockenes Haar. »Du bist doch auch nicht drin gewesen.«

Er hat sich inzwischen hinter Natascha gekniet und schiebt nun seinen Arm auf der unverletzten Seite unter ihrer Achsel durch. Natascha öffnet ruckartig die Augen und stößt einen kurzen hellen Schrei aus.

»Hier.« Thore bricht einen Zweig auseinander und schiebt ihr eins der beiden Stücke zwischen die Lippen. »Beiß da drauf. In ein paar Sekunden ist alles vorbei.«

Natascha wimmert leise, aber sie tut, was er sagt, öffnet den Mund und presst ihre Zähne in das Holz. Ein Teil der Rinde bröselt ab und rieselt ihr übers Kinn.

Thores Unterarm liegt nun diagonal über Nataschas Brust, seine Hand umfasst ihren Hals. Mit der anderen greift er von hinten in ihren Hosenbund. »Und los geht's.«

Zügig schleift er sie zu ihrer Isomatte.

Natascha kneift die Augen zusammen und beißt mit aller Kraft auf das Holzstück. In dem Moment, als Thore sie loslässt, gibt sie ein gequältes Stöhnen von sich.

Eigentlich sollte sie mir trotz allem leidtun, aber ich empfinde nicht das Geringste.

»Okay«, sage ich genervt und frustriert zugleich, »da ich hier offensichtlich überflüssig bin, schaue ich jetzt nach Jesper und Joy und versuche zu verhindern, dass sie nach der Schlinge tauchen.«

Thore wirft mir einen vernichtenden Blick zu. Ich erwarte seinen Widerspruch, aber er hat sich bereits erneut Natascha zugewandt.

Ohne mich zu fragen, schnappt er sich meinen Rucksack und den von Birk, stapelt sie übereinander und schiebt sie unter Nataschas Waden. Anschließend öffnet er ihren Schlafsack und hüllt sie behutsam darin ein.

»Das wird schon wieder«, murmelt er, während er ihr ein paar feuchte Strähnen aus der Stirn streicht. »Ich weiß, es tut weh, aber die Stichwunde ist halb so wild. Sie wird schneller heilen, als du glaubst.«

»Na toll! Für mich gelten jetzt also andere Regeln«, stelle ich bitter fest. »Wenn du nichts dagegen hast, dass ich allein zum See laufe …?«

Thore sieht Natascha unverwandt an und schweigt.

Da bemerke ich aus dem Augenwinkel eine Bewegung am Waldrand. Ich wende den Kopf und registriere Isabel und Birk, die mit schnellen Schritten auf uns zukommen.

Ungefähr zeitgleich treten ein Stück weiter rechts auch Joy und Jesper zwischen den Bäumen hervor.

Jesper ist tropfnass und trägt nichts weiter als seine Unterhose. Die übrigen Klamotten hat er sich über die Schulter geworfen und in der rechten Hand hält er meine Trekkingschuhe.

»Oh, die habe ich am See vergessen!«, rufe ich und laufe ihm entgegen. »Danke, dass du sie mitgebracht hast.«

Ich will ihm die Schuhe abnehmen, doch Jesper läuft einfach weiter. »Hey, was soll denn das?«, fahre ich ihn an und greife nach seinem Handgelenk, das mir auf merkwürdige Weise entgleitet. Ich merke kaum, dass ich es berührt habe.

»Keine Spur von ihr«, sagt Jesper mit zitternder Stimme. »Alles, was wir gefunden haben, sind ihre Schuhe.«

* * *

»Scheiße! Scheiße! Scheiße!«

Thores Fluch durchreißt die Stille.

Ich starre Jesper an, der meine Trekkingschuhe auf seine Isomatte fallen lässt, daneben auf die Knie sinkt und sich die Hände vors Gesicht schlägt.

»Was machen wir denn jetzt?«, stammelt er. »Was machen wir bloß?«

»Wir warten«, sagt Thore. »Vielleicht ist sie an einer anderen Stelle ans Ufer gegangen und kämpft sich jetzt barfuß durch die Brennnesseln. Da braucht sie natürlich eine Weile.«

Jesper schüttelt träge den Kopf. »Das glaubst du doch selber nicht. Ich halte das jedenfalls nicht aus. Einfach hier zu sitzen und zu warten und zu hoffen, dass ...«

»Kann mir mal bitte einer sagen, was mit Natascha passiert ist?«, fährt Joy dazwischen.

»Ich war das«, antwortet Birk tonlos. »Ich hab sie angegriffen. Mit dem Messer ...«

»Was?« Joy packt ihn an den Schultern und schüttelt ihn. »Warum, zum Teufel, machst du so etwas ... Hirnrissiges?«

»Sie hat mich ... provoziert«, erwidert Birk. »Und getreten ... Ich wollte das nicht. Es ist einfach passiert«, setzt er resigniert hinzu.

»Und wo ist das Messer jetzt?«, will Joy von ihm wissen.

»In meinem Rucksack«, sagt Thore. »Du kannst es zurückhaben. Aber bitte pass diesmal besser darauf auf, ja?«

»Was kann ich denn dafür, wenn Birk durchdreht?«, verteidigt sich Joy. »Es ist schließlich nicht mein Messer, sondern gehört uns allen.« Sie deutet auf Natascha. »Ist es sehr schlimm?«

»Geht«, brummt Thore. »Sie hat einen Schock. Und ziemliche Schmerzen, natürlich. Die werden sogar noch schlimmer werden, wenn der Schock nachlässt.«

»Keine Sorge«, sagt Isabel. »Ich weiß ein Mittel.«

Sie hat das T-Shirt mit den Himbeeren neben der Feuerstelle ausgebreitet und streicht liebevoll über eine Weidenrute, die sie aus dem Wald mitgebracht hat. »Dafür brauche ich aber das Messer.«

Thore streckt die Hand nach seinem Rucksack aus, zögert jedoch, bevor er hineingreift. »Was hast du denn vor?«

»Weidenrinde enthält das schmerzstillende Salicin«, gibt Isabel zurück. »Es wird im Körper zu Salizylsäure umgewandelt.«

»Aha …« Thore zieht das Messer hervor und reicht es ihr.

»Es hat die gleiche Wirkung wie Aspirin«, sagt Jesper matt.

Isabel nickt eifrig. »Genau.«

»Und das soll gegen eine Stichwunde helfen?« Joy betrachtet skeptisch den Weidenstock in Isabels Hand.

»Nicht gegen die Wunde, sondern gegen die Schmerzen«, korrigiert Isabel. »Vielleicht kann Natascha so in den nächsten Tagen wenigstens ein paar Stunden unterwegs sein.« Sie schaut von einem zum anderen, nur mich lässt sie aus. »Ich meine, wir müssen ja irgendwie weiter. Oder wollt ihr etwa so lange hier hocken bleiben, bis die Verletzung verheilt ist?«

Jesper reibt sich über die Augen und lässt die Hände sinken. »Entschuldige bitte, aber es geht hier nicht nur um Natascha.«

»Natürlich nicht«, sagt Isabel schnell. »Trotzdem können wir nicht ewig hierbleiben.«

»Warum eigentlich nicht?«, entgegnet Joy mit zynischem Unterton. »So ein Wald bietet doch alles, was man zum Leben braucht.« Sie deutet auf das T-Shirt mit den leuchtend roten Himbeeren. »Früchte. Wildtiere. Es gibt sogar einen See. Wir können Fische fangen und über dem Feuer braten. Und während wir darauf warten, dass Nataschas Wunde verheilt und Lida zurückkehrt, sitzen wir zusammen, singen unflätige Lieder und erzählen uns wilde Geschichten aus unserem Leben. Schade eigentlich, dass keiner eine Gitarre dabeihat. Wir verstehen uns doch so gut.«

»Aber wieso ...?«, stammele ich.

Und während die anderen Joy anglotzen, fängt sich in mir alles an zu drehen.

»Kompliment«, sagt Thore. »Einen solchen Sarkasmus hätte ich dir gar nicht zugetraut.«

»Sie hat doch recht«, meldet sich Birk zu Wort. »Heute können wir jedenfalls nicht weitergehen.«

»Ach ja?«, blafft Joy ihn an. »Und was, wenn genau das SEIN Plan ist? Dass wir schön hier hocken bleiben und ER sich uns einen nach dem anderen vornehm...?

»WESSEN Plan?«, unterbricht Thore sie scharf.

»Das fragst du noch?«, entgegnet Joy aufgebracht. »Der dieses Irren natürlich, der Stucke umgebracht hat! Lida hat es ja noch nicht einmal etwas genützt, dass Natascha bei ihr war.«

»Ja, weil die Kuh sie einfach zurückgelassen hat!«, braust Birk auf. Er hat die Hände zu Fäusten geballt und presst sie so fest gegen seine Hüften, dass die Fingerknöchel weiß hervortreten. Dabei marschiert er unentwegt neben seiner Isomatte auf und ab.

Natascha stöhnt.

»Du bist doch auch allein scheißen gewesen«, erwidert sie schlapp. Sie macht Anstalten, sich aufzusetzen, doch Thore drückt sie sanft, aber bestimmt auf ihre Matte zurück.

»Außerdem war sie völlig okay«, fügt Natascha nuschelnd hinzu. »Nur ein bisschen weit draußen.«

»Und ich habe Beeren gesammelt«, ergänzt Isabel. »Allein.« Es klingt beinah wie ein Summen. Inzwischen hat sie mit dem Messer die Weidenrinde gelöst und zieht sie nun in langen Streifen von der Rute ab. »*Mir* hat niemand etwas getan. Und ich habe auch niemanden gesehen.«

»Und was ist dann, deiner Meinung nach, mit Lida passiert?«, faucht Joy.

Isabel zuckt die Achseln. »Vielleicht will sie uns nur einen Schrecken einjagen.«

»Aber ich bin doch hier«, wispere ich.

Das Herz klopft wild in meiner Brust und das Blut rauscht mir in den Ohren. Ich starre auf meine nackten Füße und auf meine Hände, fahre mit den Fingerspitzen über meinen Unterarm und kann einfach nicht begreifen, wieso die anderen mich nicht sehen.

»Vielleicht ist es ja auch umgekehrt!«, stoße ich hervor. »Vielleicht wollt in Wahrheit ja *ihr mir* einen Schrecken einjagen!«

Warum auch immer. Einen Grund dafür erkenne ich jedenfalls nicht. Und eigentlich wüsste ich auch nicht, wann die sechs sich abgesprochen haben könnten. Und trotzdem: Ich klammere mich an diese Vorstellung wie an einen Strohhalm.

»Okay, Leute, ich habe euch durchschaut. Wir können dieses Spiel beenden und uns voll und ganz auf Natascha konzentrieren. Ich schlage vor, dass wir sie abwechselnd stützen. Vielleicht sollten wir sogar eine Trage bauen. Wir müssten Natascha natürlich festbinden, damit sie nicht hinunterrutscht.«

Die Worte sprudeln aus mir hervor, als ginge es um mein Leben. Als würde ich aufhören zu existieren, wenn ich nicht weiterredete. Ich gehe von einem zum anderen, sehe Birk, Thore, Joy und Isabel eindringlich an, ja, ich suche sogar Nataschas Blick, schenke ihr ein Lächeln, um ihr zu signalisieren, dass ich ihr den kleinen dummen Streich von vorhin verziehen habe und auch all das, was sie über Jesper gesagt hat, und plötzlich sehe ich nur noch ihn. Jesper. Wie er dasitzt. Schmal und gekrümmt und mit bebenden Schultern.

»Rede keinen Schwachsinn«, sagt er leise. Drohend. Verzweifelt. Er richtet seine Augen auf Isabel. Tief gerötet sind sie, von feinen blutigen Verästelungen durchzogen. »So etwas würde Lida niemals tun. Sie ist grundehrlich ... die beste Freundin, die man sich vorstellen kann. Oder habt ihr schon vergessen, dass sie ihr Leben riskiert hat, um Birk zu retten?«

»Nein«, sagt Joy. »Natürlich nicht. Ich habe nicht den leisesten Schimmer, wie Isabel auf eine solch absurde Idee kommt. Und ehrlich gesagt, verstehe ich auch ihre gute Laune nicht so ganz.«

Isabels Miene versteinert sich schlagartig. »Ich versuche nur, mich einzubringen«, entschuldigt sie sich.

»Aha«, sagt Joy und mustert sie stirnrunzelnd. »Ja dann.«

Ich spüre, wie die Stimmung kippt. Wie sich mit einem Mal alles verschiebt. Plötzlich ist Isabel nicht mehr die Arme, Zarte, Schützenswerte und Joy nicht mehr die Pragmatische, Zupackende, Ausgleichende.

Alles ist gut, beruhigt euch doch bitte, würde ich am liebsten sagen, aber ich kriege keinen Ton mehr heraus. Mein Blick klebt auf Jesper. Auf seinem Gesicht.

Ich habe ihn noch nie weinen gesehen.

Ich starre ihn an und fange an zu zittern. Ich zittere so sehr, dass meine Konturen zu verschwimmen beginnen.

Keine Ahnung, wie ich es bis hierher geschafft habe. Meine Seele muss geflogen sein. Fort von meinem Körper, der wahrscheinlich noch immer in dieser gottverdammten Schlinge gefangen ist.

Tief unten in der Dunkelheit des Sees.

Bleich.

Tot.

Ermordet.

Ich lege den Kopf in den Nacken und stoße einen gellenden Schrei aus.

Einen Schrei, den niemand hören kann.

Dienstag, 19. August, irgendwo im Wald

Den Aufschlag habe ich nicht gespürt. Doch der Schrei klingt noch immer in meinen Ohren. Schwingt in meinen Zellen. Bringt alles in mir zum Vibrieren.

Mittlerweile ist es hell.

Und ich laufe.

Keine Ahnung, wie lange schon.

Ich spüre den Boden unter meinen Füßen, ich spüre, ob er hart oder weich ist, aber ich spüre nicht, woraus er beschaffen ist.

Die Schlucht war keine Nummer. Längst nicht so steil und unwegsam wie die Felswand hinter dem Anwesen. Dahinter tut sich erneut Wald auf. Und etwas später ein Weg, der so breit ist, dass ein Auto darauf entlangfahren könnte.

Ich versuche, mich zu orientieren, denn ich habe das unbestimmte Gefühl, dass der verlassene Bungalow gar nicht so weit entfernt liegt. Und dass die Felswand dahinter und die Schlucht, in die ich mich habe fallen lassen, in irgendeiner Weise etwas miteinander zu tun haben.

»Scheiße noch mal, Sten, du bist tot«, sage ich mir, während ich einfach immer weiter den Weg entlanglaufe. »In dieser Welt hier gelten komplett andere Regeln.«

So zumindest stelle ich es mir vor. Nämlich dass der Tod eher so wie ein Traum ist, in dem die Szenen wechseln wie sie wollen, und die Menschen, die man trifft, verschiedene Gesichter haben. Dass alles logisch erscheint, es in Wahrheit aber gar nicht ist.

Na ja, wenn ich ehrlich bin, hatte ich den Tod bis zum Unfall eigentlich für ein schwarzes Nichts gehalten. Oder meinetwegen auch ein weißes. Ein Nichts eben. Ohne Bilder und ohne Logik. Ohne Erinnerungen oder Gedanken.

Und ohne, dass es in irgendeiner Weise vorwärtsgeht.

Ich aber kann mich bewegen. Ich laufe, und während ich das tue, ändert sich um mich herum die Umgebung. Außerdem kann ich entscheiden, in welche Richtung ich gehe.

Im Grunde ist alles so wie im richtigen Leben. Na ja, fast.

Bei genauerer Betrachtung spricht jedenfalls einiges dagegen, dass ich tatsächlich tot bin. Offenbar befinde ich mich noch immer in diesem verflixten Zwischenstadium.

Aus dem ich endlich herauswill.

»Hört ihr? Ich will hier raus!«, rufe ich, lauter und immer lauter. Schließlich bleibe ich stehen, lege die Hände wie einen Trichter um meinen Mund und richte ihn in den wolkenverhangenen Himmel hinauf.

»ICH! WILL! HIER! RAUS!«

Der Schrei ist immer noch da. Er hat keine Worte. Es ist meiner und auch wieder nicht. Es ist Jans und nicht Jans.

Katjas und nicht Katjas.

Fremd und vertraut.

Hier und doch nicht hier.

Weit entfernt und mitten in mir drin.

Er zerrt an mir.

Ruft mich.

Und plötzlich weiß ich: Ich muss genau da hin, wo dieser Schrei ist. In mir oder an den Ort, wo er herkam.

Nacht von Dienstag auf Mittwoch, den 20. August,
Lagerplatz auf der Ebene

Der Tag ging grau und drückend zu Ende. Dunkelheit und Feuchtigkeit krochen aus dem Wald, legten sich über die Ebene und den Lagerplatz und lassen den Himmel inzwischen bloß noch vage erahnen. Das zu Asche verkohlte Holz des Feuers glimmt nur noch schwach. Alle liegen auf ihren Matten und starren vor sich hin. Niemand schläft.

Bis zum Nachmittag stritten sie darüber, wie es weitergehen sollte. In der Hoffnung auf Handyempfang schritt Thore die gesamte Ebene ab, bis der Akku plötzlich ganz leer war. Daraufhin schleuderte er das Handy laut fluchend in die Senke hinunter.

Joy löste ihren Zopf viermal, um ihn gleich danach wieder neu zu flechten, und Isabel hörte gar nicht mehr auf, Himbeeren zu sammeln.

Am frühen Abend beschloss Jesper, noch einmal nach mir zu tauchen, aber Thore hielt ihn davon ab.

»Was glaubst du, was du da unten findest, he?«, blaffte er. »Eine erleichterte Lida, die dir um den Hals fällt und dir ein Leben lang dankbar sein wird, weil du sie aus den Fängen eines Verrückten befreit hast, oder eine …?«

»Halt die Klappe!«, fuhr Natascha dazwischen. Sie war mit Joys und Thores Hilfe in ihren Schlafsack geschlüpft und kaute in regelmäßigen Abständen auf einem Stück Weidenrinde herum, das Isabel für sie zurechtschnitt. Tatsächlich schien das darin enthaltene Salicin seine Wirkung zu entfalten, denn Natascha ging es sichtlich besser. »Wir wissen doch gar nicht, was mit Lida passiert ist. Wahrscheinlich konnte sie sich ans Ufer retten und irrt hier irgendwo im Wald umher ... Oder sie ist tatsächlich ertrunken.«

»Du widersprichst dir«, gab Jesper gleichermaßen ungehalten und verzweifelt zurück. »Außerdem: Lida kann schwimmen.«

»Der See war ihr nicht geheuer«, erwiderte Natascha. »Sie hatte Angst.«

»Ach ja?« Jespers Augen funkelten vor Zorn. »Und warum, zum Teufel, ist sie dann so weit hinausgeschwommen?«

»Woher soll ich das wissen?«, zischte Natascha.

Joy warf ihren Zopf mit einem wütenden Schwung in den Nacken. »Es will mir nicht in den Kopf, dass du sie dort allein zurückgelassen hast«, fuhr sie Natascha an. »Wie kann man einen Menschen, der Angst hat, einfach so im Stich lassen? Und wir hatten doch schon x-mal verabredet, aufeinander aufzupassen!«

»Erstens haben das nicht *wir* verabredet«, betonte Natascha, »und zweitens bin ich – wie ich bereits sagte – weder Lidas noch sonst irgendjemandes Kindermädchen!«

»Lässt dir selber aber gerne helfen«, konterte Joy und warf Thore einen unmissverständlichen Blick zu.

Der hob seine Hand zu einer beschwichtigenden Geste.

»Überleg bitte, welche Worte du wählst«, mahnte er. »Als es darum ging, Birk aus der Grube zu ziehen, hat Natascha nicht eine Sekunde gezögert.«

»Ja, ja.« Joy sog geräuschvoll Luft ein. Ich hab's kapiert, du magst sie, verriet ihre Miene.

Birk verhielt sich für den Rest des Tages recht still. Weder beteiligte er sich an den Diskussionen noch präsentierte er eigene Vorschläge. Ich glaube, es machte ihm zu schaffen, dass die Essensvorräte zur Neige gingen und sein Magen empfindlich auf die Fruchtsäure der vielen Beeren reagierte.

Er und Joy waren mit dem Messer auf Jagd gegangen, hatten aber weder einen Hasen noch einen Dachs oder ein Eichhörnchen erlegen können. Danach begann Joy, aus einem Buchenzweig und etwas Schnur einen Bogen zu fertigen und dünne harte Hölzer zu Pfeilen zu schnitzen. Isabels missbilligende Blicke ertrug sie mit stummem Trotz.

»Ich bin dafür, dass wir morgen weitergehen«, sagte Thore, nachdem sich abends alle um das Feuer versammelt hatten und es eine ganze Weile keine offenen Auseinandersetzungen mehr gegeben, sondern nur noch verbissenes Schweigen geherrscht hatte. »Vorausgesetzt, Natascha fühlt sich dazu in der Lage.«

Er sah sie forschend an und sie erwiderte seinen Blick mit stolz hervorgerecktem Kinn.

»Irgendwelche Einwände?«, fragte Thore schließlich in die Runde.

Birk blähte die Backen. Und während Joy sich abwandte und Isabel nur stumm mit den Schultern zuckte, zog Jesper die Knie an und barg das Gesicht in seiner Armbeuge.

Keiner wagt es, noch einmal über mein Ertrinken, einen Verfolger oder Mörder zu spekulieren. Als ob sich das Geschehen und die Angst auf diese Weise ausblenden ließen.

»Ich habe ihn gesehen«, wispere ich. »Ich könnte euch das Seil zeigen.«

Wieso bin ich überhaupt noch hier?

Welchen Sinn hat das, wenn ich mich sowieso nicht bemerkbar machen kann?

Ich schimpfe. Schreie. Fluche. Doch niemand kümmert sich darum.

Ich bin bei ihnen und trotzdem nicht da.

Wozu?

Warum darf ich nicht einfach fortgehen?

Weil es noch etwas zu erledigen gibt!

Ich brauche keinen Schlaf. Im Gegensatz zu den anderen werde ich ganz sicher nicht müde werden und wahrscheinlich sehe und höre ich sogar besser als sie.

Ich bin die Einzige, die sie vielleicht beschützen kann.

Es ist eine Stimme tief in mir, die mir das sagt, die mich daran hindert zu verzweifeln und die nicht zulässt, dass ich an zu Hause und an Mam denke, sondern nur an das Hier und Jetzt.

An Joy, Birk, Isabel, Thore ... und Jesper.

Sein Zorn auf Natascha ist deutlich zu spüren und unter anderen Umständen hätte mich das mit Genugtuung erfüllt.

Inzwischen geht es aber nicht mehr um meine Gefühle oder um das, was ich vielleicht noch für Jesper empfinde.

Ich bin tot. Ertrunken. Ermordet.

Ich muss ihm nicht verzeihen, denn ich werde ohnehin nie wieder mit ihm zusammen sein. »Es tut mir leid«, flüstere ich und streiche sachte über seinen dunklen Schopf.

Erschrocken zucke ich zurück.

Jespers Haare haben zwar noch immer ihre gewohnt weiche Struktur, aber gleichzeitig fühlen sie sich seltsam starr an. – Als wäre *er* gestorben und nicht ich!

Vorsichtig vergrabe ich meine Finger darin, und allmählich wird mir klar, dass ich keinen Einfluss auf die Dinge habe. Ich kann Jespers Haare weder niederdrücken noch zur Seite streichen. Es ist genauso wie heute Vormittag mit dem Messer, das unberührt im Gras liegen blieb, obwohl ich nach ihm griff und es aufzuheben versuchte. Selbst jetzt noch jagt mir die Erinnerung daran einen Schauer über den Rücken.

Ich war tot, ohne es zu wissen!

Alles ist so wie immer. Ich fühle mich nicht anders und auch die Welt um mich herum hat sich nicht verändert. Ich kann mich darin bewegen, Dinge und Menschen berühren, ja, ich glaube sogar, meinen Herzschlag zu spüren – und trotzdem existiere ich nicht mehr. Das darf nicht sein, schreit mein Mund. Mein Geist. Meine Seele. Du wirst dich damit abfinden müssen, sagt mein Verstand. Eine Erkenntnis, die mich mit einem brennenden Schmerz erfüllt und einen zornigen Widerstand in mir erweckt. Noch schrecklicher aber ist es, mit ansehen zu müssen, wie Jesper sich quält und dass er tatsächlich um mich trauert.

Wieder schiebt sich Mams Bild in mein Bewusstsein und abermals schiebe ich es beiseite. Möglicherweise wird sie nie erfahren, was mit mir geschehen ist. Wenn außer Natascha keiner von diesem Blind Walk zurückkehrt, wenn sie alle getötet werden, wenn ... Nein, nein, nein! IA, die Organisation, wird angeben können, wo sie uns ausgesetzt haben. Sie werden ihren VW-Bus vermissen und ihre Leute. Es sei denn, IA hat all das hier genau so geplant.

Aber wieso? Warum haben sie Stucke getötet? Und warum mich? Wer war diese dunkle gesichtslose Gestalt, die mich an dem Seil in die Tiefe zog?

Haben sie mich gezielt ausgesucht? Hat Natascha wirklich etwas damit zu tun? Wer sind diese Leute und was wollen sie von uns?

»Wieso habt ihr euch all das noch gar nicht gefragt?«, murmele ich und streichele Jesper sanft über die Wange.

Er zuckt zusammen und schlägt nach mir, als wollte er ein Insekt verscheuchen.

Hastig ziehe ich meine Hand zurück und für einen Moment wird alles in mir ganz starr. Jesper hat meine Berührung gespürt. – Er hat sie tatsächlich gespürt!

Ich zögere nur einen Moment, dann lege ich ihm erneut behutsam meine Hand auf die Wange. Es fühlt sich an, als tauchte ich in ihn hinein.

Schlagartig reißt Jesper die Augen weit auf. Einige Sekunden scheint sich sein Blick in meinem zu verfangen.

»Lida«, murmelt er, dann schnellt er plötzlich hoch.

»Scheiße, was ist das? Spürt ihr das auch?«

»Nein, was denn?«, fragt Joy.

Sie richtet sich auf und Thore, Isabel und Birk heben ebenfalls ihre Köpfe. Natascha bleibt als Einzige liegen.

»Nur für den Fall, dass ihr fliehen müsst. Denkt bitte dran, mich mitzunehmen.«

»Sehr witzig«, brummt Joy und Thore fragt: »Was meinst du, Jesper?«

»Na, diesen Windhauch.«

Natascha gibt ein leises Stöhnen von sich. »Ein Windhauch. Aha. Die Luft steht hier. Das dürfte dir wohl kaum entgangen sein.«

»Eben«, sagt Jesper.

»Vielleicht hast du geträumt«, meint Isabel.

»Sicher nicht«, erwidert er. »Ich war die ganze Zeit hellwach.«

»Oder ein Nachtfalter, der von der Glut angelockt wurde und über dein Gesicht geflattert ist?«

»Nein.« Jesper schüttelt entschieden den Kopf. »Das war kein Falter. Es war eiskalt und … groß.«

»Du hast es also gesehen?«, vergewissert sich Joy.

Wieder ein Kopfschütteln. »Nein, es hat sich einfach bloß groß angefühlt.«

Natascha kichert leise. »Tja, dann hat dich wahrscheinlich ein Geist geküsst.«

»Freut mich, dass es dir wieder gut geht«, knurrt Joy.

»Ja, mich auch«, brummt Jesper. Er öffnet den Reißverschluss seines Schlafsacks, angelt nach seinem Rucksack und zieht eine Zigarettenschachtel hervor.

»Du willst schon wieder rauchen?«, fragt Isabel empört. »Ehrlich gesagt, hatte ich gehofft, du würdest es aufgeben.«

»Warum sollte er?«, blafft Natascha. »Weil es gesünder ist?«

Jesper wirft ihr einen kurzen genervten Blick zu, dann steckt er sich eine Zigarette zwischen die Lippen und beugt sich über die Glut, um sie anzuzünden.

»Ich wollte es mir tatsächlich abgewöhnen und dachte, dieser Blind Walk wäre eine gute Gelegenheit dafür.«

»Und wieso rauchst du trotzdem?«, erwidert Isabel.

»Das ist ja wohl meine Sache«, gibt Jesper zurück.

Die Zigarette in seinem Mund glimmt auf und wirft für einen kurzen Augenblick ein warmes Licht auf sein Gesicht.

»Wegen Lida, hab ich recht?«, sagt Thore. »Das macht dich fertig. Das macht uns alle fertig.«

Jesper antwortet nicht, sondern bläst nur Rauch aus, den Isabel sofort energisch von sich wegwedelt.

Ich will nicht glauben, dass diese bescheuerte Zigarette für mehr Diskussionsstoff sorgt als Jespers Gefühl von einem *eiskalten Windhauch,* das meine Berührung auf seiner Wange ausgelöst hat. »*Das* hier ist wegen Lida«, murmele ich. »Du weißt, dass ich es war.« Und nun lange ich mit beiden Händen zu. Mit der rechten umfasse ich Jespers Oberarm und mit der linken gleite ich seinen Nacken hinauf. »Du hast sogar meinen Namen gesagt.«

Jesper versteift sich abrupt. Über seine Haut rast ein Gänsehautschauer.

»Da!« Er schüttelt sich. »Da war es schon wieder!«

Er springt auf, reißt sich hektisch die Zigarette aus dem Mund und schnippt sie in die Glut des Lagerfeuers.

»Aber da ist nichts«, beteuert Thore.

»Seh ich genauso«, pflichtet Joy ihm bei. »Am besten, du legst dich jetzt mal hin.«

»Ts!« Jesper schüttelt den Kopf. »Ihr haltet mich wohl für irre oder was?«

Joy lächelt zaghaft. »Nur für ein bisschen überspannt.«

»Ich kann mich nicht hinlegen«, stößt Jesper aufgebracht hervor. »Und schon gar nicht schlafen. Genauso wenig wie ihr!«

Auch Birk öffnet seinen Schlafsack. Er setzt sich auf und umschlingt fröstelnd seine Knie. »Wir sollten uns vielleicht mal Gedanken darüber machen, warum jemand hinter uns her ist«, bricht es stockend aus ihm hervor.

Danke, Birk! Endlich geht das Gespräch in die richtige Richtung!

»Bisher ist es nur eine Vermutung«, wendet Isabel ein.

»Nein, nein.« Thore hebt abwehrend die Hand. »Ich gebe ihm recht. Es hat keinen Sinn, weiterhin die Augen zu verschließen. Jetzt, nachdem Lida verschwunden ist, müssen wir das Schlimmste für möglich halten.«

Joys Blick fliegt zu ihm. »Und das wäre deiner Meinung nach …?«

»Dass wir es tatsächlich mit einem Irren, einem Psychopathen zu tun haben.«

Thores Worte sind wie ein Peitschenhieb, der ein paar Sekunden vibrierend in der Luft verharrt.

»Und du glaubst, dass der uns alle nacheinander umbringen will, stimmt's?«, kommt es leise von Joy.

Thore tippt sich an die Schläfe. »Und wenn er krank in der Birne ist, braucht er nicht mal einen nachvollziehbaren Grund dafür. Er macht es aus Selbstsucht. Aus Rache. Oder weil er sich dazu berufen fühlt.«

»Tja, dann bin ich wohl die Nächste«, wirft Natascha ein. »Mit mir hat der Psycho ein leichtes Spiel.«

»Ach, und du glaubst also, dass ausgerechnet das ihn reizt?«, erwidert Joy.

Ich bemerke, wie sich Isabel, die ein wenig abseits in Birks Schatten sitzt, die Finger in die Ohren steckt und leise zu summen beginnt.

»Ich würde ja eher das Gegenteil vermuten«, fügt Joy hinzu.

Thore sieht sie an und reibt sich nachdenklich übers Kinn.

Ich vernehme das leise Knistern seines Bartes.

»Was würdest du denn tun?«, fragt er. »An seiner Stelle?«

»Mir den Anführer schnappen«, kommt es umgehend von Joy zurück.

»Nee, also, wenn ihr mich fragt«, sagt Natascha, »ist der Anführer erst an der Reihe, wenn nur noch die Schwachen übrig sind.«

»Wow.« Joy atmet geräuschvoll aus. Obwohl die Glut des Lagerfeuers kaum noch Licht abgibt, sehe ich, wie blass sie geworden ist. »Dann sollte ich jetzt wohl verschärft auf mich achten.«

»Das ist doch Unsinn«, sagt Birk.

»Überhaupt nicht«, fährt Natascha ihm über den Mund. »Für mich gibt es eine ganz klare Reihenfolge.«

Birk schluckt. Er schaut Natascha unsicher an, schließlich senkt er den Kopf und spielt an seinem Zipper herum.

»Joy ... Thore ... Birk ... Isabel ... Jesper und zuletzt ich«, rattert Natascha erbarmungslos herunter.

Oder du gar nicht, denke ich.

»Na, herzlichen Glückwunsch«, entfährt es Joy. »Aber wieso Jesper erst nach Birk und Isabel?«

»Ist doch klar«, entgegnet Natascha. »Weil der Psycho ihn möglichst lange leiden sehen will.«

»Er wird überhaupt keinen mehr kriegen«, sagt Thore. »Weil wir ab sofort nämlich DEFINITIV immer zusammenbleiben. Sogar zum Scheißen«, betont er mit einem kurzen Seitenblick auf Natascha. »Und es schlafen nie mehr als zwei zur gleichen Zeit.«

»Okay.« Joy nickt. »Einverstanden.«

»Gut«, sagt Thore. »Und was ist mit euch? Jesper ... wirst du das hinkriegen?«

»Wieso fragst du das ausgerechnet mich?«, erwidert er aufbrausend.

»Ist ja schon gut«, beschwichtigt Birk ihn. »Wir kriegen das alle hin. Wir machen es genau so, wie Thore vorgeschlagen hat.«

»Da stimme ich ausnahmsweise mal mit dir überein«, kommt es von Natascha. Sie hebt den Kopf und versucht, sich auf ihre gesunde Schulter zu stützen, sinkt jedoch gleich wieder mit schmerzverzerrtem Gesicht auf ihre Isomatte zurück. »Wie sieht es denn mit unserem Vögelchen aus?«

»Welches Vögelchen?«, fragt Joy. Im selben Moment scheint ihr klar zu werden, dass damit nur Isabel gemeint sein kann, denn sie schaut sofort zu ihr rüber. »Mann, die hört mal wieder gar nicht zu!«

Mit einem Satz ist Joy bei Isabel. Sie umfasst deren Handgelenke und reißt sie mit einem Ruck nach unten. »Du benimmst dich wie ein kleines Kind!«

»Irgendwie ist mir so, als hätte ich etwas in der Art schon mal erwähnt«, murmelt Natascha.

Ein überlegenes Lächeln breitet sich auf ihrem Gesicht aus.

Jesper läuft unruhig neben seiner Isomatte auf und ab. Seine Augen sind noch immer gerötet und seine Kiefermuskeln arbeiten unaufhörlich.

Ein tiefes Gefühl der Zärtlichkeit erfasst mich. Am liebsten würde ich ihn in meine Arme schließen und ihm zuflüstern, dass er sich um mich nicht sorgen muss. Dass er seiner inneren Stimme trauen soll und wir in Verbindung bleiben können, wenn er es nur zulässt. Wahrscheinlich wäre ich sogar in der Lage, ihn zu warnen. Aber dafür müsste er erst einmal begreifen, dass ich nicht wirklich fort bin, sondern mit ihm und den anderen um das allmählich verglimmende Lagerfeuer herumsitze und alles mit anhöre, was sie besprechen. Meine Enttäuschung und alle dummen Gefühle ihm gegenüber sind wie weggeblasen, so als hätte der Tod sie einfach mit sich genommen.

Niemand reagiert auf Nataschas Bemerkung. Aller Aufmerksamkeit gilt nun Isabel, die mit zusammengekniffenen Augen und weit aufgerissenem Mund auf ihrer Matte hockt und einen gleichmäßig anhaltenden Ton in hoher Frequenz von sich gibt.

»Was ist los mit dir?«, fährt Joy sie an. Sie zerrt an Isabels Arm, und als das nichts nützt, packt sie sie an den Schultern und schüttelt sie kräftig hin und her.

Doch an Isabels krampfartiger Haltung ändert sich nichts, und der nervtötend hohe Laut aus ihrer Kehle schwillt noch weiter an, bis er schließlich alles andere übertönt.

»Es reicht jetzt«, sagt Thore.

Er erhebt sich, geht auf Isabel zu, holt aus und verpasst ihr eine klatschende Ohrfeige.

Schlagartig herrscht Ruhe. Fassungslos starrt Isabel Thore an, dann fängt sie an zu heulen.

»Musste das sein?«, blafft Joy.

»Siehst du doch«, brummt Thore.

Mit einem gleichgültigen Schulterzucken wendet er sich ab und will sich gerade auf seinen Lagerplatz zurückbegeben, als vom Wald her ein Rascheln ertönt.

»Was war das?«, haucht Birk.

»Schsch.« Thore hebt die Hand und bedeutet ihm zu schweigen.

Alle halten den Atem an.

Auch ich lausche angespannt.

Stille.

»Vielleicht ein Reh?«, wispert Joy. »Oder ein Luchs?«

»Nein.« Thore schüttelt den Kopf. »Der Waldrand ist zu weit weg, um auf die Entfernung so ein Tier zu hören.«

Nur eine Sekunde später ertönt wieder ein Rascheln. Es ist lauter als eben. Und näher. Dazu ein weiteres, dumpfes Geräusch.

Es erinnert mich an das, was mich an unserem ersten Tag morgens aus dem Schlaf gerissen hat. Rascheln und Schritte. Damals hab ich es auch für ein Tier gehalten. Inzwischen weiß ich es besser.

»Was machen wir jetzt?«, presst Birk hervor.

Panik steht in seinen Augen.

»Nehmt eure Knüppel«, raunt Thore.

Mir muss niemand sagen, was ich zu tun habe. Ich stürze los, direkt auf den Wald zu.

Mittwoch, 20. August, irgendwo im Wald

Ich renne. Renne. Renne. Aber nichts passiert.

Der Schrei ist verklungen, und plötzlich habe ich vergessen, woher er gekommen ist.

Ich habe sogar versucht zurückzugehen, aber ich weiß den Weg nicht mehr. Für mich sieht alles gleich aus. Nadelbäume, Laubbäume. Dicke Stämme. Dünne Stämme. Brombeergestrüpp. Irgendwelche Blumen. Was ich im Milberger Moor noch ganz schön fand, erfüllt mich jetzt mit Gleichgültigkeit.

Inzwischen ist es zum soundsovielten Mal hell geworden.

Der Himmel von einem trüben Grau bedeckt. Die Luft warm und drückend. So war es schon in der Nacht und es ist nicht besser geworden.

Bestimmt wird es bald ein Gewitter geben.

Na, meinetwegen. Einem Geist im Zwischenstadium wird das wohl kaum etwas anhaben können. Im schlimmsten Fall katapultiert es mich geradewegs ins Jenseits.

Das kann mir nur recht sein.

Versuche ich, mich zu überzeugen.

Klappt aber irgendwie nicht.

»Was geht, Sten?«, murmele ich.

Was geht? Was geht? Was geht?

Was geht nicht mehr?

Du bist zu weit gelaufen, sagt etwas in mir.

Hast nicht nachgedacht.

Typisch Sten. So war es schon immer. Auch mit Katja.

Nachdenken und das Richtige tun ist nicht unbedingt meine Stärke.

Nie gewesen.

Ob man das ändern kann?

Ob *ich* das jetzt noch ändern kann?

Zu spät! Zu spät! Zu spät!

Hämmert es in meinem Kopf.

Panik kriecht in mir hoch.

Ich will hier raus!

Ich will zurück!

Zurück! Zurück! Zurück!

Abrupt bleibe ich stehen. Der Waldweg ist zu Ende. Rechts von mir ragen Felsen aus dem Boden wie die Zähne einer riesigen Echse. Dazwischen befindet sich ein Haufen verkohlter Äste und Asche.

Jemand hat hier ein Feuer gemacht.

Ein Mensch.

Vielleicht sogar mehrere Menschen.

Wie lange mag das wohl her sein?

Wer hat geschrien?

Ich zerraufe mir die Haare.

Bin ich schon verloren?

»Sten«, murmele ich. »Sten ... Sten ... Sten ...«

Ich drehe mich im Kreis.

Innerlich.

Und äußerlich.

Ich drehe mich in entgegengesetzter Richtung.

Innerlich im Uhrzeigersinn.

Äußerlich dagegen.

Schneller und immer schneller.

Es ist wie ein Sog, der sich mit jeder Umdrehung verstärkt.

Ich fühle mich, als wäre ich in Auflösung begriffen.

Es ist gut.

Gut. Gut. Gut.

Nicht gut.

Ich will nicht für alle Zeiten hierbleiben und durch Wälder und Schluchten streifen.

Der Bungalow in der Nähe der Schlucht mag seit Monaten, vielleicht sogar schon seit Jahren verlassen sein, aber die Reste dieses Lagerfeuers sind garantiert nicht mehr als ein paar Tage alt.

Hoffnung keimt in mir auf.

Der Schrei, die Rufe, die Wortfetzen ... das sind nicht Jan, Christian oder Dennis gewesen und all das hat sich auch nicht nur in meinem Kopf abgespielt.

Dafür war es viel zu real.

Ein Mensch hat geschrien.

Ein Mädchen.

Ja, die Stimme gehörte einem Mädchen. Jetzt bin ich mir ganz sicher.

Ich hätte achtsamer sein müssen. Hätte sie nicht verlieren dürfen.

Nicht so wie Katja. Die habe ich auch verloren.

Warum nur wiederholt sich immer alles?

Wieso bekomme ich nicht die Chance, es zu ändern, es noch einmal anders zu machen?

Verdammt noch mal, Sten, reiß dich zusammen!

Das hier ist deine *Chance*.

Womöglich die einzige, die dir noch bleibt.

Und deshalb wirst du dieses Mädchen finden!

In my remains ...

Mittwoch, 20. August, im Wald

Dunkelheit umfängt mich. Ich habe keine Ahnung, wo ich bin, ich weiß nur noch, dass ich einen schnell davonhuschenden Schatten verfolgt habe und es mich dann ganz plötzlich hinabriss, so als würde ich in einem Irrsinnstempo kopfüber in ein tiefschwarzes Loch fallen.

Etwas umspannt mich wie eine Folie. Ich fühle mich eingepfercht. Hilflos. Ohnmächtig. Gefangen.

Ich versuche, die Augen zu öffnen, aber es geht nicht. Ich weiß nicht einmal, ob ich noch Augen habe.

Etwas ruckelt an mir und im nächsten Moment ist er wieder da, der Schatten. Er huscht um mich herum und zerrt an meinen Armen und Füßen.

Panik kriecht in mir hoch, setzt sich auf meiner Kehle fest und fängt an, mich zu würgen.

Der Schatten!, durchzuckt es mich. Womit nehme ich ihn wahr, wenn nicht mit meinen Augen? Aber warum habe ich dann das Gefühl, sie nicht öffnen zu können? Befinde ich mich womöglich noch immer am Grund des Sees?

Nein, das kann nicht sein. Ich erinnere mich noch viel zu genau daran, wie ich mich befreit und ans Ufer gerettet habe. Wie ich Jesper, Joy und Thore traf und wie mir später bewusst wurde, dass sie mich weder sehen noch hören konnten. – Oh ja, an diesen Moment erinnere ich mich sogar noch ganz besonders gut!

Die Enge in meiner Kehle verstärkt sich und die Angst verteilt sich wie eine eiskalte behäbige Flüssigkeit in mir. Sie verbindet sich mit der Folie und droht mich zu einem winzigen Punkt – zu einem Nichts – zusammenzupressen.

NEIN!, schreit alles in mir.

Noch entschlossener und unbändiger als auf dem Grund des Sees wehre ich mich gegen diese nicht greifbare Macht, die mich zu vernichten versucht. Mein Wille ist wie ein Schrei, der die Folie sprengt – und mit einem Schlag ist es taghell um mich herum.

Keuchend finde ich mich auf dem Waldboden zwischen welken Blättern und wucherndem Gestrüpp wieder. Unmittelbar vor mir ragt eine riesige Buche in den gelblich grauen Himmel auf.

Bin ich letzte Nacht etwa dagegen gerannt und ohnmächtig zusammengebrochen? Wäre das überhaupt möglich? Ich bin tot. So etwas wie ein Geist. Geister rennen nicht gegen Bäume. Sie rennen allenfalls durch sie hindurch. Und sie werden auch ganz bestimmt nicht ohnmächtig.

Verwirrt rappele ich mich auf. Ich spüre die feinen Verästelungen des Gestrüpps und die winzigen Blätter daran, sie geben unter mir jedoch nicht nach. Auch die graue glatte Rinde des Buchenstamms kann ich eindeutig ertasten. Fast ein bisschen erschrocken lasse ich meine Hand zurückzucken.

Was ist mit mir passiert?

Wo bin ich gewesen? Wer wollte mich töten und warum konnte ich mich aus seiner Gewalt befreien?

WARUM BIN ICH NOCH IMMER HIER?

Stimmen dringen an mein Ohr. Sie kommen nicht aus dem Wald, sondern – vom Lagerplatz. Natürlich!

Die anderen sind in Gefahr gewesen und ich hatte ihnen helfen wollen. Deshalb war ich in den Wald gestürzt und dem flüchtenden Schatten gefolgt. Der Schatten, der urplötzlich verschwunden war.

Jetzt erinnere ich mich wieder.

Ich hatte dagestanden und gelauscht.

Und gespäht.

Lange.

Sehr lange.

Wahrscheinlich viel zu lange!

Erneut steigt Angst in mir auf. Ich wirbele herum und renne zurück, springe über niedriges Buschwerk und umgefallene Bäume, als wäre all das nicht das geringste Hindernis für mich. Meine Gedanken sind wie ein Fokus.

Jesper ... Joy ... Isabel ... Birk ... Thore.

Was, wenn der Schatten mich in den Wald gelockt hat, damit Natascha ... Nein, Lida!, rast es mir durch den Kopf. Das ist Unsinn. Wirres Zeug. Du wärst doch überhaupt nicht in der Lage gewesen, Natascha daran zu hindern, einem der anderen etwas anzutun.

Im nächsten Moment stehe ich auf der Ebene.

Sie sind alle noch da.

Blass und schmal. Mit hängenden Schultern. Kraftlosen Gesten. Dunklen Ringen unter den Augen. Hungrig.

Trotz ihrer Stichwunde scheint es Natascha noch am besten zu gehen. Ihre Haut ist einen Tick rosiger, ihr Blick klarer, und sie steht aufrechter als die übrigen fünf. Wie es aussieht, hat Thore ihren Verband erneuert und aus einem zerrissenen T-Shirt eine stramme Schlinge geformt, die ihre Schulter stützt und den Arm im rechten Winkel gegen ihren Oberkörper drückt.

»Und wie soll ich so das Gleichgewicht halten?«, knurrt sie ihn an.

Typisch Natascha, denke ich bitter. Demut und Dankbarkeit sind einfach Fremdwörter für sie.

»Du kannst dich auf Lidas Stock stützen«, erwidert Thore.

Er beugt sich über meine Isomatte, die, wie alle meine Sachen, noch immer unangerührt neben Jespers Schlafplatz liegt, und hebt meinen Knüppel vom Boden auf. Natascha ergreift ihn zögernd.

»Du kannst dich auf mich verlassen. Ich bleibe in deiner Nähe. Solltest du also …«

»Ja, ja, mach dir mal keinen Kopf«, fährt Natascha dazwischen. Sie wendet den Blick ab, umklammert den Knüppel mit festem Griff und probiert ein paar Schritte. Es klappt erstaunlich gut.

»Okay.« Thore nickt. »Packen wir also zusammen.«

***

Joy und Isabel räumen meinen Rucksack aus, teilen meine Habe gleichmäßig unter sich und den anderen auf und verstauen sie in ihrem eigenen Gepäck. Thore rollt meine Isomatte in die von Natascha ein und überlässt ihr auch meinen Schlafsack.

Jesper nimmt all das schweigend zur Kenntnis.

Sein verzweifeltes Mienenspiel und die unbeholfenen Gesten, mit denen er sein Zeug zusammenrafft, deprimieren mich. Es ist nicht zu übersehen, wie sehr ihm mein ungewisses Schicksal und der Umstand, mir nicht helfen zu können, zu schaffen machen.

Ein Gefühl tiefer Rührung überkommt mich. Was gäbe ich darum, wenn ich in der Lage wäre, mich noch sehr viel deutlicher bemerkbar zu machen. Wenn ich ihm sagen könnte, was mit mir passiert ist und dass sie bitte, bitte vorsichtig sein und Natascha auf keinen Fall aus den Augen lassen sollen.

Obwohl ich es längst besser weiß, ist die Hoffnung in mir nicht kleinzukriegen. Vielleicht muss ich Jesper ja nur oft genug einen Kälteschauer verpassen, damit er kapiert, dass ich noch immer in seiner Nähe bin.

Und so warte ich geduldig, bis alle startklar sind. Nach einigem Hin und Her erklärt Birk sich bereit, den Kompass zu übernehmen und darauf zu achten, dass sie sich strikt in südliche Richtung halten.

Joy geht vorneweg. Diesmal fällt ihr die Aufgabe zu, Brennnesseln und anderen Wildwuchs niederzutrampeln beziehungsweise beiseitezuschlagen. Ihr folgen Birk, Jesper und Isabel.

»Ich muss dir wohl nicht sagen, dass ich noch nie etwas Widerlicheres gegessen habe«, brummt Natascha. Sie hält

Thore ein Stück Weidenrinde unter die Nase und schiebt es sich anschließend in den Mund.

»Stell dir einfach vor, die Alternative wäre ein halb verwester Frosch«, erwidert Thore. »Ich wette, dagegen ist so ein Häppchen Baum die reinste Köstlichkeit.«

»Du und deine Sprüche!« Natascha winkt genervt ab, stützt sich auf ihren Knüppel und stapft Isabel hinterher. »Wir sind hier doch nicht im Dschungelcamp.«

»Bist du sicher?« Grinsend heftet sich Thore an ihre Fersen.

Ein feiner Zorn kocht in mir hoch.

»Idiot«, murmele ich. »Es ist sogar noch viel schlimmer.«

Ich strecke meine Hand aus und berühre ihn am Oberarm. Zuerst spüre ich den Widerstand seiner Haut, doch dann tauchen meine Fingerspitzen plötzlich in seinen Körper ein.

Thore erstarrt. Das Grinsen weicht ihm aus dem Gesicht. Erschrocken ziehe ich meine Hand zurück – um sie gleich darauf komplett in seiner Brust verschwinden zu lassen.

»Scheiße ... verdammte!«, stößt er aus und dreht sich einmal um sich selbst.

Ich lasse meine Hand in ihm und stelle erstaunt fest, dass ich ihn jetzt überhaupt nicht mehr spüre. Thore dagegen scheint diese Art der Berührung völlig fertigzumachen. Er steht da, starrt durch mich hindurch und traut sich nun anscheinend gar nicht mehr, sich zu bewegen.

»Was ist los?«, zischt Natascha. Sie ist ebenfalls stehen geblieben und sieht sich nach ihm um. »Warum kommst du nicht?«

»Hier ist was.«

»Was denn? Ich seh nix«, entgegnet sie ungeduldig.

»Kann man auch nicht«, presst Thore tonlos hervor. »Es ist einfach da ... Kalt. Eiskalt ...«

»Fängst du jetzt auch noch damit an?«

Thore schüttelt den Kopf. »Es ist ...« Er bricht ab. »Es steckt in meiner Brust.«

»Du hast ja Angst, großer starker Bär«, sagt Natascha. In ihren hellen grauen Augen blitzt es belustigt auf. »Wer hätte das gedacht!«

Lächelnd wendet sie sich ab, und einen Moment lang bin ich geneigt, sie für unschuldig zu halten.

Bösartig. Hinterfotzig. Aber unschuldig. Zumindest, was die Morde an Stucke und mir betrifft. Dieser Moment ist allerdings blitzschnell wieder vorbei.

Natascha mag das Interesse an Jesper verloren haben und inzwischen immer mehr Gefallen an dem Geplänkel mit Thore finden, das bedeutet allerdings noch lange nicht, dass sie sich auch gefühlsmäßig einlässt. Für sie scheint das Ganze eher eine Art Zeitvertreib zu sein. Ein Spiel. Und wenn sie tatsächlich gemeinsame Sache mit einem Psychopathen macht, ist sie vermutlich genauso gestört wie er und somit ebenso gefährlich.

»Okay, Natascha«, murmele ich, ziehe meine Hand aus Thores Brust heraus, woraufhin er zunächst stutzt, dann aber erleichtert aufatmet, und husche auf Natascha zu. »Kleiner Warnschuss gefällig?«

Noch ein Schritt und ich stehe so dicht vor ihr, dass ich die feine dunkelgraue Verästelung in ihrer Iris ausmachen kann, ein weiterer und ich tauche vollständig in sie ein.

Natascha stößt einen kurzen Schrei aus. Ich registriere das Frösteln auf ihrer Haut und trete blitzschnell wieder aus ihr heraus.

»Verdammt«, haucht sie. »Ich glaube, ich habe es auch gespürt.«

Sie und Thore starren einander an.

»Los, lass uns von hier verschwinden«, presst Thore leise hervor. »Und vorerst kein Wort zu den anderen. Es ist keinem gedient, wenn Birk und Isabel jetzt durchdrehen.«

Ein stummes Nicken. Panik steht Natascha ins Gesicht geschrieben. Es ist die erste echte Gefühlsregung, die ich an ihr erlebe, und damit habe ich sie unter Kontrolle. Ein weiteres gemeines Wort oder eine arrogante Geste und ich werde ihr umgehend einen Kälteschauer bescheren.

***

Das Buschwerk rund um den See ist so dicht, dass die Gruppe nur langsam vorankommt. Thore und Natascha hatten jedenfalls keine Mühe, die anderen einzuholen.

Ich laufe eine Weile neben Natascha her, die sehr genau darauf achtet, wo sie hintritt, und sich alle paar Schritte nach Thore umguckt. Sie wirkt äußerst verunsichert und scheint ernsthaft besorgt zu sein, dass er verschwinden oder ihm etwas zustoßen könnte.

»Keine Angst, ich bin bei dir«, raunt er, als sie zum ungefähr zehnten Mal anhält und über ihre Schulter zurückblickt. Thore streicht ihr flüchtig über den gesunden Arm. »Es ist alles in Ordnung. Oder nicht?«

»Doch, doch«, erwidert Natascha. »Im Übrigen habe ich keine Angst.«

Ein beinahe zärtlicher Zug legt sich um Thores Augen. »Lügnerin.«

»Okay, du hast mich ertappt.« Natascha schenkt ihm ein verkniffenes Lächeln. »Aber bilde dir bloß nichts darauf ein.«

»Nee, nee. Ich weiß schon ...«, gibt Thore abwinkend zurück. »Du möchtest nicht die Letzte sein und ohne Begleitschutz gehen.«

»Genau.«

Natascha zieht eine Grimasse, dreht sich um und stapft mühsam weiter.

Im Gegensatz zu meinen Kameraden fällt mir das Vorankommen leicht. Zwar reichen mir die Brennnesseln und auch einige Beerenranken bis zu den Hüften hinauf, aber der Kontakt mit ihren Blättern und Dornen ist nicht mehr als ein sanftes Streicheln auf meiner Haut. Außerdem bin ich schnell. Wenn ich wollte, könnte ich mich im Vergleich zu den anderen in der zehnfachen Geschwindigkeit fortbewegen.

Bis zur Mittagszeit zieht der Himmel sich mehr und mehr zu und die Luft wird immer drückender.

»Ich glaube, es gibt heute noch ein Gewitter«, unterbricht Birk das Schweigen, das die Gruppe über eine lange Strecke begleitet hat.

»Das fürchte ich auch«, erwidert Joy. Sie bleibt stehen und pustet sich eine kinnlange Strähne, die sich aus ihrem Zopf gelöst hat, aus dem Gesicht. »Wir sollten uns einen Unterstand suchen«, sagt sie und deutet auf ein Tannenwäldchen, das sich links von uns auftut.

»Das liegt aber nicht auf dem Weg«, sagt Birk, nachdem er einen prüfenden Blick auf den Kompass geworfen hat.

»Da kriegen mich keine zehn Pferde rein«, verkündet Natascha.

»Meinetwegen«, brummt Joy.

»Sie hat recht«, mischt Thore sich ein.

»Klar.« Joy nickt finster. »Wundert mich nicht, dass du ihrer Meinung bist.«

»Was hat denn das eine mit dem anderen zu tun?«, entgegnet Thore, woraufhin Joy ihm einen bedeutungsvollen Blick zuwirft.

»Ist mir scheißegal, was du denkst«, sagt Natascha. »Ich gehe nicht in diesen Wald. Nicht bei Gewitter.«

»Sehr witzig«, blafft Joy und zeigt um sich. »Siehst du hier irgendwas anderes als Wald?«

Thore hat mittlerweile die Wanderkarte hervorgeholt und sich stirnrunzelnd darin vertieft.

»In circa anderthalb bis zwei Stunden erreichen wir eine Felsgruppierung. Vielleicht finden wir dort Schutz.«

»Lass mal sehen.« Birk schiebt sich an Isabel vorbei und baut sich neben Thore auf, muss sich allerdings auf die Zehenspitzen stellen, um ebenfalls auf die Karte schauen zu können. »Woher willst du überhaupt wissen, wo wir gerade sind?«

»Hier ... unmittelbar vor dieser Ebene endet der Wildpfad«, erklärt Thore ihm geduldig. »Dort beginnt der Wald, und das da ist der See, den wir links von uns liegen gelassen haben. Ich vermute mal, dass diese Gruppe eng zusammenliegender Kreuze den Tannenwald markiert. Wenn wir konsequent weiter in Richtung Süden gehen, stoßen wir irgendwann automatisch auf die Felsen.«

Birk zupft mit Daumen und Zeigefinger an seiner Unterlippe. »Hm. Möglich.«

»Ich vertraue ihm«, sagt Joy.

Sie wirft sich ihren Knüppel über die Schulter und geht weiter – und nimmt auf diese Weise offenbar den anderen die Entscheidung ab, da ihr alle, ohne zu zögern, folgen.

Der Wald hat sich inzwischen ein wenig gelichtet, und der Bodenbewuchs besteht nun überwiegend aus einem gelb blühenden knöchelhohen Unkraut und niedrigen Buchen-, Erlen- und Birkenablegern, über die man mühelos hinwegstapfen kann.

Auch ich habe einen Blick auf die Wanderkarte erhascht und bin mir sicher, dass Thore sie richtig gelesen hat – es sei denn, das Ding ist eine Fälschung, die einzig und allein dem Zweck dient, die Gruppe in eine ganz bestimmte Gegend zu führen.

Dass Natascha ihren Willen gekriegt hat, gibt mir wieder zu denken. Mit ihrer Weigerung, den Tannenwald zu betreten, hat sie indirekt die Richtung vorgegeben. Und sie hat es geschafft, dass Thore ihr aus der Hand frisst. Vielleicht haben hier ja nur Topf und Deckel zusammengefunden, aber die Möglichkeit, dass Natascha viel mehr von Psychologie und Manipulation versteht, als man es ihr auf den ersten Blick zutrauen würde, möchte ich trotzdem nicht außer Acht lassen.

Die Felsformation, die Thore nun ansteuern will, scheint mir jedenfalls nicht nur ein geeigneter Ort zu sein, um sich vor einem Gewitter in Sicherheit zu bringen. Ebenso gut könnte mein und Stuckes Mörder dort seinen nächsten Anschlag planen. Und daher entscheide ich, vorauszulaufen und mir besagte Felsen ein wenig genauer anzusehen.

Ich schließe zu Jesper auf, bleibe einen Moment lang neben ihm und versuche, ihm ein wenig Trost zu schicken. *Ich bin hier. Es geht mir gut. Bitte mach dir keine Vorwürfe. Du hast keine Schuld.* Doch meine Gedanken erreichen ihn nicht. Er reagiert mit keiner Miene, sondern trottet nach wie vor mit hängenden Schultern und todtraurigem Gesichtsausdruck hinter Joy her.

Frustriert wende ich mich ab und beschleunige meinen Schritt.

***

Bald habe ich meine Gruppe weit hinter mir gelassen.

Das *Tannenwäldchen* zu meiner Linken zieht sich einige Kilometer in östliche Richtung. Südwestlich davon schließt sich wieder ein Mischwald an, in dem die Bäume mal mehr und mal weniger dicht zusammenstehen, und von dorther verdunkelt sich nun auch zusehends der Himmel.

In der Ferne vernehme ich bereits ein dumpfes Grollen. Nicht mehr lange und die ersten Regentropfen werden auf dieses Waldstück niederprasseln. Ich schaue mich um, aber von Joy und den anderen ist noch immer nichts zu sehen. Dafür entdecke ich etwas anderes. - Eine Hütte!

Sie liegt ein wenig verborgen hinter einer kräftigen Eiche und im Schatten einiger hochgewachsener Nadelbäume in ihrem Rücken. Ich husche darauf zu und stelle fest, dass sie ziemlich heruntergekommen ist. In der Seitenwand fehlen ein paar Bretter, die Tür hängt schief in den Angeln und das Dach scheint auch nicht mehr dicht zu sein. Trotzdem ist es allemal besser, hier unterzuschlüpfen, als sich an einen Felsen zu drücken und zu hoffen, dass der Regen einen nicht völlig durchnässt.

Ich versuche, die Tür zu öffnen, doch meine Hand gleitet an der Klinke ab, ohne dass diese sich auch nur einen Millimeter bewegt. Also umrunde ich die Hütte langsam, spähe durch jedes der drei staubverschmutzten und von Spinnenweben verhangenen Fenster. Das Innere ist mit einem Tisch, ein paar Hockern und einem löcherigen Feldbett eingerichtet. In einem verbeulten Blecheimer rechts neben der Tür stecken eine Schaufel, eine Astschere und ein Schürhaken. Ich bin mir sicher, dass Thore jedes einzelne dieser Geräte sehr genau auf seine Nützlichkeit überprüfen wird. – Vorausgesetzt natürlich, meine Kameraden bemerken diese Hütte überhaupt!

Der Himmel über mir ist nun tiefschwarz und nimmt dem Wald den letzten Rest Licht. Alles wirkt grau und düster und geradezu unheimlich still. Ich laufe zurück zu der Stelle, von der aus ich die Hütte bemerkt habe, und blicke Joy, Jesper und den anderen ungeduldig entgegen.

Noch ist nichts zu hören, doch schon bald dringt das rhythmische Schlagen von Joys Knüppel zu mir vor und kurz darauf vernehme ich auch Stimmen.

»Jetzt wartet doch mal!«, ruft Thore. »Natascha kann nicht so schnell.«

»Dann trag sie doch«, gibt Joy genervt zurück. »Ich habe jedenfalls keine Lust, ihretwegen bis auf die Knochen durchweicht zu werden.«

»Noch regnet es ja nicht«, erwidert Isabel.

»Kann aber jeden Moment losgehen«, brummt Joy.

»Wir tragen sie gemeinsam«, sagt Jesper.

Es ist das erste Mal seit langer Zeit, dass er etwas von sich gibt, und ich bin froh, dass er sich dazu aufraffen konnte, seine Hilfe anzubieten, auch wenn es hier gerade um Natascha geht.

»Das kannst du vergessen!«, keift sie jetzt los. »Niemand fasst mich a…« Sie bricht ab, stößt einen empörten Schrei aus und wettert dann sofort weiter: »Du verdammter Bastard! Das wirst du mir büßen!«

Es folgt ein kurzes Lachen von Thore.

»Auf die Retourkutsche bin ich gespannt«, grunzt er vergnügt. »Wenn es dir lieber ist, kann ich dich aber auch auf Moos und Laub betten. Allerdings gebe ich keine Garantie dafür, dass es sanft geschieht.«

Natascha flucht wie ein Rohrspatz, während das Schlagen von Joys Knüppel nun in einem schnelleren Takt zu hören ist.

Da zuckt der erste Blitz über den Himmel und taucht den Wald für wenige Sekunden in ein gleißend helles, unwirkliches Licht.

»Scheiße!«, brüllt Joy und einen Lidschlag später taucht sie zwischen den Bäumen auf.

Der Knüppel in ihrer rechten Hand schwingt in einem Irrsinnstempo hin und her. Ich frage mich, woher Joy jetzt noch diese Kraft nimmt. Es muss die Angst sein und der unbedingte Wille, so schnell wie möglich einen Unterschlupf zu finden.

Gleich hinter ihr bemerke ich Jesper. Isabel, Birk und Thore, der sich Natascha über die Schulter geworfen hat, hängen ein wenig hinterher.

»Lass mich das machen«, keucht Jesper.

Er versucht, sich an Joy vorbeizudrängen und ihr den Knüppel abzunehmen, doch sie schlägt damit bloß noch umso heftiger um sich.

Mittlerweile ist sie nur noch wenige Schritte von mir entfernt und ich stelle mich ihr entschlossen entgegen. Der Knüppel saust vor mir hin und her, köpft Brennnesseln und wirbelt Blätter und dürre Zweige durch die Luft. Dann trifft er mich an der Schulter. Ich spüre überhaupt nichts, aber Joy kann ihn jetzt nicht mehr halten. Er rutscht ihr aus der Hand und landet knapp zwei Meter von mir entfernt im Gestrüpp.

»Mist!«, flucht Joy, lässt Kopf und Schultern nach vorn fallen und stützt sich keuchend auf ihren Oberschenkeln ab. Sie zittert am ganzen Körper.

»Du bist verdammt stur, weißt du das!«, brummt Jesper, während er den Knüppel aus einem Strauch zieht. »Warum hast du mich nicht vorangehen lassen? Es nützt keinem von uns, wenn du dich überanstren…«

»Weil du schwach bist«, schneidet Joy ihm schwer atmend das Wort ab.

»Was?« Jesper starrt sie an, als müsste er sich verhört haben.

»Du trauerst. Machst dir Vorwürfe. Und du stehst nicht zu deinen Gefühlen.« Joy hebt kurz den Kopf und wirft ihm einen verächtlichen Blick zu. »*Das* macht dich schwach.«

Jesper schnappt nach Luft. Ich kenne ihn, kann in seiner Mimik lesen wie in einem offenen Buch und sehe ihm an, wie gern er jetzt etwas erwidern, sich verteidigen oder rechtfertigen würde. Doch Joy hat seinen wunden Punkt getroffen und ihn komplett außer Gefecht gesetzt.

Mittlerweile haben auch Birk, Isabel und Thore unseren Standort erreicht.

»Was ist los?«, will Thore wissen. Besorgt betrachtet er Joy. »Kannst du nicht mehr?« Und als Joy anstelle einer Antwort nur die Augen verdreht, sagt er: »Bis zu den Felsen ist es bestimmt nicht mehr weit.«

»Das hoffe ich«, brummt Natascha in seinem Rücken.

Da sie kopfüber hängt, ist ihre Haut gut durchblutet. Sie hat ihre Hände fest in Thores Weste gekrallt und drückt sich mit ihrem gesunden Arm möglichst weit von ihm ab. Der Missmut über ihre unglückliche Lage steht ihr ins Gesicht geschrieben.

»Da ist eine Hütte«, sagt Isabel, die um ein Haar durch mich hindurchgelaufen wäre. Sie deutet zum Rand des Tannenwalds.

Birk stapft sofort los. Als er merkt, dass ihm niemand folgt, dreht er sich um und ruft: »Worauf wartet ihr denn noch?«

Ich sehe die skeptischen Mienen von Joy und Thore und

das Misstrauen in Jespers Augen. Nur Isabel scheint über die Aussicht, während des Gewitters ein Dach über dem Kopf zu haben, genauso erfreut zu sein wie Birk.

»Na, kommt schon«, fordert sie die anderen auf und eilt ihm hinterher.

»Alles super!«, ruft Birk, nachdem er die Tür aufgezogen und einen kurzen Blick ins Hütteninnere geworfen hat. »Es gibt sogar ein Bett für Natascha.«

»Vielen Dank für die Fürsorge«, murmelt die und verpasst Thore einen Klaps auf den Hintern. »Hüa hott, Pferdchen. Bring mich in den Stall.«

In diesem Moment zuckt ein zweiter Blitz über den Himmel, begleitet von den ersten Regentropfen.

»Okay«, sagt Joy und schaut zwischen Jesper und Thore hin und her. »Ich bin auch für die Hütte. Zumindest, bis dieses Sauwetter vorüber ist.«

***

Es vergeht nicht einmal eine halbe Minute und der Regen prasselt in dicken Tropfen auf die Baumkronen herab. Kräftige Windböen zerren an den Ästen und lassen die Blätter mächtig rauschen. Weitere Blitze malen ein bizarres Muster in das Schwarz der Wolkendecke und ein erster Donner erschüttert die Atmosphäre.

Jesper ist als Letzter in der Hütte verschwunden und zieht hastig die Tür hinter sich zu.

Ich habe mich entschieden, draußen zu bleiben. Weder der Regen noch die aufgeladene Luft machen mir etwas aus.

Schon als Kind hatte ich keine Angst vorm Gewitter. Im Gegenteil: Ich konnte gar nicht genug davon kriegen.

Auch jetzt breite ich die Arme aus, drehe mich einmal um mich selbst und genieße den Wind, die Regentropfen, die allmählich ihren Weg durch das dichte Blätterdach finden, und das elektrisierende Prickeln, das mich von Kopf bis Fuß durchströmt. Was für ein unbeschreibliches Gefühl!

Für ein paar Sekunden gebe ich mich dem vollkommen hin, dann durchzuckt mich ein Gedanke: Das Gewitter verschafft mir Zeit. Und die werde ich nutzen, um zum Schlund zu laufen. Ich bin schnell. Wenn ich mich richtig ins Zeug lege, benötige ich für die Strecke wahrscheinlich nicht mehr als eine halbe Stunde. Es behagt mir zwar nicht, Jesper, Joy, Isabel, Thore und Birk hier allein mit Natascha zurückzulassen, doch mein Instinkt sagt mir, dass ich am Schlund möglicherweise einen entscheidenden Hinweis finden kann. Dort ist der erste Mord geschehen und dort sind der Fahrer und der Bus verschwunden. Ich kann nicht anders, ich muss einfach noch mal dorthin!

Mit zwei Sätzen husche ich auf die Hütte zu und spähe durch eines der Fenster ins Innere. Thore hat Natascha inzwischen auf das Feldbett gelegt. Während Isabel unterwegs gesammelte Pilze und Beeren auf dem Tisch ausbreitet, begutachten er und Joy nun die Schaufel, den Schürhaken und die Astschere. Birk hat sich auf einem der Hocker niedergelassen und kramt in seinem Rucksack.

Jesper wandert in der Hütte umher. Er nimmt die Decke in Augenschein, sein Blick gleitet in jeden Winkel und seine Finger untersuchen die schadhaften Stellen in den Wänden.

»Direkt an der Tür und unter dem Fenster dort …«, er zeigt auf mich, »könnte es nass werden, aber über dem Feldbett ist alles dicht«, resümiert er, wofür Natascha ihn mit einem dankbaren Lächeln belohnt.

»Schön, dass du wieder bei uns bist«, sagt Thore und tippt sich grinsend an die Schläfe. »Wenn wir hier heil rauskommen wollen, brauchen wir jeden Mann.« Nacheinander deutet er auf den Schürhaken, die Schaufel und die Astschere. »Welche Waffe möchtest du?«

»Waffe?« Stirnrunzelnd betrachtet Jesper die drei Geräte, die Joy neben den Tisch auf den Boden gelegt hat.

»Ich hätte gern die Schaufel«, bittet sie.

Thore nickt und sieht nun Birk fragend an. »Was ist mir dir?«

»Den Schürhaken«, antwortet dieser knapp.

»Bleibt die Astschere«, sagt Thore. Er greift nach ihr und wiegt sie in der Hand. »Ganz schön schwer, das Ding. Ein richtiges Mordinstrument.«

Jesper schüttelt den Kopf. »Ich habe nicht vor, jemanden umzubringen.«

»Auch nicht für Lida?«, kommt es von Natascha.

Jesper mustert sie finster. »Ich wüsste nicht, welchen Sinn das haben sollte.«

»Gut«, brummt Thore. »Dann nehme ich die Astschere und stelle dafür den Klappspaten zur Verfügung.«

»Also, ich fänd's toll, wenn der Mann, der mich liebt, meinen Tod rächen würde«, sagt Natascha.

Joy zuckt nahezu unmerklich zusammen, ansonsten reagiert keiner auf ihre Bemerkung.

»Mir reicht ein Knüppel«, stellt Jesper klar. »Aber vielleicht möchte Isabel ja …« Er dreht sich zu ihr um und bricht ab.

Isabel sitzt tief in sich versunken am Tisch, reiht die Beeren in schnurgeraden Linien aneinander und summt dabei leise vor sich hin.

Thore, Joy, Jesper und Birk sehen einander an. Schließlich zuckt Birk mit den Schultern und widmet sich wieder seinem Rucksack.

»Was suchst du denn?«, will Joy wissen.

»Etwas zu essen«, erwidert Birk. Kurz entschlossen packt er den Rucksack am unteren Ende und leert den gesamten Inhalt mit ein paar kräftigen Schüttelbewegungen auf dem Fußboden aus. »Und wenn es nur ein paar Krümel sind«, murmelt er, gleitet vom Hocker und untersucht jedes Teil einzeln nach Keks- und Knäckebrotresten ab, bevor er es wieder in den Rucksack stopft.

Ich werfe noch einen letzten Blick auf Natascha, die ihren Kopf zur Seite gedreht und die Augen geschlossen hat. Ihr Gesicht ist blass, die Wangenknochen und das Nasenbein zeichnen sich deutlich unter ihrer zarten Haut ab und auf der Stirn glänzen feine Schweißperlen. Mit der gesunden Hand hält sie ihren Arm unterhalb der Schulter fest. Ich glaube, dass Natascha große Schmerzen hat, und plötzlich tut sie mir leid.

»Bist du wirklich die Komplizin eines Mörders?«, wispere ich.

In diesem Moment kann ich es mir nicht mehr vorstellen.

»Du hast zwei Gesichter … oder sogar mehr«, sage ich. »Das weiß ich.«

Und das macht Natascha unberechenbar.

Unberechenbar und gefährlich. Ich bin jedenfalls froh, dass sie fürs Erste außer Gefecht gesetzt ist. Und schon ist der Anflug von Mitleid Vergangenheit.

»Ich finde ihn«, flüstere ich Jesper zu, ehe ich mich abwende und die Schneise zurücklaufe, die Joy mit ihrem Knüppel frei geschlagen hat. »Versprochen.«

Mittwoch, 20. August, Brüggenallee, Ecke Schumannstraße

Claudia Milders steigt die beiden Stufen bis unter das Vordach hinauf. Sie schüttelt ihren Schirm aus, klappt ihn zusammen und lehnt ihn zwischen Eingangstür und Erkermauer gegen die weiß verputzte Außenwand.

Sie streicht sich flüchtig übers Haar und nimmt eine aufrechte Haltung an. Wahrscheinlich ist es falsch, Stens ehemaliger Freundin so gegenüberzutreten, aber Claudia Milders weiß, sie würde die Fassung verlieren, wenn sie ihre Gefühle offen zeigt. Sie muss das Mädchen mit Worten überzeugen. An ihren Verstand appellieren. Sie drückt auf die Klingel. Wartet. Und ist froh, dass es Katja selbst ist, die ihr öffnet.

»Oh!«

»Ja, ich bin es«, sagt Claudia Milders. Sie räuspert sich. »Hallo, Katja. Hast du einen Augenblick Zeit für mich?«

Das Mädchen nickt. Macht einen Schritt zurück in die großzügig geschnittene Diele. »Klar.« Mit einer zögernden Geste bittet es sie herein. »Es ist wegen Sten, nicht? Wie geht es ihm?«

Claudia Milders beschließt, keine Umschweife zu machen. »Er liegt im Koma.«

»Oh!«

»Ja.«

Schweigen.

Stens Mutter mustert den Boden. Große hellgraue Granitplatten mit dunklen Einschlüssen.

»Ich weiß, dass ihr euch getrennt habt«, sagt sie schließlich.

»Dann wissen Sie vielleicht auch, dass ich ... und Jan ...?«

Claudia Milders hebt den Blick. Große hellblaue Augen sehen sie an. Die Unterlider füllen sich mit Tränen.

Nein, das wusste sie nicht. Über solche Dinge hat Sten nicht mir ihr geredet. Weder mit ihr noch mit seinem Vater.

»Es tut mir leid«, sagt sie und wendet sich der Tür zu. »Ich glaube, es ist besser, wenn ich jetzt gehe.«

»Ja?«

Katjas Stimme zittert. Etwas ist anders an diesem Mädchen. Die Haare sind kürzer als früher. Und ein wenig zugenommen hat sie auch.

»Du bist meine letzte Hoffnung ... gewesen«, sagt Claudia Milders.

Und dann verliert sie doch die Fassung.

Mittwoch, 20. August, in der Nähe der Fallen

Ich fliege geradezu durch die Schneise, umrunde in rasender Geschwindigkeit den See, haste über die Ebene in das nächste Waldstück hinein und springe kurz darauf in einem langen Satz über die Fallgrube, in die Birk gestürzt war.

Über mir grollt der Donner. In immer kürzeren Abständen entladen sich die Blitze am Himmel, knapp zwanzig Meter von mir entfernt fährt einer in eine kräftige Tanne. Ich spüre, wie der Boden vibriert, und halte für einen Augenblick inne, weil ich mir das Schauspiel nicht entgehen lassen will.

Für einen Moment steht die Tanne noch kerzengerade da. Ihre Äste wogen im Wind. Es wirkt auf mich, als würden sie verzweifelt Halt suchen. In der nächsten Sekunde bricht der mächtige Stamm in der Mitte auseinander und die Tanne fällt krachend zu Boden.

Ich laufe weiter und halte meine unmittelbare Umgebung dabei fest im Auge. Hin und wieder drehe ich mich einmal um mich selbst. Nichts entgeht mir. Kein flüchtendes Wild. Kein herabstürzender Ast. Nicht die kleinste Bewegung.

Und mit einem Mal sehe ich ihn.

Obwohl ich weiß, dass er mich nicht wahrnehmen kann,

gehe ich instinktiv in Deckung. Hocke mich zwischen ein paar dichte Farnbüsche und starre ihm entgegen. Er kommt aus der Richtung, die auch unsere Gruppe am Sonntag vom Ausgangspunkt genommen hat, und bewegt sich mit hastigen Schritten auf mich zu.

Der Fahrer des VW-Busses ist es eindeutig nicht, und für jemanden, der sich versteckt halten muss, ist er eigentlich zu auffällig gekleidet, nämlich mit einem leuchtend grünen T-Shirt. Mehr kann ich von ihm noch nicht erkennen, nur dass er verdammt jung ist.

Sein Alter, vor allem aber die Schnelligkeit, mit der er sich fortbewegt, machen mich stutzig. Irgendetwas stimmt nicht mit ihm. Und da er mich ohnehin nicht sehen kann, gebe ich meine Deckung auf und trete ihm entschlossen in den Weg.

Augenblicklich hält er in seinem Lauf inne. Ich registriere, dass das grüne T-Shirt auf der rechten Brustseite mit einem Converse-Abzeichen verziert ist, der Typ eine verwaschene Jeans trägt und barfuß wie ich durch den Wald läuft. Der Regen und das Gewitter scheinen auch ihn nicht zu kümmern. Überrascht blickt er mich an.

»Kannst du mich sehen?«

Seine Stimme hat einen etwas rauen Klang.

Im ersten Moment weiß ich nicht, was ich sagen soll. In meinem Kopf fliegt alles durcheinander, und ich habe das Gefühl, als würde mir das Herz bis zum Hals hinauf klopfen.

»U-und du mich … auch?«, stammele ich.

Er schluckt. Und nickt. Zaghaft.

Das dunkle Haar steht ihm wild vom Kopf ab und aus seinen bernsteinfarbenen Augen sieht er mich neugierig an.

»Dann bist du also auch … tot?«, wispere ich.

Er zuckt mit den Schultern und setzt sich langsam wieder in Bewegung. »Weiß nicht. Ich hatte einen Autounfall … Und du?«

»Ähm, ich … ich bin ertrunken«, antworte ich nach einem kurzen Zögern. Solange ich nicht weiß, wer dieser Typ ist, und ich mir nicht sicher sein kann, dass er mir keine Lügen erzählt, halte ich es für besser, ihm nicht zu sagen, was tatsächlich mit mir geschehen ist. Ich deute über meine Schulter zurück. »Ein paar Kilometer weiter südlich befindet sich ein See.«

»Oh! Und du bist hineingegangen, obwohl du nicht schwimmen kannst?«

»Nein … Also, natürlich kann ich schwimmen«, erwidere ich. »Es ist nur so … Manchmal kriege ich Panik, weil ich mir vorstelle, dass sich irgendetwas Gruseliges unter mir befindet.«

»Zum Beispiel ein Hai?«

»In einem See?« Ich schüttele den Kopf.

Ein schiefes Lächeln zupft an seinen Mundwinkeln und er macht einen weiteren Schritt auf mich zu. Mittlerweile trennen uns nur noch drei oder vier Meter. »Oder ein Krokodil?«

»Nein«, sage ich. »Ich habe dabei eigentlich eher an ein richtiges Monster gedacht.«

Jetzt müssen wir beide grinsen.

Was für ein Irrwitz! Ein Junge und ein Mädchen stehen

sich mitten in der Wildnis im strömenden Regen gegenüber. Sie kennen einander nicht, sie sind tot … und haben nichts Besseres zu tun, als dumme Witze zu reißen.

Offenbar denkt er das Gleiche wie ich, denn nun verschwindet das Lächeln aus seinem Gesicht und er mustert mich mit äußerst besorgter Miene. »Ich glaube, ich habe dich schreien gehört.«

»Mich? Wann?«

»Das kann ich dir nicht genau sagen. Seitdem ich hier in diesem Moor und dem Wald unterwegs bin, habe ich jedes Zeitgefühl verloren.«

Ich runzele die Stirn. »Moor?«

Er nickt. »Genau. Das Milberger Moor. Es liegt direkt hinter dem Stadtklinikum.«

»Was?«, hauche ich, denn das, was mir in diesem Moment durch den Kopf schießt, kann kaum möglich sein. »Ich glaube, ich kenne das Milberger Moor.«

»Ja, natürlich.« Wieder lächelt er, diesmal wirkt es jedoch ein wenig so, als würde er an meinem Verstand zweifeln. »Wärst du sonst hier schwimmen gegangen?«

»Nein … ähm, doch …« Für ein paar Sekunden habe ich das Gefühl, ohnmächtig zu werden, bis mir mein Verstand sagt, dass einer Toten so etwas wohl kaum passieren kann. Aber dann fällt mir ein, dass ich letzte Nacht gegen einen Baum gerannt und anschließend in dieses seltsame schwarze Loch gefallen bin. Ist das etwa keine Ohnmacht gewesen?

»In welcher Stadt wohnst du?«, frage ich verwirrt.

»In Lemberg, Kreis Mayenpfalz. Dreiundfünfzigtausend Einwohner …«

»Aber das kann nicht sein«, falle ich ihm ins Wort.

»Ach ja, und wieso nicht?«, gibt er fast ein wenig empört zurück. »Ich werde ja wohl wissen, wo ich wohne.«

»Ja, klar. Entschuldigung«, stammele ich, während ich den Blick senke und die Welt nicht mehr verstehe. »Letzten Samstag sind mein Freund und ich auf dem Parkplatz am Rippetalstaudamm mit verbundenen Augen in einen VW-Bus gestiegen, stundenlang durch die Gegend gekarrt und abends dann ein paar Hundert Meter nördlich von dieser Stelle ausgesetzt worden. Ich meine, ich dachte, wir wären sonst wo gelandet! Ich habe doch nicht im Traum damit gerechnet, dass ...«

Ich breche ab, als ich seinen verstörten Blick bemerke.

»Wie heißt du?«, will er wissen.

»Lida«, sage ich. »Lida Donelly. Ich wohne in der Willkenstraße. Allein mit meiner Mutter.«

»Und dein Freund?«

»Du meinst Jesper?«

Er nickt. »Wenn er so heißt ...«

»Er ist nicht mein Freund. Jedenfalls nicht mehr«, korrigiere ich mich, als mir bewusst wird, wie konfus meine Worte klingen müssen.

»Aber letzten Samstag, da war er es noch?«

»Ja. Hör zu«, fahre ich fort, »ich weiß, dass sich das alles ein bisschen verrückt anhört ...«

»*Ziemlich* verrückt«, bestätigt er.

»Es gibt aber eine ganz einfache Erklärung«, beeile ich mich hinzuzufügen.

Ich bin so unglaublich froh, dass ich diesen Jungen getroffen habe, und möchte um jeden Preis verhindern, dass er mich für eine Irre hält. Also berichte ich nun doch etwas ausführlicher von Jespers Idee mit der Blind-Walk-Tour, von Individual Adventures und den einzelnen Mitgliedern unserer kleinen Truppe, von Stuckes Tod und unseren ersten Tagen hier im Wald. Zum Schluss revidiere ich sogar meine Notlüge von eben und erzähle ihm stockend, was mir in der Tiefe des Sees wirklich zugestoßen ist.

Aufmerksam lauscht er meiner Schilderung. Er unterbricht mich nicht ein einziges Mal.

»Und das nennst du einfach«, sagt er erst, nachdem ich meinen Bericht beendet habe.

»Du glaubst mir also?«

»Ja, wieso nicht?« Er wendet den Blick ab und kratzt sich im Nacken. »Es ist zwar eine Horrorstory, die du mir da auftischst, aber ...«

»Ich tische dir gar nichts auf«, verteidige ich mich. »Alles, was ich dir erzählt habe, ist die Wahrheit. Komm mit, und ich zeige dir die Gruppe, mit der ich unterwegs bin ... Ich muss sowieso zurück und nachsehen, ob alles in Ordnung ist ... oder ob ...«

Er lässt mich nicht ausreden. »Ich bin auch schon eine ganze Weile hier. Und ich habe niemanden bemerkt. Weder eine Leiche noch jemanden, der ein Mörder sein könnte.«

»*Mein* Mörder«, präzisiere ich und plötzlich bricht sich die ganze, bisher unterdrückte Verzweiflung in mir Bahn. »Kapierst du, es ist mir völlig egal, was du denkst, denn *ich* habe ihn gesehen«, stoße ich mit schriller Stimme hervor. »Er war dort unten im See. Zwar konnte ich sein Gesicht nicht erkennen, ABER ER WAR DA ... und hat mich mit einem Seil gefangen gehalten. Ich habe mich natürlich mit aller Kraft gewehrt. Und zuerst dachte ich ja auch, dass ich mich befreit hätte. Es hat eine ganze Weile gedauert, bis ich kapiert habe, dass ich nicht entkommen bin ... sondern nur mein Geist ... oder meine Seele.«

Die Bilder meines Überlebenskampfes flammen in mir auf und ich schlage mir die Hände vors Gesicht.

»Es tut mir leid«, wispert er, und ich bilde mir ein, eine kurze warme Berührung an meinem Arm zu spüren. »Ich glaube dir, Lida. Ehrlich. Es ist nur so, dass ich mir den Tod immer irgendwie anders vorgestellt habe.«

Ich lasse die Hände sinken und sehe ihn an. Er steht nun so nah vor mir, dass ich jede einzelne Pore in seinem Gesicht ausmachen kann. Sein Blick, seine ganze Erscheinung, alles an ihm wirkt so lebendig, dass es mit dem normalen Verstand kaum zu fassen ist.

»Ich auch«, bringe ich mühsam hervor.

Schweigend sehen wir uns an.

»Also gut«, sagt er schließlich. »Ich komme mit und helfe dir, auf deine Freunde aufzupassen.« Er hebt die Schultern und grinst schief. »Ich hab gerade sowieso nichts Besseres vor.«

Ich nicke und mustere ihn nun ganz offen. Schmales Gesicht, hohe Stirn, dieses störrische dunkle Haar, das mich ein wenig an einen Bärenpelz erinnert, geschwungene Lippen und ein warmer, aber etwas unergründlicher Blick.

»Wie heißt du?«

Wieder zupft ein Lächeln an seinen Mundwinkeln. »Hängt

davon etwa ab, ob du mich dabeihaben willst oder nicht?«, erwidert er.

»Klar«, sage ich. »Jemanden, der Traugott heißt, könnte ich unmöglich in meiner Nähe ertragen. Eusebius wäre ebenfalls ganz schlecht oder ...«

»Mein Name ist Sten.«

Unsere Blicke verhaken sich kurz.

»Sten ist okay«, sage ich schließlich, drehe mich um und laufe los.

Mittwoch, 20. August, Stadtklinikum Süd

Er wartet, bis seine Kollegen die Nachmittagsvisite beendet haben, nickt einen Gruß und tritt dann ganz selbstverständlich an ihnen vorbei durch die gläserne Schiebetür.

Die Schwester kontrolliert gerade Schläuche, Verbindungen und die Spritzpumpen. Als sie seine Schritte vernimmt, dreht sie sich um.

Er lächelt sie an, würdigt jedoch den blassen Jungen, der hinter ihr im Intensivbett liegt und dessen dunkles Haar sich wie das zerzauste Fell eines Neufundländers von der weißen Bettwäsche absetzt, kaum eines Blickes.

»Irgendwelche Neuigkeiten?«

Sie lächelt ebenfalls. Kurz. Dann schüttelt sie den Kopf.

»Nein. Allerdings hat seine Mutter angerufen. Vor einer halben Stunde. Es wird einen letzten Versuch geben.«

»Wann?«

»Das steht noch nicht fest«, erwidert sie mit einem bedauernden Achselzucken.

Durch den Mundschutz, der die gesamte untere Hälfte ihres Gesichts verdeckt, wirken ihre grünen Augen noch sinnlicher.

Er denkt an den bevorstehenden Abend und hat Mühe, sein Verlangen zu unterdrücken.

»Und welcher Art ist dieser ... Versuch?«, erkundigt er sich nach einem Räuspern.

»Seine Ex«, sagt sie. »Der Junge soll sehr an ihr gehangen haben.«

»Hm.« Er hebt seine Hand und berührt flüchtig ihren Mundschutz, dort, wo er ihre Lippen vermutet. Sie zuckt zurück und er lässt seinen Arm hastig wieder sinken. »Ich kann mir nicht vorstellen, dass diese Begegnung positive Erinnerungen in ihm hervorrufen wird.«

»Kommt darauf an, was sie ihm sagt«, gibt die Schwester zurück.

Er macht eine unwillige Geste. »Sie wird ihm wohl kaum einen Neuanfang versprechen.«

»Das kann man nie wissen«, entgegnet sie. »Vielleicht hat dieses Mädchen ja Schuldgefühle. Oder sie merkt erst jetzt, da er zu sterben droht, wie wichtig er ihr ist.«

»Wie auch immer«, brummt er. »Wir haben nicht mehr viel Zeit.«

»Das ist mir klar.« Sie sieht ihm fest in die Augen. »Stens Eltern werden auch nicht lange warten wollen. Und ich ... Ich werde es so einrichten, dass der Besuch dieses Mädchens in meine Schicht fällt, damit ich dabei sein und ...«

»Das ist mir zu riskant«, unterbricht er sie und nickt in Richtung Perfusoren. »Wir werden die Dosis erhöhen. Egal, was dieses Mädchen ihm zuflüstert, Sten Milders darf nicht wieder aufwachen.«

Mittwoch, 20. August, zurück zur Waldhütte

Das Grummeln des Gewitters verzieht sich allmählich, und auch der Regen hat nachgelassen, nur die Nässe, die sich in den Bäumen verfangen hat, tropft noch auf den Waldboden nieder.

Sten hat geschworen, dass er auf seinem Weg von der Stadtklinik durch das Milberger Moor bis hierher niemanden gesehen hat, und es gibt keinen Grund, ihm nicht zu glauben. Die Wahrscheinlichkeit, in der Nähe des Schlundes auf Stuckes Mörder zu stoßen, wäre also sehr gering gewesen.

Voller Unruhe richte ich meine Überlegungen auf Jesper, Joy und die anderen. Ich frage mich, ob sie bereits aufgebrochen sind oder ob sie vielleicht sogar beschlossen haben, die Nacht in der Hütte zu verbringen.

Was, wenn Natascha ihre Verletzung bewusst provoziert hat, um das Fortkommen der Gruppe zu behindern? Sie hat gesehen, dass Birk das Messer in den Händen hielt, und sie wusste, wie leicht er zu reizen ist. Wahrscheinlich hat sie eine so schwerwiegende Wunde nicht einkalkuliert, sondern eher damit gerechnet, dass Birk ihr nur ein paar harmlose Kratzer zufügt.

Verdammt! Wie habe ich all das nur außer Acht lassen können!

Wenn Natascha nämlich tatsächlich Teil dieses kranken Plans ist, womöglich alle Teilnehmer der Blind-Walk-Gruppe umzubringen, dann kennt sie sich in dieser Gegend nicht nur aus, sondern hat auch von der Existenz dieser kleinen heruntergekommenen Hütte gewusst!

»Sten«, keuche ich. »Wir müssen uns beeilen.«

Die Angst, einen furchtbaren Fehler gemacht zu haben, indem ich die anderen mit Natascha zurückließ, lässt eine eiskalte Übelkeit in mir aufsteigen.

Sten antwortet nicht, und ich vernehme weder seine Schritte noch das Rascheln der Gräser, die seine Jeans streifen, aber ich spüre, dass er unmittelbar hinter mir ist.

Ohne noch etwas zu sagen oder mich nach ihm umzusehen, rase ich nun, so schnell ich kann, durch den Wildwuchs, an dem See vorbei und auf den Tannenwald zu.

Wieder achte ich auf jedes noch so unauffällige Geräusch, ordne jede Bewegung, die mir ins Auge fällt, blitzschnell zu, und atme auf, als wir endlich die Hütte erreichen.

Still und friedlich liegt sie da, nicht wie ein Ort der Gefahr, sondern eher wie einer, der Geborgenheit verspricht.

Absolut trügerisch.

»Glaubst du, sie sind noch da drin?«, wispert Sten.

Er ist unmittelbar neben mir stehen geblieben und blickt nicht weniger angespannt als ich zu dem kleinen Holzhaus hinüber.

»Das werden wir gleich wissen«, raune ich und bin bereits im Begriff weiterzulaufen, doch Sten hält mich zurück.

»Warte! Wir sollten uns überlegen, was wir tun, wenn …«

Er stockt.

Ebenso wie ich starrt Sten auf seine Hand, die über meinem Unterarm schwebt. Obwohl er mich nicht anfasst, spüre ich den sanften Druck seiner Finger und die Wärme seines Körpers deutlicher und intensiver als jede Berührung von Jesper, Mam oder einem anderen Menschen zuvor.

Ich hebe meinen Blick und sehe ihn an. Wüsste ich nicht absolut sicher, dass ich gestern Morgen in diesem gottverdammten See ertränkt worden bin, würde ich schwören, dass mir das Blut in tosenden Wellen durch die Adern peitscht.

Du bist tot, Lida. Tot. Tot. Tot.

»Wenn ich in den Körper eines lebendigen Menschen eintauche, fröstelt er«, sagt Sten leise und sieht mich nun ebenfalls an. »Ich habe es in der Klinik bei einer der Krankenschwestern ausprobiert.«

»Ja.« Ich nicke. »Ich auch. Bei Thore, Natascha und Jesper …«

»Deinem Freund.«

»Verdammt, das ist er nicht mehr.«

»Schon gut«, beschwichtigt Sten. Er mustert mich stirnrunzelnd. »Aber du willst ihm trotzdem helfen?«

»Natürlich will ich das! Ihm und Joy und Isabel und Birk und Thore! Oder würdest du sie etwa in die Falle eines Mörders tappen lassen, nur weil du sie erst seit ein paar Tagen kennst und dein Freund dir einfach mal so nebenbei eröffnet hat, dass er …?

»Was?«

»Erzähle ich dir später … Vielleicht«, füge ich hastig hinzu.

»Sorry. So war das nicht gemeint. Du musst mir gar nichts erklären, okay?«

»Okay.« Ich nicke und versuche, mich zu beruhigen. Keine Ahnung, warum die Emotionen gerade so in mir hochkochen. Eigentlich habe ich die Geschichte mit Jesper doch längst hinter mir gelassen.

»Wir können diesen Kerl aufhalten«, sagt Sten. »Gemeinsam. Zumindest könnten wir es probieren.«

Ich nicke abermals. Dabei mag ich mir im Moment gar nicht vorstellen, wie es sein wird, wenn Sten und ich *zusammen* in den Körper eines Menschen treten.

»Na los, komm schon«, fordert er mich auf und setzt sich in Bewegung.

Nach kurzem Zaudern husche ich an ihm vorbei und auf das Fenster zu, durch das ich vorhin schon in die Hütte geschaut habe. Ich lasse Sten genügend Platz, sich neben mich zu stellen und ebenfalls ins Innere zu spähen.

Außer Natascha, die mit geschlossenen Augen auf dem Feldbett liegt, hocken oder stehen alle um den Tisch herum.

»Wer ist dafür, bis morgen zu bleiben?«, fragt Thore.

Er und Isabel heben die Hand.

»Wer dagegen?«

Joy und Birk geben ihr Zeichen.

Thore nimmt Jesper ins Visier. »Und was ist mit dir?«

»Ich enthalte mich.«

»Toll!«, fährt Thore ihn an. »Ein Mann, eine Meinung. Das nenne ich Tatkraft und Entscheidungsfreudigkeit.«

»Ich habe keine Ahnung, was besser ist«, gibt Jesper unwirsch zurück. Er sieht kurz zu Natascha und wendet sich dann wieder Thore zu. »Ich finde, *sie* sollte es entscheiden.«

»Ich will euch nicht aufhalten«, kommt es müde von Natascha.

»Heißt das, wir sollen dich hier liegen lassen?«, poltert Jesper.

»Wär vielleicht gar keine so schlechte Idee«, meint Joy, woraufhin sie sich einen finsteren Blick von Thore einfängt.

»Nein, im Ernst«, sagt Natascha. »Ohne mich kommt ihr schneller voran. Womöglich sind wir sehr viel näher an einem Ort, als wir ahnen. Ihr könntet einen Notarzt alarmieren und der würde dann vielleicht einen Hubschrauber schicken.«

»Vergiss es«, brummt Thore. »Auf der Karte ist kein Ort eingezeichnet.«

»Ist denn die Hütte markiert?«, erkundigt sich Birk ein wenig genervt.

»Ähm, Moment ...« Thore zieht die Karte aus seiner Westentasche, breitet sie auf dem Tisch aus und lässt in gewohnter Manier seinen Finger darübergleiten. »Nein«, sagt er schließlich und schüttelt den Kopf. »Hier sind die Felsen und dort befindet sich der Tannenwald. Demnach müsste sich hier irgendwo ...«, er macht eine kreisförmige Bewegung mit dem Zeigefinger, »... die Hütte befinden.«

Joy beugt sich über Thores Schulter und fixiert das von ihm eingegrenzte Areal mit zusammengekniffenen Augen. »Ich weiß nicht«, murmelt sie. »Irgendwie trau ich dem Braten nicht.«

Jesper sieht sie fragend an. »Wie meinst du das?«

»Na, überlegt doch mal!« Joy richtet sich wieder auf und schaut von einem zum anderen. »Wir haben es mit einem Mörder zu tun ... einem Psychopathen! Das Handy hat schon nichts getaugt ... Wer also garantiert uns, dass die Karte echt ist?«

»Niemand«, bestätigt Jesper schulterzuckend.

»Das Messer *ist* echt«, meldet sich Natascha zu Wort.

Der für sie so typische ironische Tonfall weicht einem gequälten Stöhnen. Schmerzgeplagt verzieht Natascha das Gesicht.

Sofort ist Isabel mit einem Stück Weidenrinde aus einem der drei Vorratsbeutel, die mittlerweile an ihrem Rucksack baumeln, zur Stelle. »Hier! Kau noch ein wenig davon.«

»Bleib mir bloß mit diesem Zeug vom Leib.« Angewidert dreht Natascha sich von ihr weg. »Lieber fress ich meine Schuhsohlen, als dass ich auch nur noch ein einziges Stück von dieser ekelhaften Baumrinde auslutsche.«

»Wie du willst«, gibt Isabel gleichmütig zurück und schiebt sich das Weidenstück zwischen die Lippen. »Früher oder später werdet ihr alle um jedes Blatt froh sein, mit dem ihr eure knurrenden Mägen füllen könnt.«

»Ich habe keinen Hunger«, presst Natascha hervor.

»Bei dir geht es ja auch um die Schmerzen«, erwidert Isabel. »Aber du musst schließlich selber wissen, ob du etwas dagegen tun willst oder nicht.«

Natascha verdreht stöhnend die Augen. »Das sagst ausgerechnet du! Wer hat denn seine Medikamente vergessen, he?«

Isabel antwortet nicht, sondern tut so, als hätte sie die

Frage gar nicht gehört. Mit leicht verklärter Miene lehnt sie sich gegen die Hüttenwand und rutscht daran zu Boden. Träge schlägt sie ihre Beine unter und knabbert gedankenverloren auf der Rinde herum.

»Was ist denn mit ihr?«, raunt Sten.

»Meinst du Isabel oder Natascha?«

»Wenn das Mädchen auf dem Feldbett Natascha ist, meine ich Isabel. Wofür braucht sie Medikamente?«

»Sie ist Epileptikerin«, sage ich.

»Oh!« Sten zieht die Mundwinkel ein. »Hatte sie schon einen Anfall?«

»Einen sicher. Wahrscheinlich sogar zwei.«

»Wann?«

»Weiß nicht mehr genau«, entgegne ich. »Den ersten gleich am zweiten Tag und den letzten gestern, glaube ich.« Oder ist das ebenfalls bereits vorgestern gewesen? »Mein Zeitgefühl scheint auch ein wenig unter meinem momentanen Aggregatzustand gelitten zu haben«, setze ich entschuldigend hinzu.

»Aggregatzustand!« Sten betrachtet mich grinsend. »Du bist echt witzig, weißt du das?«

»Tja, das liegt dann wohl an dir«, gebe ich schulterzuckend zurück.

Auf jeden Fall tut es gut, jemanden zur Seite zu haben, dem es ähnlich geht wie mir und mit dem ich reden kann.

»Okay«, sagt Sten gedehnt und das goldene Funkeln, das bei jedem Lächeln in seinen Augen aufblitzt, erlischt, »dann jetzt mal im Ernst: Glaubst du, dass sich unser Aggregatzustand möglicherweise noch weiter verändert? Dass wir immer … ähm, durchsichtiger werden und irgendwann ganz verschwinden?«

Ich runzele die Stirn. »Findest du mich durchsichtig?«

»Nee.« Stens Blick wandert langsam an mir hinab, bleibt einen Moment an meinen nackten Füßen hängen und tastet sich dann ebenso gemächlich wieder bis zu meinem Gesicht herauf. »Für mich bist du sogar ziemlich präsent.«

»Dito«, sage ich und wende mich hastig dem Fenster zu, damit Sten nichts von meiner Verlegenheit mitbekommt. »Es ist wirklich zu dämlich, oder?«, stoße ich aus. »Wenn wir die Tür öffnen und in die Hütte hineinspazieren könnten … einen der Rucksäcke auskippen oder die Karte zusammenfalten und …«

»Was? Vor ihren Augen?« Sten lacht leise auf. »Du bist ja verrückt!«

»Schon möglich«, murmele ich.

Obwohl ich es gar nicht will, richte ich meinen Blick unwillkürlich auf Jesper.

»Liebst du ihn eigentlich noch?«, fragt Sten.

»Keine Ahnung«, antworte ich unwirsch. »Und wenn schon! Es interessiert ja sowieso niemanden mehr.«

Aus den Augenwinkeln registriere ich, wie Sten die Lippen schürzt.

»Ist es wegen Natascha?«

»Wie kommst du denn darauf?«, gebe ich überrascht und auch ein wenig verärgert zurück.

»Na ja, weil er sie die ganze Zeit so ansieht.«

»Er macht sich eben Sorgen um sie«, erwidere ich. »Ist doch klar. Denkst du, den anderen geht es nicht so?«

»Allerdings. Das Mädchen mit dem Zopf zum Beispiel kann Natascha nicht ausstehen.«

»Gut beobachtet«, pflichte ich Sten bei. »Joy mag sie ebenso wenig wie Birk oder ich. Isabel ist eigentlich zu allen gleich nett. Thore hat sich in Natascha verknallt und Jesper ... Na ja, der fand sie anfangs auch ziemlich toll, glaube ich. Das ist aber nicht der Grund dafür, dass ich Schluss gemacht habe. Zumindest nicht direkt.«

Sten hebt abwehrend die Hände. »Du musst mir gar nichts erzählen. Und ich werde auch nicht nachbohren. Versprochen.«

»Also gut«, seufze ich. »Jesper und ich sind ein halbes Jahr zusammen gewesen. Eigentlich wollte er mich bei diesem Event gar nicht dabeihaben. Na ja, und kaum waren wir hier, kommt er damit raus, dass er unsere Beziehung nie so ernst genommen hat wie ich.«

»Vielleicht hat er's geahnt.«

»Was?«

»Dass dir etwas Schreckliches zustoßen würde.«

»Quatsch!«

»Wieso denn?«, entgegnet Sten. »Manchmal hat man solche Dinge einfach im Gefühl, ohne dass es eine rationale Erklärung dafür gibt. Oder kennst du das etwa nicht?«

»Nein«, sage ich viel zu schnell und ohne ernsthaft darüber nachzudenken. Jesper betreffend will ich so etwas sowieso nicht gelten lassen. »Er wollte mich nicht dabeihaben, weil er vorhatte, sich ohne mich zu amüsieren. So ist das.«

»Autsch!« Sten betrachtet mich mitfühlend. »Das tut weh.«

»Ja, verdammt. Und jetzt möchte ich nicht mehr darüber reden. Okay?«

Sten nickt. »Kann ich verstehen … Versteh ich sogar sehr gut«, setzt er leise und mehr zu sich selbst hinzu.

Nacht von Mittwoch auf Donnerstag,
den 21. August, Waldhütte

In der Nacht klart der Himmel auf. Sterne beginnen zu funkeln und eine tief stehende Mondsichel schimmert durch die Blätter der Baumkronen hindurch.

Nachdem die Gruppe beschlossen hat – am Ende stimmten vier dafür und zwei dagegen –, erst am nächsten Morgen weiterzuziehen, ist in der Hütte Ruhe eingekehrt. Thore, Isabel und Birk haben sich auf ihren Isomatten schlafen gelegt, Joy und Jesper schieben Wache. Um es einigermaßen bequem zu haben und sich anlehnen zu können, haben sie ihre Hocker an die Hinterwand gerückt. Und dort sitzen sie nun, gestützt auf Schaufel und Knüppel, mit Gesichtern, aus denen man Erschöpfung, Angst und Verzweiflung herauslesen kann, und starren auf die geschlossene Hüttentür, unter deren rostige Klinke Thore zuvor den Spaten geklemmt hat.

»Hast du eine Ahnung, wie groß dieses Gebiet ist?«, frage ich Sten.

»Leider nicht«, erwidert er seufzend. »Alles, was ich darüber weiß, ist, dass es unter Naturschutz steht. Im Erdkundeunterricht spricht man über alles Mögliche … Savannen, Klimazonen, die Anden oder den Amazonas, aber idiotischerweise nicht über das, was direkt vor der Haustür liegt.«

Ich seufze ebenfalls, denn in diesem Punkt muss ich ihm recht geben.

Da Joy und Jesper sich auf die Tür konzentrieren, haben Sten und ich entschieden, unser Augenmerk auf die Hinterseite der Hütte und den Tannenwald zu legen, und uns auf den Verschlag neben der Hütte gehockt, in dem das Feuerholz gestapelt ist.

»In der Grundschule haben wir mal einen Ausflug ins Milberger Moor gemacht«, sage ich dann. »Ich glaube, es war in der dritten Klasse. Und damals hat unsere Lehrerin auch von diesem riesigen Waldgebiet erzählt, das unmittelbar daran anschließt.«

»Hmm.« Sten nickt. »Wenn mich meine Erinnerung nicht täuscht, war es vor zehn Jahren zumindest partiell für die Öffentlichkeit zugänglich. Es gab ein paar Spazierwege ...«

»Es muss auch jetzt noch für die Öffentlichkeit zugänglich sein«, unterbreche ich ihn. »Wie hätten die beiden Männer von IA uns sonst in einem Kleinbus bis hierher bringen können?«

»Das ist in der Tat merkwürdig«, meint Sten, nachdem ich ihm den Beginn der Tour und unsere Ankunft in der Wildnis noch einmal in aller Ausführlichkeit geschildert habe. »Vielleicht befindet sich ja ein Teil dieses Areals in Privatbesitz.«

»Dieser Gedanke ist uns auch schon gekommen.«

»Und er ist gar nicht so abwegig. Um vom Moor in diesen

Wald zu gelangen, musste ich über einen Zaun steigen ... und ich bin an einem unbewohnten Bungalow vorbeigekommen.«

»Was?« Fassungslos starre ich Sten an. »Wieso erzählst du mir das erst jetzt? Selbst wenn du keiner Menschenseele begegnet bist ... der Bungalow könnte doch ein Hinweis auf Stuckes und meinen Mörder sein!«

»Er ist eindeutig unbewohnt«, betont Sten.

»Was macht dich da so sicher?«

»Ich habe nachgeschaut.«

»Du warst also drin?«

Sten legt den Kopf in den Nacken und stöhnt leise.

»Natürlich nicht. Wir können keine Türen oder Fenster öffnen, schon vergessen?«

»Demnach sind die Fenster also alle noch heil?«, vergewissere ich mich.

Ich erwarte ein Kopfschütteln, ein Nicken oder am ehesten noch ein Schulterzucken, aber Sten reagiert überhaupt nicht, sondern guckt wie hypnotisiert in den Sternenhimmel hinauf.

»He, was ist los? Bist du eingeschlafen?«, scherze ich.

»Was?« Sten schreckt zusammen, so als hätte ich ihn aus dem Tiefschlaf geholt. »Äh ... Natürlich nicht.«

Mit einem Ruck wendet er sich mir zu. Seine Miene ist todernst.

»Es ist nur ... Ich höre manchmal Stimmen. Du nicht?«

»Nein. Was für Stimmen?«

»Fremde ... aber auch vertraute ... Zum Beispiel die von meiner Mutter oder meinem Vater ... von dieser Krankenschwester mit den großen blauen Augen ...« Sten zieht seine Stirn in Falten. »Ich weiß nicht, was ich damit anfangen soll.«

»Hörst du sie nur, oder verstehst du auch, was sie sagen?«, hake ich nach.

»Mhm.« Sten lehnt seinen Kopf gegen die Hüttenwand und schließt die Augen. »Sie sind sehr leise, zaghafter noch als ein Flüstern. Zuerst hab ich gedacht, ich bilde mir das nur ein, aber inzwischen bin ich mir sicher, dass sie wirklich da sind.«

Er sieht mich an. »Ein bisschen seltsam ist das schon ... findest du nicht? Und auch, dass wir uns hier getroffen haben.«

»Ja, allerdings«, sage ich. »Und dass wir weit und breit die Einzigen von unserer Sorte sind. Aber wieso hörst du Stimmen und ich nicht?«

Sten wedelt mit der Hand vor seinem Gesicht herum. »Vielleicht bin ich ja plemplem. Und hab's bisher bloß noch nicht gewusst.«

»Oder du denkst häufiger an dein Zuhause als ich an meins«, wende ich ein.

Stens große schwarze Pupillen glänzen im Mondlicht und um seine Lippen liegt ein wehmütiger Zug. Plötzlich wirkt er verletzlich, ja, fast schon zerbrechlich.

Vermutlich gehört das zum Sterben einfach dazu, denke ich.

Bisher ist Sten wohl eher planlos durch die Gegend gelaufen, dann traf er mich, und mit einem Mal wird ihm bewusst, dass er seine Familie und seine Freunde und auch diese Krankenschwester nie mehr wiedersehen wird. Dass er Abschied nehmen muss.

Genau wie ich. Nur mit dem Unterschied, dass ich noch nicht dazu bereit bin. Jedenfalls nicht, solange ich meinen Mörder nicht gefunden habe und Jesper und die anderen in Sicherheit weiß.

»Erzähl mir von dem Bungalow«, fordere ich Sten auf. »Sind wirklich noch alle Fensterscheiben heil?«

»Wenn das ein Ablenkungsmanöver sein soll …?«, erwidert er matt.

»Nein, ich will es wirklich wissen. Verstehst du, es ist wichtig.«

»Also gut.« Sten nickt kaum merklich, und obwohl mir klar ist, dass das eigentlich nicht sein kann, würde ich schwören, dass er einen tiefen Atemzug macht, bevor er weiterspricht. »Dieser Bungalow ist absolut nicht so, wie man sich ein Wohnhaus vorstellt. Auf mich machte er eher den Eindruck, als ob sich seine ehemaligen Bewohner komplett von der Außenwelt abschotten wollten. Die Fenster sind winzig klein und liegen mindestens zwei Meter über dem Boden. Und es gibt auch keine normalen Türen. Bloß eine aus Stahl.«

»Mensch, Sten«, hauche ich. »Was du da beschreibst, klingt tatsächlich nach einem Ort, den sich jemand geschaffen hat, der nicht ganz dicht in der Birne ist.«

»Ja, vielleicht hast du recht. Mir war dieses Anwesen auch nicht geheuer. Ich bin mir jedoch ziemlich sicher, dass sich dort kein Mensch mehr aufhält«, setzt er nach kurzem Nachdenken hinzu. »Nicht mal ein Landstreicher. Das hätte ich garantiert bemerkt. Ehrlich, Lida, ich hab mich da lange und sehr genau umgeschaut. Das Anwesen ist total heruntergekommen und verwildert.«

»Das heißt gar nichts«, widerspreche ich. Im Gegenteil. Ich finde, so wie Sten den Bau beschreibt, klingt es nach dem perfekten Versteck. »Wir werden uns dort wohl noch ein zweites Mal umsehen müssen.«

Sten runzelt die Stirn. »Tut mir leid, Lida, aber ich fürchte, dass ich gar nicht mehr dahin zurückfinde. Mir ist nicht nur mein Zeitgefühl abhandengekommen, sondern auch die Orientierung. Es gab mal einen Punkt ... wenn ich mich nicht irre, ist das sogar gestern gewesen ... da wollte ich zurück, aber es ging nicht mehr«, fährt er beinahe verzweifelt fort. »Und zwar nicht etwa, weil es so etwas wie eine unsichtbare Mauer gab, die ich nicht durchdringen konnte, sondern weil ich vergessen hatte, welche Richtung ich nehmen muss. Begreifst du, Lida, ich erinnere mich noch sehr genau an die Klinik, an mein Zuhause, meine Eltern, mein Leben, aber ich bin einfach nicht in der Lage, dorthin zurückzukehren. Es ist, als ob ein Band durchgeschnitten worden wäre. So ähnlich wie eine Nabelschnur, nur mit dem Unterschied, dass man damit ein Neugeborenes in ein eigenständiges Leben entlässt ...«

Sten bricht ab und presst die Lippen zusammen, doch ich weiß auch so, was er sagen wollte.

Das Band, von dem er gesprochen hat, stellt die Verbindung zwischen Leben und Tod dar. Wahrscheinlich ist er bei dem Unfall nicht gleich gestorben, sondern danach noch eine Weile in der Klinik versorgt worden. Sein Leben hing an einem seidenen Faden und der wurde durchtrennt. Jetzt gibt es kein Zurück mehr.

Aber warum hört Sten dann diese Stimmen?, frage ich mich erneut. Und plötzlich schöpfe ich wieder Hoffnung.

»Vielleicht gelingt es dir, wenn wir es zusammen versuchen.«

Sten schaut mich kurz an, dann schüttelt er den Kopf. »Du hast doch selber gesagt, dass du das, was dir und deinen Freunden passiert ist, zeitlich nicht mehr zuordnen kannst.«

»Ja, aber meine Orientierung habe ich noch«, erkläre ich. »Mag sein, dass auch die mir irgendwann verloren geht, aber bis es so weit ist, möchte ich keine Chance ungenutzt lassen, um diesen Unmenschen zu finden, der mir das angetan hat.«

»Okay«, sagt Sten, drückt sich von der Wand ab und rutscht von dem Verschlag hinunter. »Dann sollten wir es gleich angehen, bevor die Gruppe weiterzieht und wir sie morgen womöglich nicht mehr aufspüren können.«

***

Wir sind noch keine drei Schritte gegangen, als in der Hütte ein Fluchen ertönt. Kurz darauf vernehme ich ein Poltern, das sich anhört, als würde jemand einen Sack Kartoffeln auf dem Boden ausleeren.

Sten bleibt stehen und sieht mich fragend an.

Dass ein Fremder sich derart lautstark an der Tür zu schaffen macht, halte ich für ziemlich unwahrscheinlich.

»Lass uns nachsehen«, zische ich und deute nach links.

Sten nickt und läuft sofort los, während ich die Hütte rechts umrunde, sodass wir uns der Tür von zwei Richtungen aus nähern.

Ich husche an der Seitenwand entlang und stoße um die Ecke – aber da ist nur Sten, der die Vorderfront ein paar Sekunden vor mir erreicht hat. Niemand sonst. Das Poltern ist aber noch immer zu hören.

Wir hasten ans Fenster und spähen ins Hütteninnere.

Alle außer Natascha hocken um Isabel herum, die mit nach oben verdrehten Augen auf ihrer Isomatte liegt. Aus ihrem leicht geöffneten Mund quillt weißer Schaum, und ihre Beine werden so heftig von Krämpfen geschüttelt, dass ihre Fersen stakkatoartig auf den Boden trommeln.

»Sie hat doch tief und fest geschlafen«, stößt Joy aufgebracht hervor. »Wieso, zur Hölle, kriegt sie dann einen Anfall?«

»Passiert so etwas nur, wenn man wach ist?«, fragt Birk.

»Logisch! Epileptische Krämpfe brauchen doch einen Auslöser«, gibt Joy genervt zurück. »Zum Beispiel einen optischen Reiz. Oder etwa nicht?« Sie sieht Jesper fragend an.

»Innere Anspannung spielt auch eine Rolle«, erwidert er. »Außerdem nimmt sie zurzeit keine Medikamente und steht enorm unter Druck.«

»Das tun wir ja wohl alle.« Joy springt auf und beginnt, unruhig zwischen Vorder- und Rückwand hin und her zu laufen. »Ich frage mich ernsthaft, wie wir das packen sollen! Mit Natascha ... und Isabel ...«

»Sie war den ganzen Tag über schon so komisch«, befindet Birk.

»Keine Sorge, der Anfall ist gleich vorbei«, sagt Jesper und streckt Thore die Hand hin. »Hast du mal ein Papiertaschentuch?«

»Nein, aber …« Thore zieht seinen Rucksack zu sich heran und schlägt die Decklasche zurück.

»Ich hab welche«, krächzt Natascha. »Hier in meiner Westentasche.«

Jesper blickt auf.

»Na, komm schon.«

Ich sehe, wie sie ihn anlächelt. Anders als sonst. Vertrauter. So als ob etwas zwischen ihnen passiert wäre, etwas, das niemand – auch ich nicht – mitbekommen hat.

Geküsst hat er mich schon. Aber doch nur ein einziges Mal. Oder? Unmöglich! Unmöglich! Unmöglich!, hämmert es in meinem Kopf.

Ohnmächtig muss ich mit ansehen, wie Jesper sich langsam neben Natascha auf den Boden kniet, wie er ganz selbstverständlich seine Hand an ihre Wange legt und ihr sanft mit dem Daumen über den Nasenrücken streicht. Es ist eine flüchtige, aber sehr zärtliche Geste, die weder Joy noch Thore oder Birk registrieren.

Ich keuche leise auf. Im nächsten Moment spüre ich Stens warme Berührung an meinem Rücken.

»Ich verstehe das nicht«, murmele ich, während ich wie gebannt auf die Szene starre.

Eigentlich will ich mir das nicht antun. Ein innerer Reflex drängt geradezu danach, mich abzuwenden und wegzurennen, aber dieser Impuls währt nur wenige Sekunden. Etwas anderes in mir ist stärker, und das zwingt mich, am Fenster zu verharren und genau hinzuschauen.

»In welcher?«, fragt Jesper, während er seine Hand in Nataschas offenen Schlafsack schiebt.

»Rechts.«

Er tastet nach den Taschentüchern, aber es scheint nicht das Einzige zu sein, was er tut. Da er mir den Rücken zugewandt hat, kann ich sein Gesicht nicht sehen. – Nataschas jedoch umso besser. Trotz ihrer Verletzung und obwohl sie sicher höllische Schmerzen hat, wirkt ihre Miene entspannt, beinahe glücklich. Selig hält sie ihren Blick auf Jesper gerichtet, während dieser ihre Westentaschen durchsucht.

Die kennen sich tatsächlich, durchzuckt es mich. Die kannten sich schon vor diesem Event – und niemand hat es gemerkt. Nicht einmal ich. Jesper muss ein gnadenlos guter Schauspieler sein. Ebenso wie Natascha. Beide haben uns die ganze Zeit über etwas vorgemacht. Ich frage mich bloß: WARUM? Wenn ich das, was ich über Natascha vermute, mit dem verbinde, was ich jetzt denke, wird mir übel.

»Hast du nun was zum Abwischen oder nicht?«, fragt Thore ungeduldig, der sich inzwischen hinter Isabel auf den Boden gesetzt hat. Vorsichtig hebt er ihren Kopf an und bettet ihn auf seine Oberschenkel.

»Ja, klar, Entschuldigung.« Jesper reißt sich von Natascha los, rutscht auf allen vieren auf Thore zu und hält ihm das Päckchen hin. »Hier, bitte.«

»Eins genügt«, brummt der, woraufhin Jesper hektisch ein Taschentuch aus der Verpackung pult. Thore schnappt es sich, schlägt es auseinander und wischt Isabel den Schaum vom Mund.

Plötzlich bäumt sie sich auf und fängt an, um sich zu hauen. Ihre Hiebe sind fahrig und unkontrolliert.

»Nein! ... Nein, nein. Bitte ... Rebecca ... Du darfst nicht ... Ihr müsst ihr helfen. BITTE!«

»Schsch.« Thore fängt Isabels rudernde Arme ein, richtet ihren Oberkörper noch ein Stück weiter auf und drückt sie fest an sich. »Ist ja gut«, murmelt er an ihrem Ohr. »Alles ist gut.«

»Nein ...« Isabels Stöhnen geht in Wimmern über. »Gar nichts ist gut. Nichts ... Rebecca ... Rebecca ...« Sie sinkt in sich zusammen und umklammert Thores Unterarm. »Rebecca ... bitte.«

»Wieso quasselt die jetzt von ihrer Schwester?«, bricht es aus Joy hervor. »Im Moment ist sie doch diejenige, die Hilfe braucht.« Ihr Blick fliegt von einem zum anderen. »Verdammt, wir wissen überhaupt nichts voneinander«, fährt sie aufgebracht fort. »Außer, dass Isabel kein Fleisch isst, epileptische Anfälle kriegt und eine nierenkranke Schwester hat und dass Natascha ...« Sie bricht ab und presst die Lippen aufeinander.

»Was?«, bohrt Jesper mit ungewohnter Schärfe nach. »Was ist mit Natascha?«

Joy macht eine wegwerfende Handbewegung. »Ach, nix. Ist ja sowieso egal.«

»Seh ich anders«, brummt Thore. »Ich finde auch, dass wir etwas mehr von uns erzählen und vor allem ehrlich sagen sollten, was wir voneinander halten. Allerdings ...«

»Na, dann fang du doch gleich mal an«, fordert Joy ihn auf.

Thore hebt die Augenbrauen und mustert sie überrascht.

»Okay«, sagt er. »Mein voller Name ist Thore Lorentzen, ich werde nächsten Monat einundzwanzig, lebe allein in einer Einliegerwohnung im Haus meiner Mutter und arbeite als Kurierfahrer.«

»Bla-bla-bla-bla«, schnaubt Joy. »Ich dachte eigentlich, du wolltest etwas Ehrliches über Natascha sagen!«

»Mein voller Name ist Thore Lenz«, macht Thore stoisch weiter. »Ich bin zweiundzwanzig Jahre alt, verheiratet und habe eine kleine Tochter.«

»Was?«, keucht Joy.

Alle starren Thore an.

»Mein voller Name ist Thore Maiwald. Ich bin dreiundzwanzig und organisiere für meinen geisteskranken Bruder Blind-Walk-Events. In meiner Freizeit quäle ich leidenschaftlich gern junge Katzen. Hin und wieder steche ich auch mal ein Pferd ab.« Herausfordernd erwidert er die Blicke der anderen. »Bitte … sucht euch was aus.«

»Spinnst du jetzt total oder was?«, faucht Joy ihn an.

»Ich sag nur, wie es ist«, erwidert Thore. »Wir mögen uns vielleicht etwas anderes wünschen, Tatsache ist jedoch, dass hier jeder erzählen kann, was er will. Aber abgesehen davon, gebe ich dir recht: Über Isabel wissen wir tatsächlich am meisten. Epileptische Anfälle kann man nicht vortäuschen. Die sind echt. So, und nun hilf mir bitte mal, sie aufzurichten«, fordert er Jesper auf.

»Warum lässt du sie nicht einfach liegen?«, blafft Joy.

»Weil ich möchte, dass sie richtig zu sich kommt, bevor sie wieder einschläft. Also ...?«

»Er studiert Medizin«, flüstere ich.

»Thore?«, fragt Sten ebenso leise zurück.

»Nein, Jesper. Ich verstehe nicht, warum er Thore immer alles machen lässt. Er weiß doch viel besser Bescheid.« Meine Stimme zittert. »Er hat mir gesagt, er sei im dritten Semester.«

Aber vielleicht war ja auch das gelogen.

»Ich glaube nicht, dass man sich nach knapp anderthalb Jahren Medizinstudium schon besonders gut auskennt«, gibt Sten zurück. »Und Jesper scheint ja ein eher zurückhaltender Typ zu sein, oder?«

Mir ist klar, dass er mich damit trösten will, und das finde ich auch wirklich sehr süß von ihm. Aber es hilft mir überhaupt nicht weiter. In meinem Kopf herrscht Chaos. Meine Gedanken und Gefühle haben sich mittlerweile so hoffnungslos ineinander verkeilt, dass ich am liebsten nur noch schreien würde.

Die Vorstellung, dass neben Natascha auch Jesper etwas mit den Morden und damit auch mit meinem Tod zu tun haben könnte, ist unerträglich für mich. Das kann nicht – das darf einfach nicht sein!

Jesper ist neben Thore in die Hocke gegangen und hat sich einen von Isabels Armen um den Nacken gelegt. Thore greift sich den anderen, und gemeinsam bemühen sie sich nun nach Leibeskräften, sie auf die Füße zu stellen. Dabei rutscht ihr das T-Shirt bis fast unter die Achseln hoch und gibt ein Stück nackte Rückenhaut frei.

Die rosarote Narbe in Isabels Taille fällt mir sofort ins Auge. Birk und Joy bemerken sie ebenfalls.

»Was ist das denn?«, platzt es aus ihr heraus.

»Ich schätze mal, eine OP-Narbe«, sagt Birk.

Jesper und Thore drücken sich in den Stand und Thore zupft rasch Isabels T-Shirt zurecht. Schwankend steht sie zwischen ihm und Jesper, die Augen halb geschlossen und ein dünnes Speichelrinnsal im Mundwinkel.

»Aber es ist doch ihre Schwester ... Rebecca, die krank ist«, erwidert Joy. »Und nicht sie ...«

»Rebecca ist tot«, murmelt Isabel.

»Wie bitte?«, gibt Joy irritiert zurück. »Es ist gerade mal zwei Tage her, da hast du uns erzählt, dass deine Schwester dreimal in der Woche zur Dialyse muss.«

»Ich weiß. Tut mir leid.« Isabel hebt kraftlos ihre Hand. »Kann ich mich bitte hinsetzen?«

Birk springt sofort auf und schiebt einen der drei Hocker auf sie zu, doch Isabel schüttelt den Kopf. »Ich würde mich gerne anlehnen.«

Jesper und Thore tauschen einen Blick.

»Kein Problem«, kommt Natascha ihrer Bitte zuvor. »Auf dem Bett hier ist Platz genug für uns beide. Außerdem richtet es mich innerlich ungemein auf zu sehen, dass es jemanden gibt, dem es noch schlechter geht als mir.«

Joy kneift die Augen zusammen. »Noch einen Ton und ich stopf dir persönlich das Maul.«

»Nur zu«, gibt Natascha träge zurück. »Macht bestimmt Spaß, jemanden zu verprügeln, der sich nicht wehren kann.«

»Fotze!«

Joy schnellt hoch. Mit geballten Fäusten und wutverzerrtem Gesicht marschiert sie auf Natascha zu. Auf halbem Weg hält sie inne, dreht sich ruckartig um und stapft wieder zurück. Joy hebt ihre Faust und donnert damit so fest gegen die Hüttenwand, dass sogar ich auf der gegenüberliegenden Seite das Vibrieren des Holzes spüren kann. Danach lässt sie sich leise fluchend wieder auf ihren Hocker sinken.

»Nur keine Panik, Jungs«, säuselt Natascha und zieht die Beine an. »Bringt das Vögelchen her zu mir. Ich werde ihm schon nicht das Gefieder krümmen.«

»Das rate ich dir«, knurrt Thore.

Er und Jesper führen Isabel zum Feldbett und lassen sie am Fußende darauf nieder. Isabel rutscht bis zur Wand und lehnt Kopf und Rücken dagegen. Sie wirkt noch immer ein wenig benommen.

Jespers Kiefermuskeln arbeiten unaufhörlich, während er Isabel betrachtet, und Thore streicht sich unschlüssig über die Hände.

»Woran ist deine Schwester gestorben, he?«, fragt Natascha. »An Nierenversagen?«

Isabel reibt sich über die Augen und nickt kaum merklich. »Anfang des Jahres. Im Januar. Man konnte ihr nicht mehr helfen.«

»Dann hast du ihr also eine Niere gespendet«, schlussfolgert Thore. »Daher stammt die Narbe auf deinem Rücken, richtig?«

»Mein Vater wollte es so«, erwidert Isabel. »Es hat aber nichts genützt. Rebeccas Körper hat gegen meine Niere rebelliert und sie schon nach ein paar Tagen wieder abgestoßen.«

Joy atmet geräuschvoll aus.

»Und eine andere Spenderniere gab es nicht?«

»Nein.« Isabel schüttelt den Kopf. »Rebecca stand zwar auf der Liste, allerdings ziemlich weit hinten. Meine Werte waren leider auch nicht perfekt, aber Pa meinte, dass es einen Versuch wert sei.«

»Heißt das, du wolltest es gar nicht?«, setzt Thore vorsichtig nach.

»Doch ... schon.« Die Antwort kommt zögernd. »Im Grunde hatte ich ja gar keine Wahl.«

»Also wolltest du es eigentlich nicht«, resümiert Joy.

»Es war ein Versuch«, betont Isabel. Es klingt, als müsste sie sich rechtfertigen.

»Aber die Wahrscheinlichkeit, dass es klappen würde, war nicht besonders hoch, oder?«, fragt Birk.

Isabels Blick huscht zu ihm hinüber. Sie durchbohrt ihn geradezu damit.

Plötzlich springt sie vom Bett auf, verpasst Jesper einen kräftigen Stoß, dass er zur Seite taumelt, und rennt wie ein gejagtes Tier auf die Tür zu.

»Warum lasst ihr mich nicht einfach in Ruhe?«, brüllt sie. »Das alles ist ja wohl ganz allein meine Sache! Ich hätte euch überhaupt nichts von meiner Schwester erzählen müssen.«

Thore hebt beschwichtigend die Hand. »Natürlich musst du das nicht. Aber manchmal tut es einfach gut, wenn man über das, was einen bedrückt, redet.«

»Es bedrückt mich aber nicht«, presst Isabel hervor. »Für Rebecca ist es besser, dass sie gestorben ist. Viel besser. Sie hat sich doch sowieso nur gequält.«

Betroffen lausche ich ihren Worten. Ich kann mir nicht vorstellen, dass Isabel der Tod ihrer Schwester nichts ausmacht. Wahrscheinlich hat sie sogar Schuldgefühle, weil ihre Niere Rebecca nicht retten konnte.

Ja, natürlich. Mit einem Mal ergibt alles einen Sinn: Isabels Todesvisionen. Ihre geistige Abwesenheit und auch die Art und Weise, wie sie die anderen aus der Gruppe am Leben zu erhalten versucht, indem sie sie mit Beeren und Pilzen versorgt.

Beklommen schaue ich Jesper an. Wenn er tatsächlich Medizin studiert, müsste ihn diese Geschichte eigentlich interessieren. Er wirkt jedoch völlig unbeteiligt, fast so, als ginge ihn all das überhaupt nichts an. Genau genommen, tut es das ja auch nicht. Und so, wie ich ihn kennengelernt habe, ist Jesper auch nicht der Typ, der sich unaufgefordert in die Angelegenheiten anderer Leute einmischt. Bisher habe ich das immer sehr an ihm geschätzt, inzwischen bin ich mir nicht einmal mehr sicher, ob er überhaupt Empathie besitzt und mit anderen Menschen mitfühlen kann.

»Ey, Leute, wisst ihr was? Ich hab so was von die Schnauze voll«, sagt Joy unvermittelt. »Es ist doch völlig scheißegal, ob wir miteinander reden. Ob wir die Wahrheit sagen oder uns belügen. Gerade du, Thore, hast uns das eben noch sehr eindrücklich vorgeführt. Was also kümmert es dich, ob Isabel irgendetwas belastet oder nicht? Wir kommen aus diesem verschissenen Wald sowieso nie mehr heraus.«

»Doch, doch, das werden wir«, sagt Isabel und ihre Augen fangen an zu leuchten. »Ich weiß nämlich, wo wir sind.«

»Ach ja?«, merkt Thore auf. Unglauben spiegelt sich in seinem Gesicht wider. »Und wo?«

»Keine Ahnung, wie dieser Wald heißt, aber ich bin hier schon mal gewesen.«

»Und das fällt dir jetzt ein?«, gibt Joy aufgebracht zurück. »Nach vier Tagen! Einfach so? ... aus heiterem Himmel?«

»Nicht einfach so«, verteidigt sich Isabel. »Anfangs war ich mir nicht sicher. Deshalb habe ich auch nichts gesagt.«

»Moment mal«, entgegnet Thore fassungslos. »Du kennst diese Gegend?«

Isabel nickt.

»Heißt das etwa, dass der VW-Bus den ganzen Samstag nur im Kreis gefahren ist und wir uns gar nicht weit von unserem Heimatort entfernt haben?«

Isabel nickt noch eifriger. »Genau.«

Thore bläht die Backen. »Jetzt bist du dir also sicher?«

»Absolut«, erwidert Isabel lächelnd. »Wir sind in die falsche Richtung gelaufen und müssen zum See zurück. Hinter der Felsformation geht es nämlich nicht weiter. Aber ich kann euch führen. Ich bring euch hier raus.«

»Nee«, sagt Joy. »Ganz bestimmt nicht.« Sie kreuzt die Arme vor der Brust und blickt herausfordernd in die Runde. »Also, ihr könnt ja machen, was ihr wollt, aber ich laufe ihr garantiert nicht hinterher.«

»Wir bleiben zusammen«, bekräftigt Thore. »Das haben wir beschlossen, und es gibt keinen Grund, etwas daran zu ändern.«

»Sagst du«, mischt Jesper sich überraschend ein.

»Was dagegen?«, knurrt Thore.

»Wir können jederzeit neu abstimmen.«

»Richtig«, sagt Thore. »Das können wir. Ich plädiere trotzdem dafür, dass wir uns nicht trennen. In einer großen Gruppe sind wir sicherer und können uns besser zur Wehr setzen.«

»Thore hat recht«, pflichtet Birk ihm bei.

Einen Moment herrscht Schweigen, dann nickt Joy und schließlich nicken auch alle anderen.

»Gut«, sagt Thore. »Dann müssen wir jetzt nur noch entscheiden, ob wir uns weiterhin an die Karte halten oder uns Isabel anvertrauen.«

Keiner reagiert. Alle außer Thore gucken zu Boden.

»Wer ist für die Karte?«, fragt er.

Niemand antwortet.

»Wer für Isabel?«

Die Schärfe in Thores Stimme lässt Birk und Joy zusammenzucken.

Isabels Hand schnellt nach oben. Die anderen verhalten sich still.

»Ich bin für die Karte«, sagt Birk.

»Ich auch«, kommt es von Joy.

»Welch Überraschung!«, spottet Natascha.

»Und du?«, kontert Joy. »Für wen bist du?«

»Ganz bestimmt nicht für diese Verrückte«, erwidert Natascha. »Allerdings war ich auch noch nie für Thore. Der Einzige, dem ich vorbehaltlos vertraue, ist Jesper«, betont sie.

Ich spüre einen heftigen Stich in der Brust.

Thore ignoriert ihre Bemerkung und fragt: »Zum letzten Mal: Wer ist dafür, dass wir uns auch weiterhin nach der Karte richten?«

Alle geben ein Handzeichen.

»Ich liege trotzdem richtig«, beharrt Isabel. »Ohne mich werdet ihr niemals aus diesem Wald herausfinden. Sobald wir bei den Felsen sind und ihr seht, dass es dahinter nicht weiter...«

»Schluss jetzt!« Thore bringt sie mit einer energischen Geste zum Schweigen. »Du bist überstimmt und damit basta. Ob du uns begleitest oder ab sofort allein durch die Wildnis rennst, überlasse ich dir.«

»Das kannst du nicht machen«, stößt Joy aus.

»Ach, und warum nicht?«, fährt Thore sie an. »Angeblich weiß sie doch, welchen Weg sie nehmen muss. Wenn sie sich in diesem Wald tatsächlich so gut auskennt, wie sie uns weismachen will, dürfte es wohl kein Problem für sie sein, ohne uns nach Hause zu finden.«

»Du vergisst, dass hier ein Mörder herumläuft«, gibt Joy außer sich zurück.

»Nein, das habe ich keinesfalls vergessen«, knurrt Thore. »Und ich sage ja auch nicht, dass Isabel gehen soll. Ich stelle ihr lediglich frei, allein aufzubrechen.«

»Dafür braucht sie deine Erlaubnis nicht«, erwidert Joy harsch.

Thore kräuselt die Lippen und schweigt.

»Okay«, sagt Isabel. »Dann ist die Sache also entschieden.«

Sie macht einen Schritt auf das Mattenlager zu, rollt ihre Unterlage und den Schlafsack zusammen, schnappt sich ihren Rucksack und marschiert zur Tür.

Niemand hält sie auf.

Donnerstag, 21. August, Stadtklinikum Süd

»Ich kann dir gar nicht sagen, wie dankbar ich dir bin.«

Claudia Milders wirft Katja ein zaghaftes Lächeln zu, dann richtet sie den Blick wieder nach vorn durch die Glastür. Auf dem Gang zu den Intensivpflegezimmern rührt sich noch immer nichts. Ob die Schwestern ihr Klingeln nicht gehört haben?

»Vielleicht ist es noch zu früh«, sagt Katja.

Claudia Milders schüttelt den Kopf. »Nein, nein. Dies ist doch keine normale Station. Hier wird man jederzeit empfangen. Es sei denn ...« Sie tritt ein Stück zur Seite und reckt den Hals, um möglichst jeden Winkel ausspähen zu können.

»Was?«, fragt Katja, obwohl sie längst begriffen hat, was in Stens Mutter vorgeht, diese nur nicht auszusprechen wagt: Gut möglich, dass es einen Notfall gibt und niemand Zeit hat, ihnen zu öffnen. Dass das Herz eines Patienten stehen geblieben ist und dieser gerade reanimiert werden muss.

»Es ist nicht Sten«, wispert Katja.

Überrascht sieht Claudia Milders sie an.

»Ich spüre es.«

Stens Mutter tut einen tiefen Atemzug und nickt. Ja, auch

sie spürt es. Ihrem Sohn geht es – den Umständen entsprechend – gut. Ohnehin teilt sie die Auffassung der Ärzte nicht.

Claudia Milders ist sich ganz sicher: Sten will nicht sterben.

Möglicherweise plagt sein Unterbewusstsein ihn mit der Angst vor dem, was ihn erwartet, wenn er die Augen aufschlägt, und flüchtet sich deshalb ins Koma. Doch das ist nicht gleichbedeutend mit Todessehnsucht. Bestimmt braucht er nur einen Impuls, der ihn ins Leben zurückruft. So zumindest hat sie es Katja erklärt, und das Mädchen hat es verstanden, auch wenn es sich zunächst dagegen wehrte, sie in die Klinik zu begleiten und mit Sten zu reden.

»Trotzdem bin ich nicht die Richtige.«

»Vielleicht ja doch«, gibt Claudia Milders zurück. »Schließlich bist du ihm lange Zeit sehr vertraut gewesen.«

»Schon ... Es ist nur so ...« Katja sucht nach den passenden Worten. »Ich möchte nicht, dass Sie enttäuscht sind, wenn es nicht funktioniert. Sten weiß, dass wir keine Zukunft haben«, betont sie.

»Es könnte doch sein, dass es dir gelingt, ihn vom Gegenteil zu überzeugen.«

Katja schüttelt den Kopf. »Wie soll das gehen?«

Wieder lächelt Claudia Milders. »Indem du selbst ganz fest daran glaubst.«

Katja will etwas erwidern, dieser Frau klarmachen, dass ihre Gefühle für Sten von Anfang an auf wackeligen Beinen gestanden haben und dass sie um Jan trauert. Aber in diesem Moment taucht eine Schwester am Ende des Ganges auf, zögert eine Sekunde und kommt schließlich mit schnellen Schritten auf sie zu.

»Na endlich!« Claudia Milders atmet erleichtert auf und strafft die Schultern.

Der Summer ertönt, die dunkelhaarige Schwester öffnet die Glastür und blickt ihnen stirnrunzelnd entgegen.

»Guten Morgen«, begrüßt Stens Mutter sie mit einer leichten Ungeduld in der Stimme. »Wir möchten zu meinem Sohn.«

»Tut mir leid. Das geht leider nicht.«

»Und warum nicht?«

»Sten schläft«, erwidert die Schwester.

Claudia Milders stutzt. Einen Augenblick lang glaubt sie, sich verhört zu haben.

»Natürlich tut er das!«, sagt sie dann. »Aber diesem Mädchen gelingt es vielleicht, ihn aufzuwecken. Deswegen sind wir hier. Es ist bereits alles mit Doktor Jakubeit abgesprochen.«

»Das mag ja sein«, entgegnet die Schwester nicht weniger ungeduldig. »Allerdings nicht um diese Zeit. Die Patienten werden jetzt gewaschen, die Geräte und die Böden sterilisiert und außerdem ...«

»Kann ich bitte den diensthabenden Arzt sprechen?«, unterbricht Stens Mutter sie barsch.

»Das ist ebenfalls nicht möglich. »Wir haben gerade Schichtwechsel ... Wenn Sie verstehen, was ich meine ...«

Die Schwester wirkt zunehmend nervös.

Claudia Milders wirft einen Blick auf ihre Armbanduhr. »Es ist jetzt kurz vor sechs ...«

»Genau.« Die Schwester macht Anstalten, die Glastür zu schließen. »Bitte entschuldigen Sie mich, ich muss zu meinen Patienten.«

»Und wir müssen zu Sten.« Blitzschnell schiebt Claudia Milders ihren Fuß in den Türspalt. »Bitte holen Sie Doktor Jakubeit oder welcher Arzt auch immer anwesend ist. Entweder Sie haben gerade Schichtwechsel oder Sie waschen die Patienten. Beides zugleich wird ja wohl kaum möglich sein.«

Die Krankenschwester reckt ihr Kinn vor und sieht Stens Mutter aus ihren grünen Augen herablassend an.

»Auf einer Intensivstation herrschen andere Gepflogenheiten, als Sie es vom allgemeinen Klinikbetrieb her zu kennen meinen«, erklärt sie schnippisch. »Bitte kommen Sie später wieder.«

Claudia Milders presst die Lippen zusammen. Sie kann ihren Zorn auf diese kalte, unkooperative Person kaum noch beherrschen und tritt einen Schritt zurück.

»Und wann?«

»Das kann ich Ihnen leider auch nicht genau sagen. Wir haben zurzeit einige schwere Fälle. Am besten ist es wohl, Sie fahren erst einmal nach Hause und rufen im Laufe des Vormittags an, um einen Termin auszumachen.«

»Sten liegt nun seit über zwei Wochen hier und bisher haben wir nicht einen einzigen unserer Besuche vorher telefonisch absprechen müssen«, entgegnet Claudia Milders.

Die Schwester schließt kurz die Augen, so als müsse sie sich sammeln. »Glauben Sie mir, ich fühle mit Ihnen«, sagt sie dann. »Ich arbeite schon seit über fünfzehn Jahren auf dieser Station, habe Angehörige ein und aus gehen sehen, Verzweiflung, Hoffnung und Enttäuschung mit ihnen geteilt ...«

»Wenn Sie mir begreiflich machen wollen, dass *Sie* mittlerweile jede Hoffnung verloren haben«, fällt Claudia Milders ihr ins Wort. »Das können Sie sich sparen.«

Ihr Blick gleitet über den grünen Kittel der Schwester, dorthin, wo sich normalerweise das Namensschild befindet, muss aber feststellen, dass dort nur die winzigen Einstichlöcher der Nadel zu sehen sind.

Die Schwester kräuselt die Lippen.

»Nein, das möchte ich keinesfalls. Und wenn Sie mich nicht ständig unterbrechen würden, hätte ich auch schon längst die Möglichkeit gehabt, Ihnen meinen Standpunkt zu erläutern.«

Claudia Milders versucht, ihre Wut und Ungeduld zu beherrschen.

»Bitte«, sagt sie und bemüht sich um ein unverkrampftes Lächeln.

»Was ich sagen wollte, ist, dass ich während meiner Zeit auf dieser Station bereits unzählige Komapatienten hatte.« Mit jedem Wort spricht die Schwester lauter und eindringlicher. »Und noch nie, ich betone ... NOCH NIE ... hat einer von ihnen hinterher davon berichtet, dass er die Anwesenheit seiner Eltern, die Stimmen seiner Freunde oder seine Lieblingsmusik wahrgenommen hätte.«

»Ich kenne andere Meinungen«, gibt Claudia Milders zurück. »Es gibt eine ganze Reihe Berichte darüber, dass Menschen, die im Koma liegen, durchaus Reaktionen auf Laute oder Berührungen zeigen.«

»Reflexe«, wiegelt die Schwester ab. »Lediglich Reflexe. Bisher existieren keinerlei gesicherte wissenschaftliche Erkenntnisse ...«

»Wissen Sie was?«, fährt Claudia Milders so harsch dazwischen, dass das Mädchen neben ihr zusammenzuckt. »Ihre Erkenntnisse interessieren mich nicht. Herr Doktor Jakubeit und seine junge Kollegin haben ausdrücklich darum gebeten, Sten mit Vertrautem und Geliebtem zu umgeben. Ich werde jedenfalls nichts unversucht lassen, um meinen Sohn zu erreichen. Und jetzt bringen Sie uns bitte zu ihm. Dann können Sie sich auch endlich wieder um *Ihre Patienten* kümmern.«

»Was ist denn hier los?«, ertönt eine helle Stimme aus dem Dienstzimmer und kurz darauf erscheint die junge Schwester mit den großen blauen Augen im Gang. »Oh, guten Morgen, Frau Milders!«, ruft sie, als sie Stens Mutter erkennt. »Kommen Sie nur herein!«

Die Miene der anderen Schwester verhärtet sich.

»Ich habe den beiden Damen gerade zu verstehen gegeben, dass es im Augenblick nicht passt«, fährt sie ihre Kollegin an.

»Unsinn«, erwidert Ramona Lenk kopfschüttelnd. »Wir haben Anweisung vom Doc, Frau Milders und dieses Mädchen umgehend zu Sten zu bringen. Und zwar zu jeder Tages- und Nachtzeit.«

»Ach ja?«, gibt die andere bissig zurück. »Davon ist mir nichts bekannt.«

Sie lässt die Glastür zufallen, wirbelt herum und eilt mit langen Schritten davon.

Ramona Lenk drückt auf den Summer und bittet Claudia Milders und Katja einzutreten.

»Entschuldigen Sie, aber meine Kollegin hat es nicht so gemeint.«

»Nein, sicher nicht.« Stens Mutter seufzt leise.

Sie und das Mädchen warten, bis Schwester Ramona die Tür wieder geschlossen hat, und folgen ihr dann in den Umkleideraum. Mit routinierten Handgriffen streift Claudia Milders sich den Kittel über und schlüpft in die übergroßen Stoffpantoffeln.

Katja braucht ein wenig länger, bis sie fertig ist. Ihre Wangen glühen und ihr Blick wandert unruhig hin und her.

»Keine Sorge, Sten sieht eigentlich ganz normal aus«, redet Ramona Lenk ihr aufmunternd zu. »Ein bisschen blasser vielleicht, als du ihn in Erinnerung hast, und er ist natürlich ziemlich verkabelt, aber im Grunde wirkt es so, als würde er schlafen.«

»Okay.« Katja nickt. »Ich schaff das schon.«

»Na, dann komm.« Schwester Ramona tritt wieder in den Gang hinaus und führt die beiden Besucherinnen an einem verglasten Intensivkrankenzimmer vorbei, in dem sich mehrere Patienten befinden, die nur durch Stellwände voneinander getrennt sind, und öffnet eine Tür am Ende des Ganges.

Claudia Milders bedeutet Katja vorauszugehen und das Mädchen zögert nicht eine Sekunde. Zielstrebig nähert es sich dem Krankenbett und schaut einen Moment auf Sten hinab. Schließlich zieht es einen der beiden Besucherstühle dicht an die Bettkante heran, lässt sich darauf nieder und tastet nach Stens Hand, die reglos neben ihm auf der weißen Decke ruht.

Claudia Milders schließt die Tür leise hinter sich und sieht Katja dabei zu, wie sie sanft über Stens Stirn und seine Wangen streichelt, wie sie sich ihm entgegenneigt, einen Kuss auf seine Lippen haucht und sich dann noch ein Stück weiter zu ihm hinunterbeugt, um ihm etwas ins Ohr zu flüstern.

Donnerstag, 21. August, am See

Das Licht der Morgensonne bahnt sich seinen Weg durch die tropfnassen Baumkronen und macht den Dunst sichtbar, der wie ein hauchzarter Nebelschleier über dem feuchten Boden schwebt.

Wir sind Isabel bereits eine ganze Weile durch den Wald in Richtung See gefolgt, als Sten plötzlich zusammenbricht. Der Länge nach kippt er neben mir zu Boden und bleibt mit dem Gesicht inmitten einer Brennnesselstaude liegen.

»Sten!«, rufe ich erschrocken und gehe augenblicklich neben ihm in die Knie. »Was ist los mit dir?«

Ich fasse ihn bei der Schulter, zerre ihn auf die Seite und drehe ihn schließlich auf den Rücken. Die Schwere und Festigkeit seines Körpers erstaunen mich, gleichzeitig kommt mir beides völlig normal vor. Es ist das erste Mal, dass ich ihn berühre, und es fühlt sich fast noch intensiver an, als von ihm berührt zu werden. Meine Hände liegen auf seiner Haut und scheinen zugleich in sie hineinzusinken.

»Sten«, murmele ich, während ich sorgenvoll sein regloses Gesicht betrachte. »Sten.«

Die feinen Härchen der Brennnesselblätter haben ihm nichts anhaben können, und ich bin sicher, dass ihm auch der Sturz keine Schmerzen zugefügt hat. Was mich viel mehr beunruhigt, ist seine innere Verfassung.

Stens Augen sind geschlossen, die dichten dunklen Wimpern setzen sich wie ein Strahlenkranz von seinem hellen Teint ab. Ohne darüber nachzudenken, was ich tue, streiche ich sanft über seine Wange, die Stirn und den Nasenrücken. Erst als meine Finger im Begriff sind, seine Oberlippe zu berühren, zucke ich zurück. Und plötzlich bricht sich die Angst in mir Bahn, dass er womöglich die nächste Schwelle überschritten haben könnte.

»Sten, bitte lass mich das hier nicht allein machen«, flüstere ich, während ich seinen Kopf vorsichtig in meinen Schoß bette und meine Finger verzweifelt in seinem strubbeligen Braunbärhaar vergrabe. »Ich habe keine Ahnung, wie ich die anderen dazu bringen soll, Isabel zu folgen. Wir wissen doch, dass sie recht hat. Ich brauche deine Hilfe, Sten. Hörst du?«

Ich starre ihn an, als könnte ich ihn mittels Hypnose zu mir zurückrufen, und versuche, mit meinen Gedanken in seine Seele vorzudringen.

Sten! Bitte! Irgendetwas von dir muss doch noch hier sein!

Meine Hände gleiten seinen Nacken hinunter, seine Schultern entlang und schließlich über seinen Brustkorb, bis meine Arme seinen Oberkörper vollständig umschlingen. Ich will ihn festhalten, damit er nicht ganz verschwindet.

Bleib hier, Sten, bitte, bleib bei mir!

Ich erinnere mich an meinen eigenen Sturz. An die Schwärze, die mich umfing, die Enge und die Panik. Ich hetzte dem Schatten – dem Mörder? – hinterher und rannte gegen einen

Baum. Das zumindest schien mir eine plausible Erklärung zu sein. Inzwischen sehe ich das anders.

Vielleicht hatte es auch mich einfach nur eine Schwelle tiefer gerissen und damit ein Stück näher in Richtung Tod.

Niemand weiß, wie lange Sterben dauert. Wo es beginnt, wann es endet und erst recht nicht, was danach kommt.

Das Einzige, was im Augenblick für mich zählt, ist der Umstand, dass ich mich befreien konnte. Ich habe mich nicht ergeben, sondern gekämpft. Und das muss Sten jetzt auch tun.

Sten, bitte! Ich weiß, wir kennen uns kaum, und trotzdem: Ich flehe dich an: Steh mir bei!

Noch nie habe ich einen Menschen um so etwas gebeten. Nicht einmal Mam. Sie hatte ja immer genug mit sich selbst zu tun. Mit ihren zahllosen unbefriedigenden Minijobs und der Trennung von meinem Vater. Eine Hilfe ist sie mir selten gewesen, was ich ihr allerdings niemals vorwerfen würde. Ich habe früh gelernt, auf eigenen Beinen zu stehen, Entscheidungen zu treffen und mich auf mich selbst zu verlassen.

Jesper habe ich nie von alldem erzählt. Er hat sich auch gar nicht dafür interessiert. Wollte das Leben genießen, es nehmen, wie es kommt. Lieben. Sex haben.

Es war eine schöne Zeit, doch jetzt ist alles anders.

Ich habe mein altes Leben verlassen und befinde mich im Nirgendwo. Genau wie Sten.

Es kann kein Zufall sein, dass wir uns begegnet sind.

Sten, bitte!

Sein Gesicht ist so blass. So leblos. Wie eine Maske.

Aber dann, ganz plötzlich, als risse sie ihm jemand herunter, legt sich ein gequälter Ausdruck um seine Augen. Im nächsten Moment geht ein Ruck durch seinen Körper.

»Katja«, stöhnt er. »Katja.«

Er will sich aufbäumen, doch ich halte ihn noch immer fest umschlungen. Drücke ihn sanft in meinen Schoß.

»Schsch. Ist ja gut. Alles ist gut.«

»Nein. Nein. Nein. Nein!«, ruft Sten.

Er wirft den Kopf hin und her, krallt die Finger in meine Arme und versucht, sie von seiner Brust zu zerren.

»Lass mich!«

Er reißt die Augen auf und sieht mich an. Stutzt. Und dann ist er mit einem Mal ganz ruhig.

»Lida, du bist das«, murmelt er und ein Lächeln huscht über sein Gesicht.

»Wer ist Katja?«, frage ich nach einem kurzen Zögern. »Deine Schwester?«

»Nein. Sie ist ...« Sten lockert den Griff um meine Arme, lässt sie aber nicht los.

»Deine Freundin?«

»Ja ... nein. Nicht mehr. Eigentlich war sie es auch nie so richtig.« Er wendet den Blick ab. »Das Ganze ist ein wenig kompliziert.«

Ich lächele ebenfalls. »Kommt mir irgendwie bekannt vor.«

Sten schaut mich wieder an.

Seine Iris hat einen wunderschönen Goldton, der rund um die Pupillen etwas heller ist und zum Außenrand hin in kurze bizarre Verästelungen ausläuft.

»Wie eine Sonnenfinsternis.«

»Was?« Er runzelt die Stirn.

»Deine Augen«, sage ich. »Zwei große schwarze Pupillenmonde haben sich über die Sonne geschoben …«

Sten schluckt. Unsere Blicke ruhen ineinander.

»Dann passt hier irgendwas nicht zusammen«, erwidert er mit rauer Stimme.

Irritiert schaue ich ihn an.

»Deine Augen sind wie der Himmel am helllichten Tag. So groß und so weit und so wahnsinnig blau.«

Mein Herz, das eigentlich in der Tiefe des Sees aufgehört hat zu schlagen, fängt an zu rasen.

»Ich verstehe nicht …«

»Wenn deine Augen der Himmel sind und meine eine Sonnenfinsternis …«

»Das passt doch sehr gut«, sage ich lächelnd.

Stille zwischen uns.

Nach einer Weile bildet sich auf Stens Stirn eine Steilfalte. »Lida?«

»Ja, ich weiß. Wir quasseln uns gerade einen ziemlichen Schwachsinn zusammen.«

Schöner Schwachsinn.

»Das meine ich nicht.«

»Sondern?«

Sten drückt meine Arme zur Seite und richtet sich auf.

»Was ist passiert?«, will er wissen.

»Wir sind gelaufen und dann bist du einfach umgekippt«, sage ich.

Er nickt. »Alles war schwarz. Zumindest am Anfang.

Dann habe ich Katjas Stimme gehört. Ich glaube, sie hat mich geküsst. Immer und immer wieder.«

»Wie der Prinz in Dornröschen.«

Erstaunt sieht er mich an.

»Stimmt«, sagt er. »Genau so ist es gewesen. Ich hatte das Gefühl, wieder in meinem Körper zu sein. In diesem schrecklichen Krankenhausbett mit den tausend Schläuchen. Ich habe Lichter flackern sehen, aber auf einmal ...«

»Was?«, hauche ich.

»Habe ich dich gehört. Du hast mich gerufen. Hast gesagt, dass du mich brauchst.«

»Na ja, also ... ich habe mich schon etwas anders ausgedrückt«, widerspreche ich.

Herrgott noch mal, ich wollte doch, dass er mich wahrnimmt, dass er meine Worte versteht – und jetzt ist es mir unangenehm!

Sten grinst. Er stupst mit der Faust gegen meine Schulter. Sachte. Fast zärtlich.

»Stimmt doch aber. Du brauchst mich, um deinen Freunden zu helfen und deinen Mörder zu finden. Katja braucht mich nicht. Die Entscheidung ist mir nicht allzu schwer gefallen.«

Er zwinkert mir kurz zu, wendet sich dann ganz plötzlich ab und lässt seinen Blick zum See hinüberschweifen.

Überrascht stelle ich fest, dass Isabel ebenfalls hier ist. Ich hatte sie völlig vergessen. Und jetzt steht sie im sanften Licht der Morgendämmerung zwischen den Bäumen, mit dem Rücken zu uns und starrt ins Wasser. Die Stelle, an der Thore den Zugang zum See geschaffen hat, befindet sich schräg gegenüber. Irgendwo zwischen dort drüben und Isabels Standort bin ich meinem Mörder begegnet.

Es ist ein seltsames Gefühl, wieder hier zu sein und mir noch einmal bewusst zu machen, was vor zwei Tagen mit mir passiert ist. Ich bin voller Trauer und Wut, dass dieser Kerl mich aus dem Leben gerissen hat. Andererseits wäre ich Sten nie begegnet ... Nein. Stopp! So etwas will ich nicht einmal denken!

Energisch reiße ich meinen Blick von Isabel und dem See los.

»Erzählst du mir von ihr? Von Katja?«

Sten presst die Lippen zusammen.

»Also, natürlich nur, wenn du willst«, beeile ich mich hinzuzufügen. »Ich dachte, dass es dich vielleicht erleichtert, wenn du darüber reden kannst.«

Sten nickt, sagt aber nichts.

»Warum seid ihr nicht *richtig* zusammen gewesen?«

Schweigen.

»Weil sie die Freundin meines besten Freundes gewesen ist«, platzt es schließlich aus ihm heraus. Sten zieht eine Grimasse. Anscheinend bereut er, dass er überhaupt davon angefangen hat.

»Du hast sie ihm also ausgespannt?«, hake ich vorsichtig nach.

»So könnte man es nennen.«

Sten dreht sich noch ein wenig weiter von mir weg und starrt auf irgendeinen Punkt in der Ferne.

»Hast du sie geliebt?«

»Klar hab ich das!«

»Und sie?«

»Nicht genug, um sich innerlich wirklich von Jan zu trennen und mit ganzem Herzen mit mir zusammen zu sein.«

Ich denke an Jesper und seufze leise.

»Aber das war auch völlig okay so«, setzt Sten trotzig hinzu. »Ich hätte mir das nämlich nicht verziehen, wenn ...«

Er senkt den Kopf und rauft sich die Haare.

»Jan hat es also nie erfahren?«

»Nein. Zwar hat Katja sich offiziell wegen eines anderen von ihm getrennt, Jan wusste aber nicht, dass ich derjenige war. Wir haben es so hingekriegt, dass es außer meiner Mutter niemand gemerkt hat. Oh Mann, ich darf gar nicht darüber nachdenken! Wenn Jan nur ein einziges Mal bei uns zu Hause aufgekreuzt wäre und sie ihn in eins ihrer berüchtigten Geht-es-dir-gut?-Gespräche verwickelt hätte, wäre ich geliefert gewesen.«

»Und wie lange ging das so?«, bohre ich weiter.

»Bis kurz vor dem Unfall. Da hat Katja beschlossen, wieder zu Jan zurückzugehen.«

»Oje, das hat dich bestimmt ziemlich fertiggemacht«, sage ich mitfühlend.

Sten senkt den Blick und nickt. »Andererseits war aber auch die alte Ordnung wiederhergestellt.«

»Dann bist du also eher erleichtert gewesen?«

»Ja und nein.«

»Hmm.« Ich betrachte ihn forschend von der Seite und bilde mir ein, seine innere Zerrissenheit an seinem Mienenspiel ablesen zu können. »Versteh ich.«

»Ich hätte mich dafür prügeln können, dass ich selbst

nicht genügend Arsch in der Hose hatte, um diesen Schritt zu tun. Kapierst du, Lida. Jan war mein allerbester Freund! Schon seit der Grundschule. Ich hätte mich niemals auf die Geschichte mit Katja einlassen dürfen.«

»Aber wenn du sie doch geliebt hast ...«, wende ich zögernd ein.

»Trotzdem. Ich hatte kein Recht, sie anzurühren.«

»Natascha schert sich nicht um so was«, sage ich.

»Ihr seid ja auch nicht befreundet«, erwidert Sten. Er sieht mich an. »Oder?«

»Nein. Ganz bestimmt nicht. Ich finde allerdings nicht, dass es einen großen Unterschied macht.«

Sten wendet den Blick ab und nimmt wieder den Punkt in der Ferne ins Visier. »Demnach sind Typen, die eine Freundin haben, für dich tabu?«

»Absolut.«

Er nickt.

Und schweigt.

»Was ist denn?«, frage ich und berühre ihn flüchtig am Arm. »Sten, was ist los?«

Er macht eine unwillige Bewegung mit der Schulter und zieht seinen Arm weg. »Nichts.«

Ich lasse meine Hand sinken und beschließe, nicht weiter in ihn zu dringen. Zwar würde ich gern noch etwas mehr über den Unfall erfahren, doch ich spüre, dass Sten im Moment nicht darüber reden will.

Eine Weile sitzen wir stumm nebeneinander und beobachten Isabel, die inzwischen damit begonnen hat, Brennnesseln niederzutrampeln. Sie geht gezielt und konzentriert dabei vor. Staude für Staude. So als führe sie einen wohldurchdachten Plan aus.

»Glaubst du wirklich, sie kennt sich hier aus?«, fragt Sten.

»Keine Ahnung«, entgegne ich. »Ich hätte gewettet, dass sie zu unserem Ausgangspunkt zurückläuft. Vielleicht sogar bis zum Schlund.«

Wenn ich ehrlich bin, habe ich sogar gehofft, dass Isabel sich an den Weg erinnert, den der VW-Bus bis dorthin genommen hat. Dass sie sich nun ausgerechnet hier am See herumtreibt, irritiert mich.

»Ihr seid eine merkwürdige Truppe«, sagt Sten. »Bunter kann man kaum zusammengewürfelt sein.«

»Ich gehöre nicht mehr dazu«, erwidere ich leise.

Sten schaut kurz zu mir hin. »Aber du hast mal zu Jesper gehört.«

»Ja ... Zumindest dachte ich das.«

»Er ist älter als du, stimmt's?«

»Hmm. Drei Jahre.«

Sten räuspert sich. »Was machst du eigentlich?«, erkundigt er sich nach einer Weile. »Eine Ausbildung? Oder gehst du noch zur Schule?«

»Letzteres«, sage ich. »Elfte Klasse Gymnasium ... Na ja, jetzt wohl nicht mehr«, versuche ich zu scherzen und mache eine weit ausholende Geste. »Von nun an lebe ich im Wald. Oder was weiß ich wo!«

»Ich verstehe nicht, warum du ihm helfen willst«, kommt es von Sten. »Wir könnten doch einfach weitergehen ... in eine ganz andere Richtung ...« Er bricht ab.

»Und dann?«

Er antwortet nicht.

»Und dann, Sten?«

Nichts.

»Ich kann das nicht«, sage ich. »Ich kann nicht einfach vor all dem hier wegrennen. Außerdem ist es nicht ganz unwahrscheinlich, dass Jesper etwas mit der Sache zu tun hat.«

Stens Blick fliegt zu mir. »Wie kommst du denn darauf?«

»Für mich gibt es keinen Zweifel daran, dass er und Natascha sich schon länger kennen.«

»Mhm.« Sten nagt an seiner Unterlippe. »Könnte sein. Sie sind jedenfalls ziemlich vertraut miteinander umgegangen.«

»Was du nicht sagst!« Ich muss ein wenig Luft ablassen, bevor ich fortfahre. »Natascha hat mich immer weiter auf den See hinausgelockt. Sie hat gesagt, dass Jesper sie geküsst hätte. Ich dachte, dass sie mich nur provozieren wollte. Inzwischen sehe ich das anders.«

»Du hältst es also ernsthaft für möglich, dass die beiden dich ertränken wollten?«, fragt Sten ungläubig.

So wie er es sagt, klingt es in der Tat ziemlich absurd.

Frustriert lasse ich den Kopf hängen.

»Du hast mir doch erzählt, dass jemand am Grund des Sees war und dich dort mit einem Seil gefangen gehalten hat«, versucht Sten, ein wenig Struktur in mein Gedankenchaos zu bringen. »Wenn deine Theorie stimmt, müsste dieser Jemand Jesper gewesen sein.«

»Ausgeschlossen«, erwidere ich. »Als Natascha und ich zum See aufgebrochen sind, hat er noch geschlafen. Außerdem waren er und Thore die Ersten, denen ich begegnet bin, nachdem ich mich ans Ufer gerettet hatte.«

»Wie hat er auf dein Verschwinden reagiert?«

»Er ist völlig fertig gewesen. Wollte mich suchen. Hat sich Vorwürfe gemacht ... Als ihm klar wurde, dass ich ertrunken bin, war er plötzlich total in sich gekehrt und hat stundenlang keinen Ton mehr von sich gegeben.«

»Könnte er all das gespielt haben?«, tastet Sten sich weiter vor.

»Keine Ahnung!« Ich sehe ihn an. Meine Augen brennen und meine Unterlippe zittert. »Ich kenne Jesper doch überhaupt nicht!«

»Moment mal ...« Sten stößt ein kurzes Lachen aus. »Du bist ... *wie lange* mit ihm zusammen gewesen?«

»Ein halbes Jahr«, sage ich. »Aber was bedeutet das schon? Wir haben uns dreimal in der Woche getroffen, um miteinander zu schlafen und Spaß zu haben. Über uns haben wir nie geredet. Und ernste Gespräche, so wie du und ich sie führen, hat es zwischen uns auch nicht gegeben. Im Grunde weiß ich gar nicht, wie Jesper wirklich tickt.«

»Dann hat es dich wohl auch nicht interessiert.«

Sten spricht leise. Behutsam. Und trotzdem sind seine Worte wie ein Schlag vor die Brust.

Es ist so einfach gewesen, Jesper die Schuld dafür zu geben, dass unsere Beziehung sich nicht über dieses Dreimal-in-der-Woche-Vögeln hinaus entwickelt hat. Mir einzugestehen, dass ich es selber gar nicht anders wollte, tut unheimlich weh.

Verdammt, ich bin siebzehn. Ich habe mich nach Liebe und Zärtlichkeit, nach einer echten Bindung gesehnt und nicht nach einer Affäre.

Stattdessen traf ich Jesper.

Und jetzt bin ich tot.

Aus und vorbei.

Chance vertan. Mein Leben ist gelebt, viel zu kurz, aber ein Zurück gibt es nun nicht mehr.

Meine Augen brennen wie verrückt. Ich möchte heulen, aber es geht nicht. Wie auch? Mein Körper wogt, gefangen in einer Seilschlinge, auf dem Grund dieses wilden Sees dort vor uns hin und her. Er hat seine Funktionen eingestellt, übrig geblieben sind Angst und Schmerz. Das ist nicht viel, und mit einem Schlag wird mir bewusst, warum mir so sehr daran liegt, Jesper und die anderen – oder wenigstens einen von ihnen – zu retten:

Ich will, dass man mich findet. Mam soll sich nicht den Rest ihres Lebens fragen müssen, was mit mir geschehen ist. Wohin ich gegangen bin, ohne ihr etwas zu sagen. Aus welchem Grund ich sie verlassen habe. Warum ich ihr haargenau das Gleiche antue wie mein Vater.

»Du hast recht«, presse ich hervor. »Es hat mich nicht interessiert. Ich wollte keine tiefe Beziehung zu Jesper. Auch nicht zu jemand anderem. Wahrscheinlich habe ich ihn mir deshalb ausgesucht. So läuft das doch im Leben, oder? Es gibt keine Zufälle. Man trifft genau die Menschen, die wichtig für einen sind, um Zusammenhänge zu verstehen, ein bisschen mehr über sich selbst zu erfahren und vielleicht auch ein paar Dinge ändern zu können.«

»Na ja, ich weiß nicht.« Sten hebt zweifelnd die Hände. »Ehrlich gesagt, habe ich mir über solche Dinge bisher noch nicht so wahnsinnig viele Gedanken gemacht.«

»In meinem Fall stimmt es aber«, beharre ich. »Du hast nur eine einzige Frage stellen müssen, um mir klarzumachen, dass ich genau *so* jemanden wie Jesper gesucht ... und gefunden habe. Jemanden, bei dem es nicht so wehtut, wenn es wieder vorbei ist. Bei dem es mir nur ein bisschen was ausmacht. Tatsache ist: Ich hab ihn trotzdem gern. Und es macht mir verdammt viel aus, dass er zu keinem Zeitpunkt ernsthaft in Betracht gezogen hat, richtig mit mir zusammen zu sein.«

Sten schüttelt den Kopf. »Das kannst du doch gar nicht sicher wissen.«

»Jetzt pass mal auf«, sage ich ungehalten. »Er wollte mich nicht öfter sehen als diese obligatorischen drei Mal in der Woche. Wir sind nie zusammen ausgegangen. Nicht mal ins Kino. Stattdessen haben wir immer nur bei ihm in der Bude gehockt. Er hätte Pläne machen, mich fragen können, ob wir mal wegfahren sollen oder ob ich bei ihm einziehe, wenn ich achtzehn bin. Hat er aber nicht.«

»Hättest du denn zugestimmt?«

»Ja, das hätte ich«, gebe ich zurück. »Natürlich hätte ich das. Bis ich volljährig bin, dauert es noch eine Weile. In die Zukunft zu planen, wäre überhaupt kein Ding für mich gewesen. Ein Jahr ... Mann, das ist doch total abstrakt.«

Sten sieht mich an, als könnte er es nicht glauben.

»Ich bin nicht so«, sagt er und guckt wieder weg. »Nie gewesen.«

In seiner Stimme schwingt Enttäuschung und das schmerzt mich fast noch mehr als das Desaster mit Jesper.

»Du hältst mich für oberflächlich, stimmt's? Unter normalen Umständen hättest du dich mit jemandem wie mir wahrscheinlich gar nicht abgegeben.«

»Jetzt quatsch mal keinen Unsinn, Lida«, entgegnet Sten. »Ich halte dich keinesfalls für oberflächlich. Im Gegenteil. Ich finde es einfach nur schade, dass du dir offenbar die ganze Zeit selbst etwas vorgemacht hast, und jetzt frage ich mich natürlich, ob ...«

Er bricht ab und betrachtet mich forschend. Mir wird ganz anders unter seinem Blick.

»Was?«, hauche ich.

»Ach, nichts.« Sten winkt ab. »Im Grunde geht mich das alles ja überhaupt nichts an.«

Doch, das tut es, denke ich. Zumindest wünschte ich, dass es so wäre.

»Jesper wollte mich nicht zu diesem bescheuerten Event mitnehmen, aber ich habe darauf bestanden«, betone ich beinahe trotzig, so als ginge es darum, irgendetwas zu beweisen.

»Dann wolltest du also doch, dass eure Beziehung sich ändert?«

Sten formuliert es als Frage. Sein Blick hält mich noch immer gefangen.

»Ja, vielleicht.«

Trotzdem tut es mir nicht leid, dass es nicht geklappt hat. Hier und jetzt, in genau diesem Moment, empfinde ich kein Bedauern mehr.

Sten hat sich wieder abgewandt und aufs Neue Isabel ins Visier genommen, die noch immer in der Nähe des Seeufers herumstapft.

»Ich glaube, sie sucht etwas«, murmelt er. »Diese Akribie, mit der sie sich durch das Gestrüpp arbeitet …«

»Vielleicht Pilze«, sage ich halb ernst, halb ironisch.

»Zwischen all den Brennnesseln?« Sten schüttelt den Kopf.

»So ist sie eben«, erwidere ich achselzuckend. »Isabel findet überall Pilze, Beeren und Heilpflanzen. Zumindest sieht es im Augenblick nicht so aus, als würde es etwas bringen, sie noch länger zu beobachten«, setze ich hinzu. »Bestimmt ist sie in einer Stunde noch immer hier.«

»Okay.« Sten springt auf die Füße und hält mir seine Hand hin. »Dann lass uns weitergehen.«

Mit seiner Hilfe bin ich ebenfalls ruck zuck auf den Beinen.

Der Weg bis zum Schlund liegt mir glasklar vor Augen.

Donnerstag, 21. August, am Schlund

»Hier war ich schon«, sagt Sten und blickt um sich. »Also, nicht genau an diesem Punkt, sondern ein Stück weiter da vorn.« Er deutet auf ein paar besonders dichte Sträucher. »Von hier aus sieht man das nicht, aber die Schlucht zieht sich noch ein ganzes Stück durch den Wald. Irgendwo dahinter beginnt dann das Milberger Moor.«

»Und von dort ist es nicht mehr weit bis zur Stadt.«

Leider sehe ich keine Möglichkeit, dort hinzugelangen. Jedenfalls nicht für einen normalen Menschen, der nicht über entsprechende Kenntnisse und eine professionelle Kletterausrüstung verfügt.

»Sie müssten diesen Schlund durchqueren«, sage ich, trete bis dicht an die Kante heran und spähe in die Tiefe.

»Sie müssten erst einmal überhaupt auf die Idee kommen, dass das ihre womöglich einzige Chance ist, hier rauszukommen«, präzisiert Sten. »Nicht einmal Isabel scheint das zu wissen.«

Konzentriert lasse ich meinen Blick über Felsvorsprünge, Baumwurzeln und Stümpfe gleiten. Hin und her und rauf und runter. Bis ich einen Irrtum hundertprozentig ausschließen kann.

»Er ist nicht mehr da.«

»Wer?«

»Stucke«, sage ich. »Seine Leiche ist verschwunden. Jemand muss sie weggeschafft haben.«

Stens Miene verfinstert sich. »Bist du sicher?«

»Ganz sicher«, betone ich und weise auf den Baumstumpf, an dem Stucke am Sonntag mit verdrehtem Oberkörper und unnatürlich abgewinkelten Beinen gehangen hat. »Siehst du die dunklen Flecken auf der Rinde? Ich wette, das ist getrocknetes Blut.«

Sten kneift die Augen zusammen. »Hmm. Könnte sein.«

»Glaub mir, genau so ist es«, erwidere ich, drehe mich langsam um mich selbst und schaue noch einmal aufmerksam in alle Richtungen. »Ich frage mich bloß, wo er Stucke hingeschafft hat.«

»Also, ich glaube, dass einer allein das kaum bewerkstelligen kann«, sagt Sten. »So eine Männerleiche ist nämlich verdammt schwer.«

Unwillkürlich muss ich an Thore denken. An seine kräftige Statur. Seine Bizepse. Jemand wie er könnte es vielleicht ja doch.

»Wir müssen da runter«, sage ich. »Hier oben haben wir schon alles abgesucht.«

Ein genauer Blick hinter all die Sträucher würde sich eventuell sogar lohnen, da Sten und ich jedoch nicht in der Lage sind, Äste beiseitezubiegen, können wir das getrost vergessen.

Außerdem wird sich wohl kaum einer die Mühe gemacht haben, Stuckes Leichnam heraufzuziehen, um ihn dann irgendwo im Gebüsch abzulegen. Nein, mein Gefühl sagt mir: Wenn er überhaupt noch hier ist, dann dort unten.

»Also gut, einverstanden.« Nach kurzem Überlegen nickt Sten mir zu. »Ich gehe voraus.«

Ehe ich etwas einwenden und den bestmöglichen Abstiegsweg ausloten kann, hat er sich bereits auf den Boden gesetzt. Im nächsten Moment rutscht er den Abhang hinunter, ergreift eine Baumwurzel und kommt auf einem kleinen Vorsprung zum Stehen.

»Bist du verrückt!«, rufe ich.

»War keine große Sache«, erwidert er grinsend und winkt mir aufmunternd zu. »Na, komm schon! Ich fang dich auf.«

Klar doch. Ich grinse verhalten zurück. Und selbst wenn er es nicht schafft und ich seinem Griff entgleite – was soll mir schon groß passieren? Vermutlich würde ich mir nicht mal den Knöchel verstauchen, wenn ich gleich ganz runterspringe.

Ich überlege nicht lange, drücke mich mit dem rechten Fuß von der Kante ab und schon sause ich an dem verdutzten Sten vorbei in die Tiefe. Ein einziges Mal muss ich mich von einem hervorstehenden Felsen abstoßen, damit ich nicht gegen die Steinwand knalle, dann komme ich bereits auf dem Grund des Schlundes auf. Ich spüre einen leichten Schlag gegen meine Fußsohlen – und das war's.

»Keine große Sache!«, wiederhole ich lachend Stens Worte.

Nicht mal fünf Sekunden später landet er unmittelbar neben mir. »Mensch, Lida«, sagt er. »Das hätte ich mich ja nie getraut.«

»Wieso?«, gebe ich zurück. »Hast du doch.«

Er schüttelt den Kopf. »Mannomann, du bist vielleicht …«

»Was?«

»Verrückt.«

»Nicht viel verrückter als du«, sage ich und knuffe ihn gegen die Schulter.

Wir sehen uns an, und wieder entsteht einer dieser irren Momente, in denen mir das Herz aufgeht – und sogleich von einem wehen Gefühl überschattet wird.

Warum nur habe ich Sten nicht treffen können, als ich noch am Leben war? Vielleicht habe ich das sogar und bin einfach an ihm vorbeigelaufen, weil er nicht in meine Vorstellung von einem idealen Typen passte. Stattdessen habe ich meine Zeit mit Jesper verbracht und mir eingeredet, dass er meine große Liebe wäre.

Sten mustert mich stirnrunzelnd. »Alles klar mit dir?«

»Ja, ja«, beeile ich mich zu versichern. »Alles im grünen Bereich.«

Hastig wende ich mich ab und tue so, als würde mich einer der Baumstümpfe besonders interessieren.

Offenbar empfindet Sten vollkommen anders als ich, was mich nicht sonderlich verwundert, schließlich hat er seine Katja wirklich geliebt. Einen Stich versetzt es mir trotzdem.

»Wonach suchen wir eigentlich?«, will er jetzt wissen. »Doch nicht nach der Leiche, oder?«

»Zumindest nach einer Spur«, sage ich. »Vielleicht finden wir einen Rest von einem Kleidungsstück, Stuckes Uhr oder …«

»… einen abgetrennten Finger?«

»Sten!«

»Was denn?« Er sieht mich mit ernster Miene an. »Ich finde, wir sollten auf alles gefasst sein.«

»Weiß ich doch«, sage ich und sehe mich unschlüssig um. In der Tat zieht sich die Schlucht in beide Richtungen sehr viel länger hin, als es von oben den Anschein hatte.

Sten deutet nach links. »Ich schlage vor, ich gehe hier entlang. Und sollte ich einen Finger finden, sage ich es dir einfach nicht. Okay?«

»Nicht okay«, entgegne ich. »Außerdem wäre es mir lieber, wenn wir zusammenblieben.«

»Aber dann brauchen wir möglicherweise doppelt so lange, bis ...«

»Das ist mir egal«, unterbreche ich ihn und stapfe los.

***

Es gibt jede Menge Spuren. Zumindest theoretisch. Abgeknickte Zweige. Ein angesägter Baumstumpf. Scherben. Sten findet sogar einen Kronkorken von einer Bierflasche der Marke Krombacher.

»Ziemlich zerkratzt«, stellt er fest, als er in die Hocke geht, um sich das Ding etwas genauer anzusehen. »Liegt bestimmt schon ewig hier.«

Jedenfalls deutet es, ebenso wie die Fallen und die Hütte im Wald, darauf hin, dass irgendwann einmal ein Mensch in dieser Gegend war.

»Wie weit ist es noch bis zu der Stelle, an der du den Schlund durchquert hast?«, frage ich.

»Keine Ahnung.« Sten erhebt sich wieder. »Ich hab dir doch erklärt, dass ich auch jedes Gefühl für Entfernungen verloren habe.«

»Schon gut«, sage ich. »Gehen wir weiter.«

Schritt für Schritt arbeiten wir uns vor. Unablässig gleiten unsere Blicke hin und her. Keine Wildranke oder Felsspalte, die wir nicht sorgfältig unter die Lupe nehmen. Dass wir nichts zur Seite schieben oder aufheben können, ist dabei nicht gerade hilfreich, und irgendwann lasse ich mich frustriert auf einen großen flachen Felsen sinken.

»Hey!«, sagt Sten. »Willst du etwa schon aufgeben?«

»Schon?« Ich deute zum Himmel hinauf, der hellblau und beinahe wolkenlos über uns liegt. »Ich wette, es geht bereits auf Mittag zu.«

Sten schüttelt den Kopf. »Das täuscht. Du denkst das nur, weil es hier unten so dunkel ist.«

Trotzdem.

»Es ist doch völlig sinnlos, was wir hier tun! Nie und nimmer hat jemand eine Leiche so weit geschleppt.«

»Hm.« Sten nickt. »Geb ich dir recht. Aber irgendwo muss dieser Stucke ja sein. Wenn es ihn wirklich gegeben hat.«

»Was soll das denn heißen? Glaubst du mir etwa nicht?«

»Doch, aber ...«

»Ja, ja ... schon klar. Eine Leiche verschwindet. Spurlos. Ein VW-Bus löst sich sozusagen in Luft auf. Ich an deiner Stelle würde ebenfalls zweifeln, aber ich schwöre dir, Sten: Genauso ist es! Ich bin doch keine Irre.«

»Vor allem hättest du keinen Grund, mir eine solche Story aufzutischen«, ergänzt er. »Es sei denn, du wolltest dich interessant machen.« Sein Mund verzieht sich zu einem Grinsen. »Vor dem einzigen Typen weit und breit.«

»Okay«, sage ich nüchtern. Ich mag Stens flapsige Art, aber gerade ist mir überhaupt nicht nach Scherzen zumute. »Lass uns noch ein Stück weitergehen. Aber wenn wir nicht bald etwas finden, kehren wir um. Ich möchte Isabel und die anderen nicht so lange sich selbst überlassen.«

»In Ordnung«, erwidert Sten.

Im selben Moment trifft mich ein Schlag gegen die Stirn.

Donnerstag, 21. August, Stadtklinikum Süd

»Wir werden Leonie intubieren müssen«, sagt er, während er sich in seinem Lederstuhl zurücklehnt. »Die Transplantation erfolgt voraussichtlich in der Nacht von Freitag auf Samstag.«

»Also morgen?«

Vanessa Kremer sitzt ihm gegenüber. Ihr Blick ist klar, ihre Haltung aufrecht, die schmalen Hände ruhen auf den Armlehnen. In Anbetracht der kritischen Situation, in der sich ihre Tochter befindet, wirkt sie bemerkenswert ruhig. Sehr viel ruhiger als bei ihrem ersten kurzen Gespräch vor zwei Tagen.

Er nickt. »Wenn Sie so wollen.«

»Wie lange wird es dauern?«, fragt Joachim Kremer, während er den Raum mit kurzen, rastlosen Schritten durchmisst.

Er ist kleiner als seine Frau, und im Gegensatz zu ihr, deren sportliche Figur unter dem hellen Wickelshirt und der schmalen Leinenhose nicht zu übersehen ist, hat er bereits einen kleinen Bauchansatz. Vor allem aber ist er sichtlich nervöser als sie.

»Mehrere Stunden«, gibt er zurück. »Wie lange genau, muss Sie nicht interessieren.«

Joachim Kremer hält inne und wirft ihm einen vernichtenden Blick zu.

»Entschuldigen Sie bitte, aber diese Operation betrifft das

Leben unserer Tochter und kostet uns ein Vermögen. Da wird man ja wohl ein paar Details erfragen dürfen.«

»Natürlich.« Er bemüht sich um ein Lächeln. »Allerdings mögen Sie mir verzeihen, wenn ich Sie darauf hinweise, dass diese Operation unter normalen Umständen gar nicht stattfinden würde.«

Vanessa Kremer lächelt ebenfalls. »Sie meinen, zu diesem Zeitpunkt.«

»Sicher.« Wieder nickt er. »Oder vielleicht auch nie. Sie wissen ja selber, dass nur sehr wenige Menschen bereit sind, ein Organ zu spenden. Die Wartelisten sind lang. Und Mukoviszidose ist eine tückische Krankheit. Leonie hat wirklich sehr viel Glück gehabt.«

»Jetzt werden Sie mal nicht unverschämt!«, fährt Joachim Kremer ihn an. »Sie sind es doch, der sich am Elend seiner Patienten eine goldene Nase verdient.«

»Schsch.« Eine kurze Geste seiner Frau genügt, um ihn zum Schweigen zu bringen. »Bitte verzeihen Sie«, setzt sie hinzu. »Wir sind Ihnen wirklich außerordentlich dankbar. Allerdings ...«

»... auch ein wenig besorgt«, führt er ihren Satz zu Ende. »Was ich sehr gut verstehen kann. Dennoch muss ich an Ihre Vernunft appellieren. Die Lungentransplantation wird außerhalb der normalen OP-Zeiten von einem kleinen Spezialistenteam durchgeführt. Niemandem kann daran gelegen sein, Aufsehen zu erregen.« Sein Blick wandert von Vanessa Kremer zu ihrem Mann, der sich inzwischen neben ihr auf dem zweiten Besucherstuhl niedergelassen hat und unruhig über seine Fingerknöchel reibt. »Ich muss Sie daher bitten, daheimzubleiben und auf meinen Anruf zu warten.«

Donnerstag, 21. August, im Schlund

Es ist dunkel. Jemand flucht. Zuerst denke ich, dass es Sten sein muss, aber die Stimme ist viel rauer als seine. Älter. Dann flackert direkt über mir ein Licht auf.

Chrom blitzt. Jemand ruckt an meinem Arm. Ein komischer Geruch dringt in meine Nase. Ich kenne ihn. Aber woher?

Ich kann mich nicht spüren, höre mich nur stöhnen.

»Alles wird gut, Rebecca. Das verspreche ich dir.«

Diese Stimme macht mich noch wahnsinnig.

Ich bin nicht Rebecca! Ich bin Lida!

ICH WILL WEG VON HIER!

»Gleich, meine Süße ... Papa beeilt sich ... Papa macht, so schnell er kann.«

Sten, hilf mir! Bitte, hol mich hier raus! – »STEN!«

»Ist ja gut, Lida. Schon gut.«

Eine warme Hand streicht mir über die Wange. Sanft. So zärtlich.

Stens vertrautes Gesicht schält sich aus der Dunkelheit. Und plötzlich ist alles wieder da. Die grauen Felsen der Schlundwände rechts und links und der hellblaue Himmel über mir. Hoch oben blinzelt die Sonne durch die Baumkronen und schickt ein paar einzelne Strahlen zu uns in die Schlucht hinunter.

»Was ist passiert?«

»Du bist nach hinten umgekippt«, sagt Sten. »Einfach so. Ganz plötzlich.«

»Wie bitte?« Irritiert sehe ich ihn an. »Und ich dachte schon ...«

»Was?«

»Na ja, ich wollte gerade aufstehen und im nächsten Moment habe ich diesen Schlag gegen die Stirn bekommen.«

Ein schiefes Grinsen. »Tja, also, wenn du denkst, dass ich das war, muss ich dich leider enttäuschen. Ich neige nicht zu Gewalttätigkeiten.«

»Sten«, wispere ich. »Du bist unmöglich.«

»Wenn das ein Kompliment sein soll ...«

Beklommen sehe ich ihn an und sofort zeichnet sich eine Sorgenfalte zwischen seinen Augenbrauen ab.

»Was ist los?«

»Es war genau wie bei dir, als du von einer Sekunde auf die andere *ohnmächtig* geworden bist«, sage ich. »Und auch ich habe eine Stimme gehört.«

Sten streckt mir seine Hand entgegen, ich ergreife sie und er zieht mich auf die Füße.

»Wessen Stimme?«, will er wissen. »Von deiner Mutter? Einer Freundin? ... Oder Jespers?«

»Nein.« Ich schüttele den Kopf. »Sie gehörte einem Mann, den ich nicht kenne. Er hat mich Rebecca genannt.«

»Rebecca?« Die Falte zwischen Stens Brauen vertieft sich. »Das ist doch der Name von Isabels Schwester.«

»Ja.« Ich nicke.

»Oder gibt es jemanden in deinem Umfeld, der so heißt?«

»Nein.« Wieder schüttele ich den Kopf. »Vielleicht sind es Seelen aus dem Totenreich, die nach uns rufen. Ich weiß, das klingt ziemlich abgefahren, und eigentlich habe ich nie an solche Dinge geglaubt, aber Rebecca ist ja nun einmal tot.«

»Wenn Isabel die Wahrheit erzählt hat«, gibt Sten zu bedenken. »Außerdem hat dieser Mann doch nach *ihr* gerufen und nicht nach dir, oder?«

»Er hat *ihren* Namen genannt, aber *mich* gemeint«, erwidere ich.

»Bist du sicher?«

»Ganz sicher«, sage ich. »Ich habe ganz deutlich gespürt, wie er an mir herumgezerrt hat.«

»Das könnte auch ich gewesen sein«, gibt Sten mit schuldbewusster Miene zurück. »Um dich aufzuwecken, habe ich nämlich ebenfalls ziemlich an dir *herumgezerrt.*«

»Ich weiß nicht«, entgegne ich zögernd. »Wenn du mich berührst ...« Ich breche ab, senke den Blick und nage an der Unterlippe. »Ich kann dir das nicht erklären, aber es fühlt sich völlig anders an.«

»Vielleicht war es eine Art Traum«, meint Sten. »Auch das mit Katja. Wir können sehen, reden, fühlen ... Wieso also nicht auch träumen?«

Ja, wieso nicht?

Ratlos schauen wir uns an.

»Und jetzt?«, fragt Sten. »Was machen wir jetzt?«

»Wir gehen weiter«, sage ich. »So wie es geplant war.«

***

Hinter der Biegung verbreitert sich der Schlund. Inzwischen ist die Sonne ein ganzes Stück am Himmel emporgewandert und taucht nun alles in ein helles, warmes Licht. In diesem Abschnitt gibt es weitaus weniger abgestorbene Stämme als in der Enge, die wir zuvor durchquert haben. Efeu überwuchert die Steilwände und auch die Sträucher sind hier sehr viel dichter belaubt. Dort, wo die Felsen aufspringen, rollen sich junge Farnstängel hervor, vereinzelt gedeihen sogar winzige dunkelblaue Blumen.

»In ein bis zwei Stunden verschwindet die Sonne hinter den Bäumen auf der anderen Seite und dann wird es auch hier wieder dunkel sein«, sagt Sten.

Plötzlich bleibt er stehen, stutzt und macht einen Schritt zurück.

»Ich glaube, da war was. Etwas Blankes ... Blitzendes ...«

»Wo?«

Anstatt mir zu antworten, geht Sten in die Hocke und betrachtet eingehend einen niedrigen, mit winzigen dunkelgrünen Blättern bewachsenen Busch, aus dessen Zweigen unzählige lange und außerordentlich spitze Stacheln hervorsprießen.

»Jetzt sag schon: was denn?«, frage ich, da hat Sten seine Hand bereits mitten hineingesteckt. »Eine Uhr?«

Sten schüttelt den Kopf. »Fühlt sich wie ein Spiegel in einer Kunststoffhalterung an. Ein Autospiegel oder so.«

»Was? Aber dann ... Nein, das ist doch nicht möglich, oder?«

Sten runzelt die Stirn. »Was meinst du?«

»Na, den VW-Bus«, entgegne ich aufgeregt. »Könnte es sein, dass der auch in diese Schlucht hinuntergestoßen worden ist?«

»Was soll das für einen Sinn gehabt haben?«, erwidert Sten und deutet zurück. »Stucke da vorn und der Wagen ein paar Hundert Meter weiter? Abgesehen davon, hinterlässt so etwas Spuren. Lacksplitter zum Beispiel.«

»Okay, dann suchen wir eben *danach*«, sage ich, während ich mich auf den Bauch hinunterlasse und zwischen die Zweige des Stachelbusches spähe.

»Welche Farbe hatte der Wagen denn überhaupt?«

»Dunkelblau«, hauche ich. »Sten, er ist es! Der Außenspiegel von dem VW-Bus, der uns hierhergefahren hat. Er scheint sogar noch völlig intakt zu sein.« Ich springe wieder auf die Füße. »Mensch, das ist der Beweis!«, rufe ich erhitzt. »Irgendwer hat den Spiegel in den Schlund geworfen und vielleicht sogar den kompletten Wagen von dort oben heruntergestoßen!«

»Nein, Lida.« Sten hebt abwehrend die Hände. »Ich halte das für ausgeschlossen. Warum sollte jemand das tun? Viel wahrscheinlicher ist doch, dass er mit dem Spiegel an einem Ast hängen geblieben ist. Das Ding hat sich gelöst und ist in die Schlucht gefallen.«

»Und wenn der Bus doch irgendwie hier runtergeschafft wurde?«, beharre ich, während ich meinen Blick über die Felswand gleiten lasse. »Zum Beispiel dort drüben, wo es nicht so steil ist. Womöglich war der Wagen sogar noch funktionstüchtig, als er hier unten gelandet ist.«

»Nee.« Sten schüttelt energisch den Kopf. »Das kann ich mir beim besten Willen nicht vorstellen. Der hat sich doch garantiert überschlagen. Und selbst wenn nicht ... Wohin, bitte schön, soll er dann gefahren worden sein?«

»Keine Ahnung.«

Mein Gefühl sagt mir einfach, dass es nur so gewesen sein kann, und plötzlich bin ich wie im Fieber. Das Grauen davor, abgetrennte Leichenteile zu finden, ist wie weggeblasen, und auch meine Sorge um Jesper, Joy, Thore, Birk und Isabel ist auf einmal zweitrangig.

»Komm, lass uns weitergehen«, fordere ich ihn auf. »Garantiert gibt es hier unten noch einiges mehr zu entdecken.«

Zügig laufe ich voran und Sten folgt mir ohne weitere Einwände und das geringste Zögern. Obwohl seine Zweifel an meiner Theorie offensichtlich sind, scheint er fest entschlossen, mir zur Seite zu stehen, und das rechne ich ihm hoch an.

Der Schlund verbreitert sich mehr und mehr. Es scheint, als würden die Felswände zur Seite rücken, um dem Waldboden dazwischen Platz zu machen.

»Siehst du die ganzen abgesägten Stümpfe?«

Sten nickt. »Das sind alles junge Bäumchen gewesen«, stellt er erstaunt fest.

»Es ist genau so wie oben im Wald«, sage ich. »Auch dort gibt es kleine Bereiche, die frei geschlagen worden sind.«

»Verrückt«, erwidert Sten, während er sich in alle Richtungen umschaut. »Das ist doch total unsinnig.«

»Also, mich wundert das alles nicht«, gebe ich zurück. »Wahrscheinlich haben wir es mit einem Typen zu tun, der völlig krank im Kopf ist. Einem Psychopathen, der irgendeinen mörderischen Plan verfolgt. Womöglich lebt dieser Typ hier sogar irgendwo.«

Sten starrt mich an.

»Verdammt«, wispert er. »Verdammt.«

Er wendet sich ab. Greift sich an den Kopf. Und ich denke schon: Jetzt ist die Reihe wieder an ihm. Gleich bricht er zusammen. Doch zum Glück passiert es nicht.

»Dieser merkwürdige Bungalow, der so verlassen wirkte!«

»Was ist damit?«

Langsam dreht Sten sich zu mir um.

»Wenn ich mich nicht täusche, befindet der sich so ziemlich genau auf der anderen Seite dieser Felswand.«

Irritiert erwidere ich seinen Blick. »Aber du hast doch gesagt, du erinnerst dich nicht.«

»Doch, Lida. Jetzt schon. Das Haus war direkt an den Felsen ... gebaut ... und ... es gab auch so etwas wie eine ... Garage«, bricht es stockend aus ihm hervor. Sein Gesicht verzerrt sich zu einer verzweifelten Grimasse. »Wie konnte ich nur so dumm sein!«

»Das bist du nicht«, flüstere ich.

Für mich bist du der klügste, wunderbarste, treueste Freund, den ich mir vorstellen kann!

»Hör auf, Sten, mach dir bitte keine Vorwürfe«, sage ich. »Du hast mir von diesem Grundstück erzählt. Ich hätte darauf beharren müssen, danach zu suchen. Es ist nicht deine Schuld. Und jetzt komm. Wir müssen weiter. Vielleicht gibt es von diesem Schlund aus sogar einen Zugang zu dem verlassenen Bungalow.«

TEIL DREI

Donnerstag, 21. August, im Schlund

Circa hundert Meter weiter sehen wir das Tor.

Es liegt hinter einem knapp drei Meter hohen, scharfkantigen Felsvorsprung verborgen, und es ist kleiner, als ich erwartet habe.

Ein VW-Bus dürfte dennoch hindurchpassen.

»Du hattest recht«, rufe ich aus. »Sten, verdammt, du bist ... ein Engel!«

Am liebsten würde ich ihm um den Hals fallen, seine missmutige Miene hält mich jedoch davon ab.

»Hoffentlich ist es noch nicht zu spät«, dämpft er meine Euphorie, und natürlich weiß ich sofort, was er damit meint.

Beklommen erwidere ich seinen Blick.

Hoffentlich finden wir Isabel und die anderen wieder. Hoffentlich leben sie noch. Und hoffentlich können wir ihnen helfen.

Genau daran kommen mir nun plötzlich Zweifel.

»Selbst wenn wir es schaffen, sie bis dort oben an genau diese Stelle zu führen ...«, beginne ich und weise die gegenüberliegende Felswand hinauf, »sie werden garantiert nicht in die Schlucht hinunterklettern.«

Sten schürzt die Lippen. »Es sei denn, das Tor ist von dort aus zu sehen.«

»Wir wissen doch gar nicht, ob es sich überhaupt öffnen lässt«, überlege ich weiter. »Wenn nicht, sitzen sie womöglich in der Falle.«

»Ich bin sicher, dass sie so klug sind und nicht alle auf einmal hinuntersteigen, sondern einen vorausschicken, der es ausprobiert.«

»Aber was ist mit Isabel?«, frage ich. »Was machen wir, wenn sie sich den anderen partout nicht mehr anschließen will und darauf beharrt, ihren eigenen Weg zu gehen?«

»Lida!« Sten stößt einen langen Seufzer aus. »Was ist, wenn uns der Mond auf den Kopf fällt?«

Oder – etwas realistischer – wir beide zur gleichen Zeit von den Füßen gehauen werden und uns nicht mehr aus der Dunkelheit befreien können?, füge ich im Stillen hinzu.

Fakt ist: Uns bleibt überhaupt keine Wahl. Wir haben nur diesen einen Versuch. Und je schneller wir ihn angehen, desto größer ist auch unsere Chance, alle aus der Blind-Walk-Gruppe zu retten.

* * *

Der Aufstieg erfordert unsere volle Konzentration, da wir möglichst zügig vorankommen wollen und deshalb jeder Schritt und jeder einzelne Handgriff exakt sitzen muss.

Sten klettert voraus und ich folge ihm mit ungefähr zwei Metern Abstand. Seine Bewegungen sind katzenhaft, und obwohl sie ihn – wie ich von mir selber weiß – in körperlichem Sinne keinerlei Anstrengung kosten, wirken sie äußerst kraftvoll.

Bereits nach kurzer Zeit erreicht er den oberen Hang. Ein würziger Tannenduft schlägt uns von dort entgegen. Insekten schwirren im Licht einzelner Sonnenstrahlen, die hier und da das Dunkel der schweren Äste durchbrechen.

»Warte, ich helfe dir!«, ruft Sten mir zu.

Er wirft sich auf den Bauch und streckt mir seine Hand entgegen.

Ich ergreife sie, tauche dabei leicht in seine Haut ein und mache einen großen Schritt, um meine Zehen in eine schmale Spalte setzen und mich von Sten über die Kante ziehen lassen zu können.

Hastig rappele ich mich auf und sehe mich um. Auch Sten springt sofort auf die Füße.

»Ich hab keinen Schimmer, wo wir hier sind«, sage ich. »Du?«

Er schüttelt stumm den Kopf.

Wir stehen auf einem flachen, mit struppigen Grasbüscheln bewachsenen Felsen. Hinter uns befindet sich der Schlund, vor uns liegt ein undurchdringlicher Mischwald.

Sten dreht sich um und schaut in die Schlucht hinunter.

»Das Tor ist jedenfalls klar zu erkennen«, stellt er nüchtern fest.

»Na immerhin«, sage ich.

Um Stens Mundwinkel zeichnet sich ein verhaltenes Grinsen ab.

»Dein Humor ist einfach umwerfend.«

Unsere Blicke treffen sich.

Ruhen ineinander.

»Vielleicht«, sagt Sten. »Wenn wir es schaffen, deine Freunde hier rauszuholen, und das alles irgendwann vorbei ist ...«

»Was?«

Das Grinsen weicht aus seinem Gesicht und macht einem frustrierten Ausdruck Platz. »Ach ... nicht so wichtig.«

Er wendet sich ab und läuft los, so schnell, dass mir gar nichts anderes übrig bleibt, als ihm hinterherzueilen, wenn ich ihn nicht aus den Augen verlieren will.

Schon nach wenigen Schritten zeigt sich der Wald sehr viel lichter, als es zunächst den Anschein hatte. Auch in diesem Abschnitt wurden Bäume gefällt, tief hängende Äste abgesägt und der Boden von Wildwuchs befreit, was ein weiterer deutlicher Hinweis darauf ist, dass sich jemand in dieser Wildnis aufhält. Einer, der Fallen aufstellt, Leute umbringt und sich hervorragend zu verstecken weiß.

Vor der Gruppe vielleicht, denke ich verbissen, aber nicht vor Sten und mir! Früher oder später werden wir dich finden, du Scheißkerl. Es ist nur eine Frage der Zeit.

Während ich Stens behände im Zickzack zwischen Büschen und Bäumen hin und her huschende Gestalt fest im Visier habe, versuche ich mir vorzustellen, wer diesen Bungalow jenseits des Schlunds bewohnt haben könnte.

Auf jeden Fall muss dieser Typ ziemlich wohlhabend gewesen sein. Vielleicht ein Geschäftsmann, ein gefragter Künstler, ein berühmter Arzt oder irgend so ein No-Name, der nie etwas Besonderes geleistet, sondern einfach bloß eine Menge Geld geerbt hat. Zum Beispiel ein alleinstehender durchgeknallter Graf von Soundso, dem die Einsamkeit zu Kopf gestiegen ist und der nun auf Menschenjagd geht, um sich die Langeweile zu vertreiben.

Energisch schüttele ich diese beklemmenden Gedanken beiseite und konzentriere mich auf Stens und meinen Plan. Es ist immens wichtig, dass ich mir diesen Weg einpräge, damit wir die Gruppe an genau dieselbe Stelle führen können, an der wir den Schlund verlassen haben. Denn nur von dort aus ist das Tor in der Felswand zu sehen.

»Sten!«, rufe ich. »Warte! Ich bin nicht so schnell wie du!«

Im selben Moment taucht er in einer Baumgruppe ab und verschwindet aus meinem Gesichtsfeld.

»Sten, du Dussel«, murmele ich und sehe zu, dass ich ihm hinterherkomme.

Unmittelbar hinter der Baumgruppe tut sich eine Lichtung auf, die mit kniehohen Gräsern und einzelnen niedrigen Sträuchern bewachsen ist und auf der gegenüberliegenden Seite von Brombeersträuchern gesäumt wird, an die ein weiteres Waldstück anschließt.

Ich bleibe ruckartig stehen, denn dieser Ort kommt mir irgendwie bekannt vor. Nur die Perspektive scheint nicht zu stimmen. Außerdem wirkt alles seltsam verschwommen. Und von Sten fehlt jede Spur.

Verdammt! Verdammt! Verdammt!

Langsam setze ich mich wieder in Bewegung, drehe mich während des Laufens suchend nach rechts und links und schließlich sogar mehrmals um mich selbst, bis ich plötzlich eine Berührung an meinem Rücken spüre.

Nur einen Sekundenbruchteil später habe ich das Gefühl,

in Flammen zu stehen. Stockfinstere Dunkelheit zieht mich zu Boden. Eine Frau schluchzt herzzerreißend. Sten! Sten! Sten! Wach endlich auf! Verlass uns nicht. Bitte, glaub mir, mein lieber, lieber Junge, du hast keine Schuld an diesem schrecklichen Unfall. Denk doch mal an Katja. Wie soll das arme Mädchen jemals Trost finden, wenn du jetzt auch noch gehst? Warmer Atem streift über meine Wange. Alles wird gut, Rebecca. Vertrau mir. Papa kennt sich aus.

Nein!

NEIN! NEIN! NEIN!

Ich trete und schlage wie wild um mich, wälze mich von einer Seite auf die andere und kämpfe mit einem unsichtbaren Gegner – und mit einem Schlag ist alles vorbei.

Ich spüre festen Grund unter mir, ein Grashalm kitzelt mich an der Nase und ein Sonnenstrahl trifft mich mitten ins Gesicht.

»Scheiße, noch mal, Lida, was zum Teufel war das?«

Sten!

Ich schnelle hoch und da sehe ich ihn dicht neben mir im Gras – kniend und mit fassungslosem Blick.

»Sten! Was ist passiert?«

»Das frag ich dich!«

»Keine Ahnung«, erkläre ich stockend. »Ich bin dir durch den Wald gefolgt und plötzlich warst du weg. Ich hab dich gesucht und …«

»Aber du bist doch genau auf mich zugelaufen«, sagt er und mustert mich durchdringend. »Und als du direkt vor mir warst, musste ich zur Seite springen, damit du nicht in mich hineinrennst.«

»Ich habe dich nicht gesehen«, sage ich beklommen. »Ehrlich. Ich habe bloß eine Berührung an meinem Rücken gespürt und dachte, das wärst du.«

»War ich auch«, bestätigt Sten. »Ich bin dir sofort gefolgt. Ich hab dich gerufen, aber du hast nicht reagiert, also habe ich meine Hand nach dir ausgestreckt und bin gestürzt.«

»Gestürzt?«

»Ja, genau. Du weißt schon: in dieses tiefe stockdunkle Loch. Ich habe die verzweifelte Stimme meiner Mutter gehört. Sie hat …«

»… geweint und dich angefleht, nicht fortzugehen.«

Stens Augen weiten sich. »Woher weißt du das?«

»Ich habe diese Stimme auch gehört«, hauche ich und ein feiner Kälteschauer rast mir über den Rücken. »Wie kann das sein? Ich verstehe das alles nicht.«

Sten sieht mich an und schüttelt den Kopf. »Vielleicht …«

»Was?«

»… bin ich in dich hineingestürzt.«

»Aber …?«

Natürlich! Das würde auch diese sengende Hitze erklären, die ich gespürt habe, bevor die Dunkelheit mich umschloss. Wenn Sten und ich uns verbinden, stehe ich in Flammen.

»Es war schrecklich heiß.«

»Stimmt«, sage ich, überrascht und aufgewühlt darüber, dass er es ebenso wahrgenommen hat. »Schrecklich fand ich es allerdings nicht.«

»Nein, eigentlich war es sogar sehr schön.« Sten lächelt ein kleines, unbeholfenes Lächeln. »Irgendwie elektrisierend.«

Für einen Moment senken wir verunsichert und ein wenig verlegen den Blick.

»Ich kapiere es trotzdem nicht«, sage ich schließlich. »Wieso fallen wir in regelmäßigen Abständen in diese furchtbare Dunkelheit? Und wieso hören wir die Stimmen nur dann?«

»Ich nicht«, ruft Sten mir ins Gedächtnis. »Ich höre sie fast immer. Bloß nicht so deutlich.«

Was ich ebenfalls ziemlich seltsam finde. Etwas anderes irritiert mich allerdings noch mehr.

»Warum hat deine Mutter dich gebeten, nicht fortzugehen?«, frage ich leise.

»Na ja ... wahrscheinlich hofft sie ...«

Er bricht ab und betrachtet mich schweigend.

»Ist dir klar, was das heißt?«, hauche ich.

Ein Sturm der Emotionen rast durch mich hindurch. Ich finde weder Anfang noch Ende von dem, was ich denke, sondern spüre einfach nur, dass es unendlich bedeutsam, wahrscheinlich sogar entscheidend ist.

»Ich glaube nicht, dass diese Stimmen real sind«, sagt Sten.

»Ach, und womit begründest du das?«

»Keine Ahnung.« Er zuckt die Achseln. »Ich glaub's einfach nicht.«

»Mensch, Sten«, sage ich aufgebracht. »Die Stimme deiner Mutter und die von Katja mögen ja Projektionen sein, aber die von diesem Mann, der mich Rebecca nennt, kenne ich nicht. Kapierst du? Ich habe sie noch nie gehört. Weder in meiner Familie noch sonst wo. Oder ist sie dir etwa bekannt vorgekommen?«, frage ich. Denn das wäre ja immerhin möglich. »Hast du sie überhaupt vernommen?«

»Ich bin mir nicht sicher«, murmelt Sten. »Es ist alles so anders geworden, seitdem ich … seitdem wir uns … Ach, verdammt, Lida, ich wünschte, ich könnte die Zeit zurückdrehen. Und das, was dir zugestoßen ist, verhindern«, flüstert er. »Wenn ich dich berühren dürfte … nur ein einziges Mal richtig berühren … Ich würde sofort in meinen Körper zurückkehren. Für dich … mit dir … würde ich noch mal von vorn anfangen.«

Erstaunt und gerührt sehe ich ihn an. Und plötzlich bereue ich, dass ich ihn so angefahren habe.

»Tut mir leid. Ich wusste ja nicht …«, stammele ich. – Himmelherrgott! Kann man eigentlich etwas noch Blöderes sagen!

»Ich auch nicht«, erwidert Sten und sein rechter Mundwinkel biegt sich ein wenig nach oben. »Ich hab gedacht, dass Katja bis zum Ende meines Lebens das einzige Mädchen sein würde, das ich auf diese Weise gern haben könnte.« Er lacht leise auf. »Ganz schön naiv, oder?«

»Ich find's eigentlich eher romantisch.«

»Ja klar. Bestimmt wünschst du dir, dass Jesper so für dich empfindet.« Ein schmerzlicher Zug umspielt seine Lippen. »Du und er für immer.«

»Sten!«

»Was denn?«

»Es ist nicht so, wie es vielleicht aussieht«, sage ich, während ich mich neben ihn knie. Mein Herz – ja, mein Herz! – klopft zum Zerspringen, als ich nach seiner Hand taste. »Ich möchte auch nicht zurück ... ohne dich. Ich bin sogar ganz gern hier, seitdem ich dich getroffen habe. Und ich habe gehofft ...«

Sten schluckt. Seine Pupillen sind riesengroß. Und seine Augen einfach wunderschön.

»Ich habe gehofft«, beginne ich noch mal von vorn, »dass wir später, nachdem wir meinen Mörder gefunden haben, noch eine Weile hier zusammen sein könnten, bevor wir ... endgültig gestorben sind. Aber wahrscheinlich ist das sowieso alles Schwachsinn.«

Sten schüttelt den Kopf. Wieder und wieder.

Und plötzlich wird mir bewusst, dass auch uns die Zeit davonrennt – und dass es für mich hier noch etwas anderes, vielleicht genauso Wichtiges zu tun gibt, wie meine Gruppe vor dem Psychopathen zu retten.

»Erzähl mir von deinem Unfall. Bitte.« Ich nehme Stens Hände, verhake meine Daumen mit seinen und spüre, wie die Wärme sanft pulsierend an meinen Armen hinauffließt. »Bitte, Sten!«

Er sieht mich an.

Taucht ein in meinen Blick.

Räuspert sich.

»Es muss mittlerweile drei Wochen her sein«, beginnt er schließlich. »Ich bin gefahren, obwohl ich das eigentlich gar nicht darf, solange niemand dabei ist, der mindestens einundzwanzig ist. Jan hatte ja was Großes zu feiern. Er, Dennis und Christian wollten trinken, und ich habe mich dazu breitschlagen lassen, sie zu kutschieren. Ich kenne Jan. Er hätte sich sonst selbst hinters Steuer gesetzt.«

»Das war nicht falsch«, sage ich und streichele sanft über seine Handballen. »Ich hätte das auch getan.«

Sten schluckt. »Wir sind aus einer Kurve geflogen«, fährt er stockend fort, »und gegen einen Baum gekracht. Ich hätte mich weigern sollen, mich ans Steuer zu setzen. Dann wäre das alles nicht passiert.«

»Warum seid ihr denn aus der Kurve geflogen?«, hake ich nach. »Warst du zu schnell?«

Sten schüttelt den Kopf. »Im Gegenteil. Ich hab mich viel zu unsicher gefühlt, um wirklich Gas zu geben. Außerdem haben Jan, Dennis und Chris ziemlichen Rabatz gemacht.«

»Sie haben also auch im Auto noch weitergetrunken? Gesungen und gegrölt? Dich angestupst? Vielleicht sogar ins Lenkrad gegriffen?«

»Nein.« Sten macht sich von mir los und hebt abwehrend die Hände. »Ich erinnere mich nicht. Und es spielt auch keine Rolle.«

»Doch, das tut es!«

»Ich will nicht darüber reden. Okay?«

»Nicht okay«, sage ich.

»Es macht sie nicht wieder lebendig.«

»Das stimmt, aber ...«

»Lida, bitte!«

Sten steht auf, schiebt die Hände in seine Hosentaschen und tigert neben mir hin und her.

Ich würde seinen Willen gern respektieren und ihm seinen Frieden lassen, spüre aber, dass ich nicht aufgeben darf.

»Was hatte dein Freund Jan denn *Großes* zu feiern?«

»Na, was wohl!«

Sten hält einen Moment inne, um dann nur noch hektischer auf und ab zu laufen.

»Oh!«, sage ich fast ein wenig beschämt. – Natürlich! Jan wollte Katjas Rückkehr begießen. Nicht ahnend, dass sie ihn mit Sten betrogen hat, der eigentlich tausend Gründe mehr gehabt hätte, sich deswegen zu betrinken.

»Du hast recht«, pflichte ich ihm bei. »Du hättest nicht fahren dürfen, weil du wütend und traurig warst. Du hättest überhaupt nicht dabei sein dürfen. Trotzdem bist du nicht schuld. Jedenfalls nicht allein.«

»Es spielt keine Rolle«, wiederholt Sten. »Tatsache ist: Diese ganze Geschichte ist ein einziger riesengroßer Fehler gewesen.«

»Du meinst, weil du dich unvorschriftsmäßig in die Freundin deines besten Freundes verliebt hast?«

»Nein, weil ich *unvorschriftsmäßig* etwas mit ihr angefangen habe! Verstehst du das denn nicht?«

»Doch«, sage ich und erhebe mich nun ebenfalls. »Aber auch daran bist du nicht allein schuld. Katja hat schließlich mitgemacht.«

»Aber ICH habe angefangen! Und wenn ich das nicht getan hätte, wäre das alles nicht passiert. Katja hätte nicht mit Jan Schluss gemacht. Jan hätte sich nicht besaufen müssen, als sie wieder zu ihm zurück ist, und dann wäre auch der Unfall ...«

»Jan hätte ebenso gut Silvesterraketen in die Luft jagen, eine Rosenhecke plündern, mit Katja ans Meer fahren oder sonst irgendetwas Verrücktes tun können«, unterbreche ich ihn aufgebracht. »Ich zumindest würde es überhaupt nicht prickelnd finden, wenn mein Freund mit seinen Kumpels auf Tour geht, anstatt mit mir Versöhnung zu feiern.«

»Ja, du.«

Sten sieht mich trotzig an.

»Was soll das heißen: ja, ich?«

»Dass du anders bist. Anders als Katja. Als alle Mädchen, die ich bisher getroffen habe. Und das ist ungerecht. So unfassbar ungerecht!«

Sten presst die Lippen aufeinander. Seine Kiefermuskeln treten hart hervor und seine Augen röten sich. Einige endlose Sekunden lang stiert er mich an, als wollte er mich fressen, dann wirft er den Kopf in den Nacken, reißt seinen Mund auf und schickt einen Urlaut des Zorns und der Verzweiflung in den Himmel.

»Sten«, sage ich beschwichtigend. »Ist ja gut. Krieg dich mal wieder ein.«

Im selben Moment geht er ab wie ein Pfeil, der von einer Armbrust abgeschossen wurde, rast über die Lichtung, schlägt mit der Faust auf Felssteine ein und tritt mit aller Kraft gegen Baumstämme.

»Es ist deine Schuld, Lida!«, brüllt er. »Deine! Warum treffe ich dich erst jetzt? Wieso bist du nicht schon vor Katja da gewesen?«

»Weil das Leben nun einmal so ist«, murmele ich. »Ich muss ja auch damit klarkommen, dass Jesper womöglich mit einem Irren gemeinsame Sache macht. Oder vielleicht auch bloß der falschen Frau verfallen ist.«

»Hörst du?«, schreit Sten mich an. »Es wäre alles nicht passiert, wenn du schon vor Katja da gewesen wärst.«

»Meinetwegen«, sage ich etwas lauter. »Wenn du dich so besser fühlst ...«

»Nein, das tue ich nicht!«

Ich stehe da und sehe ihm dabei zu, wie er das hochgewachsene Gras um sich herum traktiert. Keine einzige Rispe lässt sich abreißen und nicht ein Halm gibt unter seinen Hieben nach. Vollkommen ungerührt von Stens Wutanfall recken die Gräser ihre vielfarbigen Blütenstände der Sonne entgegen. Das Ganze wirkt wie ein schlecht animiertes Computerspiel.

»Hör auf, Sten!«, rufe ich. »Bitte!«

Er wirbelt einmal um die eigene Achse. Ganz kurz kreuzen sich unsere Blicke, dann wütet er weiter.

»Okay, ich geh dann jetzt«, sage ich. »Ich hab nämlich noch was zu erledigen.«

Langsam setze ich mich in Bewegung, laufe an ihm vorbei und steuere auf den gegenüberliegenden Waldrand zu. Ich gelange an einen schmalen Trampelpfad, und schlagartig weiß ich wieder, wo ich bin. Die Spuren, die wir vor drei Tagen hier hinterlassen haben, sind noch deutlich zu erkennen: umgeknickte Wildblumen und abgeerntete Brombeersträucher. – Bis zur Fallgrube dürfte es nicht mehr weit sein!

Zügig laufe ich den Wildpfad entlang, umrunde die Grube und halte mich in Richtung See.

Hoffentlich ist Isabel noch da. Hoffentlich sind die anderen nicht weiter in Richtung der Felsen gelaufen, sondern umgekehrt. Hoffentlich ist nicht noch ein Mord passiert! Wenn Jesper tatsächlich irgendwie mit drinhängt – was ich noch immer nicht glauben kann –, bleiben nur noch Thore, Joy, Isabel und Birk als Opfer übrig.

Ich rufe mir Nataschas Aufzählung ins Gedächtnis.

Joy ... Thore ... Birk ... Isabel ... Jesper und zuletzt ich.

Demnach wäre also Joy die Nächste.

Instinktiv laufe ich schneller und haste in langen Sätzen weiter. Erst jetzt wird mir bewusst, wie langsam wir in den ersten Tagen vorangekommen sind.

Klar, mein derzeitiger *Aggregatzustand* erlaubt mir eine hohe Geschwindigkeit. Trotzdem wird es nicht völlig unmöglich sein, meine Kameraden innerhalb eines Tages bis zum Schlund voranzutreiben. Ich muss es nur konsequent durchziehen.

»Lida!«

Stens Schrei schlägt wie ein Geschoss in meine Brust ein. Augenblicklich bleibe ich stehen und fahre herum.

Vor mir liegt der Wald und zu meinen Füßen windet sich der Pfad. Sten kann ich nirgends entdecken.

»Bitte nicht schon wieder«, flehe ich, da bricht er zwischen den Bäumen hervor. Mit glühenden Wangen und zerzausten Haaren kommt er ein paar Schritte vor mir zum Stehen.

»Ich bin ein Idiot.«

»Stimmt«, sage ich.

»Es tut mir leid.«

»Mir nicht«, erwidere ich. »Ich bereue nicht eine Sekunde meines Lebens. Auch wenn garantiert etliche dabei gewesen sind, die ich nicht optimal genutzt habe. Ich. Bereue. Nichts.«

»Das meine ich doch gar nicht«, sagt er. »Es tut mir leid, dass ich mich wie ein Kleinkind aufgeführt habe.«

»Soll vorkommen«, gebe ich zurück und schenke ihm ein Lächeln. Dann drehe ich mich um und renne weiter.

***

Thore bemerke ich als Erstes. Er steht etwa zwanzig Meter vom Seeufer entfernt und drischt mit dem Spaten auf Etwas ein.

Mir bleibt fast das Herz stehen.

Instinktiv werde ich langsamer. Erst als ich erkenne, dass es sich bei dem Etwas um eine Bisamratte handelt, lege ich wieder an Tempo zu.

»Schluss jetzt!«, brüllt Thore. »Drei von diesen Viechern sind genug!«

»Die wollen die doch nicht etwa essen«, höre ich Sten neben mir sagen.

»Was denn sonst?«, entgegne ich.

Der Bisam hat mittlerweile aufgehört zu zucken. Thore packt ihn am Schwanz, zieht einen von Joys selbst geschnitzten Pfeilen aus seinem Körper und wirft sich das Tier über die Schulter.

»Arschlöcher!«, hallt es durch den Wald. »Ihr seid allesamt gottverdammte Arschlöcher! Ihr habt es überhaupt nicht verdient, dass man euch hier rausbringt.«

»Isabel«, sage ich erleichtert. »Aber wo sind die anderen?«

»Vielleicht an der Stelle, wo ihr schwimmen gegangen seid«, meint Sten.

Ich schüttele den Kopf. Das kann ich mir beim besten Willen nicht vorstellen.

Thore setzt sich in Bewegung und Sten und ich folgen ihm in südlicher Richtung um den See. Nach einer Weile taucht er hinter einer dichten Baumgruppe ab, dahinter tut sich eine recht große, von Brennnesseln und sonstigem Wildwuchs befreite Fläche auf und hier treffen wir auch den Rest der Gruppe an. Niemand fehlt!

Natascha lehnt auf ihrer Isomatte sitzend an einem Buchenstamm. Birk und Jesper sind gerade dabei, eine Feuerstelle zu errichten, und Joy zieht einem Bisam mit geschickten Handgriffen das Fell ab.

Eine zweite Ratte baumelt mit aufgeschnittener Kehle an einem Ast. Auf dem Boden unter ihr hat sich eine dunkelrote Lache gebildet. Thore hängt seine Bisamratte daneben, damit sie ebenfalls ausbluten kann.

Astschere, Schürhaken, Klappspaten, Schaufel, Knüppel und Joys selbst gefertigter Bogen liegen kreuz und quer verstreut.

Das Interessanteste aber ist ein kleines Ruderboot, vier oder fünf Schritte von der Feuerstelle entfernt. Mitten darin hockt Isabel vor einem Haufen verschieden großer und sehr unterschiedlich geformter Pilze und sieht mit zornfunkelnden Augen zwischen Joy und Thore hin und her.

»Es war absolut überflüssig, die Tiere abzuschlachten«, faucht sie. »Wir haben mehr als genug zu essen.«

»Ja, zum Beispiel Pantherpilze«, spottet Natascha. »Lecker. Und so bekömmlich.«

»Das sind keine Pantherpilze, sondern Parasole«, gibt Isabel ungewohnt kratzbürstig zurück. »Gut zu erkennen an dem beweglichen Kragen.«

Zur Demonstration hebt sie einen großen weißen Pilz mit ausladendem braun gesprenkeltem Dach empor und schiebt eine kleine Hautwulst, die sich am oberen Teil des Stiels befindet, vorsichtig hin und her. »Daran lässt sich der Parasol eindeutig vom giftigen Pantherpilz unterscheiden.«

»Ach, du kannst mir viel erzählen«, erwidert Natascha. »Ich jedenfalls ziehe das Rattenfleisch vor.«

Joy wirft die graubraunen Fellstücke des Bisams hinter sich, trennt Kopf und Schwanz ab und schlitzt ihm den Bauch auf.

»Legt jemand Wert auf die Innereien?«, fragt sie in die Runde.

Niemand meldet sich.

»Ich auch nicht«, sagt Joy und beginnt, mit dem Messer in den Eingeweiden der Ratte herumzufuhrwerken. »Übrigens: Ich vertraue Isabel«, fährt sie fort. »Sie hatte recht damit, dass uns hinter der Felsformation ein metertiefer Steilhang erwartet, die Reise für uns dort also zu Ende sein würde. Hätten wir gleich auf sie gehört, wären wir jetzt ein gutes Stück weiter.«

»Das ist absoluter Quatsch«, entgegnet Jesper. Er zerbricht einen morschen Ast über seinem Knie und wirft die Holzstücke auf den Feuerhaufen. »Und das weißt du auch. Erstens hast du dich ebenso frei wie wir alle entschieden, Thore und der Karte zu folgen, und zweitens ist dieses Boot da totaler Schrott. Damit kommen wir niemals über den See.«

»Einer allein würde es vielleicht schaffen«, stellt Thore zur Diskussion. »Ich habe kein Leck finden können, allerdings sind die Planken schon ziemlich morsch.«

»Eben«, brummt Jesper. »Sag ich doch.«

»Wir brauchten einen Freiwilligen«, meint Birk.

»Zum Beispiel Thore«, schlägt Natascha vor.

»Ich würd's ja machen«, entgegnet der. »Ich gebe jedoch zu bedenken, dass ich wohl mit Abstand der Schwerste von uns bin.«

»Aber *ich* hab das Boot gefunden«, sagt Isabel. »Ich allein hab mich daran erinnert, dass es hier irgendwo liegen muss.«

»Ja und?«, blafft Natascha. »Deshalb gehört es dir schließlich nicht.«

»Vielleicht ja doch«, entgegnet Isabel.

Ihr Blick rückt in die Ferne und für einen Moment wirkt sie völlig abwesend. Plötzlich geht ein Ruck durch sie hindurch und sie wendet sich leise summend wieder ihren Pilzen zu.

Natascha verdreht die Augen und Birk macht eine kreisende Handbewegung vor der Stirn.

»Das war's also, was Isabel heute Morgen so entschlossen gesucht hat!«, sage ich.

»Mhm. Sie scheint sich hier tatsächlich ziemlich gut auszukennen.« Sten schürzt die Lippen. »Vielleicht weiß sie um eine Möglichkeit, das Gelände auf der anderen Seite des Sees zu verlassen. Es könnte aber auch eine Falle sein«, setzt er nachdenklich hinzu.

»Ja, vielleicht. Auch damit müssen wir wohl rechnen. Und

was machen wir jetzt? Das Boot können wir ja leider nicht fortschaffen.«

Ich werfe einen Blick zum Himmel hinauf. Die Sonne hat ihren Zenit inzwischen um eine gute Handbreit überschritten. Vermutlich ist es drei oder vier Uhr nachmittags.

»Wenn ich die Dinge richtig deute«, beginne ich und zeige auf die Feuerstelle und die beiden Tierkadaver am Baum, »werden sie sich noch ein kleines Festmahl gönnen, bevor sie weiterziehen. Und das wird höchstwahrscheinlich erst morgen früh sein.«

»Heißt das, du willst, dass wir sie *heute* noch zur Schlucht treiben?«, fragt Sten.

Sorge, Zweifel und noch etwas anderes, das ich nicht einordnen kann, breiten sich in seinem Gesicht aus.

»Natürlich nicht«, sage ich. »Das Risiko, dass wir dort in der Dunkelheit ankommen, ist viel zu groß. Ich schlage vor, dass wir sie morgen gleich in aller Frühe aufschrecken, damit sie gar nicht mehr auf die Idee kommen, das Boot zu benutzen.«

»Einverstanden.« Stens Miene hellt sich schlagartig auf. »Dann bleibt uns wenigstens noch diese eine gemeinsame Nacht.«

***

Mit Einsetzen der Dämmerung frischt der Wind auf. Dünne Wolkenfetzen treiben über den Himmel. Nur hier und da funkeln ein paar Sterne.

Joy, Jesper und Thore haben die Bisamratten auf Zweige

gespießt und über dem Feuer gebraten. Danach hat Isabel ihre Pilze in der Pfanne zubereitet und sich anschließend mit der ganzen Portion beleidigt ins Boot zurückgezogen, weil keiner etwas von dem Mix aus Pfifferlingen, Waldchampignons, Morcheln und Panther-Parasolen probieren wollte. Und dort hockt sie noch immer, eingehüllt in ihren Schlafsack, und blickt verdrossen in die zuckenden Flammen.

Jesper, Joy, Thore, Birk und Natascha teilen die drei Bisams brüderlich untereinander auf. Sie nagen sie sauber bis auf die Knochen ab, und nachdem auch sie ihr Mahl beendet haben, löst sich allmählich die Anspannung vom Nachmittag.

Jesper lässt sich neben Natascha nieder und streicht ihr flüchtig über die Hand.

»Alles in Ordnung?«

Sie nickt.

»Schmerzen?«

Natascha lässt ihren Kopf kurz auf seine Schulter sinken, richtet sich dann aber sofort wieder auf. »Nicht mehr so schlimm wie gestern.«

»Gut.«

Jesper lächelt und sie lächelt zurück.

Joy angelt nach ihrer Kapuzenjacke, und während sie hineinschlüpft, beäugt sie die beiden forschend. »Ihr kennt euch schon länger, stimmt's?«

Weder Jesper noch Natascha antwortet auf diese Frage.

»Na toll«, brummt Thore und wirft ein paar Knochen ins Feuer.

Joy lacht leise auf. »Hattest du dir etwa was ausgerechnet?«

»Quatsch! Wie kommst du denn darauf?«

»Weiß nicht«, sagt Joy und zieht den Reißverschluss bis oben hin zu. »Eine Zeit lang hatte es den Anschein.«

»Mich stört eher, dass Jesper auch mit Lida befreundet war«, gibt Thore zurück. »Aber im Grunde geht es mich nichts an.«

»Frag mich mal ... Mich stört es nämlich auch«, presse ich leise hervor und registriere, wie Sten beinahe unmerklich zusammenzuckt. »Dass ich es nicht gewusst habe«, füge ich hastig hinzu, »und Jesper sich dieses Recht einfach herausgenommen hat. Das ist ziemlich demütigend, weißt du.«

»Wir sind kein Paar«, stellt Natascha klar. »Wir treffen uns nur ab und zu. Meinetwegen hätte es ruhig ein wenig öfter sein können, aber seitdem Jesper mit Lida zusammen ist, ist er ein wenig lustlos geworden.«

»Hörst du?«, wispert Sten und berührt mich flüchtig am Arm. »Er hatte dich also doch gern.«

Auch wir hocken nebeneinander auf dem Boden, nur wenige Schritte von der Gruppe entfernt, und zwar so, dass wir das gesamte Waldgebiet zwischen Wildpfad und See im Blick haben.

»Ich traue Natascha nicht«, sage ich. »Und Jesper ... Ach, ich weiß auch nicht.«

Einerseits tut er mir leid, weil er sich meinetwegen Vorwürfe macht und sichtlich um mich trauert, andererseits hat er möglicherweise mächtig Dreck am Stecken. So oder so – »Das mit ihm und mir ist durch.«

»Könntest du bitte aufhören, unser Privatleben öffentlich auszubreiten!«, ermahnt er jetzt Natascha, nachdem sie anscheinend nicht aufhören will, sich über die besondere Art ihrer Beziehung auszulassen. »Wie Thore eben schon ganz richtig bemerkt hat: Es geht niemanden außer uns beiden etwas an.«

»Jesper denkt nämlich, dass ich Lida ersäuft habe«, sagt Natascha mit einem bitteren Lachen.

»Was redest du denn da?«, erwidert er. »Das ist doch kompletter Schwachsinn.«

»Zur Erklärung: Dieser Blind Walk war ein nachträgliches Geburtstagsgeschenk von mir«, fährt Natascha unbeeindruckt fort. »Zugegebenermaßen kein ganz uneigennütziges. Ich habe gehofft, dass ich ihn vielleicht doch noch von meinen Vorzügen überzeugen kann, wenn wir ein kleines gemeinsames Abenteuer bestehen.«

»Vorzüge«, murmelt Thore. »So, so.«

»Wie wär's, wenn du dich mit deinen Kommentaren einfach mal zurückhalten würdest?«, sagt Joy genervt. »Ich finde, sie sind nicht besonders konstruktiv.«

»Dito«, bestätigt Birk.

»Okay.« Thore greift nach dem Schürhaken, wiegt ihn zwei-, dreimal in der Hand und stochert dann damit in den glühenden Holzstücken herum. »Wenn ich mich mit irgendetwas beschäftige, habe ich mein Mundwerk besser unter Kontrolle.«

»Gut.« Joy wendet sich wieder Natascha zu. »Jesper hat dir also einen Strich durch die Rechnung gemacht, indem er Lida ebenfalls mitgeschleppt hat.«

»Das hab ich gar nicht«, rechtfertigt Jesper sich sofort. »Lida wollte unbedingt mitkommen. Und, bei Gott, ich wünschte wirklich, ich hätte es geschafft, ihr das auszureden.« Er presst die Lippen zusammen und starrt eine Weile vor sich hin. »Es ist nie gut, mit zwei Frauen gleichzeitig befreundet zu sein.«

Joy hebt die Augenbrauen. »Welch weise Erkenntnis.«

»Ich dachte, ich wäre noch nicht bereit, mich zu binden«, erwidert Jesper. »Natascha gegenüber habe ich immer mit offenen Karten gespielt. Bei Lida konnte ich das nicht. Sie war … so jung und so … vertrauensselig … und …«

»Du hattest sie gern«, kürzt Joy die Sache ab. »Ich übrigens auch.«

»Das geht uns wohl allen so«, sagt Thore und sticht nun so heftig auf das glühende Holz ein, dass ein Springbrunnen aus Feuerfunken auf ihn niedergeht.

»Falls du vorhast, das Boot abzufackeln …«, kommt es von Isabel.

»Keine Sorge«, grunzt Thore. Er legt den Schürhaken beiseite, streift seine schweren Stiefel ab und fängt an, sich die Füße zu massieren.

»Na, dann gute Nacht allerseits«, sagt Isabel, zieht sich den Schlafsack über den Kopf und taucht der Länge nach im Boot ab.

Jesper schüttelt den Kopf. »Wenn ich den finde, der Lida das angetan hat, bring ich ihn um.«

»Hoffen wir lieber mal, dass er *dich* nicht findet«, entgegnet Birk. »Ich fürchte, der hat weniger Skrupel als wir alle zusammen.«

Thore nickt. Keiner sagt etwas. Sogar Natascha scheint es für überflüssig zu halten, in diesem Zusammenhang noch einmal auf Birks Messerattacke hinzuweisen.

»Sieht so aus, als kämen sie allmählich zur Vernunft«, murmelt Sten.

»Reichlich spät«, sage ich. »Eigentlich ist ihnen schon viel länger klar, dass sie aufeinander angewiesen sind und es daher absolut kontraproduktiv ist, sich ständig gegenseitig anzufeinden.«

Ich spüre Stens Blick auf mir.

»Du verdächtigst Jesper also nicht mehr?«

»Hmhm. Nein. Nicht wirklich.«

»Und Natascha?«

»Weiß nicht.«

»Sie hätte durchaus einen Grund gehabt, dich aus dem Weg zu räumen«, meint Sten.

»Ja, verdammt, das hatte sie. Aber es gibt nun mal keinen Zusammenhang zwischen dem Mord an Stucke und dem an mir. Wahrscheinlich hat sie ihn nicht mal gekannt.«

»Wir wissen doch gar nicht, ob der wirklich umgebracht worden ist«, wendet Sten ein.

»Sein Kollege, der Fahrer, könnte etwas damit zu tun haben«, sage ich. »Es sei denn, er wurde ebenfalls getötet.«

»Irgendwann werden wir es wissen«, erwidert Sten beinahe versonnen. »Vielleicht schon morgen.«

»Hoffentlich.«

Im Moment interessiert mich jedoch etwas anderes viel mehr. Etwas, das ich bereits seit heute Vormittag mit mir herumtrage und nur mit Müh und Not aus meinen Gedanken verbannen konnte. »Sag mir bitte eines, Sten …« Ich sehe ihm fest in die Augen, entschlossen, mich diesmal nicht mit einer ausweichenden Antwort zufriedenzugeben. »Bist du bei dem Autounfall gestorben?«

Er schluckt und versucht, meinem Blick auszuweichen. Schließlich schüttelt er den Kopf.

»Jan, Dennis und Christian waren sofort tot. Mich hat man ins Stadtklinikum gebracht. Ich glaube, meine Verletzungen waren nicht einmal besonders schwer.«

»Aber wieso bist du dann hier?«

»Weil ich nicht mehr zurückwollte«, erwidert Sten. »Ohne meine Freunde … Ich fand es ungerecht, als Einziger weiterzuleben. Außerdem kann ich unmöglich Katja unter die Augen treten.«

»Sie hat dir verziehen.«

Stens Pupillen ziehen sich zusammen. »Woher …?«

»Sie hat dich geküsst. Das hast du mir selber erzählt«, komme ich ihm zuvor. »Katja wünscht sich, dass du zurückkommst.«

Es fällt mir unendlich schwer, das zu sagen.

»Weißt du, was ich glaube?«, frage ich leise.

»Was?«

»Dass dein Körper noch immer im Stadtklinikum liegt und dass deine Eltern … und Katja … verzweifelt versuchen, dich …«

»Ich weiß schon, was du sagen willst«, unterbricht er mich. »Und du liegst auch richtig damit. Nach dem Unfall bin ich ins Koma gefallen und nicht mehr aufgewacht. Ich habe sogar Medikamente bekommen, die mich weiter in diesem Zustand gehalten haben. Es gab irgendwelche Komplikationen.«

»Du hast also mitbekommen, worüber die Ärzte und Schwestern gesprochen haben?«

»Ja.« Sten zieht die Beine an seinen Körper und umschlingt seine Knie mit beiden Armen. »Vielleicht nicht alles, aber eine Menge. Ich habe auch die Stimme meiner Mutter gehört und ständig haben sie mir dieses Lied vorgespielt.«

»Welches Lied?«

»*In my remains* von Linkin Park. Ein Song, den ich in den Wochen vor dem Unfall ständig gehört habe. Es war Katjas und mein ...« Er stockt. »Na ja, du weißt schon«, sagt er dann. »Woher sollten sie das auch wissen! Ma dachte wohl, dass sie mich damit auf die Bühne des Lebens zurücklocken könnte.« Er legt den Kopf in den Nacken und schüttelt ihn leicht hin und her. »Es lief sogar während des Unfalls.«

»Ist nicht dein Ernst!«

»Doch, Lida. Jan wollte mir damit eine Freude machen. Er hatte ja keine Ahnung, dass Katja und ich ... dass ich sie, also, dass *In my remains* lief, als ich sie das erste Mal geküsst habe.«

Oh Mann, das darf doch alles gar nicht wahr sein!

»Du bist nicht tot, Sten«, höre ich mich sagen. »Und deshalb musst du zurückgehen. Katja hat dir verziehen. Außerdem plagt dich dein Schuldgefühl hier ebenso sehr wie in deinem echten Leben. Du hast nichts dadurch gewonnen, dass du hier bist.«

»Doch. Dich.«

»Das ist Unsinn«, erwidere ich mit zitternder Stimme.

»Ist es nicht.«

Kopfschüttelnd sehe ich ihn an. »Kapierst du denn nicht, Sten? Ich bin noch hier, weil ich meinen Kameraden helfen will. Und weil ich möchte, dass meine Mutter erfährt, was mit mir passiert ist. Wenn wir Glück haben, ist morgen alles vorbei, und dann werde ich ...«

»Wenn wir Glück haben?«, fährt Sten dazwischen. »Verdammt noch mal, Lida, ich glaub, ich werd noch irre. Hast du etwa schon vergessen, was ich dir heute Morgen gesagt habe? Denkst du, ich habe irgendeinen Scheiß erzählt?«

»Nein, aber ...«

Er greift nach meinem Arm, zwingt mich, ihm in die Augen zu sehen. »Das mit Katja war ein Versehen.«

»Du hast sie geliebt«, erinnere ich ihn.

»Ja, okay, das hab ich. Aber diese Gefühle waren falsch. Und sie werden nicht richtig dadurch, dass ich jetzt, nachdem Jan gestorben ist, sozusagen freie Bahn hätte. Außerdem wäre Katja auch gar nicht dazu bereit. Sie hatte sich für Jan entschieden. Er ist derjenige gewesen, mit dem sie zusammen sein wollte, nicht ich. Durch seinen Tod werden sich ihre Gefühle für mich nicht ändern.«

»Das kannst du doch gar nicht wissen.«

»Doch, Lida. Katja hat mir vielleicht verziehen, aber ...«

Ich lasse ihn nicht ausreden.

»Vermutlich hat sie dich nicht einmal für den Unfall verantwortlich gemacht, sondern das Ganze als das angesehen, was es ist: als ein riesengroßes Unglück. Dieses Schuld*ding* ist nämlich ganz allein dein *Ding*.«

Sten nagt an der Unterlippe. Sein Blick wandert unstet

hin und her. Es ist ihm deutlich anzusehen, wie sehr es in ihm arbeitet.

»Trotzdem«, sagt er. »Das mit Katja und mir hatte nie eine Chance.«

»Sie hat dich geküsst«, betone ich noch einmal. »Warum hat sie das wohl getan?«

Sten schüttelt unwillig den Kopf. Wieder und immer wieder.

»Du darfst nicht hierbleiben«, flehe ich. »Bitte! Nicht meinetwegen. Das wäre völlig falsch.«

»Lida«, beschwört Sten mich. »Ich weiß, dass das, was ich jetzt sage, ziemlich frevelhaft klingt, und du kannst mir wirklich glauben, ich tue mich verdammt schwer damit, mir das einzugestehen, aber ich will Katja nicht mehr. Verstehst du? Die Einzige, mit der ich zusammen sein möchte, bist du.«

Der letzte Satz bleibt geradezu vibrierend zwischen uns in der Luft stehen.

»Mir ist klar, was du jetzt denkst«, fährt Sten schließlich fort, nachdem er mich eine Weile erwartungsvoll angestarrt hat. »Jede Menge Pathos und so. Erst Katja, dann du, und in ein paar Monaten wahrscheinlich die Nächste. Und jedes Mal macht Sten Milders eine Riesennummer draus.«

»Das denke ich überhaupt nicht«, gebe ich zurück. »Es ist nur ...«

»Weiß schon«, sagt er und wirft seine Arme in einer übertrieben theatralischen Geste in den Himmel, »du hast dieses Bindungs*ding* und deshalb passe ich leider nicht in dein dämliches Beuteschema.«

Am liebsten würde ich loslachen, weil Sten so unglaublich liebenswert komisch ist. Und mit dem nächsten Atemzug verfluche ich das Schicksal dafür, dass mir nur so wenig Zeit mit ihm vergönnt ist.

»Du darfst dein Leben nicht einfach wegwerfen«, höre ich mich sagen, während ich auf seinen Mund starre und mir vorstelle, wie es wäre, ihn zu küssen.

»Stimmt, das hatte ich wirklich vor«, entgegnet er. »Bis gestern ist dies jedenfalls so ziemlich genau mein Plan gewesen. Dummerweise habe ich mich in dich verliebt. Und jetzt ist alles anders.«

Er sieht mich an. Ernst. Offen. Verwundbar.

»Ich liebe dich, Lida Donelly. Und du wirst jetzt bitte den Teufel tun und mir ein Messer ins Herz rammen.«

Ich schlucke.

Und schlucke.

Und schlucke.

»Okay, raus damit«, fordert Sten mich auf.

»Tut mir leid«, stammele ich. »Ich habe dir nichts zu sagen.«

Ich will aufspringen, doch er hält mich am Arm fest. »Nicht weglaufen, Lida, sondern zuhören. Bitte. *Ich* habe dir nämlich etwas zu sagen.«

Das Gold in seinen Augen nimmt mich gefangen.

»Du spürst den Boden unter deinem Hintern ebenso wie ich unter meinem«, beginnt er. »Stimmt's?«

Ich schlucke noch einmal und erwidere stumm seinen Blick.

»Wir beide sind barfuß, empfinden aber weder Kälte noch

Schmerz. Wärme spüren wir nur, wenn wir einander berühren. Wir können alles anfassen, aber nichts bewegen. Wir sind genau gleich, Lida. Kapierst du das?«

Mein Herz klopft mich fast um den Verstand.

Es rast und tobt in mir wie das Leben selbst.

Und deshalb weiß ich es schon, bevor er es ausgesprochen hat.

»Wenn *ich* nicht gestorben bin«, flüstert Sten, »dann bist *du* es auch nicht.«

Donnerstag, 21. August, Stadtklinikum Süd

Die Vorbereitungen für die Transplantation laufen auf Hochtouren. Sein Team hat er sich in den letzten Tagen zusammengestellt: zwei Chirurgen, ein Internist, zwei Anästhesisten. Drei erfahrene OP-Schwestern.

Sie alle arbeiten auf verschiedenen Stationen. Niemand kennt die Listen. Die Fälschung der zweiten Unterschrift ist inzwischen zur Routine geworden. Und ganz sicher wird auch niemand danach fragen, warum bei einem Komapatienten nach einem Herzstillstand keine Reanimation erfolgt.

Das einzige noch verbleibende Problem: Claudia Milders hat sich bisher nicht offiziell mit der Abschaltung der lebenserhaltenden Geräte einverstanden erklärt und seiner Einschätzung nach wird sie es auch in näherer Zukunft nicht tun. In ihren Augen ist und bleibt ihr Sohn lebensfähig, was rein physiologisch betrachtet auch nicht zu bestreiten ist.

Sten Milders körperliche Verletzungen sind auf dem besten Wege der Heilung, die Sepsis ist überstanden. Im Grunde könnte er schon bald entlassen und ambulant weiterbehandelt werden.

Seine Seele jedoch ist bis zum heutigen Tag unerreichbar geblieben.

Dank entsprechend tiefer Narkotisierung hat nicht einmal

dieses Mädchen sich seinem Unterbewusstsein nähern können. Zum Glück für Leonie Kremer.

Und für ihn.

Lächelnd schiebt er den Ärmelsaum seines Kittels zurück, um einen Blick auf die Armbanduhr zu werfen.

In knapp zwanzig Stunden wird Leonie der Obhut eines der beiden Anästhesisten übergeben ... und Sten Milders einen sanften – und sicherlich nicht wirklich ungewollten – Tod sterben.

Freitag, 22. August, am See

Eine ganze Weile sitzen wir einfach nur da und starren uns an. Diese Erkenntnis, so unfassbar, so aufregend, so unglaublich hoffnungsvoll, hat uns sprachlos gemacht. Plötzlich kommt mir alles schrecklich fragil vor, und ich habe eine furchtbare Angst, dass es mit einem Schlag wieder zerstört werden könnte. Indem ich aufwache und feststelle, nur geträumt zu haben, durch ein unbedacht ausgesprochenes Wort – oder durch meinen Mörder, der mich in Wahrheit gar nicht umgebracht hat, sondern …

»Scheiße, Sten, wenn ich noch lebe … Wo ist dann mein Körper? Wo hat dieses gottverdammte Schwein ihn hingeschleppt?«

»Und was hat er mit ihm vor?«, vervollständigt Sten das Grauen, das sich gerade in mir Bahn bricht.

Diesmal bin ich so schnell auf den Beinen, dass Sten mich nicht festhalten kann.

»Wir müssen ihn finden. Sofort!«

Sten rappelt sich ebenfalls auf.

»Zuerst brauchen wir einen Plan.«

»Nein«, sage ich und schüttele energisch den Kopf. »Das kann ich nicht. Ich kann mir jetzt nichts überlegen. Ausgeschlossen. Ich muss etwas tun. Und wenn ich den ganzen Wald absuche. Meter für Meter.«

»Das hat doch überhaupt keinen Sinn«, erwidert Sten.

»Tja, du hast gut reden«, blaffe ich. »Dein Körper liegt bestens versorgt in der Stadtklinik und wartet geduldig darauf, dass du zurückkommst. Ich dagegen könnte quasi jede Sekunde tot umfallen.«

»Ich weiß, Lida. Ich könnte durchdrehen, wenn ich darüber nachdenke, und deshalb tue ich es gar nicht erst, sondern halte mich damit aufrecht, dass Isabels Vater es längst getan hätte, wenn ...«

»Isabels Vater?«

»Natürlich.« Sten versucht ein Lächeln. »Du hast seine Stimme gehört. Er hat dich Rebecca genannt.«

»Ja«, hauche ich. »Und er hat gesagt *Papa beeilt sich ... Papa macht, so schnell er kann.*« Panik schießt in mir hoch. »Was, zur Hölle, hat er damit gemeint?«

»Ich wünschte, ich wüsste es«, gibt Sten zurück. »Allerdings finde ich es weniger gruselig als du. Solange dieser Typ dich für seine Tochter hält, bist du in Sicherheit.«

Ich brauche ein paar Sekunden, bis ich realisiere, dass er recht hat.

»Isabel ... Auf die wäre ich ja im Leben nicht gekommen.«

»Ich auch nicht«, versichert Sten mir.

»Dabei war sie in unserer ersten Nacht hier die Einzige, die nicht geschlafen hat«, setze ich aufgewühlt hinzu. »Garantiert hat sie sich mit ihrem Vater getroffen. Sten, ich verstehe das alles nicht. Was soll das Ganze? Was haben die beiden vor? Wieso haben sie gerade mich ausgesucht?«

»Er muss Arzt sein«, sagt Sten. »Ich wette, Isabels Vater ist Mediziner.«

»Was?« Irritiert sehe ich ihn an. »Wie kommst du darauf?«

»Er hält deinen Körper unter Narkose. So etwas kann nur ein Arzt. Oder zumindest einer, der etwas davon versteht und Zugang zu entsprechenden Mitteln hat. Und der weiß, wie man sie dosiert.«

Natürlich! Der Geruch! Jetzt weiß ich, woran er mich erinnert hat: an Desinfektionsmittel! So ähnlich riecht es auch in der Praxis meiner Zahnärztin!

»Isabels Vater soll mich im See gefangen, beinahe ertränkt und mich anschließend in ein künstliches Koma versetzt haben? Wozu? Ich meine, das ist doch absurd!«

»Vielleicht ist er über Rebeccas Tod nicht hinweggekommen und hat sich mit dir sozusagen einen Ersatz beschafft.«

»Das ist doch total krank!«, sage ich und schlage mir mit dem Handballen gegen die Stirn.

»Stimmt«, bestätigt Sten. »In diesem Punkt sind wir uns längst einig.«

Trotzdem. Ich begreife einfach nicht, was in manchen Menschen vor sich geht. Auf welch irrsinnige Ideen sie kommen!

»Wenn ich ein Ersatz für Rebecca sein soll, müsste ich ihr ähnlich sehen. Davon hat Isabel aber nie etwas gesagt. Es hat ohnehin eine Weile gedauert, bis sie von der Krankheit ihrer Schwester erzählt hat.«

»Ich an ihrer Stelle hätte sie überhaupt nicht erwähnt«, erwidert Sten.

Wir sehen uns an.

Mit jeder Sekunde Schweigen, mit jedem Moment, der ungenutzt verstreicht, werde ich unruhiger.

»Glaubst du, mein Körper befindet sich in diesem Bungalow?«

»Ich halte das sogar für ziemlich wahrscheinlich.«

Oh Mann!

»Wir waren schon beinahe dort!«

»Ja, aber was hätten wir denn ausrichten können?«, entgegnet Sten. »Wir sind nicht in der Lage, Fenster oder Türen zu öffnen. Um in dieses schreckliche Gemäuer hineinzukommen, brauchen wir die anderen.«

Mein Blick fliegt zur Lagerstätte hinüber.

Das Feuer ist erloschen. Alle außer Thore liegen mit geschlossenen Augen in ihren Schlafsäcken. Jesper und Natascha dicht nebeneinander. Thore lehnt nun an dem Stamm der Buche, an dem die beiden am frühen Abend gesessen haben, und auch er ist inzwischen eingeschlafen.

Im Osten färbt sich der Himmel allmählich rosa.

»Sobald es einigermaßen hell ist, scheuchen wir sie auf«, sagt Sten.

In seiner Miene spiegelt sich Zuversicht. »Wir schaffen das.«

»Hoffentlich.«

Leider bin ich nicht so optimistisch wie er. Die Angst hat mich einfach zu fest im Griff.

»Komm her«, flüstert Sten und öffnet seine Arme.

Seine Augen leuchten.

Ich zögere. Will mich nicht fallen lassen.

Nicht noch verletzlicher werden, als ich schon bin.

»Das Angebot steht«, sagt Sten leise und mit einem kleinen warmen Lächeln in den Augenwinkeln. »Ob du es annimmst, liegt ganz bei dir. Ich setze stets auf Freiwilligkeit.«

»Du bist ...«

»... unmöglich, ich weiß.«

Ich mache einen Schritt. Es geschieht ganz automatisch und im nächsten Moment liege ich in seinen Armen. Sinke in seinen Brustkorb. Spüre seinen Herzschlag. Stehe in Flammen.

Erschrocken zucke ich zurück.

Ich will nicht wieder in diese Finsternis fallen. Keine Stimmen hören und auch kein Desinfektionsmittel riechen.

Und plötzlich weiß ich es!

»Scheiße, Sten, wenn alles verschwimmt, wenn wir stürzen und uns die Dunkelheit umschließt, sind wir in unseren Körpern! Oder zumindest sehr nahe bei ihnen.«

»Bisher war bei mir nichts verschwommen«, erwidert er. »Davon abgesehen, könnte deine These hinhauen. Aber was nützt uns das?«

»Na, überleg doch mal«, sage ich und mit einem Mal bin ich völlig aus dem Häuschen. »Ich habe keinen Einfluss auf die Verabreichung des Narkotikums. Du jedoch musst dich einfach nur entscheiden aufzuwachen!«

Einen Moment lang schaut er mich irritiert an, dann schüttelt er den Kopf. »Vergiss es.«

»Sten, bitte!«

»Ausgeschlossen. Ich lasse dich hier auf gar keinen Fall allein zurück!«

»Es ist doch nicht für lange. Sobald du deinen Eltern und

den Ärzten im Krankenhaus erzählt hast, was hier vorgeht, können sie Hilfe schicken und …«

»Sie werden mir nicht glauben«, unterbricht Sten mich. »Garantiert halten sie es für irgendwelche Komafantasien. Und damit würde ich der Wissenschaft lediglich den Beweis dafür liefern, dass in betäubten Gehirnen durchaus etwas Bewusstes passiert. Ich könnte ihnen davon berichten, dass ich ihre Stimmen vernommen habe und beinahe im Begriff war, nach dem Song von Linkin Park zu tanzen, wenn er nicht so miese Erinnerungen in mir hervorgerufen hätte.«

»Du könntest hierherkommen und es Jesper, Thore und den anderen erzählen«, halte ich dagegen. »Ich bin sicher, sie würden dir helfen, in den Bungalow einzudringen. Vielleicht könntet ihr sogar Isabel als Pfand gegen mich eintauschen.«

»Toll, Lida! Was für ein wundervolles Happy End!«

»Diesen Sarkasmus kannst du dir echt sparen!«, zische ich.

»Stimmt.« Stens Blick wird wieder warm und weich. »Entschuldige. Ich wollte dich nicht vor den Kopf stoßen. Glaub mir, ich bin genauso verzweifelt wie du. Aber was du da vorschlägst, ist viel zu riskant. Ich weiß doch gar nicht, ob ich die Klinik überhaupt schon verlassen kann.«

Er will nach meiner Hand greifen, aber ich entziehe sie ihm.

Wieder gleitet mein Blick zum Lagerplatz hinüber und mir bleibt fast das Herz stehen.

Das Ruderboot ist verschwunden!

***

Es gleitet über den See. Isabels Konturen und die beiden Ruder, die in hastigen Zügen beinahe lautlos ins Wasser stechen, sind in der Morgendämmerung klar zu erkennen.

»Verdammt, was hat die denn jetzt vor?«, stößt Sten aus.

»Keine Ahnung«, sage ich und renne los.

Keine zehn Sekunden später stehen wir am Ufer.

Ich stecke meinen Fuß ins Wasser, das heißt, ich versuche es, denn zu meiner Überraschung stoße ich auf einen Widerstand.

»Es klingt ein bisschen verrückt, aber ich glaube, wir müssen laufen.«

»Oh, du meinst wie Jesus, der über das Wasser ging?«, entgegnet Sten und marschiert los, kommt allerdings keinen einzigen Schritt voran.

»*Wir* können es jedenfalls nicht«, stelle ich nüchtern fest.

»Ja«, pflichtet Sten mir bei. »Es ist, als liefe man gegen eine unsichtbare Wand.«

Unterdessen rudert Isabel weiter auf den See hinaus. Dass das Boot bereits mächtig Schlagseite hat, scheint sie nicht im Geringsten zu stören.

»Scheiße, sie säuft ab!«, rufe ich und renne los.

»Wo willst du denn hin?«, brüllt Sten, folgt mir aber, ohne zu zögern.

Ich haste weiter am See entlang, Isabel und das Boot nicht aus den Augen lassend. »Entweder, sie macht das mit Absicht, weil sie sich sicher ist, dass ihr Vater sie rausholt, oder sie ist lebensmüde.«

»Ich tippe auf Ersteres«, keucht Sten neben mir, denn in diesem Moment löst sich circa dreißig Meter von uns entfernt eine schlanke schwarze Gestalt aus dem Dunkel der Bäume. Sie läuft seltsam staksig auf die Böschung zu und verschwindet dann plötzlich zwischen den Schilfgräsern, die dort das Ufer säumen. Kurz darauf steigen Luftblasen auf und kräuseln die Wasseroberfläche.

»Mensch, der Typ trägt ’nen Taucheranzug!«, platzt es aus Sten heraus. »Samt Flossen und Sauerstoffflasche!«

»Na, logisch«, murmele ich. So lange, wie der unter Wasser war, als er mich in die Tiefe zog! Mit einem Mal ergibt auch das gesichtslose Konterfei einen Sinn, das ich während meines Befreiungskampfes wahrgenommen habe. Es war keine Täuschung meines mit Adrenalin überfluteten Gehirns, ich habe tatsächlich einen Taucher gesehen. Gebannt halte ich den Blick auf den See gerichtet, beobachte Isabel, die die Ruder inzwischen eingezogen hat und hektisch mit ihren hohlen Händen Wasser aus dem Boot schöpft.

»Sie weiß es doch nicht«, sage ich in plötzlicher Erkenntnis. »Isabel hat keine Ahnung, was ihr Vater hier treibt. Okay, sie kennt das Areal, wahrscheinlich, weil sie früher schon mal hier war, aber sie weiß nicht, dass er noch immer in diesem Bungalow lebt.«

»Mhm«, bestätigt Sten. »Zumindest zeitweise.«

»Ich verstehe allerdings nicht, wieso sie die Gegend nicht gleich erkannt hat.«

»Vielleicht war sie damals noch ein Kind und seitdem hat sich hier einiges verändert … Mensch, Lida, ist dir eigentlich klar, was das für sie bedeutet?«

Sten hat es noch nicht ausgesprochen, als direkt neben dem Boot zwei schwarze Arme aus dem Wasser emportauchen, sich mit einer Hand an der Kante festkrallen und mit der anderen nach Isabels T-Shirt greifen.

Sie schreit auf, reißt sich los und schnappt sich eins der Ruder. Dann wirbelt sie herum und schlägt mit aller Kraft auf die Hand, die die Bootskante umklammert, ein.

»Mörder!«, brüllt sie. »Mörder! Mörder! Mörder!«

Ich schaue zum Lagerplatz zurück und sehe, dass Thore aufgesprungen ist.

»Isabel!«, ruft er und rennt los.

Wenige Sekunden später ist er im Wasser.

»Komm weiter«, fordert Sten mich auf. »Wir fangen den Kerl an der Stelle ab, an der er aus dem Wald gekommen ist.«

Er läuft voraus und ich haste ihm hinterher.

Der Taucher ist inzwischen an den Bug gewechselt und schaukelt das Boot nun heftig hin und her. Isabel, noch immer »Mörder!« brüllend, kann ihn von ihrer Position aus nicht sehen und stochert wie verrückt mit dem Ruder im Wasser herum.

Thore, bete ich, beeil dich, du musst es schaffen! Hoffentlich bemerkt der Taucher ihn nicht, ist mein nächster Gedanke – und: Hoffentlich kommen ihm die anderen zu Hilfe.

Ich halte inne und sehe noch einmal zum Lager zurück.

Mittlerweile sind alle aufgewacht und zur Uferböschung gestürzt.

Mit entsetzten Gesichtern starren Jesper, Joy, Birk und

Natascha auf das Boot und Thores Kraulspur, die sich zügig darauf zubewegt.

»Na los, macht schon«, murmele ich, doch niemand rührt sich.

Schließlich ist es Joy, die sich ein Herz fasst, ins Wasser läuft und Thore mit schnellen Schwimmzügen folgt.

Ich nehme Jesper ins Visier, der seine Hand in Nataschas Nacken gelegt hat. Ein Gefühl tiefer Enttäuschung breitet sich in mir aus.

»Waschlappen«, wispere ich und drehe mich um.

Sten ist ebenfalls stehen geblieben. Er winkt mit beiden Armen. Ich beeile mich, zu ihm aufzuschließen, und blicke währenddessen immer wieder auf den See hinaus.

Das Boot liegt nun verdächtig ruhig da. Isabel ist zum Bug gekrabbelt. Mit der einen Hand stützt sie sich an der Kante ab, in der anderen hält sie das Ruder. Ich bilde mir ein, ihren stoßenden Atem zu hören, und auch, dass ich ihre Angst spüren kann.

Thore ist noch mindestens fünfzig Meter vom Boot entfernt und wird zusehends langsamer. Auch Joys Kräfte scheinen allmählich zu schwinden.

Plötzlich durchbricht der Taucher die Wasseroberfläche. Isabel springt auf und wirft das Ruder nach ihm. Da kippt das Boot zur Seite weg. Wasser schwappt hinein und Isabel gerät ins Taumeln. Sie reißt die Arme hoch und fällt rücklings in den See.

»Scheiße«, stoße ich hervor.

Sten fasst mich am Arm. Wärme schießt bis in meine Brust hinein. »Los, weiter! Wir kriegen ihn.«

Ich stolpere neben ihm her. Versuche, nicht nachzudenken, mich nicht selbst mit Fragen zu bombardieren, die meine Zuversicht torpedieren könnten. Wir haben ohnehin keine Wahl.

»Hier ist es!« Sten stoppt so abrupt, dass ich fast in ihn hineinlaufe. Er deutet auf eine Schneise, die sich aus dem Wald kommend durch Gestrüpp und Brennnesseln bis ins Schilf hineinzieht. »Hier muss die Stelle sein.«

»Okay.«

Mein Blick gleitet über den See. Dort, wo eben noch Isabel und das Boot gewesen sind, entstehen Wellenkringel, die sich allmählich ausbreiten und auf Joy zubewegen.

Von Thore fehlt ebenfalls jede Spur. Mein Herz klopft zum Zerspringen. Ich weiß nicht, wovor es mich mehr graust: davor, dass Thore nicht wieder auftaucht, oder vor der Aussicht, in wenigen Augenblicken meinem »Mörder« gegenüberzustehen. Der Umstand, dass er mich nicht sehen kann, nimmt mir dabei kaum etwas von meinem Schrecken.

Da bricht ein Kopf durch die Wasseroberfläche. Es ist Thore - zum Glück! -, der prustend nach Luft schnappt und sich hektisch umsieht, bevor er wieder verschwindet.

»Nein!«, brüllt Joy. »Thore, neiiin!«

Sie verharrt auf der Stelle, hat offensichtlich beschlossen, nicht weiterzuschwimmen. Ohnehin kann sie nichts mehr ausrichten, sondern würde sich nur selbst in Gefahr bringen.

»Da! Luftblasen!«

Sten deutet auf eine Stelle nur ein paar Meter jenseits des Schilfsaums. Als ich den Schatten unter der Oberfläche bemerke, kralle ich mich instinktiv an seinem T-Shirt fest.

Und dann passiert es: Unmittelbar vor uns im Schutz des Schilfs gleitet der Taucher aus dem Wasser. Er hält Isabel im Arm. Ihre Haut ist bleich und die braunen Augen sind weit geöffnet. Das blanke Entsetzen über das soeben Erlebte ist ihr ins Gesicht geschrieben.

Wir treten einen Schritt zur Seite – Sten stellt sich schützend vor mich – und sehen dabei zu, wie der Taucher an Land watet, Isabel ins Trockene zerrt und sich seiner Flossen entledigt. Danach streift er Maske und Sauerstoffflasche ab und lässt alles zu Boden fallen.

Vor uns hockt ein kräftiger Kerl Ende vierzig, der Sten ganz sicher um wenigstens anderthalb Köpfe überragt und zumindest auf den ersten Blick keinerlei Ähnlichkeit mit Isabel hat.

»Komm schon, Mädchen, komm schon«, brabbelt er, während er sich über sie beugt und ihr zuerst sanft, dann etwas fester die Wangen tätschelt. »Wach endlich auf!«

»Brustmassage«, stammelt Sten. »Na los! Sie müssen ihr das Wasser aus der Lunge drücken.«

»Er hört dich doch sowieso nicht«, sagt eine Stimme hinter mir. – Isabel!

Ich fahre herum.

Und da steht sie, mitten in einer Wildranke, und lächelt mich an.

»Du lebst!«, rufe ich aus.

»Genau wie ihr«, erwidert sie, noch immer lächelnd.

Dann verschwindet sie so plötzlich, wie sie gekommen ist, und die Isabel, die vor uns auf dem Boden liegt, fängt an zu röcheln.

»Sehr gut machst du das«, lobt der Taucher sie, wie ein Vater es täte, wenn sein Kind sich zum ersten Mal die Schnürsenkel selber bindet.

Er packt sie unter den Achseln und richtet sie auf. Anschließend legt er seine Faust unter ihren Rippenbogen und drückt ihren Oberkörper ruckartig nach vorn.

Isabel hustet. Wasser quillt aus ihrem Mund und rinnt ihr übers Kinn.

»So, und jetzt aufstehen«, knurrt der Kerl, packt sie am Hosenbund und zwingt sie auf die Füße, obwohl sie noch immer sichtlich benommen ist.

Isabels Augen sind nun halb geschlossen und sie wankt bedrohlich hin und her. Wenn der Typ sie nicht festhielte, würde sie unweigerlich zusammenbrechen.

»Dumme Gans!«, flucht er und verpasst Isabel eine Ohrfeige.

»So ein Arschloch!« Stens Körper spannt sich. Er ballt die Fäuste und seine Schultern vibrieren.

Auch ich habe Mühe, mich zu beherrschen. Unfassbar, wie dieser Mensch seine eigene Tochter behandelt! Ihm bei seinen Untaten zuzusehen und zu wissen, dass mein Körper sich in seiner Gewalt befindet, lässt mich innerlich vor Wut beben.

Isabel stöhnt. Sie schüttelt ihren Kopf hin und her, dann fällt ihr Blick auf den Mann, der ihren Oberarm umklammert und sie gewaltsam aufrecht zu halten versucht.

Ungläubig starrt sie ihn an.

»Papa?«

»Ja, ich. Und jetzt sieh zu, dass du vorwärtskommst«,

brummt er und schubst sie auf den Wald zu. »Wir müssen nach Hause.«

»Nach Hause?«, stammelt Isabel. »Aber wieso? Was machst du überhaupt hier?«

»Na, was schon?«, gibt er unwillig zurück. »Mich um deine Schwester kümmern.«

»Rebecca? Aber …«

Er lässt Isabel nicht ausreden, sondern stößt sie unbeirrt weiter die Schneise entlang. Seine Taucherausrüstung lässt er in den Brennnesseln liegen.

»Na, warte«, presst Sten zwischen zusammengebissenen Zähnen hervor.

Mir ist sofort klar, was er vorhat. Auch ich würde am liebsten in diesen Typen eintauchen, befürchte jedoch, dass das weder uns noch Isabel in irgendeiner Weise helfen kann.

»Lass es!«, zische ich und umklammere mit aller Kraft Stens Handgelenk. »Das bringt doch nichts. Außer dass der Kerl womöglich misstrauisch wird.«

Er sieht mich an und nickt.

Ich werfe noch einen letzten Blick auf den See und stelle erleichtert fest, dass Thore und Joy ans Ufer zurückschwimmen.

»Hoffentlich tun sie jetzt nichts Unüberlegtes«, sagt Sten.

»Das Beste wäre, sie blieben einfach dort, wo sie sind«, präzisiere ich.

Sten schüttelt den Kopf. »Noch besser wäre es, wenn sie ihr Zeug zusammenpackten und sich in Richtung Schlucht aufmachten.«

In der Tat – das wäre es!

***

Die ersten hundert Meter geht es schnurgerade durch den Wald. Isabels Vater treibt seine Tochter mit weiteren Stößen voran. Einmal gerät sie ins Straucheln und stolpert über einen Baumstamm doch ihr Vater zerrt sie umgehend wieder auf die Beine und zieht sie fluchend neben sich her.

»Du kannst Rebecca doch sowieso nicht mehr helfen«, jammert Isabel.

»Natürlich kann ich das!«, faucht er. »Ich bin der Einzige, der überhaupt noch dazu in der Lage ist, nachdem ich ihren Körper von deinem nutzlosen Organ befreit habe.«

»Aber das hast du doch gar nicht. Rebecca ist gestorben, Papa. Wir haben sie im Januar beerdigt.« Isabel bleibt stehen und sieht ihren Vater flehend an. »Das kannst du doch unmöglich vergessen haben.«

Kaum ausgesprochen, fängt sie sich die nächste Ohrfeige.

»Lügnerin!«

Diesmal haut er so fest zu, dass ihr Kopf herumfliegt und sich ein rot glühender Abdruck auf ihrer Wange abzeichnet.

Schützend verbirgt Isabel das Gesicht in ihrer Armbeuge.

»Und was ist mit deiner Therapie?«, wimmert sie. »Warum bist du nicht mehr in der Klinik?«

»Ich brauche diesen Schwachsinn nicht«, knurrt ihr Vater. »Diese Idioten aus der Psychiatrie stopfen einen doch sowieso bloß mit Medikamenten voll und führen unsinnige Gespräche. Wollen mir einreden, dass ich Rebecca loslassen muss. LOSLASSEN – als ob das das Allheilmittel wäre! Und unterdessen läuft deiner Schwester die Zeit davon.«

»Du bist also von dort abgehauen!«

»Abgehauen?« Isabels Vater lacht auf. Dann schüttelt er den Kopf. »Du hast wirklich seltsame Vorstellungen vom Leben, mein Kind. Aber das ist ja nichts Neues. Wenn du dir auch nur ein einziges Mal vor Augen führtest, wer ich bin, würdest du vielleicht endlich damit aufhören, dumme Fragen zu stellen. So, und jetzt ist Schluss mit der Trödelei«, setzt er hinzu, lässt Isabels Arm los und verpasst ihr einen weiteren kräftigen Stoß, sodass sie beinahe ein zweites Mal zu Boden geht. Wir haben jetzt noch ein paar wenige Versuche. Wenn die nicht klappen …«

»Was dann?«, jammert Isabel.

Die Antwort ist ein Schlag gegen den Hinterkopf.

»Herrgott noch mal, der Typ kann wirklich froh sein, dass ich gerade im Koma liege«, presst Sten wütend hervor.

»Du könntest ohnehin nichts gegen ihn ausrichten«, gebe ich beklommen zurück. »So groß und kräftig und durchgeknallt, wie der ist.«

»Was dann, Papa?«, jault Isabel noch einmal, und fast bewundere ich sie dafür, dass sie einfach nicht lockerlässt und sich gegen ihren Vater auflehnt. »Was hast du vor?«

»Das geht dich nichts an«, entgegnet er harsch.

»Du hast Leute umgebracht, Papa!« Isabel fängt an zu schluchzen. »Den Mann aus dem Bus. Und ein Mädchen, das ich gernhatte. Warum tust du das? Und was hast du mit den anderen vor?«

»Die anderen interessieren mich nicht«, erwidert ihr Vater. »Meinetwegen können sie den Wald leer fressen. Aber wenn Rebecca stirbt, werden sie büßen.«

»Sie haben dir doch überhaupt nichts getan«, schnieft Isabel.

»Nein, aber dann werde ich sie brauchen.«

»Wozu?«

Diesmal haut er ihr seine Faust zwischen die Schulterblätter.

»Geh mir nicht auf die Nerven!«

Isabel stöhnt und verzieht schmerzvoll das Gesicht, scheint aber noch immer nicht aufgeben zu wollen.

»*Du* hast mir den Gutschein für diesen Blind Walk geschickt, stimmt's? Von wegen ein Freund, der weiß, dass mehr in dir steckt. Ph! *Du* hast das alles organisiert.«

»Ja, das habe ich«, sagt ihr Vater nicht ohne Stolz. »Für Rebecca würde ich alles tun.«

»Das stimmt nicht, Papa«, wimmert Isabel. »Du hast sie im Stich gelassen, als sie dich am meisten brauchte. Mama und ich durften nicht in die Klinik, weil du es nicht erlaubt hast, und deshalb war sie mutterseelenallein, als sie starb.«

»Halt endlich die Klappe, du elender Bastard!«, brüllt ihr Vater. Seine Hand schnellt vor und greift nach ihren Haaren, doch Isabel duckt sich rechtzeitig weg.

»Ich bewundere sie«, wispere ich. »Ich bewundere sie wirklich.«

Sten nickt. Es ist ihm anzusehen, wie sehr er mit Isabel leidet, und dafür liebe ich ihn noch umso mehr.

»Rebecca. Ist. Nicht. Tot.«

»Doch, Papa«, widerspricht Isabel. »Und deshalb ist alles, was du tust, vollkommen sinnlos.«

»Das kannst du gar nicht beurteilen«, gibt er zurück, und

diesmal nutzt er ein kurzes Zögern von ihr, packt sie bei den Schultern und zieht sie zu sich herum. »Ich bin Mediziner. Der beste Chirurg dieses Landes.«

»Bist du nicht. Nie gewesen!«

Isabel spuckt ihm ins Gesicht, woraufhin er ihr eine weitere Ohrfeige verpasst.

»Er wird sie umbringen«, murmelt Sten. »Früher oder später wird er es tun. Wenn wir ihr jetzt nicht helfen …«

»Du hast recht«, sage ich. »Versuchen wir es.«

»Zusammen?«

»Besser nicht. Wenn du es allein nicht schaffst, komme ich dir zu Hilfe.«

Sten zögert nicht eine Sekunde. Mit einem Satz springt er in Isabels Vater hinein, der auf der Stelle wie zur Salzsäule erstarrt. Ganz kurz nur huscht ein Ausdruck des Erschreckens über sein Gesicht.

»Was ist?«, fragt Isabel hoffnungsvoll. »Hast du es dir anders überlegt?«

Die Gesichtszüge ihres Vaters verhärten sich. »Ganz sicher nicht. Und jetzt lauf weiter!«

»Nur, wenn du aufhörst, mich zu schlagen«, erwidert Isabel. »Und wenn du meine Freunde hier rausbringst.«

»Du stellst Bedingungen?«, gibt ihr Vater laut auflachend zurück. »Ausgerechnet du? Du scheinst offenbar vergessen zu haben, was du deiner Schwester schuldig bist«, setzt er eisig hinzu.

»Ich habe für Rebecca getan, was ich konnte«, sagt Isabel mit fester Stimme. »Außerdem verstehe ich nicht, was meine Freunde mit all dem zu tun haben sollen.«

»Das wirst du schon noch.« Ihr Vater versetzt ihr einen Stoß gegen die Brust. »Und jetzt weiter mit dir.«

»Nein.« Isabel verschränkt die Arme und stellt sich ihm entschlossen entgegen. »Ich mache da nicht mit, Papa. Du musst mich schon …«

Weiter kommt sie nicht. Die Faust ihres Vaters trifft sie an der Schläfe, ehe Sten und ich reagieren können. Isabel stöhnt und sackt mit verdrehten Augen zu Boden, wo sie bewusstlos liegen bleibt.

»Dummes kleines Mädchen«, murmelt ihr Vater.

Er beugt sich zu ihr hinunter und streicht ihr zärtlich eine rotbraune Locke aus dem Gesicht. Dann packt er sie an Arm und Hosenbund, zerrt sie in den Stand und hievt sie sich über die Schulter.

Stens Blick fliegt zu mir. »Los, hilf mir, Lida!«

Doch ich halte ihn erneut zurück.

»Zu gefährlich«, sage ich. »Er könnte sich so sehr erschrecken, dass er sie fallen lässt. Wenn Isabel mit dem Kopf auf den Boden knallt oder sich das Genick bricht …«

»Ja, ja«, unterbricht er mich, »schon kapiert. Wir lassen ihn laufen.«

»Er wird ihr nichts tun.«

»Ts.« Sten stößt ein ungläubiges Lachen aus.

»Du weißt, was ich meine«, sage ich. »Er wird sie in seinen Bungalow schleppen und sie dort …«

»Was?«

»Ich bin keine Hellseherin«, erwidere ich. »Ich kann mir bloß ungefähr ausmalen, was er mit Isabel vorhat.« Aber eigentlich will ich das gar nicht. Die Bilder, die gerade in meinem Kopf entstehen, sind einfach zu grausam. »In einem Punkt bin ich mir allerdings relativ sicher: Er wird sie nicht umbringen. Nicht heute, nicht morgen, möglicherweise auch gar nicht. Auf jeden Fall wird er sich zuerst alle anderen holen: Natascha, Birk, Thore, Joy und Jesper«, zähle ich auf. Dass ich Natascha und auch Jesper völlig zu Unrecht verdächtigt habe, steht für mich mittlerweile außer Frage. »Wir müssen die anderen jetzt so schnell wie möglich zum Schlund treiben. Sie sind zu fünft. Natascha ist zwar verletzt, aber sie ist zäh. Sie werden es mit Isabels Vater aufnehmen können.«

»Vorausgesetzt, er hat keine Komplizen, die in dem Bungalow auf ihn warten«, sagt Sten.

Und meinen Körper bewachen, setze ich im Stillen hinzu. Vielleicht bin ich die Nächste. Vielleicht hat er mich deshalb Rebecca genannt. Nicht, weil er mich damit meinte, sondern nur einen Teil von mir.

Die Angst und das Entsetzen schnüren mir die Eingeweide zusammen. Doch ich will mich nicht lähmen lassen und so schiebe ich diesen Gedanken mit aller Entschiedenheit beiseite.

Freitag, 22. August, vom See zum Schlund

Noch bevor Isabels Vater mit seiner Tochter über der Schulter in der Tiefe des Waldes verschwunden ist, sind wir bereits auf dem Weg zurück zum Lagerplatz.

»Und ich sage euch, ich habe ihn gesehen«, hören wir Thores aufgebrachte Stimme bereits von Weitem. »Ein Mann in einer Taucherausrüstung hat ihr Boot gekentert und Isabel mitgenommen. Sie ist nicht ertrunken. Und Lida wahrscheinlich genauso wenig.«

Danach herrscht Stille.

Jesper, Birk und Natascha stehen zwischen ihren Schlafmatten und starren Thore an. Joy ist gerade dabei, sich im Schutz eines Strauches trockene Klamotten anzuziehen.

»Ich habe diesen Taucher zwar nicht gesehen, aber ich glaube ihm«, sagt sie. »Thore erzählt keinen Stuss.«

»Darum geht es nicht«, erwidert Natascha. Sie richtet ihren Blick auf Jesper und zum ersten Mal entdecke ich Mitgefühl darin. »Wir fragen uns, was er mit ihnen macht.«

»Bestimmt ist er einer dieser Perverslinge, die Mädchen jahrelang einsperren, foltern und vergewaltigen«, spekuliert Birk, woraufhin er sich von Thore einen Stoß in die Rippen einfängt.

»Was denn?« Jesper schüttelt resigniert den Kopf. »Er spricht doch nur aus, was wir alle denken.«

Einen Augenblick steht er da, mit hängenden Schultern, blassem Gesicht und hilflos wie ein kleines Kind. Aber dann kommt plötzlich Bewegung in ihn.

»Wir müssen sie suchen«, sagt er und beginnt, mit schnellen präzisen Handgriffen seine Sachen zusammenzupacken.

»Wir lassen das ganze Zeug hier«, bestimmt Thore. »Und nehmen nur den Kompass, die Karte, das, was noch zum Trinken übrig ist, die Werkzeuge und eine Matte plus Schlafsack für Natascha mit.«

»*Ich* kann darauf aufpassen«, bietet die sich sofort an. »Ich wäre euch sowieso nur hinderlich.«

»Vor allem wärst du das perfekte Opfer für diesen Kerl«, brummt Thore. »Da könnten wir dich auch gleich vor seiner Haustür absetzen.«

»Dann gehen eben nur Jesper und du«, schlägt Joy vor, während sie ihre Trekkingschuhe zuschnürt. »Birk und ich werden uns ja wohl gegen ihn verteidigen können.«

»Nein«, sagt Thore. »Wir bleiben zusammen.«

»Vergiss es«, weigert Natascha sich und deutet mit ihrem gesunden Arm auf das Waldstück hinter dem See. »Ich latsche ganz sicher nicht kreuz und quer durch die Wildnis, um nach einem Mädchenschänder zu suchen. Wir wissen doch gar nicht, wohin er Lida und Isabel verschleppt hat. Womöglich gibt es hier ein unterirdisches Höhlensystem, dessen Eingänge hinter Dornengestrüpp verborgen sind.«

»Du hast ja eine rege Fantasie«, entgegnet Birk nicht ohne Anerkennung.

Thore sieht ihn durchdringend an. »Ich halte das auch nicht für ganz ausgeschlossen, falls es dich interessiert. Etwas anderes erscheint mir allerdings wahrscheinlicher.«

»Nämlich?«, fragt Joy, die ihre nassen Sachen nun über ein paar tief hängenden Ästen verteilt.

»Weiber«, grunzt Thore, reißt die Klamotten wieder herunter und wirft sie zu seinen eigenen auf den Boden. »Wieso schreist du nicht gleich: Huhu, hier bin ich?«

»Wir lassen doch sowieso alles hier«, erwidert sie. »Außerdem hat der Typ uns garantiert im Visier. Ich wette, er weiß fast immer, wo wir sind beziehungsweise wo wir wann waren.«

Thore nickt. »Eben.«

»Ich glaube, sie hat's kapiert«, meint Jesper. »Wenn du uns jetzt deine Wahrscheinlichkeitstheorie mitteilen würdest ...?«

»Der Psycho hat das alles hier organisiert. Er ist IA oder zumindest der Chef dieser Pseudo-Event-Organisation. Er wird ganz sicher keinen von uns heimkehren lassen wollen. Und zwar egal, ob er es nur auf die Mädchen abgesehen hat oder nicht. Dafür wissen wir einfach zu viel.«

»Klingt leider einleuchtend«, bestätigt Jesper. »Bestimmt wäre es das Beste, wir gingen zur Schlucht zurück. Das hätte auch für Natascha den Vorteil, dass wir die bereits vorhandenen Wege nutzen könnten. In der Nähe dieses Schlundes hat alles angefangen. Vielleicht haben wir dort etwas übersehen.«

»Genau das meine ich«, pflichtet Thore ihm bei.

Sten und ich tauschen einen Blick.

Besser kann es gar nicht laufen! Unser Einsatz beginnt also erst, sobald sie die Fallgrube passiert haben. Auf Natascha dürfen wir dann leider keine Rücksicht mehr nehmen.

***

Innerhalb weniger Minuten haben sie sämtliche Matten eingerollt und mit den Rucksäcken und den nassen Klamotten auf einen Haufen gestapelt. Das Ganze bedecken sie mit Zweigen, die sie entweder vom Boden aufsammeln oder Thore mit der Astschere von den Bäumen schneidet.

Bewaffnet mit Schürhaken, Schaufel, der Astschere und dem Klappspaten ziehen sie los. Natascha erleichtert sich das Gehen wieder, indem sie sich auf einen Knüppel stützt, und Joy behält als Einzige ihren Rucksack, in dem sie zuvor das Nötigste verstaut haben.

Jesper und Natascha gehen voran und geben das Tempo vor, Thore bildet das Schlusslicht.

Sten und ich flankieren sie. Dass wir dabei durch kniehohes Gras, Blütenstauden und Wildwuchs stapfen müssen, stört uns nicht.

Ich laufe die meiste Zeit neben Jesper her, der sich ausgesprochen fürsorglich um Natascha kümmert. Alle paar Minuten fragt er sie, ob alles in Ordnung sei, und sobald sie sich vertritt oder ins Straucheln gerät, ist er sofort bei ihr, um sie zu stützen.

Auch wenn ich Natascha nicht mag, gefällt es mir zu sehen, wie Jesper mit ihr umgeht. Ich ertappe mich sogar bei der Vorstellung, dass die beiden nach allem, was sie hier gemeinsam erleben und erleiden müssen, vielleicht doch noch ein richtiges Paar werden könnten.

»Stell dir vor, es macht mir überhaupt nichts aus!«, rufe ich Sten zu und deute auf Jesper und Natascha.

Er grinst ein winziges schiefes Grinsen. »Es hat nicht zufällig mit mir zu tun?«

»Mhm, sicher nicht.«

»Lügnerin«, sagt er leise, und in meiner Brust wird es für Sekunden ganz luftig und leicht, bis mir mit einem Schlag wieder bewusst wird, warum wir hier sind. Unglaublich, wie Sten es immer hinbekommt, dass ich das – wenn auch nur für wenige kurze Augenblicke – einfach vergessen kann!

***

Gegen Mittag erreichen wir die Fallgrube, um die die Gruppe schweigend einen großen Bogen schlägt. Keiner scheint sich gern an die dramatische Rettungsaktion zu erinnern, die wir hier vor vier Tagen erlebt haben, auch wenn wir danach zum ersten Mal so etwas wie ein Zusammengehörigkeitsgefühl verspürten.

»Los, Leute, macht voran!«, treibt Thore die anderen an. »Wenn wir den Schlund vor Einbruch der Dunkelheit erreichen wollen, sollten wir einen Zahn zulegen.«

»Das macht Natascha nicht mit!«, ruft Jesper zurück.

»Wir übrigens auch nicht«, murmelt Sten und deutet nach rechts zur Wildgraswiese hinüber, auf der er gestern seinen Tobsuchtsanfall gekriegt hatte. »Höchste Zeit, die Richtung zu ändern.«

Dann weist er auf Joy und nickt mir zu.

Ohne zu zögern, umfasse ich ihren Oberarm. Sie erschrickt und macht hastig einen Schritt zur Seite – direkt in mich hinein.

Joy schreit auf und springt nun Birk vor die Füße, der sie sofort anblafft, ob sie noch alle Tassen im Schrank habe.

»Was ist denn jetzt schon wieder los?«, fragt Thore genervt.

»Das wirst du gleich merken«, murmelt Sten.

Er umschließt Thores Hals mit beiden Händen und lässt seine Finger langsam in dessen Haut einsinken.

Thore erstarrt. »Da ist sie wieder«, wispert er.

Jesper schüttelt irritiert den Kopf. »Was meinst du?«

»Na, diese merkwürdige Kälte, die wir schon auf der Ebene gespürt haben.«

»Vielleicht gibt es hier ja tatsächlich Geister«, meint Natascha.

Sie versucht ein Grinsen, aber es gleitet ihr aus dem Gesicht.

»Wie auch immer«, brummt Thore und reibt sich über den Hals, den Sten kurz zuvor wieder freigegeben hat. »Ich finde, wir sollten so schnell wie möglich von hier verschwinden.«

»Klar doch«, erwidert Natascha. »Ich nehme an, die Betonung liegt auf schnell.«

»Wir wissen, dass du gehandicapt bist«, gibt Jesper zurück. »Aber Thore hat recht.« Er nimmt Natascha den Knüppel ab und wirft ihn in die Brombeersträucher. Dann greift er nach ihrem gesunden Arm und legt ihn sich um den Nacken. »Ich schleppe dich. Wenn du nicht mehr kannst, lass dich einfach hängen.«

Dann laufen sie los – natürlich weiter dem Pfad folgend.

»Falsche Richtung«, sagt Sten.

Diesmal stellen wir uns ihnen beide in den Weg, sodass sie durch uns hindurchlaufen müssen.

»Stopp!«, ruft Natascha und stemmt ihre Füße in den Boden. »Jetzt hab ich's auch gespürt. Irgendwas ist hier. Etwas, das uns …«

»Will ich gar nicht so genau wissen«, murmelt Jesper.

Er versucht, Natascha weiterzuziehen, doch die rührt sich nicht von der Stelle. »Meine Schulter«, stöhnt sie.

Jesper flucht leise, dann sagt er: »Wir kümmern uns darum, sobald wir am Schlund sind.«

»Aber ich kann nicht mehr. Es tut einfach zu weh.«

»Du musst!«, gibt Jesper eindringlich zurück. »Ohne dich gehe ich auch nicht. Also, beiß gefälligst die Zähne zusammen.«

»Los!«, drängt Thore vom anderen Ende. »Nun macht schon!«

»Also gut.« Natascha gibt einen tiefen Seufzer von sich und setzt sich in Bewegung.

Abermals treten Sten und ich ihr und Jesper in den Weg und abermals bleiben die beiden augenblicklich stehen.

»Jesper, bitte«, flüstere ich und berühre mit den Fingerspitzen sanft seine Unterlippe, so wie ich es früher oft getan habe, wenn er mit einer Zigarette im Mundwinkel vor sich hin träumte und ich seine Aufmerksamkeit zurückerobern wollte.

Er zuckt zusammen. Stutzt. Schüttelt den Kopf.

»Was ist?«, haucht Natascha.

Jesper starrt durch mich hindurch und schüttelt dann noch einmal den Kopf. »Ich weiß, es klingt verrückt, aber jetzt hat es mich irgendwie ...« Plötzlich klingt seine Stimme ganz dünn. »Es hat mich an Lida erinnert.« Er atmet stockend ein. »Womöglich ist sie wirklich noch hier und will uns etwas sagen.«

»Ja klar!« Joy – noch immer Panik im Blick – tippt sich an die Stirn.

»Wieso eigentlich nicht?«, kommt es von Birk.

»Vielleicht, weil wir nicht an so etwas glauben«, fährt Thore ihn an. »Ich zumindest wette meinen Kopf darauf, dass es eine ganz plausible Erklärung für diesen Spuk gibt.«

»Dafür warst du eben aber ganz schön erschrocken«, sagt Natascha. Dann wendet sie sich wieder an Jesper. »Versuch es«, ermutigt sie ihn. »Vielleicht kannst du mit ihr reden.«

Jesper presst die Lippen zusammen und schaut zu Boden. Als er den Blick wieder hebt, sind seine Augen gerötet.

»Also gut ... Lida. Gib mir ein Zeichen, okay? Wenn du meine Wange berührst, bedeutet es ja ... und mein linkes Knie steht für nein.« Er sieht kurz Natascha an, räuspert sich und fragt dann in meine Richtung gewandt: »Bist du hier?«

Sachte streiche ich über seine Wange.

Jesper keucht auf. Er schluckt und schluckt und schluckt ... und die anderen stehen da wie paralysiert und halten ihren Blick erwartungsvoll auf ihn gerichtet.

»Was ist?«, fragt Joy. »Hast du etwas wahrgenommen?«

Jesper nickt. Er braucht allerdings noch einen Moment, bis er sich gefangen hat. Schließlich stellt er die nächste Frage.

»Bist du Lida?«

Wieder berühre ich seine Wange.

»Verdammt, sie ist es«, presst er hervor. »Lida … sie ist …« Er gerät ins Stocken. »B-bist du tot?«

»Nein«, flüstere ich und lege meine Hand auf sein linkes Knie.

»Das gibt es doch gar nicht!«, stößt er hervor. »Sie hat Nein gesagt … Aber … was bist du denn dann?«

»Tut mir leid, diese Frage kann ich dir nicht beantworten.«

Thore, Birk und Joy tauschen verunsicherte Blicke. Nur Natascha schaut fasziniert zu mir hin.

»Frag sie, ob sie weiß, wo Isabel ist«, fordert sie Jesper auf.

Diesmal streiche ich Natascha über die Wange.

Zuerst zuckt sie zurück, doch dann breitet sich ein Grinsen auf ihrem Gesicht aus. »Sie weiß es!«, ruft sie. »Sie hat meine Wange berührt.«

Natascha ist völlig aus dem Häuschen, die Schmerzen in ihrer Schulter scheinen vergessen zu sein.

»Okay«, sagt Jesper. »Okay.« Seine Augen sind noch immer gerötet und sein Kehlkopf springt auch jetzt noch unruhig auf und ab. Es ist nicht zu übersehen, wie aufgewühlt er ist. »Lida, bitte sag mir: Müssen wir zum Schlund zurück?«

Ich berühre seine Wange.

»Also ja.« Er nickt den anderen zu.

Thore ist mittlerweile kreidebleich geworden. Offenbar habe ich sein Weltbild komplett auf den Kopf gestellt.

»Sollen wir den gleichen Weg nehmen, auf dem wir hergekommen sind?«, fragt Jesper weiter.

Ich husche zu Thore und umfasse sein linkes Knie. Fassungslos blickt er an sich hinab.

»Sie antwortet nicht«, meldet Jesper irritiert.

»Doch«, sagt Thore mehr zu sich selbst. »Allerdings bin ich mir nicht sicher.«

»Kannst du aber«, flüstere ich und berühre sein Knie gleich noch ein zweites Mal.

»Ich glaub's nicht.« Er weicht ein Stück zurück. »Also ... ehrlich, Leute ... ich hätte das ... wirklich niemals ... für möglich gehalten, aber ...«

»Wo hast du die Kälte gespürt?«, unterbricht Natascha sein Gestammel.

»Am Knie«, sagt Thore. »Links.«

»Also gibt es noch einen anderen Weg«, kombiniert Joy.

Birk zuckt mit den Schultern.

»Möglicherweise zieht die Schlucht sich ein ganzes Stück hin. Vielleicht erinnert ihr euch ... Von dort, wo wir Stucke gefunden haben, konnten wir kein Ende ausmachen.«

»Ich wäre jedenfalls froh, wenn ich mir seine Leiche nicht noch mal anschauen müsste«, brummt Joy.

Natascha und Thore nicken. Einen Moment lang stehen alle unschlüssig da. Schließlich ist es Jesper, der wieder das Wort ergreift. »Okay, Lida«, sagt er. »Brust ist Süden, Rücken Norden. Rechter Arm Osten, linker Arm Westen.«

Joy runzelt die Stirn. »Ganz logisch ist das nicht, oder?«

»Egal«, gibt Jesper zurück. »Es geht doch nur um die Verständigung … Also, Lida«, fordert er mich auf. »In welche Richtung sollen wir gehen?«

Ich umfasse seinen linken Arm.

»Sie sagt, nach Westen.«

»Abgefahren«, stößt Natascha aus. »Echt. Total abgefahren.«

Mit meiner kleinen Geistershow scheine ich mächtig Punkte bei ihr gemacht zu haben. Keine Spur jedenfalls mehr von Eifersucht oder Konkurrenzgehabe.

Thore holt den Kompass aus Joys Rucksack und richtet ihn aus.

»Da lang«, sagt er und deutet auf das Waldstück jenseits der Wiese.

***

Diesmal geht Birk vorweg und schlägt mit der Schaufel den Weg frei. Jesper und Natascha folgen. Für beide ist es schrecklich mühsam, und allmählich kommen mir Zweifel, ob wir es bis zum Abend überhaupt zur Schlucht schaffen. Doch Natascha ist zäh. Und sie besitzt einen eisernen Willen. Obwohl ihr vor Anstrengung die Schweißperlen auf der Stirn stehen und sie jedes Mal, wenn sie sich vertritt oder über einen umgestürzten Baumstamm steigen muss, vor Schmerzen stöhnt, ist sie diejenige, die die Gruppe vorantreibt.

Ein einziges Mal entsteht unterwegs, angestiftet von Joy, ein kurzer Disput darüber, ob es sich bei der *Zeichengeberin* wirklich um mich oder womöglich um jemanden handelt, der sie geradewegs in ihr Verderben führt.

»Haben wir denn eine Wahl?«, fragt Birk. »Außer dass wir uns trennen und hoffen, dass zumindest ein Teil von uns lebend hier rauskommt?«

»Wir trennen uns nicht«, bestimmt Thore.

»Und ich gehe auf gar keinen Fall wieder zurück«, stellt Natascha klar und beendet damit die Debatte.

Die Gruppe läuft weiter und mithilfe unseres genialen Verständigungssystems geleiten Sten und ich sie durch den Wald.

Als wir endlich das kleine Felsplateau an der Schlucht erreichen, dämmert es bereits.

Thore beugt sich über die Kante und späht angestrengt in den Abgrund hinunter.

»Ich glaub's nicht«, sagt er nach einer Weile und sieht die anderen fassungslos an.

»Was ist denn?«, will Natascha wissen.

»Eine Tür«, erwidert Joy, die neben Thore getreten ist. »Da unten gibt es tatsächlich eine Tür. Aus Stahl. So groß wie ein Garagentor.«

»Ein Felsenversteck!« Birk pfeift durch die Zähne wie ein kleiner Junge.

»Wir sollten herausfinden, ob es abgeschlossen ist«, sagt Jesper, der sich zwischen Joy und Thore gedrängt hat. »Das heißt, wir müssen da runter.«

Natascha schüttelt den Kopf. »Ich nicht.«

»Ich gehe«, sagt Thore.

Birk nickt. »Aber nicht allein.«

Alle sehen ihn an. Auch Sten und ich.

Joy deutet mit dem Finger auf ihn. »Heißt das, *du* willst …?«

»Genau«, sagt Birk.

Um seine Entschlossenheit zu demonstrieren, reckt er Brustkorb und Kinn heraus.

»Also gut«, sagt Thore, nachdem er Birk eine Weile nachdenklich gemustert hat. »Du und ich klettern in den Schlund hinunter. Wer weiß, vielleicht werden wir dort ja bereits erwartet.«

Da offenbar allen klar ist, dass die Zeit drängt, gibt es keine weitere Diskussion.

Während Thore und Birk sich, bewaffnet mit Schürhaken und Klappspaten, an den Abstieg machen, richtet Joy ein Lager für Natascha her, auf dem sie sich vorsichtig niederlässt. Mit einem erleichterten Seufzer sinkt ihr Kopf auf den Rucksack und nach nur wenigen Sekunden ist Natascha eingeschlafen.

»Na, die hat vielleicht ein Gottvertrauen«, sagt Joy.

Jesper betrachtet sorgenvoll Nataschas blasses, schweißglänzendes Gesicht. »Ich glaube, sie ist einfach nur fix und fertig.«

»Ja.« Joy nickt und setzt sich auf einen mit weichen Flechten überzogenen Vorsprung. »Wahrscheinlich hast du recht«, sagt sie schlapp. »Ich bin auch am Ende meiner Kräfte.«

Freitag, 22. August, in der Schlucht

Birk stellt sich sehr viel geschickter an, als ich gedacht habe. Flink und sicher hangelt er sich an Baumwurzeln, Felsspalten und jungen Trieben die Steinwand hinunter. Thore dagegen tut sich unerwartet schwer. Doch am Ende macht er seine fehlende Gelenkigkeit durch Körperkraft wett und erreicht nur kurze Zeit nach Birk den Grund der Schlucht.

Während Sten die beiden kraxelnd nach unten begleitet hat, harre ich noch bei Jesper, Joy und Natascha aus.

»Ich muss euch jetzt leider euch selbst überlassen«, sage ich und berühre Jesper sanft an der Unterlippe.

»Lida!«, ruft er überrascht. »Du bist ja noch hier!«

Ich streiche über seine Wange, woraufhin er die Hand ausstreckt und nach mir tastet. Ich ergreife sie und drücke sie leicht. Er krümmt die Finger, als wollte er mich festhalten.

»Du bist ganz schön kalt, weißt du das?«

Ich berühre seine Wange abermals.

»Wirst du bleiben?«

»Nein«, antworte ich und lege meine Hand auf sein linkes Knie. »Mach's gut, Jesper.«

Ein trauriges Lächeln umspielt seine Mundwinkel. »Mach's gut … Ich hoffe, wir sehen uns … wieder …«

»Das hoffe ich auch«, sage ich und küsse ihn zum Abschied flüchtig auf die Lippen.

»Spätestens dann wirst du dich entscheiden müssen«, kommt es von Joy.

»Muss er nicht«, gebe ich zurück. »*Ich* habe mich nämlich längst entschieden.«

Ich werfe noch einen letzten Blick auf die drei, dann breite ich die Arme aus und springe in die Schlucht hinunter.

***

»Du hast dir ja ganz schön Zeit gelassen«, begrüßt Sten mich, als ich zu ihm aufschließe.

»Tut mir leid.«

»Du hast Angst, dass Jesper nicht überlebt. Stimmt's?« Stens Stimme klingt belegt.

»Ich sorge mich um alle«, erwidere ich und versuche ein Lächeln. »Sogar um Natascha.«

Sten mustert mich ernst.

»Ich sorge mich vor allem um dich, Lida«, sagt er leise.

Ich senke den Blick und nicke.

Jesper, Natascha und die anderen vom See bis hierher zu führen, hat meine ganze Aufmerksamkeit erfordert, sodass ich darüber mein eigenes Schicksal fast vergessen hätte. Jetzt, da uns nur noch wenige Schritte von dem Stahltor trennen, ist die Angst, dass es jede Sekunde mit mir vorbei sein könnte, schlagartig wieder da.

Keiner von uns weiß, was uns hinter diesem Tor erwartet – ob es sich überhaupt öffnen lässt, ob Isabels Vater dort wirklich haust und Thore und Birk ihn bezwingen können oder ob sie geradewegs in eine Falle tappen.

Abgesehen davon, habe ich nicht die geringste Ahnung, wie ich in meinen Körper zurückschlüpfen soll – falls er sich tatsächlich dort befindet.

»Wird schon klappen«, wispert Sten. »Etwas anderes mag ich mir gar nicht vorstellen.«

»Lass uns vorgehen«, sage ich nur und husche an Thore und Birk vorbei, die sich, Schürhaken und Klappspaten fest umklammert, langsam und absolut lautlos auf das Tor zubewegen.

Sten folgt mir und wir stellen uns rechts und links von der Klinke auf. Sollte das Tor sich öffnen lassen und Isabels Vater unmittelbar dahinterstehen, werden Sten und ich gemeinsam in ihn hineinlaufen und ihn auf diese Weise hoffentlich für ein paar Sekunden außer Gefecht setzen. Sekunden, die Thore und Birk sich zunutze machen und ihn überwältigen, meinetwegen auch niederschlagen könnten. So zumindest ist unser Plan. Je näher Thore und Birk dem Tor kommen, desto langsamer schleichen sie voran. Mit jedem Schritt wächst ihre Anspannung.

»Versprich mir, dass du sofort zuschlägst, wenn uns da drin jemand auflauert, der nicht wie Isabel oder Lida aussieht«, raunt Thore.

Birk nickt kaum merklich. Seine Augen sind weit geöffnet, und die Lippen hat er so fest aufeinandergepresst, dass sie wie ein kurzer dunkler Strich aussehen.

»Achtung …« Thore legt eine Hand auf die Klinke, mit der anderen hält er den Klappspaten in die Höhe.

Birk stellt sich breitbeinig auf die andere Seite, umklammert den Schürhaken so fest, dass seine Fingerknöchel weiß hervortreten, und hebt ihn über den Kopf.

»Jetzt!«, zischt Thore.

Er drückt die Klinke blitzschnell nach unten und zieht gleichzeitig mit aller Kraft daran.

Das Tor bewegt sich keinen Millimeter.

»Abgeschlossen!«

»Mist!«, flucht Sten.

Ich deute die Felswand hinauf. »Plan B?«

Sten läuft sofort los. Bevor ich reagieren kann, hat er bereits die ersten Meter hinter sich gebracht.

»Sollen wir nicht erst mal abwarten, was die beiden machen?«, rufe ich ihm nach.

»Nein«, erwidert Sten. »Sie müssen jetzt eine Weile allein klarkommen. Ich werde es mir nämlich nie verzeihen, wenn ich nicht wirklich alles versucht habe, um deinen Körper zu finden. Also komm jetzt! Beeil dich!«

»Okay.«

Ich werfe einen Blick in den Himmel hinauf, der sich von Osten her allmählich dunkelblau färbt. Dann drehe ich mich noch einmal zu Thore und Birk um. Schon bald wird es in der Schlucht stockdunkel sein. Ich kann nur hoffen, dass sie nicht auf die Idee kommen, sich auf der einen oder anderen Seite an den Aufstieg zu machen, sondern hier unten geduldig bis zum nächsten Morgen ausharren.

Freitag, 22. August, 20:25 Uhr, Stadtklinikum Süd

Obwohl sie seit fast einer halben Stunde auf diesen Augenblick wartet, erschrickt sie, als er plötzlich in der Tür steht. Seine Schritte lautlos wie immer, seine Präsenz atemberaubend.

»Wir wären dann so weit«, sagt er lächelnd.

Sie nickt.

Mit der schriftlichen Vorbereitung der Übergabe ist sie fertig, die Spritzen mit den tödlichen Dosen befinden sich bereits in ihrer Kitteltasche. Auch diesmal wird sie die kurze Unruhe, die der Schichtwechsel mit sich bringt, nutzen, um sie gegen andere auszutauschen und die Dosierung entsprechend neu zu programmieren.

Sie weiß, dass es falsch ist.

Sten Milders hätte eine zweite Chance verdient. Etwas mehr Zeit, ein zweiter ernsthafter Versuch, ihn aus dem Koma zu holen, und er würde vielleicht weiterleben.

»Alles in Ordnung?«, fragt er leise, als sie an ihm vorbei auf den Gang hinaustritt. »Ich kann mich doch auf dich verlassen?«

»Natürlich«, sagt sie und lächelt nun ebenfalls.

Wenn sie sich gegen ihn auflehnt, wenn sie ihm sagen würde, dass sie nicht mehr mitmachen will, würde sie ihn verlieren.

Ihn und den hübschen Zusatzverdienst.

Und deshalb wird Sten Milders' Herz in spätestens einer Dreiviertelstunde aufhören zu schlagen.

Freitag, 22. August, 20:32 Uhr

Das bemooste Dach des Bungalows schimmert rötlich im Licht der untergehenden Sonne. Hoch oben vom Kamm des Felsens aus haben wir einen perfekten Überblick über das gesamte Anwesen.

Sten hat nicht übertrieben: Es ist tatsächlich total verwildert. Still und dunkel und von Efeu und anderen Wildranken überwuchert liegt es da. Kein Mensch würde auf die Idee kommen, dass sich hier noch jemand aufhält. Nicht einmal zeitweise.

Auch für mich ist es kaum vorstellbar, dass sich mein Körper dort unten in dem rechteckigen Haus mit dem flachen Zeltdach befinden soll.

Meiner – und der von Isabel.

Nochmals lasse ich meinen Blick über das Grundstück gleiten, kann sie aber nirgends entdecken.

»Wahrscheinlich ist sie im Haus«, murmele ich.

Sten mustert mich stirnrunzelnd. »Du meinst Isabel?«

»Ja. Natürlich. Also, nicht ihren Körper, sondern sie. Du hast doch auch gesehen, wie sie heute Morgen am See kurz aus ihm herausgetreten ist?«, vergewissere ich mich.

»Hmm.« Sten nickt. »Ich glaube allerdings nicht, dass ihr

Vater sie narkotisiert hat. Nach allem, was wir mit angehört haben, wissen wir, dass zuerst die anderen dran sind.«

Also ich!

Mein Blick sagt offenbar alles.

Ohne ein weiteres Wort fasst Sten mich bei der Hand und zieht mich mit sich fort an eine Stelle, von der aus wir auf das Dach der direkt an die Felswand gebauten Garage springen können. An das Gefühl, dass unsere Hände dabei immer ein wenig ineinander versinken, habe ich mich inzwischen gewöhnt, ich registriere es kaum noch.

Wenige Sekunden später balancieren wir bereits auf der Mauer entlang, die das Grundstück umgibt.

Alle paar Schritte halten wir inne und versuchen, einen Blick durch die winzigen hoch gelegenen Fenster ins Hausinnere zu erhaschen, aber in keinem der Räume brennt Licht. Es ist, als starrten wir in tote quadratische Augen.

»Und wenn er Isabel und mich doch nicht hierhergebracht hat? Wenn es irgendwo im Wald zwischen dem See und dem Schlund noch eine zweite Hütte gibt?«

Sten zieht eine Grimasse. Dieser Gedanke passt ihm natürlich genauso wenig in den Kram wie mir. »Dann sollten wir vielleicht danach suchen. Aber erst, wenn wir hier in jeden Winkel geschaut haben«, fügt er hinzu und bedeutet mir weiterzulaufen.

Obwohl ich befürchte, dass wir damit nur unsere Zeit vergeuden, setze ich mich wieder in Bewegung. Und plötzlich fällt mir etwas ins Auge.

»Schau mal da!« Ich deute auf eine der Tannen, die im Innenhof stehen und ziemlich windschief in den Himmel wachsen. »Über dem ... eins ... zwei ... *dritten* Ast von unten ... Hängt da nicht was?«

Sten geht hinter mir in die Hocke, um den unteren Teil des Baums besser ins Visier nehmen zu können.

»Stimmt. Sieht aus wie ein Gummianzug.«

»Du meinst, es könnte sein Taucheranzug sein?«

»Ja«, bestätigt Sten. »Und wenn der Typ nicht zwei von diesen Dingern besitzt ...«

»Dann müssten Isabel und ich mit ziemlicher Sicherheit dort drüben im Bungalow sein«, schlussfolgere ich.

»Genau.«

Sten zwängt sich an mir vorbei und hockt sich abermals hin. »Außerdem liegt dort noch eine Seiltrommel«, fährt er fort. »Siehst du? Direkt neben dem Stamm unter dem tief hängenden Ast auf der anderen Seite.«

Ich ducke mich ebenfalls und lasse meinen Blick seinem ausgestreckten Finger folgen, als ein Poltern ertönt und ich vor Schreck fast von der Mauer falle. Sten hält mich in buchstäblich letzter Sekunde an der Schulter fest.

Wärme durchflutet meine Brust, so wie immer, wenn er mich berührt, doch diesmal kommt es mir ein wenig anders vor. Weniger intensiv.

Mir bleibt jedoch keine Zeit, darüber nachzugrübeln, denn im nächsten Moment wird unter einem leisen metallischen Quietschen das Garagentor geöffnet und Isabels Vater tritt heraus.

Er trägt eine helle fleckige Jeans, Sportschuhe und ein braunes Kapuzenshirt. Das dunkle Haar reicht ihm bis zum Kinn.

Sten kneift die Augen zusammen. »Aha. Und da ist ja auch der VW-Bus«, murmelt er. »Du hattest also recht mit deiner Vermutung, dass nicht nur dieser Stucke in die Schlucht befördert wurde.«

Der Wagen steht im hinteren Teil der Garage und ist erst auf den zweiten Blick zu erkennen.

Isabels Vater stellt das Tor nun ganz auf und fixiert es an einem Schnapphaken im Boden. Dann verschwindet er wieder in der Garage. Man hört eine Autotür zuschlagen, kurz darauf wird der Motor gestartet und der VW-Bus rollt langsam in den Innenhof. Die Vorderfront ist völlig zerbeult, die Stoßstange hängt auf einer Seite herunter und der rechte Außenspiegel fehlt.

»Was machen wir jetzt?«, frage ich.

Am liebsten würde ich auf das Grundstück springen und einen Blick in den Wagen werfen. Außerdem würde ich mich gern in der Garage umschauen. Eventuell gibt es von dort aus sogar einen Zugang ins Haus.

»Zu riskant«, meint Sten, als hätte er meine Gedanken erraten. »Wenn wir einmal da drin sind, kommen wir womöglich nie wieder raus.«

»Aber irgendwas *müssen* wir doch tun!«

»Hmm. Erst mal abwarten, was der Kerl vorhat.«

»Mann, du hast vielleicht Nerven!«, stöhne ich, und während wir Isabels Vater dabei beobachten, wie er die Seilrolle aufhebt und im Bus verstaut, werde ich von Sekunde zu Sekunde kribbeliger.

»Dafür bin ich da«, gibt Sten trocken zurück. »Um die Nerven zu behalten.«

»Sten«, beschwöre ich ihn. »Der Typ ist Chirurg. Er glaubt, dass seine Tochter Rebecca noch am Leben ist. Er wird mir meine Nieren stehlen, um sie ihr einzupflanzen.«

Zum ersten Mal spreche ich den Wahnsinn aus, der mir seit Stunden im Kopf herumspukt.

Sten sieht mich an. »Genau das hat er wohl vor«, bestätigt er, lächelt schief und streicht mir flüchtig über die Wange. »Setzen wir darauf, dass er dir vorläufig nur eine entnimmt und dich noch eine Weile am Leben lässt, weil er sich die zweite für später aufheben will.«

Fassungslos über die Schonungslosigkeit seiner Worte und den lässigen Tonfall starre ich ihn an.

»Ich möchte meine Nieren behalten. Und zwar alle beide!«

»Mhm, das möchte ich auch«, sagt Sten. »Und deshalb gehen wir jetzt da runter.«

Er reckt sein Kinn in Richtung Hof, wo Isabels Vater gerade auf ein zweites Tor zustapft, das sich ein Stück weiter rechts von uns in der Außenmauer befindet.

»Ich schätze, er plant einen Ausflug«, fährt Sten fort. »Und das verschafft uns Zeit. Schau du im Bus nach, ich nehme mir die Garage vor!«

Als er mir das zuruft, ist er bereits im Sprung. Und dass ich ihm auf dem Fuße folge, ist reiner Reflex.

In langen Sätzen rast Sten auf die Garage zu. Nur einen Lidschlag später wird er von der Dunkelheit darin verschluckt.

»Wird schon gut gehen«, rede ich mir zu, denn es gefällt mir gar nicht, ihn nicht mehr an meiner Seite zu haben. Über die Vorstellung, dass ihm etwas zustößt, könnte ich glatt den Verstand verlieren. »Es ist ja nur für ein paar Sekunden«, brabbele ich weiter vor mich hin, während ich auf den VW-Bus zuhusche.

Je näher ich ihm komme, desto seltsamer wird mir zumute. Ein fieses Stechen beginnt hinter meiner Stirn zu pulsieren, außerdem fühlt es sich an, als würde mein Magen einen Salto nach dem anderen schlagen.

Das Blut rauscht mir in den Ohren, als meine Hände den kühlen Lack berühren und ich durch eines der Seitenfenster ins Wageninnere spähe.

Über die hintere Rückbank ist eine dunkelbraune Decke gebreitet, unter der sich die Konturen eines menschlichen Körpers abzeichnen. An einem Haken unter der Wagendecke hängt ein Plastikbeutel, der eine klare Flüssigkeit enthält. Sie tropft durch einen dünnen Schlauch, der ungefähr auf Taillenhöhe unter der Wolldecke verschwindet.

Ich weiß sofort, dass ich es bin. Dass es mein Körper ist, der darunter liegt und über den Plastikbeutel mit einem Narkotikum versorgt wird.

»Was hast du mit mir vor, du Schwein?«, wispere ich. »Willst du mich etwa in eine Klinik fahren, um mich dort besser ausschlachten zu können?«

Aber wozu? Rebecca ist doch tot! Es gibt ihren Körper nicht mehr, in den er meine Nieren einpflanzen könnte.

»Sten«, murmele ich. »Sten.«

Ich reiße meinen Blick von der braunen Decke los und bemerke Isabels Vater, der das Tor in der Mauer inzwischen geöffnet hat und bereits auf dem Weg zurück zur Garage ist.

»Sten!« Ich drücke mich von dem VW-Bus ab und renne los. »Sten, komm da raus!«

So schnell ich kann, rase ich an Isabels Vater vorbei und stürze in das Dunkel der Garage. Im Eingang stapeln sich Fässer, eine Leiter und allerlei Gerümpel. Weiter hinten mache ich einen alten Motorroller und einen ziemlich zerbeulten silbergrauen Kleinwagen aus. Daneben stehen ein Regal voller Kunststoffbehälter und ein Stahltisch, auf dem Sprühdosen und verschiedene Werkzeuge kreuz und quer herumliegen. Das Ganze erinnert eher an eine Autowerkstatt als an den Arbeitsplatz eines Chirurgen.

Jedenfalls ist diese Garage außergewöhnlich groß – und von Sten fehlt jede Spur.

»Wo bist du?«, rufe ich voller Panik, als ich zwischen dem Regal an der Seite und dem Auto eine halb offen stehende Tür bemerke. Verflucht! Da muss er hindurchgeschlüpft sein!

Mit ein paar hastigen Schritten bin ich dort, stecke meinen Kopf durch den Spalt und spähe in absolute Finsternis. Ein ekliger, süßlich-fauliger Geruch schlägt mir entgegen.

»Sten!«

Nichts.

Dann aus irgendeinem kaum zu ortenden Winkel: »Lida, was ist los?«

Ein kurzes Aufatmen.

»Komm!«, brülle ich. »Schnell!«

»Okay, okay, ich bin sofort bei dir.«

Aus Stens *Sofort* werden Hunderte quälend lange Sekundenbruchteile. Unterdessen hakt Isabels Vater draußen das Garagentor aus.

»Jetzt mach endlich!«

Doch Sten taucht nicht auf, und mir wird klar, dass ich mich entscheiden muss: er oder mein Körper. Im Grunde bleibt mir gar keine Wahl. Verdammt. Verdammt. Verdammt.

Kurz bevor das Tor sich schließt, sprinte ich los und schlüpfe im letzten Moment ins Freie. Ich drehe mich um und sehe, wie Sten geradezu hinter mir hergeflogen kommt.

»Das war knapp!«

»Idiot!«, fahre ich ihn an.

Dann schnappt das Schloss zu. Isabels Vater verriegelt das Tor, steigt in den VW-Bus und steuert ihn in Richtung Mauereinfahrt.

»Hast du wenigstens Isabel gefunden?«

Sten schüttelt den Kopf. »Deinen Körper leider auch nicht. Aber im ganzen Haus stinkt es wie die Pest.«

»Hab ich auch gerochen«, sage ich und deute auf den VW-Bus. »Ich glaube, mein Körper ist da drin.«

Sten und ich sehen uns an. Nahezu gleichzeitig setzen wir uns in Bewegung, stürmen an dem Wagen vorbei und springen auf die eingedellte Motorhaube. Von dort aus klettern wir aufs Dach, legen uns nebeneinander auf den Bauch, nehmen uns an den Händen und klammern uns an den Fensterleisten fest.

* * *

Der VW-Bus rumpelt einen schmalen Waldweg entlang und biegt nach ungefähr hundertfünfzig Metern in eine hinter undurchdringlichem Grün verborgene Felswanddurchfahrt ein. Weiter geht es langsam und unter heftigem Geschaukel durch einen ebenfalls von Wildwuchs und größeren Steinbrocken befreiten Teil der Schlucht und schließlich durch einen zweiten Mini-Tunnel auf die andere Seite.

Nach einer weiteren circa fünfhundert Meter aufwärtsführenden Kurverei landen wir vor einer Wand aus dichtem Buschwerk, das allerdings selbst im Licht der Scheinwerfer schon einen relativ welken Eindruck macht.

Isabels Vater springt aus dem Wagen und fängt an, das Gestrauch beiseitezuräumen.

»Perfekt getarnt!«, stoße ich aus. »Der Typ hat's drauf.«

Es dauert eine Weile, bis er den Weg so weit frei geräumt hat, dass wir weiterfahren können. Über einen ungefähr zweieinhalb Meter schmalen abgeflachten Felsgrat geht es nun voran, ehe vor einer neuerlichen noch ziemlich frisch aussehenden Buschwand ein ganz normaler Weg wieder abwärtsführt.

»Was für ein Irrsinn«, sage ich. »Der scheint ja ein richtiges System aus Straßen, Höhlen und Tunneln hier angelegt zu haben. Garantiert sind wir Anfang der Woche mindestens einer dieser künstlichen Strauchwände auf den Leim gegangen.« Ich klopfe mir gegen die Stirn. »Wie kann man nur so blöd sein!«

»Ihr wart aufgewühlt wegen der Leiche«, sucht Sten nach einer Erklärung. »Und ihr hattet Angst.«

»Ja«, gebe ich seufzend zurück.

Es ist außerordentlich frustrierend zu erkennen, wie nah wir unserem Ziel waren und dass wir uns diese ganze Tortur hätten sparen können.

Aber dann hättest du Sten nicht getroffen, flüstert eine Stimme in meinem Inneren.

Ja. Ich weiß.

Wenn das alles hier aber tatsächlich einen Sinn haben soll, dann müssen nicht nur Sten und ich, sondern auch Jesper, Joy, Thore, Natascha, Isabel und Birk überleben. Dann darf es einfach keine Toten mehr geben!

»Was hat er bloß mit mir vor?«, frage ich mehr mich selbst als Sten.

»Er bringt dich in ein Krankenhaus«, erwidert er.

So weit war ich auch schon.

»Das ist doch absurd!«

»Stimmt«, räumt Sten ein. »Allerdings nur, wenn man es mit normalem Menschenverstand betrachtet.«

Mittlerweile haben wir den Wald hinter uns gelassen. Isabels Vater steuert den VW-Bus noch immer in gemäßigtem Tempo einen Feldweg entlang. Das Licht der Scheinwerfer tanzt zwischen hohen Maisstauden auf und ab.

Vom Wagendach aus haben wir einen freien Blick über die Felder. In der Ferne unter dem abendblauen Himmel funkeln die Lichter unserer Heimatstadt.

Freitag, 22. August, 21:07 Uhr

Ich glaube, Lida geht es ganz ähnlich wie mir. Beim Anblick der Lichter wird es warm in meiner Brust. Ich denke an Ma und Pa, an Katja und all das, was passiert ist und was mir so sehr zu schaffen gemacht hat ... Bis ich Lida traf.

Jetzt will ich nur noch eins: leben!

Für sie. Für mich. Für uns beide.

Als Isabels Vater den VW-Bus beschleunigt und auf die Berneberger Landstraße zuhält, gibt es für mich keinen Zweifel mehr, dass die Stadtklinik Süd sein Ziel sein muss.

Vielleicht hat er vor Rebeccas Tod dort gearbeitet. Vielleicht ist sie dort gestorben.

»Komm«, sage ich. »Lass uns gehen.«

Plötzlich fühle ich mich leicht. Und frei. Fast so, als würde ich schweben. Es kostet mich kaum Mühe, mich am Dach des Wagens festzuhalten. Lidas Hand spüre ich kaum noch.

Bloß ein bisschen Wärme.

»Was ist denn, Sten?«, fragt sie.

Ich registriere ihren ängstlichen Blick.

»Ich gehe jetzt, das ist«, erwidere ich mit einem Lächeln.

Ich öffne meine Finger und lasse mich vom Dach heruntergleiten. Den trockenen Boden des Feldwegs unter meinen

Füßen spüre ich kaum. Ich bin mir nicht einmal sicher, ob ich ihn überhaupt berühre.

Lida folgt mir und das ist die Hauptsache. Sie rennt neben mir her. Ihr Mund bewegt sich, als wollte sie etwas sagen und wüsste nicht genau, was.

Egal. *Ich* weiß, was ich zu tun habe.

Ich muss – ich will! – zurück in meinen Körper, und deshalb renne ich einfach weiter und achte nicht darauf, was Lida, meine wunderwunderhübsche Lida, mir mitteilen will.

* * *

Schon bald haben wir Isabels Vater und den VW-Bus ein gutes Stück hinter uns gelassen. Ab und zu werfe ich einen Blick über meine Schulter, um mich zu vergewissern, dass die Scheinwerfer uns noch immer folgen.

Mit jedem Schritt rückt auch der Wald mehr und mehr in die Ferne, daran schließt das Milberger Moor an, das nun zu unserer Linken liegt.

Kurz vor der Landstraße verlasse ich den Feldweg und laufe quer über ein abgedroschenes Weizenfeld auf das Moor zu. Lida zieht eine Grimasse. Sie scheint ziemlich wütend zu sein. Aber solange sie an meiner Seite bleibt, stört es mich nicht.

Später, wenn alles gut ist, wenn ich in meinem Körper bin und ihren aus den Fängen von Isabels Vater befreit habe, wird sie mir verzeihen, dass ich gerade so wenig Rücksicht auf sie nehme.

Leichtfüßig sprinte ich zwischen den Bäumen hindurch,

springe von Inselwiese zu Inselwiese, bis ich in nur wenigen Augenblicken den Klinikpark erreiche.

Offensichtlich hat Lida Schwierigkeiten, mit mir mitzuhalten, also warte ich vor dem Eingang auf sie.

Mit weit aufgerissenem Mund stürmt sie auf mich zu. Sten!, scheint sie zu brüllen, aber ich höre sie nicht. – Gut so! Vermutlich würde es mich ohnehin nur aus dem Konzept bringen.

Obwohl der Himmel schon dunkel ist und zwischen dünnen Wolken hier und da ein paar Sterne funkeln, treten noch immer Leute durch die Glastür des Haupteingangs, gehen hinein oder kommen heraus. Jedenfalls ist es kein Problem für uns, ins Gebäude zu gelangen.

Zusammen mit einem älteren Ehepaar fahren wir in den 2. Stock hinauf und hasten durch die Gänge zur Intensivstation. Und auch hier haben wir Glück. Denn der Arzt, den ich letztes Wochenende mit Schwester Ramona über den Mangel an Spenderorganen habe diskutieren hören, wird genau in dem Augenblick von einer Schwester hereingelassen, als wir die Stationstür erreichen.

»Wie sieht es aus?«, will er wissen.

»Kann nicht mehr lange dauern. Die Eltern sind schon da«, erwidert die Schwester.

Sie hat ihr glattes haselnussbraunes Haar im Nacken zusammengebunden und hält ihren Kopf ein wenig zur Seite geneigt, während sie mit ihm spricht.

»Gut«, meint er lächelnd und streicht ihr flüchtig über den Hals.

Seltsame Geste, schießt es mir durch den Kopf. Und seltsam auch, dass ich diese attraktive Schwester mit den großen grünen Augen bisher noch nie zu Gesicht bekommen habe. Noch mehr wundert mich allerdings, dass ich das Gespräch der beiden im Gegensatz zu dem, was Lida mir eben mitteilen wollte, verstehe.

Darüber kannst du dir später Gedanken machen, sage ich mir und folge den beiden in das kleine Zimmer am Ende des Ganges.

Lida bleibt dicht hinter mir, was ich als äußerst beruhigend empfinde. Inzwischen höre ich sie nicht nur nicht mehr, sondern spüre sie auch sehr viel weniger, was mich ein wenig nervös macht.

Lass mich bloß nicht im Stich, flehe ich innerlich, in der Hoffnung, dass sie das irgendwie mitkriegt.

Es sind eine Menge Leute im Zimmer, was mir erst auffällt, als ich mich dem Bett zuwende, in dem mein Körper liegt.

Außer dem gut aussehenden Arzt und der Krankenschwester mit dem haselnussbraunen Haar bemerke ich noch zwei weitere Frauen in Stationskitteln, die ich nicht kenne, außerdem meinen Engel mit den großen blauen Augen und meine Eltern, die als Einzige nah beieinander an meinem Bett sitzen und sich an den Händen halten.

Ma sieht schrecklich aus. Dünn und blass mit dunklen Rändern unter den feucht glänzenden, tief geröteten Augen. Während sie in ein Taschentuch schnäuzt, hält Pa seinen Blick stumm auf mich gerichtet. Auf mein Gesicht, das ohne die zerzausten dunklen Haare kaum vom weißen Kopfkissen zu unterscheiden wäre.

Meine Augen sind geschlossen, meine Lippen schimmern

bläulich und sind von feinen Rissen durchzogen. Zwei Schläuche führen vom Venenkatheter in meiner Armbeuge zur Spritzenpumpe, außerdem bin ich über Elektrodendrähte mit den Anzeigegeräten neben dem Bett verbunden.

»Ich verstehe das nicht«, sagt Ma immer und immer wieder. »Er ist doch noch so jung ... und er ist nie ernsthaft krank gewesen.«

»Glauben Sie mir, Sie tun das Richtige«, erwidert der Arzt. »So bitter das für Sie beide auch sein mag, aber Ihr Sohn hat aufgegeben. Die Funktionen eines Organismus, der nicht leben will, sind auf Dauer nicht aufrechtzuerhalten.« Er macht eine kleine Pause. »Aber vielleicht tröstet Sie der Gedanke, dass Sten einem ebenfalls sehr jungen Menschen die Chance auf ein neues gesundes Leben ermöglicht.«

Mein Vater nickt. Er drückt Mas Hand. »Ich bin sicher, Sten hätte es nicht anders gewollt. Er ist immer sehr hilfsbereit gewesen, müssen Sie wissen«, erklärt er dem Doc mit zitternder Stimme.

»Er lebt doch noch«, presst meine Mutter leise wimmernd hervor. »Noch lebt er.«

»Ja ... Allerdings schwächt sich seine Herztätigkeit zunehmend ab.« Der Doc und die attraktive Schwester tauschen einen Blick. »Deshalb haben wir Sie ja hergebeten.«

Pa schließt kurz die Augen und nickt abermals. »Es wäre nett, wenn Sie uns noch einen Moment mit unserem Sohn allein lassen würden.«

»Es tut mir sehr leid, aber das ist nicht möglich«, wendet der Arzt ein. »Wir müssen sofort reagieren, wenn sein Herz zum Stillstand kommt.«

Hoffnungsvoll richtet meine Mutter ihren Blick auf ihn. »Sie werden ihn reanimieren?«

Der Doc schüttelt kaum merklich den Kopf, woraufhin Ma sich hastig zur Seite dreht und leise zu schluchzen beginnt.

»Sten, mein lieber Junge ...« Pa tastet nach meiner Hand, streicht mit seinen Fingern unbeholfen über meine bleiche Haut. »Mein lieber, lieber Junge ...« Dann fängt auch er an zu weinen.

»Alles wird gut, Pa«, sage ich. »Ich bin hier und ich werde leben. In wenigen Sekunden schon werde ich meine Augen aufschlagen und ...«

Mein Blick fällt auf Lida, die neben mir steht und mit geradezu entsetzter Miene zwischen dem Doc und meinen Eltern hin und her schaut. Schließlich sieht sie mich an. Sagt etwas. Schreit. Ich verstehe sie nicht, begreife nur, dass sie völlig außer sich ist.

Klar, sie hat Angst, dass wir ihren Körper nicht rechtzeitig finden. Sten Milders sollte sich also ein bisschen sputen.

Kein Problem. Ich fühle mich federleicht.

Verliere den Kontakt zum Boden.

Schwebe über alle anderen hinweg.

Plötzlich erfüllt ein lang gezogener Piepton den Raum. Auf dem Monitor, der meine Herzschläge anzeigt, ist nur noch eine gerade, nicht enden wollende Linie zu sehen.

Ma schluchzt laut auf. Jetzt greift auch sie nach meiner Hand, klammert ihre Finger darum und um die von Pa.

Unruhe macht sich breit. Die braunhaarige Schwester entfernt die Schläuche aus der Braunüle. Die beiden, die ich nicht kenne, schieben eine Rolltrage neben das Bett.

Ramona, mein Engel, umfasst Mas Schultern. »Kommen Sie, Frau Milders. Bitte kommen Sie, ich bringe Sie hinaus.«

Meine Mutter schüttelt den Kopf.

Ramona drängt. »Glauben Sie mir, es ist besser so.«

Pa steht zögernd auf. Er schwankt. Der große Kerl wirkt erschreckend zerbrechlich.

»Nein!«, rufe ich. »Nein! Nein! Nein!«

Ich bin nicht tot.

Schwebe über dem Bett und schaue mich an.

Ich will mich hinabfallen lassen. In meinen Körper hinein und wieder ganz ich sein. Meine Eltern ansehen. Umarmen. Ihnen erzählen, dass ich die Liebe meines Lebens gefunden habe.

Doch es geht nicht. Ich schaffe es einfach nicht.

Irgendetwas hält mich hier oben fest. Vergrößert den Abstand zwischen mir und meinem Körper.

Inzwischen hat sich auch Ma erhoben. Ramona umfasst noch immer ihre Schultern.

»Mach's gut, mein Junge ...«, sagt Pa mit gebrochener Stimme.

Die Schwester mit den grünen Augen öffnet die Zimmertür. Widerstrebend lassen meine Eltern sich hinausführen.

Eine der beiden anderen Schwestern zieht die Decke von meinem Körper und rafft das Laken am Fußende zusammen.

Der Doc zählt: »Eins ... zwei ... drei.«

Mit einem Ruck hieven er und die Schwester mich mitsamt dem Laken vom Bett auf die Rolltrage hinüber.

Ich sehe, wie Lida schreit.

Sie schreit und schreit und schreit.

Tränen rinnen in Sturzbächen über ihr Gesicht. Abwechselnd taucht sie in den Körper der Schwester und den des Arztes ein.

Der Doc stutzt. Schüttelt sich und macht dann weiter, zieht an dem Laken und breitet es nun komplett über meinen Körper.

Die Schwester reibt sich nur einmal kurz fröstelnd über die Oberarme. »Es ist viel zu kalt hier«, sagt sie.

Der Doc nickt.

Sie richten die Rolltrage mit dem Kopfende zur Tür aus.

Der Doc läuft voraus, die Schwester schiebt, die beiden anderen flankieren die Trage. Lida rennt hinterher, springt auf meinen Körper und sinkt der Länge nach in ihn hinein.

Der Raum verschwimmt im Nebel.

***

»Sten!«

Die Stimme dringt von weit, weit her zu mir vor.

»Bleib bei mir. Bitte. Lass mich nicht im Stich. Du hast es versprochen. Sten. Bitte!«

»Lida«, murmele ich. »Wo bist du?«

Es ist dunkel. Ich fühle mich eingepfercht. Flammen peitschen durch meinen Körper und ein brennender Schmerz breitet sich in meiner Brust aus.

»Ich will nicht sterben!«, höre ich mich schreien.

Die Dunkelheit schwindet. Ebenso die Enge. Es riecht nach Krankenhaus. Und nach Wäschestärke. Unter mir rattert es, als führe ich auf Schienen.

Ich will die Augen öffnen, aber sie sind wie zugeklebt. Der Wäscheduft verstärkt sich. Ich spüre, wie der steife Baumwollstoff in meine Nasenlöcher dringt, und einen Moment lang habe ich das Gefühl zu ersticken. Im nächsten wird mir klar, wo ich bin.

Ich rase auf einer Rolltrage durch die Gänge des Stadtklinikums. Irgendein mir völlig fremder junger Mensch soll durch mich die Chance auf ein neues gesundes Leben erhalten.

Rebecca?

Nein. Nein. Es kann nicht Rebecca sein.

Lida soll ihre Nieren für Isabels Schwester geben. Ihr Leben für sie opfern. Nicht ich.

So langsam fällt mir alles wieder ein. Lida braucht meine Hilfe. Deshalb bin ich hier.

Mit einem Ruck rolle ich zur Seite ... und falle in die Tiefe.

Der Aufschlag ist hart und schmerzhaft. Aber ich kann endlich meine Augen öffnen. Ich registriere die Rollen der Trage, drei Paar unterschiedlich geformte Waden. Krankenhauspantoletten. Blaue Hosenbeine. Das Weiß des Lakens, aus dem ich mich strampelnd befreie. Ausrufe des Erstaunens. Der Überraschung. Und des Entsetzens.

Irgendwie komme ich auf die Beine und torkele los.

Mein Kopf ist schwer. So schwer.

Ich möchte schlafen, aber ich weiß, dass ich das nicht darf.

Alles, nur nicht schlafen.

Lida retten.

Lida.

Lida.

Jemand greift nach mir.

Es sind viele Hände. Und sie sind überall.

Dann sehe ich meine Eltern. Nur wenige Meter vor mir auf dem Gang. Stehen da und halten einander umschlungen.

»Ma«, stöhne ich. »Pa!«

Sie drehen ihre Köpfe. Starren mich an.

»Sten?« Unglauben schwingt in der Stimme meines Vaters.

»Sten!« Pure Freude in der meiner Mutter. »Sten!«

Sie löst sich von Pa und kommt mit weit ausgebreiteten Armen auf mich zu. »Sten. Mein Junge. Mein Liebling.«

Die Hände lassen von mir ab. Wärme hüllt mich ein und ein vertrauter Duft.

»Ma, ich muss ... weg.«

»Natürlich«, sagt sie. Streichelt mein Gesicht, meinen Rücken, mein Haar. »Ich lasse dich nicht hier.«

»Aber das geht nicht«, höre ich den Doc sagen. »Sten war stark narkotisiert. Er hatte einen Herzstillstand und muss dringend untersucht werden.«

»Ich versichere Ihnen, das wird er«, erwidert mein Vater. »Allerdings nicht in dieser Klink.«

Meine Eltern nehmen mich zwischen sich und führen mich weiter unter dem Protest des Arztes den Gang entlang zu den Aufzügen.

»Wir müssen ... zur Aufnahme«, stammele ich, während der Lift nach unten gleitet.

»Ja. Aber nicht hier, mein Junge«, sagt Pa. »Wir fahren in ein anderes Krankenhaus.«

»Es ist nicht ... meinetwegen, sondern ... wegen Lida«, stoße ich hervor.

Meine Zunge ist schwer wie ein Klumpen Blei. Sie weigert sich, die Wörter so zu formen, wie ich es will. Ich muss sie zwingen und das ist schrecklich anstrengend.

»Wer ist Lida?«, fragt Ma.

»Meine ... Freundin.«

Die Aufzugtür öffnet sich. Zwei Frauen warten davor. Meine Eltern ziehen mich in die Eingangshalle.

»Er meint sicher Katja«, höre ich meinen Vater sagen.

»Nein. Nein. Lida. Wir ... müssen ihr helfen. Er ... bringt sie um.«

Ma streicht mir über die Wange. »Mach dir keine Sorgen, Sten. Es ist alles in Ordnung ... Das müssen die Medikamente sein«, raunt sie meinem Vater zu. »Er fantasiert.«

»Tu ... ich nicht«, bringe ich mühsam heraus.

Mir wird klar, dass sie mir nicht helfen werden, weil meine Geschichte in ihren Ohren völlig unglaubwürdig klingt. Für sie habe ich drei Wochen im Koma gelegen und diese Klinik nur in meinen Träumen verlassen.

Fieberhaft überlege ich, was ich tun kann.

Ob Lida schon hier ist?

Ob Isabels Vater sie tatsächlich in diese Klinik gefahren hat?

Transplantationen werden hier durchgeführt. Auch mir wollten sie meine Organe entnehmen. Sie wussten, dass ich sterbe. Dabei bin ich gesund. Ich kann laufen. Habe so gut wie keine Schmerzen. Mein Herz schlägt.

Dank Lida. »Hörst du ... mich?«

»Ja, mein Liebling«, sagt meine Mutter. »Natürlich hören wir dich.«

»Lida? Hörst du ... mich auch?«

Ein warmer Hauch berührt mein Kinn.

Wärme. Nicht Kälte.

Nur noch ein paar Schritte bis zum Ausgang.

»Kinn heißt ja«, murmele ich. »Stirn nein.«

Mein Vater öffnet die Tür.

»Ist dein ... Körper schon hier?«

Stirn.

»Ist er ... noch in dem VW-Bus?«

Kinn.

Okay. Okay.

Meine Eltern schleifen mich zum Parkplatz.

»Ist der Bus hier irgendwo in der Nähe?«

Stirn.

»Sten, es ist ja gut«, sagt Ma.

»Lass ihn«, erwidert Pa. »Er weiß nicht, was er da redet.«

Was mach ich nur? Was mach ich nur?

»Wir sind gleich beim Wagen«, wispert Ma an meinem Ohr. »Dann kannst du dich hinlegen.«

Ich will mich nicht hinlegen. Mein Körper hat lange genug gelegen.

Dann sehe ich ihn, unseren alten Volvo. Sein anthrazitfarbener Lack glänzt von Weitem im Licht der Parkplatzlaterne.

Wie von selbst gleitet meine Hand in Pas Jackentasche. Ertastet den Autoschlüssel. Zieht ihn vorsichtig heraus.

»Halte sie auf«, flüstere ich.

Meine Eltern erstarren. Zuerst meine Mutter, dann Pa.

Ich stoße sie weg und renne los.

Erreiche die Fahrertür, schiebe den Schlüssel ins Schloss,

reiße die Tür auf, werfe mich auf den Sitz und aktiviere die Zentralverriegelung.

Ich starte den Motor und plötzlich bin ich ganz klar im Kopf.

Das Gesicht meines Vaters taucht am Seitenfenster auf. Er rüttelt am Türgriff. Hämmert mit der Faust auf das Dach.

»Vertrau mir!«, schreie ich und lege den ersten Gang ein.

***

»Lida, bist du hier bei mir?«, frage ich, während ich den Volvo in Richtung Ortsausgang lenke.

Ich bekomme keine Antwort.

»Okay«, murmele ich und versuche, nicht durchzudrehen, sondern mich auf die Straße zu konzentrieren.

Das letzte Mal, als ich mit einem Auto unterwegs war, hat es drei Menschen das Leben gekostet.

Als ich die Landstraße erreiche, gebe ich vorsichtig Gas. Meine Hände zittern. Mein Fuß zittert. Mein ganzer Körper zittert.

Es ist nicht viel los, ich könnte also problemlos schneller fahren. Ich spüre, dass die Zeit drängt. Aber ich kriege es nicht hin. Die Tachonadel bleibt konstant bei 60 km/h.

Bei jedem Auto, das mir entgegenkommt, denke ich, das muss er sein. Schließlich erkenne ich an den Umrissen des Wagens, dass er es doch nicht ist.

Nach knapp zwei Kilometern verlässt mich der Mut. Die Weizenfelder und das Milberger Moor habe ich bereits hinter mir gelassen. Der VW-Bus und Isabels Vater scheinen wie vom Erdboden verschluckt zu sein. Im nächsten Moment registriere ich aus dem Augenwinkel den tanzenden Schein einer Taschenlampe im Maisfeld neben mir. Nur für ein paar Sekunden, dann ist es wieder dunkel, und ich bin bereits vorbeigefahren.

Ich werfe einen Blick in den Rückspiegel. Niemand hinter mir. Auch kein Gegenverkehr. Ich nehme den Fuß vom Gaspedal, lenke den Volvo an den Straßenrand und schalte die Warnblinkanlage ein. Noch einmal vergewissere ich mich, dass von hinten kein Fahrzeug kommt, dann steige ich aus, drücke sachte die Tür zu und haste tief geduckt am Rand des Maisfeldes zurück, dorthin, wo ich das Licht der Taschenlampe gesehen habe.

Nach wenigen Schritten gelange ich an einen schmalen Feldweg, der zwei Maisfelder voneinander trennt, und stolpere in der Dunkelheit beinahe über ihren Körper.

»Lida!«

Ich gehe neben ihr zu Boden.

Fasse sie an den Schultern.

Rüttele sie.

Und merke viel zu spät, dass ein dunkler eckiger Schatten direkt auf uns zurast.

Samstag, 30. August, Stadtklinikum Süd

Mam sagt, dass ich sechs Tage lang bewusstlos gewesen bin.

Gestern Morgen hätte ich zum ersten Mal die Augen wieder aufgemacht, sei gleich darauf aber in einen unruhigen Schlaf gefallen.

Ich schüttele leicht den Kopf. Wenn ich ihn zu stark bewege, breitet sich sofort ein dumpfer Schmerz bis in meinen Nacken hinunter aus. »Das stimmt nicht«, widerspreche ich schlapp.

Ich war nicht bewusstlos und ich hatte auch meine Augen nicht geschlossen, sondern bin die ganze Zeit umhergestreift. Durch die Klinikgänge. Durch den Park und das Moor. Sogar die Landstraße bin ich hinuntergelaufen, an den Maisfeldern vorbei, fast bis zum Wald.

Als ich ihn dort nicht fand, bin ich wieder umgekehrt, durch die große Glastür in die Klinik zurückgeschlüpft und habe in alle Räume geschaut, deren Türen sich für mich öffneten.

Ich habe Sten wirklich überall gesucht.

»Lida«, sagt meine Mutter. Sie neigt sich mir entgegen und streicht mir lächelnd über die Wange. »Ich bin Tag und Nacht hier bei dir gewesen. Ich muss es ja wohl wissen.« Sie deutet zur gegenüberliegenden Wand. »Man hat extra ein Bett für mich aufgestellt.«

»Hmm«, sage ich.

Ich weiß. Ich habe alles mitbekommen.

»Du hattest einen Autounfall«, fährt Mam leise fort. »Erinnerst du dich?«

Der Blick aus ihren hellen Augen flackert ein wenig und anstelle des Lächelns liegt nun ein ernster, trauriger Ausdruck in ihrem müden Gesicht.

Mir ist sofort klar, was das bedeutet.

Sten hat nicht überlebt.

Er ist tot.

Es ist genau so wie vor einer Woche, als sein Körper auf der Intensivstation lag und sein Herz plötzlich stehen blieb. In derselben Sekunde, in der die Linie auf dem Monitor erschien, wurde Sten für mich unsichtbar. Nur sein Körper lag noch im Bett und wurde in aller Hektik von einem Arzt und einer Krankenschwester auf die Rolltrage hinübergehoben.

Ich habe alles mit angesehen. Ich habe geweint und geschrien. Und weil ich ihm nah sein wollte und sowieso nicht wusste, wie ich ihm anders helfen könnte, bin ich in seinen Körper eingetaucht.

»Ja, Mam, ich erinnere mich.«

Isabels Vater wollte mich mit dem VW-Bus überrollen und Sten hat sich über mich geworfen. Für einen winzigen glückseligen Moment waren wir wie miteinander verschmolzen, aber dann ist Sten ganz plötzlich verschwunden – und nicht wieder aufgetaucht.

»Gut«, erwidert sie und streichelt weiter meine Wange. »Ich meine, es ist bestimmt nicht schön, sich an diese schrecklichen Bilder zu erinnern, allerdings können wir so zumindest schon mal sicher sein, dass du nicht unter Amnesie leidest.«

»Nein«, sage ich. Aber ich wünschte, ich täte es!

»Ach, mein Schatz«, murmelt Mam und jetzt lächelt sie wieder. »Was hast du dir bloß dabei gedacht, bei diesem Event mitzumachen?«

»Es tut mir leid«, gebe ich zerknirscht zurück. »Dass ich dich angelogen habe und all das.«

»Hmm.« Sie schließt die Augen und eine Träne löst sich aus ihrem linken Augenwinkel.

»Bist du sehr böse?«, frage ich leise.

»Natürlich bin ich das.« Sie sieht mich wieder an. »Auf deinen Freund Jesper. Es war unverantwortlich von ihm, dich einfach mitzunehmen.«

»Es ist allein meine Schuld«, verteidige ich ihn. »Ich habe ihn dazu überredet.«

Mam seufzt. »Das mag ja durchaus sein«, entgegnet sie. »Ich sehe die Sache trotzdem anders. Aber ich will jetzt nicht mit dir streiten«, setzt sie ein wenig milder hinzu. »Erst mal musst du gesund werden. Du hast nämlich ...«

»... ein Schädelhirntrauma und eine Rippe ist auch angebrochen. Ich weiß.«

Mam zieht die Augenbrauen hoch. »Woher?«

»Ich habe alles mit angehört«, sage ich. »Was die Ärzte über mich geredet haben. Dass du und Marlen euch über die beiden Ärzte unterhalten habt. Der eine, Isabels und

Rebeccas Vater, der früher hier gearbeitet hat und der mich eiskalt überfahren wollte. Und der andere, der letzte Woche noch Oberarzt in dieser Klink war und illegal Organe von Unfallopfern für viel Geld an wohlhabende Patienten verkauft hat.«

Und der auch Sten töten wollte, um seine Lunge einem jungen Mädchen einzupflanzen. Eine Viertelmillion hätte er dafür bekommen. Jetzt sitzt er in Untersuchungshaft.

»Doktor Brandes. So heißt er doch, oder?«

»Ja.« Mam schüttelt erstaunt den Kopf. »Dann stimmt es also: Menschen, die im Koma liegen, spüren offenbar sehr wohl, was um sie herum vorgeht.«

»Allerdings«, sage ich und versuche ein Lächeln, obwohl mir überhaupt nicht danach zumute ist.

»Er sitzt übrigens draußen ... dein Freund ...«

Mein Herz macht einen Satz, weil ich eine Sekunde lang glaube, dass sie von Sten spricht, aber mit dem nächsten Atemzug wird mir bereits klar, dass sie Jesper meint.

»Ich nehme an, es ist zu anstrengend für dich, wenn ...«

»Ist es nicht«, unterbreche ich sie. »Ich möchte sogar sehr gern mit ihm sprechen. Am liebsten allein.«

Meine Mutter schürzt die Lippen und mustert mich sorgenvoll, doch schließlich nickt sie. »Also gut. Ich werde derweil eine Runde durch den Park drehen und einen Kaffee trinken. Sollte dein Gespräch mit ihm zu ... ähm, intensiv werden, dann wirf ihn bitte raus. Versprichst du mir das?«

»Jep.«

Mam atmet geräuschvoll ein und wieder aus, tätschelt mir die Hand und erhebt sich von ihrem Stuhl.

»In spätestens einer halben Stunde bin ich wieder bei dir«, sagt sie, nachdem sie sich ein wenig gereckt hat. »Und wenn du bis dahin noch nicht allzu erschöpft bist, reden wir noch ein wenig ausführlicher über das, was du mit angehört hast, als du bewusstlos warst. In Ordnung?«

»Meinetwegen.«

»Okay, Süße.« Sie beugt sich zu mir herab und küsst mich auf die Nasenspitze. »Bis gleich.«

Leise tappt Mam zur Tür, als fürchtete sie, dass sie mich aufwecken könnte.

»Ich sag dann auch rasch im Schwesternzimmer Bescheid, damit sie noch einmal nach dir sehen.«

»Wozu denn?«, murmele ich. »Es ist doch alles in Ordnung.«

Aber da ist meine Mutter bereits auf den Gang hinausgeschlüpft.

Das, was mir am meisten fehlt, können sie mir ohnehin nicht bringen.

* * *

Die Tür bleibt einen endlos langen Augenblick angelehnt, ehe Jesper sie langsam wieder aufdrückt und mich mit einer Mischung aus Unsicherheit, Furcht und Zärtlichkeit anschaut.

Nicht dass ich so wahnsinnig scharf darauf wäre, ihm zu begegnen. Ich möchte es einfach nur hinter mich bringen.

»Hey«, sagt er und schließt leise die Tür.

»Hey.«

Jesper sieht gut aus in seiner dunklen Jeans, dem schwarzen T-Shirt und dem Karohemd, dessen Ärmel er sich bis zu den Ellenbogen aufgekrempelt hat. Außerdem riecht er kein bisschen nach Zigaretten.

»Es tut mir so leid.«

Jesper sinkt auf den Stuhl, auf dem eben noch meine Mutter gesessen hat, und greift nach meiner Hand. Ich überlege kurz, ob ich sie wegziehen soll, aber dann lasse ich ihn gewähren.

»Das muss es nicht«, erwidere ich.

»Darf ich dir wenigstens dankbar sein?«

»Joa, das ist okay.«

Jesper senkt den Blick. Er beginnt, mit meinen Fingern zu spielen.

»Kannst du bitte damit aufhören«, sage ich.

Er sieht mich erschrocken an. »Tut es weh?«

»Nein. Ich mag es einfach nicht.«

»Du meinst nicht *mehr*?«

»Ja«, sage ich.

Jesper nickt. »Schade. Ich hatte eigentlich gehofft, dass ...«

»Es ist vorbei, Jesper«, falle ich ihm ins Wort. »Ich hab dich gern, aber das reicht nicht, um mit dir zusammen zu sein. *Mir* reicht es nicht.«

Er lächelt matt.

»Ich habe es wohl ziemlich vergeigt, was?«

»Nee, das waren wir beide«, sage ich. »Außerdem würde ich das so nicht sehen.«

»Du hast leicht reden«, entgegnet er. »Ich habe durch all diese schrecklichen Ereignisse erst gemerkt, wie wichtig du mir bist. Bei dir ist offensichtlich das Gegenteil der Fall«, setzt er frustriert hinzu.

»Ich habe bloß erkannt, dass ich dich nicht auf die Weise liebe, wie ich annahm«, widerspreche ich, in der Hoffnung, dass es ihn ein wenig tröstet. »Oder wie ich es mir gewünscht hätte. Ich hatte einfach eine falsche Vorstellung davon, wie Liebe sich anfühlt.«

»Ach, und *jetzt* weißt du das?«

»Ja.«

Jesper schüttelt den Kopf. »Tut mir leid, das verstehe ich nicht.«

»Das musst du auch nicht«, gebe ich zurück.

Es schmerzt mich ein wenig, ihn so abspeisen zu müssen, aber ich habe keine Lust, ihm von Sten zu erzählen.

Sten und ich, das gehört mir allein. Ohnehin bleibt mir nur noch die Erinnerung an die Zeit mit ihm und die will ich ganz gewiss mit niemandem teilen.

Jesper schweigt.

Nach einer Weile räuspert er sich und fragt: »Sagst du mir denn, wo du gewesen bist, als du ... unsichtbar und kalt ...?«

Er bricht ab. Offenbar weiß er nicht, wie er *es* formulieren soll, ohne mir auf die Füße zu treten. Und ich habe auch nicht das Bedürfnis, darüber mit ihm zu reden. Obwohl er vielleicht so etwas wie ein Recht darauf hat, ein wenig mehr von der Sache zu erfahren.

»Isabels und Rebeccas Vater hat mir mit einem Seil im See aufgelauert und mich beinahe ertränkt«, erkläre ich also knapp. »Er hat mich in sein ehemaliges Anwesen geschleppt und in ein künstliches Koma versetzt. Irgendwie scheine ich mich dann wohl von meinen Körper gelöst zu haben und so konnte ich überall hingehen.«

»Das ist krass«, sagt Jesper. »Wirklich krass.«

»Ja, aber weißt du, eigentlich fühlt es sich ziemlich normal an«, erwidere ich.

»Hm.« Jesper mustert mich forschend. »Wusstest du eigentlich, dass Isabels Vater aus der Psychiatrie ausgebrochen ist?«

»Ja«, sage ich. »Nachdem Rebeccas Körper Isabels Niere abgestoßen hatte und sie gestorben war, ist ihr Vater durchgedreht. Er hat Rebeccas Tod nicht akzeptiert und Isabel dafür verantwortlich gemacht. Ich habe mit ansehen müssen, wie er sie geschlagen hat, Jesper. Das war schrecklich.«

»Dann warst du also die ganze Zeit ... anwesend?«

»Mir ist schon klar, dass sich das ziemlich crazy anhört. Aber ja ... tatsächlich bin ich die meiste Zeit bei euch gewesen. Ich wollte einfach herausfinden, wer Stucke umgebracht und mir meinen Körper gestohlen hat«, kürze ich die Geschichte ab.

Dass ich anfangs dachte, ich sei tot, und eine Weile Natascha und sogar ihn verdächtigt hatte, mit dem Irren unter einer Decke zu stecken, behalte ich für mich.

»Ich fand es absolut genial, wie du uns zur Schlucht geführt hast«, sagt Jesper.

»Ja, das hat mir auch ziemlich gut gefallen«, gestehe ich. »Und jetzt erzähl du bitte mal, wie es weiterging, nachdem Thore und Birk in den Schlund hinuntergeklettert waren. Als sich nämlich herausstellte, dass das Tor verschlossen war, bin ich sofort die gegenüberliegende Felswand hinaufgestiegen und habe dahinter ein ziemlich verwahrlostes Grundstück entdeckt«, wandle ich meinen Teil der Geschichte ein wenig ab.

»Thore und Birk haben die Nacht in der Schlucht verbracht und sind am nächsten Morgen ebenfalls die Steilwand rauf«, berichtet Jesper. »Ehrlich gesagt, hätte ich Birk das niemals zugetraut. Er hat sich wirklich wacker geschlagen«, sagt er nicht ohne Anerkennung in der Stimme. »Allerdings wurde es danach wohl ziemlich gruselig. In dem Bungalow, der auf dem verwilderten Grundstück steht, haben die beiden nämlich die gefesselte und geknebelte Isabel und die verwesenden Leichen von Stucke und dem Fahrer gefunden. Aber auch ... und das war unser Glück ... ein Handy, das dieser Irre dort einfach hat rumliegen lassen. Innerhalb von zwei Stunden sind wir geortet und von dort weggeholt worden.«

»Dann seid ihr also alle mit heiler Haut davongekommen?«

»Ja, das sind wir«, bestätigt Jesper. »Trotzdem war das, was wir später von der Polizei erfuhren, ganz schön heftig. Der Vater von Isabel und sein Kollege Doktor Brandes, beide Chirurgen an dieser Klinik hier, haben über Jahre einen illegalen Organhandel betrieben und zahlungskräftigen Leuten Spenderorgane besorgt. Und zwar, indem sie Patienten für hirntot erklärten, die es gar nicht waren. Andere haben sie durch hoch dosierte Narkotika in ein ungewöhnlich tiefes künstliches Koma versetzt und nach einiger Zeit schließlich einen Herzstillstand herbeigeführt. Bevorzugt waren natürlich Patienten mit Spenderausweis. Bei denjenigen, die keinen bei sich trugen, aber gesunde Organe hatten, wurden die Angehörigen massiv zu der Erlaubnis gedrängt, ihre *Sterbenden* sofort nach deren Tod ausweiden zu dürfen.«

Mit jedem Wort fällt es Jesper schwerer weiterzureden, und obwohl ich all diese Hintergründe bereits kenne, schockiert es mich, die Geschichte noch einmal so ausführlich aus seinem Mund zu hören.

»Nachdem Rebecca gestorben war, verfiel ihr Vater dem Wahn, dass seine Tochter noch am Leben sei und er dringend eine neue Niere für sie besorgen müsse. Er brach aus der Nervenklinik aus und versteckte sich auf diesem Anwesen am Rande des Naturschutzgebietes hinter dem Milberger Moor. Außer dem VW-Bus besitzt er noch zwei weitere Fahrzeuge, die er immer wieder umlackierte und mit denen er absichtlich Unfälle verursacht hat. Die beteiligten Opfer wurden dann in die Stadtklinik gefahren und in der Regel von Doktor Brandes betreut.«

»Der dann über Leben und Tod entschied«, resümiere ich und ein Frösteln jagt mir den Rücken hinunter.

»Jedenfalls hat dieser Irre bereits in den letzten Jahren ein System aus Kieswegen, Tunneln, Klappbrücken, Rampen und künstlichen, teilweise sogar beweglichen Hecken angelegt«, fährt Jesper aufgewühlt fort. »Deshalb konnten wir weder den VW-Bus noch den Weg finden, auf dem sie uns hingefahren haben. Thomas Jenke war ein Meister im Geheimhalten und Verstecken.«

Womit Jesper Stens und meine Vermutungen bestätigt. Ich lasse mir jedoch nicht anmerken, dass mir so manches von dem, was er berichtet, bereits bekannt ist.

Stucke und der Fahrer des Busses mussten also sterben, weil sie zu viel wussten. Als Organspender für Rebecca schienen sie ihrem Vater offenbar nicht geeignet. Dass er sie einfach in dem Haus, in dem er lebte, herumliegen und verwesen ließ, begreife ich allerdings nicht.

»Weißt du denn auch, wieso Isabels Vater dieses ausgeklügelte Versteckesystem überhaupt angelegt hat?«, frage ich Jesper.

»Keine Ahnung, was in diesem Irren vorgegangen ist«, antwortet er schulterzuckend. »Er muss ein besonderes Faible für Abenteuergeschichten à la Indiana Jones haben. Das hat ihn wohl auch auf die Idee gebracht, diesen Blind Walk zu organisieren und sich auf diese Weise gleich einen ganzen Pool von Spendernieren für seine Tochter zu beschaffen. Echt, Lida, das alles ist so krank, dass man sich das kaum vorstellen kann.«

»Tja, und ich sollte dann die erste Spenderin aus unserer Gruppe sein.«

Jesper betrachtet mich mitfühlend.

»Du hast so ein unvorstellbares Glück gehabt«, sagt er rau. »Wenn dieses Ehepaar dich nicht gefunden hätte …«

»Ehepaar?«, unterbreche ich ihn. »Aber ich dachte …«

Jesper runzelt die Stirn. »Was?«

»Ach nichts«, winke ich ab. »Ich glaube, mir wird gerade alles ein bisschen zu viel.«

»Klar, Mensch. Tut mir leid, ich hätte dich mit all dem nicht so überfallen dürfen.« Wieder greift Jesper nach meiner Hand, doch diesmal entziehe ich sie ihm.

»Schon gut«, sage ich und bemühe mich um ein Lächeln.

»Ich wäre jetzt gern noch ein paar Minuten allein, bevor meine Mutter zurückkommt.«

»Natürlich.« Jesper springt sofort auf. »Darf ich dich denn wieder besuchen?«

»Mal sehen«, gebe ich zurück. Ich versuche ein Zwinkern. »Vielleicht mit Natascha?«

»Mhm.« Jesper schüttelt den Kopf. »Natascha ist nicht die Richtige. Aber ich soll dich von ihr grüßen. Und von allen anderen auch.«

»Danke«, sage ich. »Tschüs, Jesper. Es war schön, dass du hier gewesen bist.«

»Ja, das fand ich auch.«

Unschlüssig steht er da und sieht mich an. Schließlich drehe ich mich vorsichtig auf die Seite, mache die Augen zu und warte, bis Jesper ebenfalls einen Abschied gewispert hat und kurz darauf das Geräusch der zuschnappenden Tür ertönt.

»Sten«, flüstere ich. »Ich hoffe so sehr, dass ich diese ganze schreckliche Geschichte irgendwann vergessen kann. Es wäre so viel leichter, wenn du noch bei mir wärst.«

Bei dem Gedanken, dass er meinetwegen sterben musste und ich ihn nun nie wiedersehen werde, krampft sich alles in mir zusammen.

»Wenn ich nur könnte, ich würde alles, alles tun, um dir dein Leben zurückzugeben!«

»Klingt gut«, höre ich ihn sagen.

Ihn.

Sten!

Mein Herz rast und ich schnappe nach Luft. Ich traue

mich nicht mal, die Augen zu öffnen, vor lauter Angst, dass seine Stimme sofort wieder versiegt.

»Lida? … Hey? Alles in Ordnung?«

»Nein«, presse ich hervor und heule los.

»'tschuldigung, das war eine ganz blöde Frage«, sagt Sten. »Ich weiß ja selber, dass ich es nicht mehr geschafft habe, dich zur Seite zu zerren, und dieser verdammte Reifen dich getroffen hat.«

»Was?«, hauche ich.

Mein Herz klopft mich noch um den Verstand.

»Willst du mich nicht endlich mal ansehen?«, fragt er.

Ich schüttele vorsichtig den Kopf.

»Warum nicht?«

»Weil ich Angst habe, dass ich … dass du … dass du gar nicht da bist.«

»Hm. Das ist in der Tat ein Problem«, sagt er.

»Sten«, flüstere ich. Und dann lache und heule ich gleichzeitig. Mein ganzer Körper vibriert und mein Kopf schmerzt höllisch. Aber das ist mir egal. Denn es ist der schönste Schmerz, den ich mir vorstellen kann. »Würdest du mich bitte mal anfassen?«

»Klar«, sagt er. »Was hältst du davon?«

Er hat es kaum ausgesprochen, da spüre ich einen warmen Hauch an meiner Wange und eine unendlich sanfte Berührung an meinem Mundwinkel.

Ich liege vollkommen still da, die Augen noch immer geschlossen, und versuche, meinen Herzschlag auf eine einigermaßen erträgliche Frequenz zu bringen. – Ohne Erfolg.

»War das ein Kuss?«, krächze ich.

»Hmm.«

»Könntest du das noch mal machen?«

»Nö«, sagt Sten. »Jedenfalls nicht, solange du mich nicht ansiehst.«

»Okay.«

Ich atme zitternd ein, drehe mich vorsichtig auf den Rücken zurück und öffne langsam die Augen.

Eine ganze Weile schauen wir uns einfach nur an.

Sten ist so nah und so lebendig. Und seine Augen sind noch viel sonnenfinstriger, als ich sie in Erinnerung hatte. Je länger ich hineinblicke, desto verlorener bin ich.

»Ich dich auch«, flüstert er.

»Was?«

»Du weißt schon ... Diese Sache, wenn man füreinander sterben würde und all das.«

»Sei nicht so theatralisch«, gebe ich matt grinsend zurück.

»Wieso? Du bist es doch auch. Eben noch, als ich an Jesper vorbei in dieses Zimmer geschlüpft bin, habe ich dich murmeln hören, dass du alles, alles tun würdest, um ...«

Ich verdrehe leise stöhnend die Augen. »Ja, ja, ja.«

Sten neigt sein Gesicht ein wenig zur Seite und mustert mich fragend. »Also ja?«

»Was?«

Sein Blick bekommt etwas Belustigendes. »Du bist nicht gerade gesprächig, weißt du das?«

»Was erwartest du?«

»Nix«, murmelt Sten. »Nur Lida eben.«

Und dann küsst er mich noch einmal. Warm und sanft

und zärtlich. Seine Hand schiebt sich in meine, während in meiner Brust ein Schmetterling den anderen jagt.

Ganz kurz denke ich an Mam und wie ich ihr das hier erklären soll, wenn sie plötzlich im Zimmer steht. Doch eine Sekunde später ist es mir schon wieder egal.

»Ich wusste es«, sagt Sten, als wir uns voneinander lösen.

»Was?«

Er haucht mir einen weiteren Kuss auf die Lippen und lächelt schief. »Na, dass mir dieser Aggregatzustand weitaus besser gefallen würde.«

»Du bist ein Blödmann«, sage ich. »Wo hast du überhaupt so lange gesteckt?«

»Willst du es wirklich wissen?«

»Na logisch. Ich bin fast umgekommen vor Sorge um dich.«

»Ging mir nicht anders«, erwidert Sten. »Ich hatte ja keine Ahnung, wie schwer deine Verletzungen sind. Meinen Eltern wollte man hier keine Auskunft geben.«

»Jesper hat gesagt, dass mich ein Ehepaar gefunden hat. Sind *sie* das gewesen?«

»Hmm.« Sten nickt. »Nachdem ich mit unserem Wagen losgedüst war, haben sie sich sofort ein Taxi geschnappt, das vor der Klinik stand, und sind mir gefolgt«, beginnt er zu erzählen. »Dass sie die Landstraße Richtung Milberger Moor eingeschlagen haben, war reiner Zufall. Als sie unseren Volvo am Straßenrand sahen, haben sie gleich angehalten. Der Taxifahrer hat den Unfallwagen gerufen und die Polizei alarmiert, und mein Vater hat sogar noch versucht zu verhindern, dass du in die Stadtklinik gebracht wirst, aber da war nichts zu machen. Ich selbst habe bis gestern Nachmittag im Lutherkrankenhaus gelegen. Und natürlich war ich abends auch schon hier«, fährt Sten fort. »Aber da wollten sie mich noch nicht zu dir lassen.«

Zärtlich drücke ich seine Hand. »Und? Wie geht es *dir*?«

»Alles in Ordnung«, sagt Sten. »Keine Folgeschäden.«

»Was ist mit ... Katja?«, frage ich zögernd. »Hat sie dich im Krankenhaus besucht?«

Er nickt.

»Hat sie.«

»Und?«

»Na ja, sie ist ziemlich fertig wegen Jan. Aber sie gibt mir keine Schuld.«

»Und du?«

Stens Blick wandert zum Fenster.

»Nachdem Katja wieder weg war, hab ich Rotz und Wasser geheult. Es ist ziemlich schwer zu begreifen, dass ich Jan, Dennis und Christian nie mehr wiedersehen werde. Ich werde in Zukunft wohl öfter mal flennen.«

»Das ist okay«, sage ich leise.

Sten sieht mich an. »Ich bin so froh ...«, sagt er.

Weiter kommt er nicht, denn in dieser Sekunde schwingt die Tür auf und meine Mutter steht auf der Schwelle.

Als ich ihren irritierten Blick bemerke, muss ich beinahe loslachen.

»Mam, das ist Sten«, stelle ich ihn vor. »Sten, das ist meine Mutter.«

»Oh«, sagt sie. »Ich glaube, ich geh dann mal *noch* einen Kaffee trinken.«

»Quatsch«, erwidere ich grinsend und winke sie herein. »Du wolltest doch unbedingt mehr darüber erfahren, was man so alles mitkriegt, wenn man im Koma liegt. Sten ist in dieser Angelegenheit nämlich Experte.«

Patricia Schröder
Blind Walk

DIE AUTORIN

Patricia Schröder, 1960 im Weserland geboren, wuchs in Düsseldorf auf, studierte Textildesign und arbeitete einige Jahre in diesem Beruf. Als ihre Kinder zur Welt kamen, zog sie in den Norden zurück. Dort ließ sie sich mit ihrer Familie und einer Hand voll Tieren auf einer kleinen Warft nieder und fing an, sich Geschichten auszudenken. Ihr liegt besonders die Leseförderung am Herzen. Inzwischen gehört Patricia Schröder zu den erfolgreichsten deutschen Kinder- und Jugendbuchautorinnen.

Von Patricia Schröder sind im cbj-Taschenbuch außerdem erschienen:

Meeresflüstern (40221)
Meeresrauschen (40229)
Meerestosen (40230)
Plötzlich Zwilling (22119)
Philippas verkehrte Welt (22532)
Lilly – Total verrückt und auch ganz anders (22583)
Freundschaftsgeschichten (22457)